人形は指をさす

ダニエル・コール
田口俊樹 訳

集英社文庫

主な登場人物

ウルフ（ウィリアム＝オリヴァー・レイトン＝フォークス）………
ロンドン警視庁部長刑事
テレンス・シモンズ……………………ロンドン警視庁主任警部
エミリー・バクスター…………………ロンドン警視庁部長刑事
ベンジャミン・チェンバーズ…………ロンドン警視庁警部補
アレックス・エドマンズ………………ロンドン警視庁刑事
フィンレー・ショー……………………ロンドン警視庁部長刑事
ヴァニタ…………………………………ロンドン警視庁警視長
ナギブ・ハリド…………………………“火葬キラー”容疑者
アンドレア（アンディ）・ホール……………ウルフの元妻。
テレビ・レポーター
イライジャ・リード…アンドレアの上司。ニュース編集室デスク
ティア……………………………………エドマンズのフィアンセ
レイモンド・エドガー・ターンブル…………ロンドン市長
ヴィジェイ・ラナ…………………………………………会計士
ジャレッド・アンドルー・ガーランド…………ジャーナリスト
アンドルー・アーサー・フォード……………………元警備員
アシュリー・ダニエル・ロクラン………………ウェイトレス
プレストン＝ホール……………………………………精神科医
ジョー…………………………………………………検死医
エリザベス・テイト……………………………………弁護士
ジョエル・シェパード……………セント・アン病院入院患者

人形は指をさす

「さあ、言ってみろ、おまえが悪魔ならおれはなんだ？」

プロローグ

二〇一〇年五月二十四日（月）

サマンサ・ボイドは警察の立入規制のたるんだテープをくぐり、悪名高い中央刑事裁判所《オールド・ベイリー》のてっぺんにそびえ立つ正義の女神像を見上げた。強さと誠実さを意図した彫像ながら、今のサマンサにはその真の姿が見て取れた。世の中に幻滅し、絶望し、今にも屋根から下の舗道に身を投げようとしている哀れな女。まさにそれだ。世界じゅうに存在する正義の女神像にある目隠しはこの像にはない。それが今はいかにも適切なことに思えた。なぜなら、偏見のない〝盲目の正義〟ほど愚直な概念もほかにないからだ。人種差別や警察の腐敗といった問題がからんだ場合にはことさら。

すでに中にはいり込んではいたが、続々と押し寄せるマスコミ対策として、まわりの道路も地下鉄の駅も封鎖されていた。そのため普段は忙しいロンドンの中心街がばかばかしいほどみすぼらしい、いわば中流階級のスラムのような様相を呈していた。〈マークス&スペンサー〉や〈プレタ・マンジェ〉のテイクアウトの空《から》の容器に記されたロゴが、ゴミの散らかる地面の上で自らを誇示していた。ブランド物の寝袋はたたまれ、電気剃刀の音がそれに取って代わっていた。携帯用アイロンを使っても――期待はずれの商品だったのだろう――ネクタイをつけたまま一枚しかないシャツで寝た事実を隠せないでいる男もいた。

時間に遅れ、サマンサはチャンセリー・レーン駅から六分ほど走ってきたのだが、人込みを抜けるときには、どうしても自意識過剰にならざるをえなかった。プラチナブロンドの髪をピンでとめてアップにしてきたのだけれど、彼女の見てくれを変えるのにはあまり役に立っていなかった。マスコミは裁判に関わる人間の身元を裁判初日から確認していた。今はその四十六日目だ。サマンサのことはたぶん世界じゅうの主要な新聞すべてに載っていることだろう。一度など彼女は警察を呼ばざるをえなくなったこともあった。ことさらしつこい記者にケンジントンの自宅までつきまとわれ、その記者がどうしても帰ろうとしなかったのだ。

これ以上よけいな注目は浴びたくなかった。彼女はうつむき加減になって先を急いだ。

二本のくねくねとした人の列がニューゲート・ストリートとの交差点を横切っていた。ひとつは数が不充分な仮設トイレに並ぶ列、もうひとつは〈スターバックス〉の臨時店舗に並ぶ列だ。そのふたつのあいだで永遠に渦を巻いているような人込みから逃れ、サマンサは裁判所の静かなほうの入口を警護している警官のところに向かった。そのとき、現場を記録している何十もの映像フレームの中に誤ってはいってしまった。小柄な女性が日本語で彼女に嚙《か》みついた。

「これも今日が最後」彼女は理解できない日本語の罵声を背に聞きながら、自分にそう言い聞かせた。あとほんの八時間でまたもとのノーマルな暮らしに戻れる。

戸口ではなじみのない警察官に身分証を念入りに調べられた。そのあとは今ではすっかり慣れてしまったお定まりの手順になる。所持品はすべて取り上げられて保管される。金属探知ゲートが鳴ったときには、結婚指輪がどうしても抜けないのだと説明する。今日は身体検査を受けたときに汗じみが気になった。そのあとは無味乾燥な通路を通って、ほかの十一人の陪審員に加わり、生ぬるいインスタントコーヒーを飲む。

世界じゅうのメディアからの大きな関心と、サマンサの自宅での一件のせいで、陪審団を隔離するという前代未聞の決断がくだされ、彼らのホテル代が血税の何万ポンドにもふくらむと、世間の怒りに火がついた。公判初日からほぼ二ヵ月。その日の朝も陪審団の世間話は、ホテルのベッドのせいによる腰痛、夜の食事メニューの単調さ、なにより恋しいものと引き離されていることに対する嘆きに終始した——妻、子ども、それにテレビ番組『LOST《ロスト》』のシリーズ最終回。

廷吏がようやく呼びにくると、誰もが口をつぐみ、それまで世間話に隠されていた緊張が露呈した。互選で選ばれた年配の陪審長スタンリー——彼が選ばれた理由は、どう考えてもガンダルフ（トールキンの『ホビットの冒険』『指輪物語』に登場する魔法使い）によく似ていたからだ——がおもむろに立ち上がり、ほかの陪審員を引き連れて部屋を出た。

世界で最も有名な法廷のひとつと言える第一法廷は、きわめて重大な訴訟にのみ使用される。妻殺しのクリッペンや連続殺人犯のサトクリフやデニス・ニルセンといった気味の悪い有名人がそのとんでもない罪を問われて、センターステージに立ったのもこの法廷だ。人工の光がそんな法廷の頭上の大きなすりガラス越しに降り注ぎ、黒っぽい木のパネル張りの壁と緑の革張りの椅子を照らしていた。

サマンサは陪審席のいつもの前列の席――被告席に一番近い席――に坐った。白いワンピース――彼女自身がデザインしたものだ――が短すぎたような気がしてならず、膝の上に陪審員用の資料を置いた。隣りの好色爺はさぞがっかりしたことだろう。その老人は彼女の隣りに坐ろうとして、公判初日にほかの陪審員を踏みつけそうにさえなった男だ。

こざっぱりとした恰好《かっこう》の被告人が弁護人にはさまれてテーブルについて坐る、アメリカ映画でおなじみの法廷とは異なり、中央刑事裁判所で裁かれる被告人は、たったひとりでこの威圧的な部屋と向き合わなければならない。小さくてもよくめだつガラスが被告席のまわりを取り囲んでいるが、そのガラスが示唆しているのは、ガラスの中にいる者の危険度だ。廷内のほかの者に危害を加えかねないとでも言わんばかりの。そのガラスはそういう効果しかもたらしていない。

つまるところ、無実が証明されるまでは有罪というわけだ。

被告席とまっすぐに向かい合って、サマンサの左手に裁判官席があった。裁判のあいだずっと空席だったその中央の席の背後には、金《きん》の柄《つか》の剣が王家の紋章から吊り下げられている。廷吏と弁護人と訴追チームが法廷の中央を占め、二階にある傍聴席は、この特異な裁判の結審を見届けるための場所を確保するために、路上に寝泊まりまでした熱心な傍聴人で埋められていた。そんな彼らはみな見るからに睡眠不足の眼をしていた。傍聴席の下の忘れ去られたようなベンチには、さまざまな形で訴訟に関わりを持つ人たちの寄せ集めが坐っていた。弁護人が呼びたがるかもしれないが、実際には呼ばれる可能性は少ない専門家、裁判所のさまざまな職員、それに、もちろん、この論戦すべての中心にいる、被告人を逮捕した警察官、ウルフ《W＝O・L＝F》という渾名《あだな》の刑事、ウィリアム＝オリヴァー・レイトン＝フォークス。

四十六日に及んだ公判、ウルフは毎日出廷していた。出口のそばのめだたない席から、冷ややかな表情を浮かべ、数えきれないほどの時間、被告席を凝視してきた。がっしりとした体型に日焼けした顔、それに深いブルーの眼。歳は四十代前半、すごく魅力的にも見えるだろうに、とサマンサは思ったものだ。もう何ヵ月も寝ていないような顔さえしていなければ。世界じゅうの重荷を背負《しょ》っているかのような顔さえしていなければ。いや、実際彼はそれほどの重荷を背負っているわけだが。公正を期して言えば。

〝火葬キラー〟――それがマスコミがつけた名だった――はロンドンで史上最も〝多産の〟連続殺人鬼だった。二十七日間に二十七人の犠牲者。その全員が十四歳から十六歳の売春婦で、さらに世間の耳目を集めたのは、世事に疎《うと》い人々に自分たちの住む街の容赦のない現実を知らしめたからだった。犠牲者の大半はまだ燃えているところを発見されていた。鎮静剤を与えられ、意識が朦朧《もうろう》となったところを生きたまま焼かれたのだ。あらゆる証拠を焼き尽くす地獄の業火で。その連続殺人は、しかし、唐突に終わった。重要な容疑者ひとり見つけられないまま、あたふたとする警察を尻目に。なんの罪もない少女が殺されつづけているのに、いかなる捜査の進展も見ないロンドン警視庁は、当然批判の矢面に立たされた。そんな犯人をウルフが逮捕したのだ。最後の殺人から十八日後に。

被告席に坐っている男の名はナギブ・ハリド。パキスタン系のスンニ派のイギリス人イスラム教徒で、ロンドンのタクシーの運転手だった。独居しており、軽微の放火の前科があった。犠牲者のうちの三人のDNAが彼のタクシーの後部座席から見つかり、さらに被告にとってきわめて不利なウルフの証言もあって、どう転んでもほかにまぎれようのない訴訟に見えた。それが一気に崩壊する。

まずウルフと彼の捜査班《チーム》の監視報告を覆すアリバイが出てきた。さらに勾留中にハリドが捜査官から暴行と脅迫を受けたということで警察が告発され、加えて焼け焦げたDNAは信頼に足る証拠とは言えないという法医学的反証が提出された。続いて、ロンドン警視庁の内務監察室から、監察室のもとに届けられ、監察室としても看過できない手紙が提出され、弁護人を狂喜させた。それはウルフの匿名の同僚からの手紙で、日付は最後の殺人の数日前、その同僚は捜査を指揮するウルフの精神状態に関して、少なからぬ危惧を表明していた。ウルフが〝取り憑《つ》かれた〟ようになっており、さらには〝死にもの狂い〟にもなっていることから、ただちにウルフを配置転換するように進言していた。

これで世界最大級の訴訟がさらに大きくなった。警察は自分たちの捜査のいたらなさを隠《いん》蔽《ぺい》するのに、ハリドを手頃なスケープゴートにしたということで糾弾された。あからさまな不正行為を防止できなかった責任を問われて、警視総監と専門刑事活動部付きの警視監が辞任に追い込まれた。タブロイド紙はウルフの不品行ぶりをさんざんに書きたてた。根拠はあいまいながら、アルコールに関して彼が抱えている問題や、結婚生活の破綻を招いた彼の暴力癖などなど。ハリドのきざな女性弁護士が、ウルフとハリドは席を交換したほうがいいのではないかなどとほのめかし、譴責《けんせき》処分を受ける一幕すらあった。ハリドはと言えば、眼のまえで繰り広げられる大騒《サーカス》ぎをおどおどと見守るばかりで、自らが悪魔から犠牲者に変身していくさまにも、満足そうな様子はかけらも見せなかった。

結審の公判は予定どおり始まった。弁護側と検察側双方の最終弁論のあと、裁判長が陪審団に指示した。今でも有効と考えられるかぎられた証拠と、法律の複雑さに関するアドヴァイスをまとめた短い指示だった。指示を受け、陪審団は評決を出すため別室に退席した。その別室は、おなじみの木と緑の革が使われた、想像力に欠ける部屋で、証人席の背後にあった。その後、十二人の陪審員は大きな木のテーブルにつき、評決を出すための議論に四時間半を費やした。

サマンサは数週間前からすでに結論を出していたので、ほかの陪審員の意見が分かれたことには実のところ驚いていた。彼女の場合、考えが世論に左右されるなどということは決してなく、そのことには自信があった。ただ、彼女の店も暮らしも幸福も今や過熱したマスコミ報道の影響を受けざるをえなくなっており、自分の判断がそれを煽《あお》る結果になるとは思えないことには満足していた。同じ議論が何度も何度も繰り返された。誰かがウルフの証言を持ち出し、そのたびにその証言は裁判では有効ではなく、無視しなければならないことを思い出させられ、その誰かが苛《いら》立つ場面も何度となく繰り返された。

スタンリーは時折採決を求め、結果が出ると、そのたびにまだ全員一致の評決が出ていない旨を伝えるメモが廷吏によって裁判長に渡された。それでも、採決のたびにひとりまたひとりと多数派の圧力に屈し、評議にはいってそろそろ五時間になろうという頃、評決が出せる十対二になった。スタンリーは渋い顔でその結果を記したメモを廷吏に渡した。その十分後、廷吏は陪審員を法廷に連れ戻すために戻ってきた。

サマンサは被告席のそばの自分の席に戻りながら、あらゆる人の眼が自分に向けられているのを感じた。法廷は静まり返っており、一歩ごとに自分のハイヒールの音が廷内に響き渡るのがわけもなく恥ずかしかった。幸い、陪審員全員が同時に席に着くと、椅子が軋《きし》んだり、椅子の脚が床をこすったりと盛大な音がして、彼女がたてた音など気にすることもない些細《ささい》な音にしてくれたが。

彼女には、評決を早く聞きたくてうずうずしている人々が彼女の表情を読み取ろうとしているのが感じられた。それがちょっと面白かった。この部屋の〝博学な〟人たちはかつらと法服を身につけて気取って歩きまわり、彼女やほかの陪審員に対して、これまでは慇懃《いんぎん》ながらどこか上位者ぶった態度を取ってきた。それが今は陪審員に生殺与奪の権利を与えてしまったような顔をしている。サマンサは笑みをこらえた。まさにしゃべってはならない秘密を知ってしまった子どもの気分だった。

「被告人は起立してください」静寂を破って廷吏が大きな声をあげた。

ナギブ・ハリドはおずおずと立ち上がった。

「陪審長も起立してください」

サマンサと同じ列の反対の端にいたスタンリーが立ち上がった。

「全員一致の評決にたどり着きましたか？」

「いいえ」と答えたスタンリーの声はひび割れ、ほとんど聞き取れなかった。スタンリーが三度も咳払いをするのを見て、サマンサはあきれたように眼をぐるっとまわした。

「いいえ」今度はほとんど叫ぶように言った。

「有効となる多数が同意する評決には達しましたか？」

「私たちは」そう言いかけ、言いまちがえたことに気づき、スタンリーは顔をしかめた。

「すみません……はい」

廷吏は裁判長を見上げた。裁判長はうなずき、有効多数の評決を受け入れる意を示した。

「あなた方陪審団は二十七件にのぼる殺人に関し、被告人ナギブ・ハリドを有罪と認めますか、それとも無罪と認めますか？」

答はすでにわかっているのに、サマンサは息を止めた。待ちきれない耳がまえのめりになり、いくつかの椅子が同時に軋んだ。

「無罪」

サマンサはどうしても反応を確かめたくてハリドのほうをちらっと見た。彼は安堵《あんど》に震え、顔を両手に埋めていた。

そのときだ。最初の叫び声がした。

そのときにはもうウルフは被告席までの最短距離を走っていた。ハリドの頭をつかむと、ガラスの仕切り越しに引きずり出した。警備員が反応したときにはもう遅かった。ハリドは手ひどく床に叩きつけられ、さらに容赦のない暴行を受けると、息がつまったようなくぐもった喘《あえ》ぎ声を洩《も》らした。ウルフの足の下でハリドの肋骨が折れた。すさまじい殴打にウルフ自身の拳の皮膚が裂けた。

どこかで警報が鳴りだした。

ウルフも顔を殴打され、自らの血を味わいながら、陪審席のほうによろけてぶつかった。その拍子に一番近くにいた女性が椅子から転がり落ちた。ウルフはその数秒のうちに体勢を立て直した。が、そのときにはもう、彼と被告席のそばに倒れているハリドとのあいだのスペースは、数人の警備員に埋められていた。

ウルフはわめきながらまえに出た。が、まえのめりになったところで誰かの逞《たくま》しい手につかまれ、床に膝をつかせられ、さらに全身を床に押しつけられた。どうにか息をついた。汗と床のつや出し剤の入り混じったにおいがした。ひとり怪我をした警備員がいた。放り出された警棒が床を転がり、ハリドのそばの木のパネルにぶつかる鈍い音がした。

ハリドは死んでいるように見えた。が、ウルフにはそれを確実なものにする必要があった。なけなしのアドレナリンを燃焼させ、ウルフは自らを奮い立たせ、すでに生気をなくしている男のほうに這《は》い寄った。ハリドの安物のネイヴィブルーのスーツはすでに血を吸って、生地に暗い茶色の飾りめいた模様ができていた。ウルフは転がった重い警棒に手を伸ばし、冷たい金属の柄をつかむと、頭上に振り上げた。そこで途方もない衝撃が走り、彼は仰向けに倒れた。被告席の警護にあたっていた警備員の容赦のない二度目の強打に手首が折れた。意識が朦朧《もうろう》となったウルフはただそれを見ているしかなかった。

〝無罪〟の評決が出て、まだ二十秒と経っていなかった。が、吹っ飛んだ警棒が木にぶつかる音が聞こえ、ウルフはもはやすべてが終わったことを悟った。あとは自分がきちんと仕事を果たしたことを祈るのみだった。

人々は叫びながらわれさきに出口に向かっていたが、中にはいろうとする大勢の警察官に押し戻される恰好になっていた。サマンサは床にへたり込んでいた。すべてはほんの数メートル離れたところで起きていることなのに、呆然《ぼうぜん》としてただ宙を見つめていた。ようやく誰かがそんな彼女の腕をつかんで、立たせると、急いで部屋から連れ出した。その人物は何かを叫んでいた。が、サマンサにはなんと言っているのか聞こえなかった。危険を知らされても聞こえなければなんの意味もない。大ホールで足をすべらせた。倒れるとき、誰かの膝が側頭部にあたるのを感じた。痛みは感じなかった。黒と白のシチリア産の大理石の上に仰向けになり、混乱しながらも、二十メートル上にある凝った装飾の丸天井、彫像、ガラスの汚れた窓、それに壁画を見つめた。

人の群れがいなくなると、彼女を廷内から連れ出してくれた人物が戻ってきて、普段は使用されていない中央入口のところまで連れていった。その人物はそのあとまた法廷のほうに走っていった。巨大な木の扉と黒いゲートが広く開け放たれていた。その向こうの曇った空が彼女を手招きしていた。サマンサはたったひとり、よろけながら通りに出た。

彼女がそこでポーズを取ったとしても、これ以上完璧な写真は撮れなかっただろう。堅忍不抜の像と真実の像、それに記録天使の不吉な像の下に傷ついて立つ、血を浴びた真っ白なドレスの美貌の陪審員。記録天使は死に神さながら頭から爪先までぶ厚いローブに覆われ、数えきれない罪のリストを天上に報告する準備をしている。

サマンサは貪欲なマスコミの群れのまばゆいライトとフラッシュに背を向けた。千のフラッシュが光る中、裁判所の頭上の壁面に刻《こく》されている文字に気づいた。その文字は四本の石の柱に支えられていた。そのことばの意味の重さを暗示するかのように。

貧しき者たちの子らを守り、悪しきおこないをする者を罰せよ。

その文字を読み、彼女はもしかしたら自分は大変な過ちを犯したのではないかという思いに囚われた。自分は、あの刑事がハリドの有罪を信じたのと同じくらいきっぱりとハリドは無実だと言えるだろうか？　フードをかぶった記録天使に眼を戻した。彼女には今、天使が罪のリストを新しくしたのがわかった。

そう、わたしも裁かれたのだ。

四年後

1

二〇一四年六月二十八日（土）
午前三時五十分

ウルフはやみくもに手探りをして携帯電話を探した。彼の携帯電話は震えながらラミネート加工された床を少しずつ遠ざかっていた。闇がゆっくりと分解して、引っ越してきたばかりのなじみの浅いアパートの室内が徐々に姿を現わした。マットレスから這い出し、うるさい音をたてている厄介者に手を伸ばすと、汗を吸ったシーツが肌にまとわりついてきた。

「ウルフだ」彼は明かりのスウィッチに手を伸ばし、それが思ったところにあったことに少しはほっとして言った。

「シモンズだ」

スウィッチをひねると、弱々しい黄色い明かりがついた。それで自分がどこにいるのかかわかって、ウルフはため息をつき、明かりをまた消したいという誘惑に駆られた。四つの壁、床に敷いたダブルマットレス、それに裸電球がひとつといった狭い寝室。閉所恐怖症を起こしそうなその部屋は大家のせいで蒸し風呂状態になっていた。まえの借り手が窓の鍵を持ったまま出ていったのに、適切な事後措置がまだ取られていないせいだ。ロンドンでは普通そういうことはあまり問題にはならない。が、ウルフは、イギリスには通常ありえない熱波の到来と仲よく歩調を合わせて引っ越してしまっていた。熱波はここ二週間近くロンドンに居坐っていた。

「おれの声を聞いてもあんまり嬉しそうじゃないね」とシモンズは言った。

「今何時です？」とウルフは欠伸《あくび》まじりに言った。

「四時十分前」

「おれはこの週末は非番なんじゃなかったでしたっけ？」

「非番はもう終わりだ。現場に来てくれ」

「それはあなたの机の横ってこと？」とウルフはジョークを言った。自分のボスがオフィスを出るところをウルフは長いこと見ていなかった。

「面白いことを言うじゃないか。ただ、今回の件に関しちゃおれも狩り出された」

「そんなにひどいんですか？」

シモンズが返事をするまでいくらか間《ま》があった。「かなりひどい。書くものあるか？」

ウルフは戸口のそばに置いた物入れの中を搔《か》きまわしてボールペンを見つけ、手の甲にメモをする準備をした。

「どうぞ」

そのときキチネットの食器戸棚のガラス戸に光が反射しているのが視野の隅に見えた。

「一〇八号室……」とシモンズは読み上げた。

ウルフは何もそろっていないキチネットにはいった。小さな窓から青いストロボがまばゆいほど部屋に射し込んでいた。

「……〈トリニティ・タワーズ〉――」

「ヒバード・ロード、ケンティッシュ・タウン？」ウルフは何台もの警察車両とレポーター、通りをはさんで反対側のアパートから出てきた住人たちを窓から見下ろしながら、シモンズのことばをさえぎって言った。

「どうして知ってる？」

「おれは刑事なもんで」

「そうか。だったら、刑事でもあり、第一容疑者でもあるな。すぐに来い」

「了解。そのまえにちょっと……」ウルフはそこでことばを切った。シモンズはもう電話を切っていた。

断続的に射し込む光の中、洗濯機のスウィッチボタンがオレンジ色に点灯していた。ウルフは寝るまえに仕事着を洗濯機の中に放り込んだのを思い出した。壁ぎわには同じ段ボール箱がいくつも並んでいた。

「くそっ」

五分後、ウルフは建物のまえに集まった野次馬を掻き分け、警官のひとりに近づくと、身分証明書を見せた。そのまますぐに非常線を抜けられるものと思って。ところが、その若い巡査はひったくるように彼の身分証を取り上げると、とくと吟味してから怪訝《けげん》な顔で、眼のまえの男の顔を見た。水泳パンツにボンジョヴィの一九九三年の〈キープ・ザ・フェイス〉ツアーのTシャツという人目を惹《ひ》く恰好をした男の顔を。

「レイトン゠フォークス刑事、ですか?」となおも疑わしげに巡査は尋ねた。

ウルフは自分の名前の大仰な響きに顔をしかめながら言った。「ああ、フォークス部長刑事だ」

「あの……裁判所キラーのフォークスと同じ……?」

「まぎれもないそのウィリアムだ……中にはいってもいいかな?」とウルフは建物を示して言った。

巡査は身分証を返すと、ウルフがくぐれるよう、非常線のテープを持ち上げて言った。

「ご案内しましょうか?」

ウルフは花柄のパンツと剝《む》き出しの膝と仕事用の靴を見下ろした。

「ひとつ言ってもいいかな? おれはこれでけっこういけてると思ってるんだがな」

巡査はにやりとして言った。

「五階です。気をつけてください。下劣なやつらの巣窟みたいなところですから」

ウルフはため息をつき、漂白剤の〝芳香〟のする建物の玄関ホールにはいると、エレヴェーターに乗った。三階と六階のボタンが取れてなくなっており、ボタンが並んでいるパネルにはなにやらねばねばとした茶色いものがこびりついていた。刑事の持てるスキルを総動員しても、それがうんちか錆《さび》かコーラか判断がつきかねたので、ウルフはTシャツの裾――ボンジョヴィの旧メンバー、リッチー・サンボラの顔のあたり――を使ってボタンを押した。

こういうエレヴェーターには仕事でこれまで何百回となく乗っていた。全国の議会によって設置された継ぎ目のない金属の箱。床を覆うものもなければ、鏡もなく、出っ張った照明具もない。完璧に何もない。それはもちろん、社会的地位の低い住人の暮らしを豊かにするために設置したものを、社会的地位の低い住人自身に壊されたり、盗まれたりしないためだ。社会的地位の低い住人たちはそのお返しに猥褻《わいせつ》ないたずら書きを壁に書いていた。五階に着いてドアが開くまでのあいだに、ウルフはジョニー・ラトクリフなる人物が〝ここに参上〟したことがあり、〝ゲイ〟でもあることを学んだ。

廊下には十人を超える人間があちこちに立っていた。みな無言だった。心の動揺が顔に出ている者が大半だったが、みなウルフの恰好を見て顔をしかめた。鑑識班のバッジをつけたむさくるしい男ひとりを除いて。その男はウルフがまえを通り過ぎると、親指を突き立ててみせた。廊下の一番奥の部屋のドアが開いており、そこに近づくと、なじみのあるにおいがウルフの鼻をかすめた。まぎれもない死のにおい。この手の仕事に従事する人間ならたいていすぐに慣れるにおいだ。よどんだ空気と糞便と小便と腐りかけている肉体のにおいが混ざり合ったにおい。

一〇八号室にはいりかけ、中から小走りになって出てくる足音に、ウルフはうしろにさがった。若い女が部屋から出てきてウルフの眼のまえで膝をつくと、廊下の床に嘔吐《おうと》しはじめた。ウルフは女が落ち着くのを礼儀正しく待ってから、脇にどいてくれるように言った。そこへまた別の足音が聞こえた。ウルフは反射的にまたうしろにさがった。今度はエミリー・バクスター部長刑事だった。廊下に飛び出してくると、彼女は言った。

「ウルフ！　あなたの顔がちらっと見えた気がしたんで――」静かな廊下に彼女の声が響き渡った。「真面目な話、どれほどぶっ飛んだ事件だと思う？」

そう言って、ふたりのあいだの床に四つん這いになって嘔吐《えず》いている女を見た。

「悪いけど、どこかほかの場所で吐いてもらえる？」

女はおずおずと這ってふたりのあいだから離れた。バクスターはウルフの腕を取ると、興奮気味に部屋の中に引き込んだ。彼の下で働いてほぼ十年、彼女はウルフとほぼ同じだけの背丈があった。冴えない玄関ホールの暗がりの中では、ダークブラウンの彼女の髪が黒く見えた。いつもの暗いメイクが彼女の魅力的な眼をありえないほど大きく見せていた。体にフィットしたシャツにパンツという恰好で、彼女はいたずらっぽい笑みを浮かべ、上から下へとウルフの恰好に眼を向けた。

「今日は好きな服を着てくる日だなんて誰も言ってくれなかったんだけど」

ウルフはそんな餌には食いつかなかった。黙っていれば、どうせ彼女はすぐに忘れてくれる。

「これを見逃したことを知ったら、今頃カリブ海にいるチェンバーズはどんなに怒るかしら？」と彼女はさらに笑みを広げて言った。

「個人的なことを言わせてもらえば、カリブ海クルーズにはおれも死体のひとつぐらいものともせずに行きたいよ」とウルフはうんざりして言った。

　バクスターはその大きな眼をさらに大きくして意外そうに言った。「シモンズから何も聞いてないのね？」

「なんの話だ？」

　彼女は人が多すぎる部屋の中を案内した。あちこちの場所に懐中電灯が効果的に置かれてはいても、室内はほの暗かった。圧倒的とまではいかなくても、においが段々強くなった。頭上を飛び交うハエの多さから、ウルフはそのにおいの源が近いことを悟った。

　天井の高い室内だったが、家具は何ひとつ置かれていなかった。ウルフの新しいアパートの部屋より相当広かった。もっとも、居心地の悪さはいい勝負だったが。黄色い壁にはあちこちに穴があいていて、いかにも古そうな電気の配線コードと絶縁材が剝き出しの床に散らばっていた。バスルームもキッチンも一九六〇年代から一度も改装されていないように見えた。

「なんの話だ？」とウルフは繰り返した。

「これって、ウルフ」とバクスターはウルフの質問をまたもや無視して言った。「刑事を一生やっていてもたった一度しか出会わない事件かも」

そのときにはウルフはふたつ目の寝室を値踏みしており、別のことに気を取られていた。通りを隔てて反対側にある自分のぼろアパートの家賃は高すぎるのではないかと。室内の廊下を曲がり、人がすでにいっぱいいる主寝室にはいると、彼は反射的に床を見た。鑑識の機材と人の脚のあいだに死体を探した。

「バクスター！」

彼女は立ち止まると、苛立たしげに振り返った。

「シモンズはおれに何を言わなかったんだ？」

彼女の背後、床から天井まである大きな窓のまえに立っていた数人が脇にどいた。彼女が答えるまえにウルフの眼に飛び込んできた。彼の眼はそのときにはもう人々の頭上にあるものに釘づけになっていた。警察が持ってきたものではない照明具の光が照らしていた。舞台を照らすスポットライトのように……

不自然な恰好にねじられた裸体があった。足は床についていないように見えた。背中を部屋に向け、大きな窓から外を見ていた。工業用の金属製のフックに掛けられた、ほとんど眼に見えない何百本もの糸がその死体を固定していた。

ウルフにしても、眼のまえのそのシュールレアリスムの産物のような、おぞましいものがなんなのか、すぐにはちゃんと理解できなかった。白い胴体に黒い脚。自分が見ているものがなんなのかわからないまま、彼は人を押しのけて近づいていった。間近で見ると、互いに相容れない体の部分の結合部に太い縫い目のあることがわかった。何が使われているにしろ、縫われた部分の皮膚が盛り上がっていた。男の黒い脚が一本、白い脚が一本。大きな男の片手に、日に焼けた女の片手。もつれた真っ黒な髪がそばかすのある女のほっそりとした青白い胴体にふわふわとかかっていた。

ウルフの顔に浮かんだあからさまな嫌悪の表情を愉《たの》しむかのように、バクスターが彼の斜めうしろから彼の耳元で嬉しそうに囁《ささや》いた。

「シモンズがあなたに言わなかったのは……ひとつの死体に六人の犠牲者。そういうことよ」

ウルフは床に眼をやり、自分がグロテスクな死体の影の中に立っているのに気づいた。影を見ると、その死体はよけいに気味悪かった。光と影の境目が四肢と胴体のつなぎ目をよけい不気味に見せていた。

「どうしてマスコミがもう来てるんだ？」上司の声が聞こえたが、誰か特定の人間に尋ねたわけではなさそうだった。「うちの課はタイタニック以上に穴だらけのようだな。洩らしたやつを見つけたら、絶対停職にしてやるからな！」

ウルフは思わず笑みを洩らした。シモンズはステレオタイプのボスの役をただ演じてみせているだけなのだ。ふたりはハリドの一件があるまで十年を超す仲で、ウルフにとって友達と言える相手だった。立場上やむをえない虚勢に隠されてはいるが、シモンズは実のところ頭がよくて思いやりもある有能な警察官だった。

「フォークス！」そう呼んで、ウルフたちのところにつかつかとやってきた。シモンズは努めて部下を呼び慣れたニックネームで呼ぶまいとしていた。歳は五十代、管理職を思わせる腹の贅肉、背丈はウルフより三十センチ近く低かった。「今日は好きな服を着てくることが義務づけられてるなんてことは誰からも言われなかったがな」

ウルフの耳にバクスターの笑い声が飛び込んできた。ウルフはバクスターのときと同じ戦略――無視――で応じることにした。ぎこちない沈黙のあと、シモンズがバクスターに尋ねた。

「アダムズはどこだ？」

「誰です？」

「アダムズだ。きみの新しい弟子だ」

「エドマンズですか？」

「そう、エドマンズ」

「どうしてわたしが知ってるんです？」

「エドマンズ！」とシモンズは大勢がいる部屋に向けて呼ばわった。

「今はそいつと仕事をしてるのか？」とウルフは小声でバクスターに尋ねた。その声には嫉妬の響きがかすかに含まれ、バクスターは内心笑いながら囁き返した。「ベビーシッター業務。詐欺捜査課から来たんだけど、まだ死体は数体しか見てない。今日なんかあとで泣きだすんじゃないかな」

若い男が人にぶつかりながら彼らのほうにやってきた。歳は二十五歳、棒のように痩せていて、赤みがかったブロンドの髪がくしゃくしゃのところを除くと、身だしなみは完璧だった。手帳を手に握りしめ、期待を込めた眼を主任警部に向けた。

「鑑識は何を見つけた？」とシモンズは尋ねた。

エドマンズは手帳を何ページかめくって言った。

「ヘレンのチームはまだこの部屋から血の一滴も見つけられていないそうです。死体は六人の異なる犠牲者のもので、どれも乱暴に切断されているようです。斧か何かで」

「ヘレンはおれたちがまだ知らないことを何か言ってなかったか？」とシモンズは吐き捨てるように言った。

「言ってます、実際のところ。血はどこにも見られないことと、手足が切断されたときにできた傷の周辺の血管に収縮が見られないことから……」

シモンズはあきれたように眼をぐるっとまわして、これ見よがしに腕時計を見た。

「……考えられるのは、死体は死後切断されたのではないかということです」エドマンズは読みおえると、自分を誉《ほ》めたくてしょうがないといった顔をした。

「すばらしい警察捜査だ、エンドマンズ」とシモンズは皮肉っぽく言ってから怒鳴った。「みんな、首をなくしたまま失踪した男はもう捜さなくてもよくなったそうだ。ごくろうさん！」

エドマンズの顔から笑みが消えた。ウルフはシモンズの眼を見てこっそり笑った。ふたりとも、こうした嫌みはともに新米時代に何度も受けていた。これは新人研修みたいなものなのだ。

「ぼくは、腕と脚が誰のものにしろ、その誰かもまた確実に死んでいるということが言いたかっただけです」とエドマンズはしゃちほこばってもごもごと言った。

ウルフは暗い窓のガラスに死体が映っているのを見た。まだ死体を正面から見ていなかった。彼は死体のまえにまわった。

「どういうことがわかってるんだ、バクスター？」とシモンズが改めて言った。

「大したことは何も。ドアの鍵穴に引っ掻いたような疵《きず》がありますが、おそらくピッキングの跡でしょう。近辺の訊《き》き込みは巡査がやっていますが、今のところ大した情報ははいってきていません。そう、電気系統にはなんの問題もありませんが、この部屋の電球はすべて持ち去られています。被害者の……被害者たちの……頭の上のものを除いて。犯人は見世物にしたかったんでしょうかね」

「フォークス、きみはどう思う？　きみの考えは？　フォークス？」

ウルフは死体の黒い顔を凝視していた。

「すまん。そばであれこれ言ってうるさかったかな？」とシモンズは言った。

「いえ、すみません。この暑さなのに死体はまださほどにおってません。ということは、犯人はゆうべのうちに六人もの人間を殺したのか――それはちょっと考えにくいけど――それとも死体を氷詰めにしていたのか」

「確かに。工業サイズの冷凍室を持ってる倉庫なり、スーパーマーケットなり、レストランなり、どこでもいいから不法侵入がなかったかどうか、誰かに調べさせよう」

「あとはこの近隣でドリルの音を聞いた者はいないかどうか」とウルフは言った。

「ドリルというのはけっこうありふれた音だと思いますけど」とエドマンズが横から口をはさんだ。が、苛立たしげな三人の視線を浴びて、言ったことをすぐに後悔した。

「これが犯人の傑作だとすれば」とウルフは続けた。「天井からただ吊るしただけじゃないはずだ。われわれが来たときには天井から落っこちていて、床にぐにゃりと倒れているなんて危険は冒したくなかったはずだ。あのフックは重さに耐える金属の梁《はり》に打ち込まれてるのにちがいない。となると、近隣の住人がその音を聞いている可能性がある」

シモンズがうなずいて言った。「バクスター、ウルフが今言ったことを訊き込みに加えるんだ」

「主任、ちょっといいですか？」バクスターとエドマンズが離れると、ウルフはシモンズに言った。そして、使い捨ての手袋をはめると、おぞましい死体の顔にかかっている黒い髪を一房つかんだ。男の顔だった。眼を見開いていた。どう考えても暴力的な死を迎えただろうに、その死に顔はかえって気味が悪いほどおだやかだった。「見覚え、ありませんか？」

シモンズは窓辺までやってきてウルフと並ぶと、その黒い顔をしばらく見てから肩をすくめた。

「こいつはハリドです」とウルフは言った。

「ありえない」

「そうですか？」

シモンズはまた見上げ、生気のない顔を凝視した。最初は訝《いぶか》しげだったシモンズの表情が徐々に変わり、最後は驚きの表情になった。

「バクスター！」と彼は怒鳴った。「きみとアダムズは――」

「エドマンズ」

「……ベルマーシュ刑務所に行け。行って、所長からナギブ・ハリドの面会許可を取れ」

「ハリド？」とバクスターは訊き返した。反射的にウルフの顔を見ていた。

「ああ、ハリドだ。ハリドがまだ生きてることがわかり次第、おれに電話しろ。すぐ行け！」

ウルフは窓から通りをはさんだ向かい側にある自分のアパートを見た。窓は多くが暗いままだったが、眼のまえで進行している見世物を興奮気味に携帯電話で撮影している人影がちらつく窓もあった。身の毛もよだつようなシーンが撮れたら、朝、友達に見せて自慢できる。犯行現場はほの暗いので、撮影できそうになかったが、それでも、今のところ、ウルフと同じアパートの住人は特等席に坐っていた。

いくつかの窓の向こうにウルフの部屋が見え、その中をのぞくこともできた。慌てて出てきたので、すべての明かりがついていた。積み重ねられた段ボール箱が見え、一番下の段ボール箱に貼られた紙まで見えた。その紙には走り書きがしてあった――〝ズボンとシャツ〟。

「くそ！」

シモンズがまたウルフのところに戻ってきて、眼をこすった。ふたりはそれぞれ吊るされた死体の両側に無言で佇《たたず》み、朝の最初の兆しが暗い夜空に染みていくのを眺めた。部屋の中の騒がしさをよそに外ののどかな鳥の声が聞こえた。

「きみにしてもこれほどおぞましい事件は初めてか？」とシモンズがどこかしらジョークめかして言った。声は疲れていたが。

「二番目ですね」とウルフは徐々に青みを増す空から眼を離すこともなく言った。

「二番目？　だったらこれをしのぐ一番はなんだったのか、是非とも拝聴したいものだ」シモンズは渋い顔をして、改めて吊るされた死体の寄せ集めを見やった。

ウルフは伸ばされた右腕を軽く叩いた。その手のひらはほかの黒っぽい肌と比べると青白く、きれいな紫のマニキュアまでしていた。絹糸のように見える何十本もの糸が伸ばされた手を支えており、さらに十本ほどの糸を使って、人差し指がある一定の方向を向くようにしてあった。

ウルフはまわりに人のいないことを確かめてから、シモンズのほうに身を寄せて囁いた。

「この死体はおれの部屋の窓を指差してる」

2

二〇一四年六月二十八日（土）
午前四時三十二分

ひどく揺れるエレヴェーターを待つエドマンズを五階に残し、バクスターは非常階段を駆け降りた。エレヴェーターがまだなかった頃には、一日の仕事を終えて家に帰ることを許された住人がこの階段をのぼったことだろう。寒々とした列をなし、苛立たしげに。半分ほど降りたところで、彼女は身分証をしまった。逆にそれが邪魔になるかもしれないと思ったのだ。その夜の最初の興奮は数時間前に冷め、この界隈《かいわい》の睡眠不足の住人に今残されているのは、警察に対する悪感情だけだろうから。

玄関ホールまで降りると、エドマンズはさきに降りてきており、焦る様子もなく戸口に立って彼女を待っていた。バクスターはそんなエドマンズにうなずいてみせることもなく、肌寒い朝の通りに出た。太陽がようやく顔をのぞかせたところで、上空は澄み渡り、熱波の一日が今日も続くことを約束していた。非常線のところにはまだ野次馬と記者たちが屯《たむろ》しており、彼女と彼女の黒のアウディA１とのあいだの障害物になっていた。

「ひとことも話すんじゃないわよ」と彼女はエドマンズに言った。言わずもがなの忠告だったが、気のいいエドマンズはいつものように彼女のその辛辣《しんらつ》な口調には眼をつぶった。

非常線に近づくと、質問とカメラのフラッシュの一斉攻撃を受けた。ふたりはテープをくぐり、人込みを掻き分けて進んだ。背後でエドマンズが誰かに謝っている声が聞こえるたび、バクスターは歯ぎしりをした。そして、業を煮やして振り返り、睨《にら》みつけようとしたところで、がっしりとした体型の男とぶつかってしまった。その男が持っていた大きなテレビカメラがいかにも高価そうな音をたてて地面に落ちた。

「あっ！　ごめんなさい」そう言ったときには、彼女はもう反射的にロンドン警視庁の名が書かれた名刺を取り出していた。何年ものあいだに何百回と同じことをしていた。まるで借用証書のように名刺を取り出すのだ。

大男は地面に四つん這いになって、壊れたカメラの破片を集めていた。まるでそれが愛する者の亡骸《なきがら》か何かのように。別方向からいきなり女の手が伸びてきて、バクスターの手から名刺をひったくった。バクスターはかっとなってその手の主を見た。その女もいたって非友好的な眼をバクスターに向けてきた。早朝にもかかわらず、テレビ向けに非の打ちどころのない化粧をしていた。誰もが疲れ、眼の下に隈をつくっているのに、疲労のあらゆる痕跡を見事に隠していた。カールした長い赤毛、ぴっちりとしたパンツに上着。ふたりの女はいっとき無言で睨み合った。そんなふたりをエドマンズは畏怖するように見つめた。師匠がこれほど居心地悪そうにしている場面に遭遇するとは。

そんなエドマンズにちらりと眼をやって、赤毛の女がバクスターに言った。

「あなたもやっと歳に合う相手を見つけたのね」バクスターは、まるでエドマンズがただそこにいるだけで彼女に害を及ぼしていると言わんばかりに、エドマンズに渋面を向けた。赤毛の女はわざとらしく同情するようにエドマンズに言った。「彼女はもうあなたに汚い手を使ってきた?」

エドマンズは凍りついた。自分は今人生最悪のときを過ごしているのだろうか。ほんとうにそう思った。

「まだ?」と女は続けて時計を見た。「でも、まだ朝早い時間だから」

「ぼくは今度結婚するんです」とエドマンズがだしぬけにぼそぼそと言った。言ってから、どうしてそんなことを口走ったのか、自分を訝しんだ。

赤毛の女は勝ち誇ったような笑みを浮かべ、何か言いかけた。

「行くわよ!」とバクスターが嚙みつくようにエドマンズに言い、そのあといかにも無関心を装って、女の名を呼んだ。「悪いけど、こっちにも仕事があるの、アンドレア」

「エミリー」と赤毛の女は応じた。

バクスターは女に背を向けると、カメラの破片を踏み越え、エドマンズを従えて歩きだした。そして、アウディに乗り込むと、轟音《ごうおん》をたててエンジンをふかし、車体を揺らして突然バックさせた。そんな彼女の様子に、エドマンズは急いで三度シートベルトを点検した。車は乱暴に縁石をふたつ越え、一気に加速した。バックミラーに映る青いライトが徐々に小さくなった。

犯行現場を離れ、閑散とした首都の通りを猛スピードで走らせながら、バクスターはひとことも口を利かなかった。エアコンの送風口から暖かい空気が吹き込んでいて、エドマンズは眼を開けているだけで一苦労だった。内装は贅沢だったが、車内は散らかり放題だった。CDに使いかけの化粧品にファストフードの包み紙。ウォータールー橋を渡ったところでようやく太陽が市《まち》に顔をのぞかせた。セントポール大聖堂のドームのなだらかなシルエットが金色の空を背景に浮かび上がった。

眠気に抗しきれなくなったエドマンズが思いきり助手席側の窓に頭をぶつけた。反射的に上体を起こしたものの、情けないところを見せてしまった自分に腹が立った。ましてや上司のまえで続けて二度も。

「彼があの人なんですね？」と眠気を遠ざけるためだけに会話をしたくて彼はだしぬけに言った。

「彼って？」

「フォークス。あのウィリアム・フォークス」

実際にはエドマンズはそれまでに何回かウルフを見かけていた。ウルフだとわかったのはこのヴェテラン刑事に対する同僚の接し方がちがったからだ。誰もがセレブに対するかのように接していた。

「あのウィリアム・フォークス」とバクスターはエドマンズの口調を揶揄《やゆ》して言った。

「いったい何があったのかということについては、あらゆるヴァージョンを聞いてますけど……」彼はそこでことばを切り、この話はここでやめたほうがいいのかどうか、バクスターの反応をとりあえずうかがってから続けた。「あなたはそのとき彼のチームにいたんですよね？」

バクスターは無言で運転を続けた。まるでエドマンズの質問など聞こえなかったかのように。エドマンズは自分を愚かしく思った。バクスターが新米刑事を相手に微妙な話題に応じてくれるなどと思った自分を。ところが、時間つぶしに何かしようと携帯電話を取り出すと、思いがけずバクスターが口を開いた。

「ええ、いたわ」

「彼は起訴内容にあることをすべてほんとにやったんですか？」エドマンズにしても自分が地雷を踏むかもしれない危険を冒していることはよくわかっていた。が、純粋な好奇心がそれに勝《まさ》った。「証拠の捏造《ねつぞう》にしろ、被告人への暴行にしろ――」

「いくつかはね」

エドマンズはバクスターのあいまいな返事を咎《とが》めるようについ舌を鳴らしてしまった。それがバクスターの逆鱗《げきりん》に触れた。

「あなた、自分に彼を裁く権利があるとでも思ってるの？　この仕事のいろはも知らないくせに！」と彼女は声を荒らげて言った。「ウルフはハリドが火葬キラーだということを知っていた。知ってたのよ。だから、またやることもわかってたのよ」

「合法的な証拠が何かあったんですね？」

バクスターはユーモアのかけらもない笑い声をあげた。

「あなたはああいう異常者が繰り返し逃げおおせるのをただ見てればいいわ。それで気がついたら、もう何年も経ってしまってることでしょうよ」彼女は自分が熱くなっていることに気づいてことばを切った。「どんなことも白と黒というわけにはいかないのよ。ウルフがやったことは悪いことよ。でも、それは正しい理由から必死の思いでしたことなのよ」

「傍聴席が満席の公判で被告人に襲いかかることが、ですか？」とエドマンズはあえて言ってみた。

「そこが特にそうね」とバクスターは答えた。彼女はエドマンズの挑むような口調にも気づかないほど、実際、熱くなっていた。「彼は重圧に耐えきれなくなったのよ。それっていつかわたしに起こることかもしれない。あなたにもね――誰にも起こりうることよ。だから、そんなふうになったときには、誰か助けてくれる人がそばにいることを祈ることね。あのときにはウルフのそばに誰もいなかった。わたしも……」

バクスターの声音に後悔を聞き取り、エドマンズはしばらく黙った。

「彼はその件で刑務所送りになった。世間は血を欲していた。彼を腐敗した刑事のシンボルに祭り上げようとしていた。そんなとき、寒い二月のある朝、バーベキュー状態になった女子小学生の死体のそばに立っているところを見つけられたのは誰か。世間がウルフのことばに耳を傾けてさえいれば、その女の子は今でも生きてたのよ」

けど？」

「確かに」とエドマンズはしみじみと言った。「で、やつだと思いますか——頭のことです

「ナギブ・ハリドは小児殺人者だった。犯罪者にも掟というものがある。だから本人の身の安全を考慮して、彼は最重警備刑務所の中でも重警備棟の独居房に死ぬまで収監されることになった。面会も許されていない。誰にも許されない。刑務所から彼の頭を持ち去ったことになる人物も含めて。ありえないことよ」

自分たちがしていることは時間の無駄だというバクスターの言明のあと、またぎこちない沈黙がしばらく続いた。常に一緒だったわけではないが、この三ヵ月半に交わした会話の中で、今のふたりのやりとりは最高のものとは言えなかった。そのことを強く意識しながら、結論の出ていない話題に戻してエドマンズが言った。

「でも、すばらしいことですよね、フォークスが——すみません、ウルフがまた戻ってきたというのは」

「世論の力というものを見くびらないことね。それと世論にすぐに屈したがるお偉方の〝熱意〟も」とバクスターは冷ややかに言った。

「なんだか彼は戻るべきではなかったみたいな口ぶりですね」

バクスターは何も言わなかった。

「警察としてはいい宣伝にはならない。そういうことですか？」とエドマンズは言った。

「彼を無罪放免にするのは」

「無罪放免？」とバクスターは信じられないといった顔で訊き返した。

「まあ、彼は刑務所にはいらずにすんだわけですからね」

「はいっていたほうが彼にとってはよかったはずよ。病院の入院措置を勝ち取った弁護士は弁護士としての体面を保ったことになるでしょうけど。物事を解決するには一番の当事者を汚すほうが簡単ってことね。測り知れない捜査の重圧が〝完全なる人格喪失〟を惹き起こしたとかなんとか、そういうことにしておいたほうが――」

「そういうことを認めてもらうには、人はどれぐらいその人らしくないことをしなきゃならないんでしょうね？」とエドマンズはバクスターのことばをさえぎって言った。

バクスターはエドマンズのそのことばを無視して続けた。

「いずれにしろ、それで彼には治療が必要ということになった。彼の弁護士のことばに倣えば、潜在する反パーソナリティ――じゃなかった。反社会的パーソナリティの治療がね」

「あなたは彼にはそんな障害などないと思うんですね？」

「少なくとも入院したときにはね。でも、おまえは頭がおかしいってみんなに言われつづけて、薬漬けにされたら、最後には誰だって自分を疑わざるをえなくなる」バクスターはため息をついた。「だからあなたの質問に答えるなら、セント・アン病院に一年放り込まれ、降格され、名声は地に落ち、家に帰ったら離婚届が待っていたウルフは、どう考えたって〝無罪放免〟になったわけじゃないのよ」

「彼の奥さんは彼には問題がないのに離婚した。あなたはそう思ってるんですか？」

「なんて言えばいいかな、彼の奥さんってクソ女なのよ」

「知ってたんですか？」

「さっき現場で赤毛のレポーターに会ったでしょ？」

「あの人なんですか？」

「アンドレア。彼女、わたしとウルフに関して、愚かにもほどがあるような邪推をするようになったのよ」

「あなたとウルフがつきあってるとか？」

「ほかに何がある？」

「それで……それはちがうんですね？」

エドマンズはそう尋ねて息を止めた。ついうっかり繊細な一線を越えた質問をしていた。

会話はそこで終わった。バクスターはエドマンズのその不躾《ぶしつけ》な質問を無視して、アクセルペダルを踏み込み、スピードを上げ、木が植えられた分離帯のある高速道路を走り、刑務所をめざした。


「彼は死んだ？　いったいどういうことなんです？」とバクスターはデイヴィス刑務所長に向かって大声をあげた。

エドマンズと所長はふたりとも、無味乾燥な所長のオフィスを唯一特色づけている大きな机について坐ったままだったが、彼女はまた立っていた。所長は熱いコーヒーに口をつけて顔をしかめた。毎日常に勤務時間前に出勤していたが、失われた三十分がすでに彼の一日を台無しにしていた。

「バクスター刑事、地元の行政機関にはこういった情報を警察に知らせる義務がある。しかし、われわれは通常――」

「でも――」とバクスターは所長のことばをさえぎって言いかけた。

所長はそれをさらにさえぎって断固たる口調で続けた。

「ハリド受刑者は独房で体調を崩したため、まず医務室に運ばれて、そのあとクウィーン・エリザベス病院に搬送された」

「どんな容体だったんです?」

所長は老眼鏡を取り出して机の上のファイルを開いた。

「報告によると、〝呼吸困難と吐き気〟になってるね。クウィーン・エリザベス病院ではほぼ午後八時に集中治療室に入れられた。〝無反応になり、O_2セラピーを施したにもかかわらず、酸素飽和度が低下した〟からだ。どういう意味かわかるかな?」

所長はふたりを見上げた。ふたりともしかつめらしくうなずいた。が、所長がまた報告書に視線を落とすなり、そろって首を傾げて肩をすくめた。

「監視は地元警察が彼の病室の外で二十四時間態勢でおこなっていた。しかし、実際にはそれは二十一時間も水増しして言っていたことになる。彼が午後十一時に死んでいるところを見ると」所長は報告書を閉じると、眼鏡をはずした。「悪いが、こっちから教えられるのはそれだけだ。もっと知りたければ、病院に行ってもらうしかないな。ほかに何もないようなら……？」

そう言って、所長は熱すぎるコーヒーに口をつけてまた顔をしかめ、火傷をしないうちにコーヒーを眼のまえから遠ざけた。バクスターもエドマンズも立ち上がった。エドマンズが笑みを浮かべ、所長に手を差し出して言った。

「貴重なお時間を割いていただき、ありが――」

「急ぎましょう」バクスターはもう戸口から出かかっていた。

エドマンズはぎこちなく手を引っ込めてバクスターに続いた。ドアが閉まる寸前、バクスターが部屋に慌てて戻って最後の質問をした。

「まったく。うっかり忘れるところでした。ハリドが刑務所から出されたときのことですが、彼にはまだ頭があったことにはまちがいないですよね？」

所長は驚き顔でただ黙ってうなずいた。

「ありがとう」

殺人及び重犯罪捜査課の会議室ではビーチ・ボーイズの『グッド・ヴァイブレーション』が大音量で鳴り響いていた。ウルフは音楽を流していたほうが仕事が捗《はかど》るほうで、まだ朝早く、その音はさほど他人の迷惑にはなっていなかった。

今はしわくちゃの白いシャツにダークブルーのチノパンツ、それに一足しか持っていない靴という恰好だった。ハンドメイドの〈ローク〉のオックスフォード。あまり彼らしくない高価な代物だったが、同時に彼のこれまでの買物の中で最も賢い買物だった。その靴以前のことを彼はおぼろげに覚えている。あの頃は、十九時間の勤務が終わる頃には必ず足が痛くなり、数時間の睡眠ののち、自分の足に合っていないその同じ靴に顔をしかめながらまた足を突っ込んだものだ。

脇のテーブルの上で携帯電話が点灯したのに気づかず、彼は音楽のヴォリュームを上げた。部屋には彼しかいなかった。三十人は楽に坐れるその部屋はあまり使われることがなく、リニューアルをして一年以上が経つのに、まだ新しいカーペットのにおいがした。刑事部屋との壁には壁の長さだけある細長いすりガラスが張ってあった。

彼は机からまた別の写真を取り上げると、流れている音楽を調子っぱずれに口ずさみ、ダンスしながらドアの近くに置かれた大きなボードのところまで持っていった。そうして最後の写真を所定の位置に貼ると、うしろにさがって自らの作品のできばえを自画自賛した。体のさまざまな部分を撮った拡大写真がつなぎ合わされ、ひとつは前面、もうひとつは後面のおぞましいふたつの人体像ができあがっていた。血の気のないその青黒い顔を改めて見た。自分がまちがっていないことを期待しながら。ハリドがついに死んだことが確認できれば、これからはいくらかでも楽に寝つける。ただ、残念ながら、彼の正しさを裏づけるバクスターからの電話はまだかかってきていなかった。

「おはよう」背後からなじみのあるスコットランド訛《なま》りのだみ声がした。

ウルフはすぐさまダンスをやめて音楽のヴォリュームを落とした。捜査チーム一番の古株、フィンレー・ショーが部屋にはいってきた。もの静かだが、いるだけで相手を威圧できる男だ。常に煙草のにおいを漂わせている。歳は五十九歳、日焼けした顔、少なくとも一度はつぶされ、治療をしても結局のところもとには戻らなかった鼻の持ち主。

バクスターがエドマンズの〝ベビーシッター〟になったのと同じように、今はウルフの〝お守《も》り〟がフィンレーの一番の仕事だった。定年に向けて捜査の最前線から徐々に身を引いているフィンレーにウルフを〝監視〟させ、毎週その報告書を提出させる。それが履行されるかぎり捜査チームの指揮はウルフに任せる。それがお偉方の暗黙の了解事項だった。

「おまえさん、足が二本とも左足になってる（〝ダンスが下手〟の意）」とフィンレーはしゃがれた声で言った。

「まあ、おれはどっちかと言うと、シンガーでね」とウルフは弁解がましく言った。「知ってると思うけど」

「いや、それはおまえさんの大きな勘ちがいだけど、おれが言ったのは……」フィンレーは壁のところまで歩いて、ウルフが貼ったばかりの写真を叩いて言った。「……左足が二本になってるって、字義どおりの意味だ」

「え？」ウルフは何枚もの写真を掻き分け、ようやく正しい写真を見つけた。「知ってると思うけど、おれはこういうことを時々わざとやるんだよ。まだあんたを必要としてることをあんたにわからせたくて」

フィンレーは笑いながら言った。「ああ、そうだろうとも」

ウルフは写真を取り替えた。ふたりはおぞましいコラージュを見つめた。

「一九七〇年代、これとちょっと似た事件を捜査した」とフィンレーが言った。「チャールズ・テニスン」

ウルフはただ肩をすくめた。

「テニスンも体の一部をあとに残した。脚をこっちに手をあっちにってな。最初はでたらめに見えた。が、そうじゃなかった。どれもちゃんと身元がわかるようになってた。やつは誰を殺したのか、おれたちにわからせたかったんだよ」

ウルフは壁に近づき、写真をよく見て言った。

「左手には指輪、右脚には手術の痕がある。大した手がかりにはならないかもしれないが」

「もっと出てくるだろう」とフィンレーは事務的な口調で言った。「一滴の血も残さず虐殺をやってのけるやつが指輪を忘れていたとは思えない」

ウルフは示唆に富むフィンレーのそのことばに大きな声をあげながら欠伸で応じた。

「コーヒーが要るか？　おれにはどっちみち煙草が要る」とフィンレーは言った。「ミルク入りで砂糖はふたつだったな？」

「どうやったらそんなに覚えないでいられるのか、理解に苦しむね」フィンレーがドアに向かうとウルフは言った。「特別熱くて、糖質ゼロのシロップ入りのカフェ・マキアートのダブルだ」

「わかった、ミルク入りで砂糖はふたつだな」とフィンレーは怒鳴り返し、戸口を出たところでヴァニタ警視長と鉢合わせしそうになった。

テレビに出るときのいつもの恰好から、ウルフにはその小柄なインド系女性が誰なのかすぐにわかった。彼女は、彼が復職するのに耐えなければならなかった無数の面接と評定会議のひとつに出席しており、ウルフが覚えているかぎり、彼の復職に反対したひとりだった。

彼女のことはただ近づいてきただけでもウルフにわかっただろう。常に漫画の中から出てきたような恰好をしているのがヴァニタだったから。その朝の不可解なアンサンブルは、派手な紫のブレザーにけばけばしいオレンジのパンツを合わせたものだった。

ウルフは反射的にフリップチャートのうしろに隠れようとしたが、遅すぎた。ヴァニタは戸口から彼に話しかけてきた。

「おはよう、部長刑事」

「おはようございます」

「ここはお花屋さんみたいね」と彼女は言った。

ウルフは怪訝な面持ちで壁を埋めているおぞましいモンタージュを見やった。が、視線を戻して気がついた。彼女は刑事部屋のことを言ったのだ。そこには高価そうな花束が机の上やファイリング・キャビネットの上にいくつも置かれていた。

「ここ一週間、ずっと届いてるんです。ミュニッツの件でしょう。見るかぎり、市民全員が送ってきてるみたいですね」と彼は説明した。

「たまには感謝されるのも悪くないわ」とヴァニタは言った。「あなたのボスを探してるんだけど。オフィスにいなかったものだから」

そこでウルフの携帯電話がテーブルの上でけたたましく鳴りだした。ウルフは発信者の番号をちらりと見ると電話を切り、ヴァニタに言った。

「何かおれにできることがありますか？」まるで心がこもっていなかった。

ヴァニタのほうも心のこもらない笑みを浮かべて言った。

「いいえ、ないわ。マスコミはわたしたちをずたずたにしようと外で待ち構えてる。総監はそんな彼らを黙らせたがってる」

「マスコミを黙らせるのがあなたの仕事だと思ってました」とウルフは言った。

ヴァニタは笑った。「今日は表に出るつもりはないわ」

ふたりともシモンズがオフィスに戻っていくのに気づいた。

「常に上司の尻拭い。それがこの仕事だって、フォークス、知ってた？」

「見てのとおり、おれはここから出られない。だから、おまえが出てくれ。おれにかわってハゲタカどもに餌をやってくれ」とシモンズはほぼ信じられなくもない切実な口調で言った。

ヴァニタ警視長がシモンズのオフィスを出て二分と経たないうちに、ウルフはシモンズの豚小屋みたいなオフィスに呼ばれたのだった。四平方メートルほどの広さもないそのオフィスにあるのは、机に小型のテレビに錆びたファイリング・キャビネットに回転椅子がふたつにプラスティック製のストゥールがひとつ（狭い空間に人が集まったときのためだ）。出世の階段をのぼりきっても待っているのはこの程度のもので、全職員のまえで自分を自慢する理由にはとてもなりそうもないオフィスだった。

「おれがですか？」とウルフは疑わしげに言った。

「ああ、そうとも。おまえはマスコミに愛されてるからな。なんたっておまえこそウィリアム・フォークスなんだから！」

ウルフはため息をついた。「この仕事をさらに下にまわせる、食物連鎖でおれより地位の低いやつはいないんですか？」

「男子トイレで掃除係を見かけたけど、やっぱりおまえから話したほうがいいと思うね」

「わかりました」とウルフはうなるように言った。

机の上の電話が鳴りだした。シモンズが出て、ウルフは席を立ちかけた。が、シモンズに片手を上げられ、動きを止めた。

「フォークスならここにいる。スピーカーフォンにする」

車の大きなエンジン音にエドマンズの声は聞き取りにくかった。ウルフはつくづくエドマンズに同情した。バクスターがスピード狂であることはウルフも経験から知っていた。

「クウィーン・エリザベス病院に向かってるところです。一週間前、ハリドはそこの集中治療室に入れられてます」

「生きてるのか？」とシモンズは苛立たしげな大声をあげた。

「生きてた、です」とエドマンズは言った。

「今は？」

「死んでます」

「頭は？」とシモンズは苛立ちをさらに声に込めて言った。

「これから確かめてお知らせします」

「すばらしい」シモンズはそう言って電話を切ると、首を振り、顔を起こしてウルフを見た。

「みんな外で待ってるぞ。犠牲者は六人だってことは言っていい。どっちみちやつらは知ってると思うが。現在その身元を確認中で、わかり次第、その名前を公表するまえに遺族と連絡を取ることを教えておいてやれ。体の部分がつなぎ合わされていたこととおまえのアパートのことは伏せておけ」

　ウルフはふざけて敬礼をして、外に出るとドアを閉めた。フィンレーがカップをふたつ持って戻ってくるのが見えた。

「間に合ったな」とウルフは刑事部屋の反対側から呼ばわった。刑事部屋には次々と刑事が出勤してきていた。それぞれその日の仕事を始めようとしていた。忘れられがちなことだが、大事件が起きてどれだけ世間の耳目を集めようと、それ以外の世界は変わらない。いつもどおり人は人を殺し、レイプ犯も窃盗犯もひたすら法の網の目をくぐり抜けている。

　五つの大きな花束が置かれた机の脇を通りかかったところで、フィンレーは鼻をひくひくさせはじめた。涙目になったのがウルフにもわかった。案の定、ウルフのところまで来るまえにフィンレーは派手にくしゃみをした。その拍子に手にしたコーヒーをふたつとも薄汚れたカーペットの上に落としてしまった。ウルフは心底がっかりしたような顔をした。

「あの忌々《いまいま》しい……花のせいだ！」とフィンレーは吠《ほ》えた。祖父になって以来、彼は卑語を使うことを妻に禁じられていた。「新しいのを持ってくるよ」

それには及ばない、とウルフが言いかけたところで、署内の配達係が豪華な花束を腕いっぱいに抱えてエレヴェーターから降りてきた。フィンレーはその配達係に殴りかかりかねない顔をしていた。

「大丈夫ですか？　ミズ・エミリー・バクスターにまた花です」とむさくるしいなりの若者は言った。

「すばらしい」とフィンレーはむっつりと言った。

「これで五回か六回目ですよね。彼女、美人なんですね？」とまぬけづらをした若者は言った。よけいな軽口ながら、ウルフはちょっと虚を突かれた恰好になった。

「ううん……彼女は――とても、その――」ウルフは口ごもった。

「われわれは同僚のことをそんなふうに考えたりしないんだよ」とフィンレーが横から助け舟を出した。

「まあ、時と場合によるが……」とウルフは言ってフィンレーを見た。

「もちろん、彼女は美人だよ」とフィンレーのほうは思いがけないウルフのことばに戸惑って言った。「それでも――」

「人間誰しも個性的できれいだと思うよ」そう言って、ウルフは賢明に話を終わらせた。

ウルフとフィンレーは互いにうなずき合った。ふたりとも決まりの悪い質問がこのあと続くことをうまく回避したことに満足していた。

「だからと言って、彼は決して彼女のことを……」とフィンレーが言った。

「ああ、おれは決して……」とウルフは応じた。

配達係はぽかんとした顔でふたりの刑事を見比べて言った。「なるほど」

「ウルフ！」部屋の反対側から女性刑事が呼んでいた。それで配達係の相手はそのあとフィンレーひとりに任せる言いわけがウルフにできた。女性刑事は電話の受話器をウルフに突きつけていた。「あなたの奥さんから。すごく大切な用だって言ってる」

「おれたちはもう離婚したんだけど」とウルフは言った。

「どっちにしても。とにかく電話よ」

ウルフが受話器に手を伸ばしかけたところで、シモンズがオフィスから出てきた。ウルフがまだ刑事部屋にいることに気づくと、怒鳴った。

「早く階下《した》に行け！」

ウルフはむっとした顔をして言った。

「かけ直すって言っておいてくれ」そう言うと、まだその階に止まっていたエレヴェーターのほうに向かった。これから相対する連中の中に元妻がいないことを祈りながら。

3

二〇一四年六月二十八日（土）
午前六時九分

バクスターとエドマンズはクウィーン・エリザベス病院の総合受付エリアで十分以上待たされた。カフェにも売店の〈W・H・スミス〉にも薄っぺらなシャッターが降りていた。手の届かないところにあるスナック菓子の山を見てしまったバクスターの腹がまた鳴った。病的なまでに肥った警備員がやっと現われ、受付カウンターのところまでよちよちと歩いてきた。あまり友好的とは言えなかった受付の女が彼らのほうを指差すのが見えた。

「へーイ！」とその女はまるで犬を呼ぶみたいに彼らに声をかけていた。「ジャックが案内しますから」

警備員は不機嫌を隠そうともせず、ゆっくりと大儀そうにエレヴェーターに向かって歩いた。

「あのねえ、わたしたち、急いでるんだけど」どうしても我慢ができなくなって、バクスターが嚙みついた。が、残念ながら、そのことばには警備員の足取りをさらに遅らせるだけの効果しかなかった。

地下でエレヴェーターを降りたところで、警備員が初めて口を利いた。

「〝本物〟のお巡りさんは、おれたちみたいなレヴェルの低い警備員は信用できないってことで、部屋の外に坐ってるっていう、すごくむずかしい仕事を自分たちでやってたよ。お巡りさんにしてもそりゃいい経験になっただろうね」

「死体はここの死体置き場に運ばれてからずっと警備されてたんですか？」とエドマンズが明るい声で尋ねた。不機嫌な警備員を少しでもなだめようとしたのだろう。閉所恐怖症を起こしそうな通路を歩きながら、メモが取れるようにすでに手帳を取り出していた。

「これはおれのただのあてずっぽうだが」と警備員は慎重さをわざとらしく装って言った。「あんたら警察の旦那方も死んじまったハリドについちゃ、もうあんまり危険とは思えなくなったんじゃないかね。言っとくが、これはあくまでおれのただの推測だがね」

警備員は自分のユーモアに悦に入ったようなひとりよがりの笑みを浮かべた。エドマンズはバクスターが首を振ってあきれるなり、さらに愚かな質問をぶつけることで警備員を馬鹿にするなり、そういうことをしそうな気がして、師の顔色をうかがった。ところが、思いもよらず、彼女はエドマンズを擁護して言った。

「わたしの同僚があなたに訊いたのは――でも、答えてもらえなかったのは――死体置き場はずっと警備されてたのかどうかということなんだけど」

彼らは部屋の用途を示す表示も何もない両開きのドアのまえで立ち止まった。警備員はドアの小窓に貼られた〝立入禁止〟のステッカーをその太い指で横柄に叩いて言った。

「これでよろしいでしょうか、お嬢さま」

バクスターは不愉快な警備員を押しのけると、開けたドアをエドマンズのために支えて言った。「ありがとう……あなたってわたしがこれまでに会った中でも超《ちよう》弩《ど》級《きゆう》の……」彼女は警備員の鼻先に叩きつけるようにしてドアを閉めた。「クソ野郎ね」

胸くその悪い警備員とは対照的に、葬儀管理士は協力的で有能だった。歳は四十代前半、物腰のおだやかな男で、白いものが交じる顎ひげは髪同様、完璧に整えられていた。ものの数分でナギブ・ハリドに関するハードコピーとコンピューターのファイルを取り出した。

「司法解剖がおこなわれたときには、私自身はここにはいなかったのですが、記録を見るかぎり、テトロドトキシンによる中毒死のようです。血中からその毒が見つかりました」

「そのテトキシン――」

「テトロドトキシン」葬儀管理士はもったいぶることなくバクスターのことばを正した。

「それってなんなんです？　どういう毒なんです？」

「いわゆる神経毒です」

バクスターとエドマンズは互いにぽかんとした顔を見合わせた。

「ハリドはおそらくそれを食べたんでしょう。フグを食べて中毒を起こすことが一般的です。ああいう魚を珍味と思う人もこの世にはいますからね。私は〈フェレロロシェ（イタリアのチョコレート菓子）〉のほうがいいですが」

バクスターの腹がまた訴えるように哀れに鳴った。

「つまり、火葬キラーは魚に殺されたということ？　わたしは主任警部にそんな報告をしなくちゃならないってことですか？」

「まあ、そういうことになるでしょうかね」葬儀管理士はどこかしら申しわけなさそうに肩をすくめた。「ただ、テトロドトキシンを含む生物はほかにもいます――ヒトデとかカタツムリとか……確かヒキガエルにも……」

　そういう名前を挙げてもバクスターが顔を輝かせることはなかったので、葬儀管理士は途中でやめた。

「死体を見にこられたんですよね？」ややあって葬儀管理士は言った。

「お願いします」とバクスターは言った。これほどほっとしたバクスターの声をエドマンズは初めて聞いた。

「その理由を聞かせてもらってもいいですか？」

　彼らは冷凍庫のある壁のほうに――よく磨かれた金属の大きな引き出しが並んでいるほうに――移動した。

「彼にはまだ頭があるかどうか確認したいんです」とエドマンズが相変わらず何か手帳にメモをしながら言った。

　葬儀管理士は同僚の不適切なブラックユーモアをたしなめるか、あるいは苦笑を浮かべるかしているかと思い、バクスターを見やった。ところが、彼女は彼の視線を受け止めると、しかつめらしくうなずいた。葬儀管理士はいささか訝しそうに、めあての一番下の引き出しを見つけると、ゆっくりと壁から引き出した。悪名高き連続殺人犯の死体が眼のまえに現われ、三人は息を呑《の》んだ。

まず古い傷痕と火傷痕に覆われた褐色の足と脚が見えた。次に腕と股間。バクスターはハリドの左手のねじれた二本の指を居心地悪そうに見た。ウルフが血にまみれて拘置施設から出てきた夜のことが思い出された。その翌日、上司から質問されたとき、彼女は知っていることのすべてを否定した。

胸が光の中に現われた。ウルフの暴行による怪我の治療のために何度も受けた手術の痕があちこちに残っていた。最後まで引き出しが引き出され、カチッという金属音がした。三人の歪《ゆが》んだ像が金属の台に映って見えた。ハリドの頭があるべきところに。

「やられた」

ウルフはロンドン警視庁の入口のまえにいた。ウェストミンスター地区の中心部のほぼ八千平方メートルを占めてそびえる、ガラスの建物がつくる影の中に集まった群衆に、神経質そうな視線を送っていた。ロンドン警視庁の有名な回転表示板が背景にはいる、いつものメディアお気に入りスポットに、間に合わせの演壇がつくられ、それに最後の手が加えられているところだった。

ウルフは以前誰かに言われたことがある。その表示板の文字が光っているのは、ロンドン警視庁が寝ずの番をしていることの象徴であり、警察が常に人々を見守っていることを表わしているのだと。建物そのものについても同じようなことが言えた。晴れた日にはほとんど消えてしまうのだ。ガラスの窓が鏡のようになり、そこに向かい合って建つヴィクトリア風の赤レンガ造りのホテルと、〈55ブロードウェイ〉の時計塔が現われる。

携帯電話がポケットの中で鳴りだし、ウルフはスウィッチを切り忘れた自分を呪った。かけてきたのはシモンズだった。ウルフはすぐに出た。

「ボス？」

「バクスターから今連絡があった。やっぱりハリドだった」

「それは最初からわかってました。どういうことだったんです？」

「魚だ」

「え？」

「毒を摂取したらしい」

「あいつにしてはまだましな死に方でしたね」とウルフは吐き捨てるように言った。

「今のことばは聞かなかったことにしておいてやるよ」

作業ズボンを穿《は》いた男が彼に合図してきた。

「準備ができたようです」とウルフはシモンズに言った。

「グッドラック」

「どうも」とウルフは本心から言った。

「ヘマるなよ」

「わかってますよ」

ウルフは電話を切って、ガラスに映っている自分の姿を見て確かめた。ズボンのファスナーは開いていないかどうか、普段よりくたびれてやつれて見えていないかどうか。できるだけ早く終わらせよう。改めて自分にそう言い聞かせて演壇に向かった。群衆のざわめきが大きくなり、まるで標的を狙う大砲のように、彼の一歩一歩を追ってテレビカメラの黒いレンズが動いた。そんなさまを眼にすると、やはり気持ちが萎えた。一瞬、そこがロンドン警視庁のまえではなく、中央刑事裁判所のまえのように思えた。警官に両脇を抱えられ、不器用に顔を隠しながら警察車両の後部座席に乗せられたときの記憶が甦《よみがえ》った。あのときレポーターはみな嘲《あざけ》りの表情を浮かべていた。不満を抱えた者たちは警察車両の側面を蹴りさえしてきた。

さまざまな危惧を抱えたまま演壇に上がると、彼はメモ用紙に書いて簡単にリハーサルをした内容を伝えた。

「ウィリアム・フォークス部長刑事です――」

「すみません！　もっと大きな声で！」無遠慮な声が遠くからあがった。

そのささやかなステージを組み立てた男たちのひとりが走り寄ってきて、マイクのスウィッチを入れた。大きな空電音が鳴り響いた。ウルフは顔の海から沸き起こった悪意のある笑い声を極力無視して言った。

「どうも。私はロンドン警視庁のウィリアム・フォークス部長刑事で、今回の多重殺人事件捜査チームの者です」まずまずのすべり出しだ、とウルフは内心思った。眼のまえの群衆から矢継ぎ早に質問が飛び出した。ウルフはそれを無視して続けた。「ケンティッシュ・タウンで見つかった六人の被害者の死体の一部はすべて現場から運び出され――」

ウルフはそこで過ちを犯した。一瞬、メモから顔を起こしたとたん、よくめだつアンドレアの赤毛が眼に飛び込んできたのだ。彼女はどこか取り乱しているように見えた。それがよけいに彼の気持ちを乱れさせた。メモを演壇の床に落としてしまい、彼は屈んでそれを取り上げた。その中にはこの場で公にしてはならない項目を列挙した一枚もあった。一番大切なそのメモを見つけると、彼はまた演壇のまえに戻った。

「……本日早朝のことです」咽喉《のど》がからからになっていた。顔が赤くなっているのもわかった。決まりの悪い思いをすると、必ずそうなるのだ。あとは口早にメモを読み上げた。「われわれは現在被害者の身元を確認中です。確認ができ次第、遺族の方々に連絡したのち、氏名を公表します。今のところ捜査中ですので、現時点で公表できるのはこれだけです。では」

彼は拍手を待ってその場に数秒とどまった。が、それは不適切な期待であることにも、自分のパフォーマンスが拍手に値するほどのものではなかったことにも、すぐに気づいた。演壇を降りると、彼の名を叫ぶ声から退散した。

「ウィル！　ウィル！」

振り向くと、アンドレアが駆け寄ってきた。彼女は最初の警官のガードからは逃れたものの、ほかのふたりの警官に行く手を阻まれていた。ウルフは、離婚以来、彼女に何度か遭遇するたびに覚える言いようのない怒りに身を任せ、ふたりの警官に彼女を無理にでも遠ざけさせようかとも思ったが、外交警護班のメンバーがひとりヘックラー＆コッホのＧ36Ｃアサルトライフルを手に近づいてくるのを見て、むっつりと言った。

「いいから通してやってくれ」

ふたりが最後に会ったのは家の売却の件で話し合わなければならなかったからで、そのときはことさら寒々しい話し合いになった。だからウルフは驚いた。彼に走り寄ると、彼女のほうから彼にきつく抱きついてきたのだ。彼はできるだけ口で息することに努めた。彼女の髪のにおいを嗅がないように。彼が愛してやまなかった彼女の香水の香りがするのに決まっていたから。ようやく腕を離した彼女の眼に涙が浮かびそうになっているのを見て、彼はさらに驚いた。

「アンディ、悪いが、きみにもこれ以上のことは何も話せない――」

「あなたって電話に出ない人なの？　この二時間近くずっとかけてたのよ！」

ウルフは元妻の感情のすばやい揺れについていけなかった。今の彼女は心底彼に腹を立てていた。

「すまん。今日はずっと忙しかったんだ」とウルフは言ったあと、わざと秘密めかして小声で皮肉を言った。「どうやら殺人のようなんでね」

「あなたのアパートのすぐ近くで！」

「ああ」とウルフは何かを思案するように言った。「おれが住んでるみすぼらしい界隈で起きた事件だ」

「訊きたいことがあるんだけど、ほんとうのことを言ってくれる?」

「ううううん」

「もっとあるんでしょ?　死体は縫いつながれてたんでしょ?」

　ウルフは虚を突かれて言いよどんだ。

「いったいどうして……?　いったいどこで……?　ロンドン警視庁の職員として言うが――」

「ハリドだったんでしょ?　ハリドの頭だったんでしょ?」

　ウルフはアンドレアの腕をつかんで脇に引っぱり、ほかの警察官からできるだけ引き離した。彼女はハンドバッグの中からぶ厚い茶色の封筒を取り出した。

「いいかしら?　あのおぞましい男の名前なんかわたしは口に出したくもないわ。わたしに言わせてもらえば、あの男がわたしたちの結婚生活を破壊したのよ。でも、あの男の顔ぐらい写真を見ればわかる」

「写真?」とウルフは慎重に訊き返した。

「なんてこと!　やっぱり本物なのね!」と彼女は心底ショックを受けたように言った。

「誰かがわたしに操り人形の写真を送ってきたのよ。そのあとずっとそれを抱え込んでなくちゃならなかった。今すぐ仕事に戻らなくちゃならないわ」

誰かがそばを通りかかり、アンドレアはことばを切った。

「ウィル、誰が送ってきたにしろ、送られてきたものの中にリストがあった。だからずっとあなたに電話してたのよ。それがなんなのか見当もつかなくて。名前が六つ書かれてて、それぞれに日付がついていた」

ウルフはアンドレアから封筒をひったくると、中身を見た。

「最初はターンブル市長。日付は今日よ」

「ターンブル市長？」とウルフは自分がいる世界の底が抜けてしまったような顔をして訊き返した。

そのあとはひとことも発さず、中央入口に向かって走った。アンドレアが何か言っているのが聞こえたが、ぶ厚いガラスのドアを抜けると、それも聞こえなくなった。


シモンズは警視総監と電話で話していた。捜査に進展が見られないことを繰り返し総監に謝っていた。総監はそのたびに露骨に指揮官の首のすげ替えをほのめかしていた。ウルフがノックもせず、シモンズのオフィスに飛び込んだのはちょうどそんなときだった。反射的にシモンズの怒声が轟《とどろ》いた。

「フォークス！　なんの真似だ！　すぐ出ていけ！」

ウルフは机の上に身を乗り出すと、電話を勝手に切ろうとしてボタンを押した。

「何をする⁉」とシモンズは激怒してまた怒鳴った。

説明しようとウルフが口を開きかけたところで、スピーカーフォンからひずんだ声が響いた。「シモンズ、今のは私に言ったのか？」

「しまった」ウルフはまた別のボタンを押した。

「留守番電話を設定するには――」と機械の合成音がした。

ウルフはやみくもにほかのボタンを押した。シモンズはぞっとした顔つきになって両手で頭を抱えた。

「どうやれば切れるんです？」とウルフは苛立って言った。

「大きな赤いボタンだ――」と総監が親切にも教えてくれた。そのあと鋭い音がして電話は切れた。沈黙がそのあとに続いた。どうやら正しいボタンが押せたようだった。

ウルフは机の上にグロテスクな死体の写真をばら撒《ま》いた。

「犯人はマスコミに接触しました。この写真と殺人予告を添えて」

シモンズは顔をこすりながら、寄せ集め死体がつくられるいくつかの段階を写した写真を見下ろした。

「殺人予告の最初はターンブル市長です――日付は今日」とウルフは言った。

シモンズがウルフのそのことばを理解するには少し時間がかかった。

そこでいきなり携帯電話を取り出した。

「テレンス！」と市長は嬉しそうな声をあげた。どこか戸外にいるようだった。「いったいどういう風の吹きまわしだね？」

「レイ、今どこにいる?」とシモンズは尋ねた。

「ちょうどリッチモンド公園のハム門の近くまで歩いて戻ってきたところだ——きみもよく知ってる場所だ。このあと寄付金集めのパーティに出なきゃ……」

シモンズは小声でウルフに場所を教えた。ウルフはもうすでにコントロールルームに内線をかけていた。

「レイ、奇妙なことになった。きみの命を狙う脅迫文が届いた」

市長は驚くほど冷静だった。

「いつものことだよ」そう言って笑った。

「今いるところから動かないでくれ。警護の車がすでにそっちに向かっている。さらに情報がはいるまではきみの身柄を警察で保護したい」

「それはどうしても必要な措置なのか?」

「こっちへ来てくれたらすべて説明する」

シモンズは電話を切ってウルフを見た。

「三台向かってます。一番近い車で四分。一台は武装対応車両です」

「よし」とシモンズは言った。「バクスターとあのなんとかいうやつをこっちに戻せ。この階はロックアウトして、誰も出入りできないようにしたい。警備係に市長がガレージの入口から来ることを伝えてくれ。すぐやれ!」

ターンブル市長は、ショーファーが運転するメルセデス・ベンツEクラスの後部座席に忍耐強く坐っていた。その日も忙しい日になるはずだった。が、その日のスケジュールはすべてキャンセルするよう、車に戻るときにすでに秘書に伝えていた。思いもよらず、長くて退屈な一日になりそうだと心の中でつぶやきながら。

脅迫はつい二ヵ月前にもメールで受けており、そのときはリッチモンドの自宅に午後いっぱい身をひそめていることを余儀なくされたのだった。メールの差出人が十一歳の少年で、その少年のかよう学校をその週の初めに市長が視察していたことがわかるまで。今度もまた同じような時間の無駄に終わることを市長は祈った。

週末を公園で愉しもうと早々と繰り出した車が列を成しはじめ、市長の車といえどもハム門のそばに駐車しているわけにはいかず、今は誰も収容されていない〈ロイアル・スター&ガーター・ホーム（傷痍軍人のための療養施設）〉のまえにいた。リッチモンド・ヒルの上に建つその荘重な建物を車の中から眺めながら、市長は漫然と思った――長くて豊かなロンドンの歴史のひとつがこうしてまた不名誉にもあっけなく終わる。あとどれぐらいでここは金持ちの銀行家向けの高級マンションになってしまうのだろう？

ブリーフケースを開けて吸入器を取り出し、深々と吸った。いつまで続くとも知れない熱波のせいで、空中の花粉数が一気に増えていた。喘息《ぜんそく》持ちの市長にはとんだ災難で、今年はすでに二度病院に行っており、それを三度にするつもりはなかった。どんな隙も逃がそうとしない政敵がいるかぎり。今日の彼の予定の変更もまちがいなくすぐに知られてしまうことだろう。

　徐々にストレスを覚え、彼は窓を開けて煙草に火をつけた。煙草の箱は皮肉なことに吸入器のすぐ横にあったが、そんなことは少しも気にならなかった。本数を少なくするのに見事に成功していたので。遠くからサイレンが聞こえ、それが自分のための音であることに気づくと、なんだか妙な気がした。

　パトカーが一台彼の車の脇に急停車し、制服警官が降りてきて、彼の車の運転手と短いやりとりをした。その三十秒後にはもう赤信号を無視して、バスレーンを走っていた。すでにめだちすぎているベンツの両脇をさらに二台のパトカーが並走していた。市長はこの馬鹿げた光景を誰も携帯電話で写真に撮ったりしていないことを心から願った。

　そして、座席の上でいくらか身を低くして、大きな邸宅群がコンパクトなオフィスブロック――人々の関心を集めようと互いに押し合いへし合いして空を狭くしている一帯――に変わるのを眺めた。

4

二〇一四年六月二十八日（土）
午前七時十九分

エドマンズはほぼ確信していた――バクスターはサザーク地区でまちがいなく人をひとり撥《は》ねたと。彼女がテムズ川の反対車線を猛スピードで飛ばすあいだずっと眼をつぶっていたので確かなことは言えなかったが。テンプル駅が吐き出した一両分の乗客全員を轢《ひ》き殺していてもおかしくなかった。

バクスターのアウディにはフロントグリルの奥に青いライトが隠されているのだが、点灯していないと、そこにあることはわからない。が、ニアミスの多さから判断するかぎり、点灯していてもあまり気づかれない装備なのだろう。彼女が正しい車線に車を戻し、増えつつあるほかの車のあいだを縫いはじめたところで、エドマンズはやっとドアハンドルから手を放すことができた。そして、バスに追突するのを避けるのにエンジン音が一瞬低くなったところで、携帯電話が鳴っているのにやっと気づいた。ティアの写真――二十代半ばの魅力的な黒人女性――が画面一面に姿を見せていた。

「ヘイ、ハニー、何も問題ない？」とエドマンズは大声で言った。

「ヘイ、真夜中にいなくなっちゃって。どこのニュースでもやってるけど……わたしとしてはちょっと気になったもんだから」

「今はタイミングがよくないな、ティア。あとからかけ直すよ」

ティアはいささか面白くなさそうな声をあげながらも言った。「わかった。今夜帰るときに牛乳を買ってきてくれる？」

エドマンズは手帳を取り出すと、テトロドトキシンの説明の下に〝牛乳〟と書いた。

「あとビーフバーガーも」とティアはつけ加えた。

「きみはヴェジタリアンじゃなかったっけ？」

「バーガー！」とティアはぴしゃりと言った。

エドマンズはそれも買物リストに加えた。

「あとはヌテラ（チョコレート風味のイタリアのスプレッド）」

「いったい何をつくろうっていうの？」と彼は尋ねた。

バクスターは、眼をまんまるにしてあまり男らしくない声をあげたエドマンズをちらりと見やると、眼をまた道路に戻して乱暴にハンドルを切った。もう少しでほかの車にぶつかるところだった。

「あっ！」思わず声が出た。それでもそのあとほっとして笑った。

「わかった、いいよ」とエドマンズは深く息をついて言った。「もう切るね。愛してる」

ふたりは警備柵の横を走り、ロンドン警視庁の地下にある駐車場に向かった。エドマンズがさよならを言いかけたところで電波の届かないところにはいった。

「ぼくのフィアンセなんです」とエドマンズは嬉しそうに言った。「今、二十四週目なんです」

バクスターは感情のこもらない眼でただエドマンズを見た。

「妊娠してるんです。妊娠二十四週目」

バクスターは表情を変えることなく言った。

「おめでとう。刑事ってどうして睡眠過多になっちゃうのか、わたし、まえからよく思うんだけど、あなたの場合、その問題は夜泣きをする赤ちゃんが解決してくれそうね」

バクスターは車を停めると、エドマンズのほうを向いて言った。

「いい？　あなたには殺人課の刑事は無理よ。だから、もうこれ以上わたしの時間を無駄にするのはやめにしない？　詐欺捜査課に戻らない？」

そう言うと、バクスターはエドマンズをひとり残して車を降り、乱暴にドアを閉めた。エドマンズは彼女の反応にあっけに取られた。といって、それは彼女のあまりにそっけない態度のせいでも、彼が父親になろうとしていることへのあからさまな無関心のせいでもなかった。自分がひそかに心配していることを言われたからだ。自分はこの新しい職務に向いていないのではないか。面と向かって彼女からその事実をはっきりと言われたのはこれが初めてだった。

殺人及び重犯罪捜査課全員が会議室にぎゅう詰めになるほど集まった。この事件に直接関わっていない者もいた。この緊急事態では集まらないわけにはいかなかったのだろう。あまり調子のよくないエアコンの風が送風口から吹き出ており、その風が壁に貼られた写真のへりをはためかせていた。そのため巨大なその復元死体がほんとうに揺れているかのように見えた。アパートの一室の高い天井から吊り下げられていた実物と同じように。

シモンズとヴァニタが五分ほどまずふたりで話し合った。ただでさえむっとする部屋の温度が上昇するにつれ、苛立ったようなざわめきが大きくなった。

「……市長は地下駐車場の入口で身柄を保護する。それから第一尋問室にお連れする」とシモンズが言った。

「第二のほうがいいと思います」と誰かが脇から言った。「第一はまだ配管洩れがしてますから。市長も今日の拷問リストに中国式の水責め（被拷問者の額に水滴を垂らし、精神を壊す拷問）を加えたいとは思わないと思います」

笑い声がまばらに起きた。おそらくまさにその目的で実際に第一尋問室を非公式に使った者たちからの笑い声だった。

「だったら第二だ」とシモンズは言った。「フィンレー、ロックアウトに遺漏はないな？」

「はい」

シモンズはその答にいささか心もとなさそうな顔をした。

フィンレーはウルフに軽く肘でつつかれ、つけ加えた。

「そうでした、エミリーと……エミリーと……」

「エドマンズ」とウルフが小声で教えた。

「あの男のファーストネームはなんだっけ？」とフィンレーも小声で訊き返した。

ウルフは肩をすくめた。「エドマンド？」

「……エドマンド・エドマンズのふたりは中に通させました。あらゆるドアに警備を立たせてあります。地下駐車場には武装した外交警護班を配置してあります。犬も中にいます。この階の窓のブラインドはすべて閉め、エレヴェーターも停めました。つまり、われわれは階段を使わなきゃならないということです。少なくとも市長を出迎えるウィルは」

「よし」とシモンズは言った。「フォークス、市長を出迎えたら、武装警官と一緒にここまでお連れしろ。うちは大所帯だ。おまえの知らないやつもいることを忘れるな。尋問室まで来たら、ずっとそこに張りついてろ」

「どれぐらい？」

「市長の身の安全が百パーセント確信できるまでだ」

「ウィル、排便用のバケツを持ってってやるよ」ソーンダーズという横柄な刑事が言った。気の利いた台詞《せりふ》だと本人は思ったのだろう。

「奇遇だね。今ちょうど昼飯のことを考えてたところだ」とウルフは切り返した。

「それってフグのことか？」とソーンダーズはシモンズの忍耐心を試すかのようにさらに続けた。

「おまえはこれが笑い話だとでも思ってるのか、ソーンダーズ」とシモンズが言った。さらにそのあと指揮官としてはいささか過剰すぎることばを吐いた。「出ていけ！」

ネズミづらした刑事は叱られた小学生みたいに急にしどろもどろになった。

「それは……その……物理的に無理です……この階はロックアウトされてるわけですから」

「だったらそこに坐って口を閉じてろ」

最もタイミングの悪いときを選んで、バクスターとエドマンズが会議室にはいってきた。

「いいときに戻ってきた。薄っぺらな手がかりなら山ほどあるぞ」そう言って、シモンズはバクスターにフォルダーを放った。バクスターはそれを見もせずエドマンズに渡して言った。

「わたしたちが今知らなければならないことは？」とバクスターは部屋全体に向かって尋ねた。

「おれとウィルが市長のお守《も》り役だ」とフィンレーが答えた。「ほかにおまえさんとエドマンド・エドマンズが知らなきゃならないのは、ソーンダーズがまた――」

「クソ野郎になった？」バクスターは椅子に坐りながら、フィンレーが言いかけたことばを察して小声で言った。

フィンレーは卑語を口にしないルールを破らずにすんだことを彼女に感謝して、ただうなずいた。

「よし、それじゃ聞いてくれ」とシモンズが言った。「これで全員だな。われわれが今背負い込んでるのはひとつにつなぎ合わされた六人の犠牲者と、市長及びほかの五人への殺人予告だ」シモンズはもの問いたげなみんなの顔を無視して続けた。「誰か何か——」

「それに操り人形がウィルのアパートの窓を指差していたという事実」とフィンレーが嬉しそうに横から言った。

「ああ、それだ。何か思いあたるやつはいないか？」部屋いっぱいの当惑した顔がその質問の答になっていた。

おずおずとエドマンズが手を上げた。「誰もいないのか？」「挑戦状のようなものではないでしょうか、警部」

「続けろ」

「自分は大学でメディアや警察に声明を送りつける連続殺人犯をテーマにレポートを書きました。犯人がまだ捕まっていないアメリカのゾディアック事件や、アメリカとカナダで犯行を繰り返したハッピー・フェース・キラーや——」

「それにファウスト的キラー。映画の『セブン』の悪役です」とソーンダーズがエドマンズの声色を使って揶揄した。その揶揄に意地悪な笑いで応じた者もいたが、シモンズのひと睨みでソーンダーズは黙った。

「おまえは詐欺捜査課の人間なんじゃないのか？」と誰かが言った。

エドマンズは雑音を無視して続けた。

「彼らのそうした声明は常にとはいかなくても、真犯人を指し示す確固たる証拠になることがよくあります。また、その声明には時々まだ公になっていない微妙な詳細やきわめて重要な手がかりが含まれていることがあります」

「今日フォークスの奥さんのところに送られてきた写真のように」とヴァニタが自分のまちがいに気づかず言った。

「元妻です」とウルフがすかさず正した。

「そうです」とエドマンズは続けた。「これはきわめて稀な例ですが、そうしたことが助けを求める悲鳴になっていることもあります。その場合、犯人は警察に自らの犯行を止めてもらいたがってるんです。自分は抑制不能の衝動の犠牲者だと信じてるんです。また、自分の犯行なのに、誰かほかの者が名乗り出てきたら、そんなことには耐えられないという犯人もいるでしょう。しかし、どっちにしろ、また意識的にしろ、無意識にしろ、最終的な目的は同じです。そう、犯人は捕まりたがってるんです」

「あなたは今回の事件がそういう稀なケースだと思うのね?」とヴァニタが尋ね、返事を待たずに続けた。「その理由は?」

「まずリストです……それには犯行の日付まである……そしてマスコミ向けの餌……犯人は距離を取って様子見をしてるんじゃないかと思いますが、それでも、自分のほうから捜査に少しでも近づきたいという抗しがたい衝動を持っています。そして、殺人を重ねれば重ねただけ自信を深め、自分を神のように思い込み、その自信が犯人をより危険なところへと追い立てます。で、最後にはわれわれのところまでやってくるわけです」

部屋にいる全員が驚き顔でエドマンズを見つめていた。

「おまえさんが口を利いたのは、今が初めてみたいな気がするが」とフィンレーが言った。

エドマンズはどこかしら決まり悪そうにただ肩をすくめた。

「しかし、どうしておれなんだ？」とウルフが言った。「どうしてこのおれがあんな気味の悪いものに指差されなきゃならないんだ？　それにどうしてあんな写真がおれの妻のところに送られなきゃならないんだ？」

「元妻」とバクスターとフィンレーが声をそろえて言った。

「どうしておれの――」とウルフは言いかけてやめた。「どうしておれなんだ？」

「連続殺人犯好みの顔をしてるとか」とフィンレーがふざけて言った。

部屋の全員が期待するような眼をエドマンズに向けた。

「連続殺人犯が警察という組織の中の特定の人間を選ぶというのはきわめて稀です。でも、ないことじゃない。そういう場合、その理由はどこまでも個人的なものということになります。ある意味ではご機嫌伺いなのかもしれません。犯人はウルフと対決したがってる。ただウルフひとりを自分に値する敵だと思っている。そういうことも考えられなくはありません」

「なるほどな。そういうことなら赦《ゆる》してやろう。犯人に悪気がないというなら」とウルフは皮肉を言った。

「リストにはほかにどういう人物が挙がってるんです？」とバクスターが尋ねた。彼女としては話題をエドマンズがレポートに書かなかったものに変えたかった。

「これはわたしから話すわ、テレンス」とヴァニタがまえに出て言った。「現時点ではこの情報は公表をひかえることにしたの。その理由は、A――世間をパニックに陥れたくないから、B――今のところは全員が全力を市長の警護に注いでほしいから、C――脅迫が本物かどうかまだ確証はないから。警察としてはよけいな訴訟にだけは巻き込まれたくない。そういうことね」

ウルフは咎めるような顔がいくつか自分のほうに向けられたのを感じた。

会議室の内線電話が鳴り、シモンズが出た。その応答に全員が耳を傾けた。

「それでやってくれ……ありがとう」シモンズはそう言ってヴァニタにうなずいてみせた。

「いいわ、それじゃ、みんな、今日はベストを尽くしてちょうだい。解散」

ウルフが地下駐車場に着いたときには市長のメルセデス・ベンツはもう駐車していた。地上階とちがって地下駐車場にエアコンはなく、アスファルト舗装された地面から熱気が立ち昇り、それがゴムとオイルと排ガスのにおいと混ざり合い、ほとんど息がつまりそうだった。さらに四隅以外、重苦しいまでに照らし出している照明がウルフの体内時計を狂わせた。疲れのせいもあったのだろう、ウルフはもう夕方になったのかと思い、思わず時計を確かめた。まだ午前七時三十六分だった。

彼が近づくと、仕事を終えた運転手が慌てるのもおかまいなく、市長その人が後部座席のドアを自分で開けて降りてきた。

「いったいどういうことなのか、誰かに説明してもらえないものだろうか？」と市長は乱暴にドアを閉めると噛みつくように言った。

「市長、フォークス部長刑事です」

ウルフはそう自己紹介して手を差し出した。市長の苛立ちは一気に消えた。一瞬、戸惑ったような顔をしたものの、すぐに気を取り直してウルフの手を握ると、熱意を込めて振りながら言った。

「やっときみに会えるとは光栄だよ」そう言って満面に笑みを浮かべた。が、それはどこか罪悪感を隠そうとするような過剰な反応だった。その日出席する予定になっていたチャリティ・イヴェントで写真に収まるときのポーズのような。

「どうぞこちらへ」とウルフは言って、一緒に階上《うえ》に戻る武装警官のほうを示した。

「ちょっと待ってくれ」と市長は言った。

ウルフはこのよくめだつ男の背中に無意識に——やはり急がせたかったのだろう——置きかけた手を引っ込めた。

「いったいどういうことなのか教えてくれ。今ここでだ」

ウルフは市長の横柄な物言いを無視するのに苦労しながらも、噛みしめた歯の隙間から言った。「そういう説明はシモンズ本人がすると思います」

市長は〝ノー〟と言われることに慣れていなかった。だから歩きだそうとはしなかった。

「よかろう。しかし、テレンスがきみを私のお守《も》りに寄こしたのだとしたら、それはなんとも驚きだよ。今朝のきみの記者会見はラジオで聞いたよ。しかし、きみはこの事件にはあまり関わらないほうがいいんじゃないのか？」

何も言わないほうがいいことはウルフにもよくわかっていた。が、市長の身柄はできるだけ早く階上《うえ》に上げたかった。加えて市長の横柄な態度にもすでにうんざりしていた。彼は市長のほうを向くと、その眼をまっすぐに見すえて言った。

「それでも、私が今回の事件の担当なんです」

市長は見かけより足が速かった。

慢性の喘息と煙草のもてなしによる肺へのダメージがなかったら、ウルフも武装警官もついていけなかったかもしれない。三人の男はむしろ軽いジョギングのペースを落とすようにしてメインロビーにはいった。

そのだだっ広いロビーはロンドン警視庁に何個所かある、一九六〇年代の古いデザインが完全に払拭《ふっしょく》されたミニマリストの空間だったが、警視総監は市長が移動中はロビーと階段を封鎖してほしいというシモンズの要請をにべもなく退けていた。総監に言わせれば、武装警備に防犯カメラに金属探知機、警察官だらけの建物というだけで、ロンドン警視庁はロンドンで一番安全な場所になっているということだった。

ロビーは通常の平日より静かだったが、それでも中央にあるコーヒー・バーのあたりには人が屯《たむろ》もしていれば行き来もしていた。そういった人の流れに切れ目ができたのを見て、ウルフは歩くペースを上げて階段をめざした。

頭の禿《は》げた男がロビーにはいってきて、彼らのほうに向かって走ってきたのに最初に気づいたのは、今や明らかに緊張している市長だった。

「刑事！」

ウルフは振り向くと、市長を背後に押しやった。すぐさま拳銃を構えた武装警官が怒鳴った。

「床に伏せろ！　伏せろ！」相手はこれといった特徴のない男で、茶色の紙袋を持っていた。足をすべらせて立ち止まると、びっくり眼《まなこ》で両手を上げた。

「床に伏せろ！」何を言われているのか、男にはすぐにはわからなかったらしく、武装警官は同じことばを二度繰り返さなければならなかった。「紙袋を放れ！　床に置け！」

男は紙袋を置くと、床をすべらせた。紙袋は磨かれた床を市長のほうに向かってすべった。故意のことか、動転した男がわけもなくとっさにやったことか、判断がつかないままウルフは市長を数歩うしろに引っぱった。

「何がはいってる？」と武装警官が男に向かって怒鳴った。男はウルフと市長のほうに視線を向けた。「下を見てろ！　床を見てろ！　何が――袋に――はいってる？」

「朝食です！」と怯えた男は答えた。

「なんで走ってた？」

「仕事に遅れたからです、もう二十分も――所属はＩＴ部」

武装警官は男に銃口を向けたままあとずさって紙袋に近づいた。そして、慎重にその脇に膝をつくと、ゆっくりと袋の中をのぞいた。

「何か温かそうなものですね」と警官はまるで不審物を報告するかのようにウルフに言った。

「具はなんだ？」とウルフは言った。

「具はなんだ？」と警官は復唱して男に尋ねた。

「ハムとチーズ！」と床にうつぶせになった男は言った。

ウルフは苦笑して言った。「没収だ」


そのあとは何事もなかった。ウルフは警官に礼を言い、あとはフィンレーが先に立った。八階まで階段をのぼるというのは楽なこととは言えず、市長は真っ赤な顔をしてぜいぜいという音をたてながら息をしていた。

すべてのブラインドがおろされ、飾り気も何もない照明がともされた刑事部屋は閉所恐怖症でも起こしそうな場所に様変わりしており、あまり本物の刑事部屋らしく見えなかった。彼らはコンピューターとカラフルな花束の合間から彼らを見つめるいくつもの顔に迎えられ、足早に歩いた。彼らに気づいたシモンズが自分のオフィスから出てきて、旧友と固い握手を交わした。

「とにかく何事もなくてよかったよ」そのあとウルフのほうを向いて尋ねた。「階下《した》で何かあったのか？」

「誤認警報でした」とウルフはハムとチーズのサンドウィッチを頬ばりながら言った。

言った。

「テレンス、いったいどういうことなのか、説明してもらえると嬉しいんだがね」と市長が言った。

「もちろん。尋問室で話すよ」シモンズは先に立って尋問室にはいるとドアを閉めた。「きみの自宅のほうにもパトカーを一台向かわせた。メラニーとロージーの無事を確認するために」

「それはどうも――」刑事部屋を抜けたあと、市長はさらに息苦しそうにしていたが、そこでとうとう喘息の発作が出た。ただ、誰かに胸の上に乗られているようなその感覚には慣れており、ブリーフケースから今度は青い吸入器を取り出すと、二度ばかり大きく息を吸った。それでいくらか発作は治まった。「――どうもありがとう」

そう言ってシモンズがさらに続けるのを待った。シモンズは部屋の中を歩きながら言った。「どこから始めようか？　きみももちろん聞いて知ってると思うが、今朝六体の死体が見つかった。その死体なんだが、そう簡単にはいかない死体でね……」

そのあと十五分ばかりシモンズはその朝に起きた事件の詳細を語って聞かせた。その間、ウルフはひとことも口をはさまなかったが、シモンズはマスコミにはにおいすら嗅がせたくないような情報も明かしており、それはいささか意外だった。シモンズは旧友をそれだけ信頼しているのだろう。それに当事者となった市長には知る権利があってもおかしくない。ただ、シモンズもさすがにリストに載っているほかの五人の名前だけは、市長に問い質《ただ》されても明かさなかった。

「きみによけいな心配はさせたくない。いずれにしろ、きみはここにいるかぎり安全だ」とシモンズは市長に請け合った。

「しかし、実際のところ、私はどれぐらい隠れていなきゃならないんだね、テレンス？」

「少なくとも今日いっぱいはここにいてほしい。それで犯人は予告殺人に失敗することになる。明日にはきみの身辺警護を強化する。でも、できるだけ公務にはさしさわりのないようにするよ」

市長は不承不承うなずいた。

「とりあえずそういうことで。このクソ野郎を早く捕まえられれば、それだけ早くきみも自由になれる」シモンズは自分に言い聞かせるようにそう言ってドアに向かった。「フォークスがずっときみのそばにいるから」

市長が立ち上がり、シモンズだけに話したそうにしたので、ウルフは壁のほうを向いた。そうすれば狭い部屋の中でも聞こえなくなるとでもいうかのように。

「これが最善策だとほんとうに思うんだね？」と市長は咽喉をぜいぜい言わせながら言った。

「もちろんだ。心配は要らないよ」

シモンズはそう言って部屋を出ていった。ドアの外にいる警官になにやら指示をしているシモンズのくぐもった声がドア越しに聞こえた。市長はさらに二度ばかり吸入器を深く吸うとウルフのほうを見て、つくり笑いを向けた。悪名高い刑事とこのあと丸一日一緒に過ごすことに対する〝喜び〟の笑み。そういうことなのだろう。

「それで――」と市長はまた呟き込みそうになるのをこらえながら言った。「このあとは？」

ウルフは時間つぶしにと思いやり深くもシモンズがテーブルの上に置いていった書類を取り上げた。そして、足をテーブルの上にのせ、椅子の背に深くもたれて言った。

「あとは待つことです」

5

二〇一四年六月二十八日（土）
午後〇時十分

時間がいたずらに過ぎるにつれて、ひっそりとした刑事部屋に腹立ちと苛立ちの空気が広がった。市《まち》のほかの〝二流の〟被害者をないがしろにして、〝卓越した〟ターンブル市長だけを特別扱いすることの不平等が、ひそひそと囁かれる会話のホットな話題になった。ただ、このにわか仕立ての平等主義の出所はだいたいのところ、狂信的な排外主義者や偏狭な男たちだった。だからバクスターは、彼らはより平等な社会の実現を訴えているのではなく、単に自らの重要性を誇示したいだけなのだろうと思った。ただ、そんな彼らの文句にも一理はあったが。

納得していない眼がことあるごとに尋問室に向けられた。不自由を強いられていることを訴えるように。何かが起こることをほとんど期待しているかのように。坐っていることに耐えていられるのは、単調で退屈な作業であっても、刑事の業務の九十パーセントを占める書類仕事があるおかげだった。十三時間勤務のシフトが明けても家に帰れない数人の警察官が、会議室の壁一面に貼られたウルフのグロテスクな作品のまえに、ホワイトボードを置いていた。刑事部屋から光がはいらないようにして会議室の明かりを消し、会議室を次のシフトが始まるまでの仮眠室に変えていた。

ロックアウトされている八階を離れる許可を求めた七人目に対し、シモンズがブチ切れてからは誰もあえて許可を求めなくなった。きわめて正当な理由があっても。今回と同じくらい重要な事例が今後起きた場合、今回のこのドラスティックな対策がマイナスに働くだろうことはシモンズにも重々わかっていた。とはいえ、おれに何ができる？　シモンズはつくづくターンブル市長が旧友でなければよかったのに、と思った。市長が友達ではなくても同じ判断をしたからだ。今は世界じゅうがこのロンドン警視庁のテストケースを見守っていた。ロンドン警視庁が脆弱で無防備なところなどということになってしまうと――予告殺人すら防げないとなると――そのイメージダウンは計り知れない。

そんな中、ヴァニタ警視長はあきれるほどシモンズのオフィスで居心地よさそうにしており、シモンズは一時的に空いているチェンバーズ警部補の机に移動していた。この事件のニュースはもうカリブ海にいるチェンバーズにも伝わっているだろうか、あのヴェテラン警部補が今ここにいたら、このおぞましい事件の捜査になんらかの光をあててくれていただろうか。シモンズは埒《らち》もなくそんなことを思った。

バクスターは、死体の発見現場となったアパートの部屋のオーナーを捜すことに午前中いっぱいを費やした。そのオーナーは、自分のアパートには新婚夫婦と生まれたばかりの赤ん坊が住んでいるものとばかり思っていたようだった。バクスターはその夫婦が死体の部分提供者なのかと思ったものの、無力な赤ん坊の運命についてはそれ以上考える気になれなかった。が、結局のところ、その新婚夫妻の婚姻記録はどこにもなく、人のいいオーナーが受け取った書類はすべてでたらめだったことがわかり、バクスターはかえってほっとした。

その一時間後、オーナーに電話をかけ直すと、オーナーは借り手から直接連絡があり、賃貸料は現金が郵便で送られてきたと言った。また、そのときの封筒はすでに捨ててしまったこと、借り手には一度も会っていないこと、確定申告にはその副収入を記載していないことを認め、このことは内密にしてほしいと彼女に頼んできた。税務署からは誰も逃れられないことはわかっていたし、よけいな仕事を増やす気分でもなかったので、彼女はわざと聞き過ごした。結局、午前の数時間が無駄になっただけだった。

一方、エドマンズのほうは気分を高揚させて、バクスターの机の端に腰かけていた。それはひとつには彼には机がないからであり、ひとつにはバクスターの席が天井からエアコンの風が直接吹いてくるところにあるので、涼しい風を受けていられるからだが、もっと重要なこととして、彼女に指示された自分の任務で明らかな進展が見られたからだ。

エドマンズは刑務所に供される食事の供給元を調べるよう、バクスターに言われたのだが、まずわかったのは食事の大半は刑務所内で用意されていることだった。が、二〇〇六年の不食運動後、イスラム教徒の受刑者については、〈コンプリート・フーズ〉という会社が特別なメニューを提供するようになっていた。ハリドがパンやパスタに含まれるグルテンのない特別食を食べていたことは、刑務所に電話を一本かけるだけで確かめられた。〈コンプリート・フーズ〉は、ハリドと同じ料理を食べたあと入院することになったほかのふたりから訴えられており、その件については現在調査中であることを認めた。この事実の発覚にエドマンズは興奮を隠しきれなかった。これでバクスターも一目置いてくれるだろう。彼はそう思った。どう見ても彼女のほうはどんな進展もなさそうだし。

〈コンプリート・フーズ〉の調理責任者の話では、料理は夜のうちにつくられ、翌早朝に刑務所や学校や病院に運ばれるということだった。エドマンズは問題の夜に勤務していた従業員の名簿と、防犯カメラの映像を明日までに提出してくれるよう責任者に頼んだ。そして、不運なふたりの症状が重篤であることをほぼ確信しつつ、そのふたりと連絡を取ろうと受話器を取り上げたところで、肩を叩かれた。

「すまん。ボスに言われたんだが、ホッジのかわりにドアのところに立っててくれないか？ホッジには別のことで手を貸してもらいたくてね」その同僚は汗みずくになっており、天井から涼しい風が降りてくるところに立つと、眼を閉じた。至福のときを味わうかのように。

エドマンズは、その同僚のどこか弁解がましい口調から、そいつは友達を心の萎える立ち仕事から救ってやろうとしているだけなのではないかと思い、助けを求めてバクスターを見やった。が、うるさいとばかりに手を振られただけだった。エドマンズはいかにも残念そうに受話器を置くと、尋問室の外に立っている男の救出に向かった。

エドマンズは体重を一方の足からもう一方に移動させ、背中を丸めてドアにもたれた。立《りっ》哨《しょう》に就いてほぼ五十分が経っていた。睡眠不足がボディブローのように効いてきた。ものをちゃんと考えることが段々できなくなった。ひそひそ聞こえる人の声もキーボードを打つ音もコピー機の機械音も、どれもが疲れた彼には子守り歌に聞こえた。まぶたが震えた。これほどまぶたを閉じたいと思ったこともなかった。どんどん重くなる頭をドアにあずけて休め、うとうととしかかったそのとき、尋問室の中から思いがけないひそかな声が聞こえてきた。

「奇妙なゲームだよ、政治というのは」

ウルフは市長のだしぬけのことばにびくっとした。突然ながら、よくよく考え尽くした上でのことばに聞こえた。ふたりはそのときまで五時間無言で過ごしていた。ウルフはそれまで読んでいた書類をテーブルに置き、市長が続けるのを待った。市長は自分の足を見つめ、じっと坐っていた。沈黙が居心地の悪いものに変わりかけ、ウルフはもしかしたら市長は声に出して言ったことに気づいていないのではないかと思い、迷いながらも書類をまた手に取りかけた。そこでようやく市長があとを続けた。

「いいことをしたいと思っても力がなければそれはできない。選挙なしに力を持つことはできず、選挙に勝つには一般大衆の歓心を買わねばならない。しかし、自分がやろうとしたとてもいいことを犠牲にしないと、一般大衆の歓心を買うことができないことがたまにある。奇妙なゲームだよ、政治というのは」

この箴言《しんげん》にはどう反応するのが正解なのか、ウルフには見当もつかなかった。だからどことなく気まずい思いで、市長があとを続けるか、口を閉じるかするのを待った。

「私のことを好いてるようなふりはしなくていいよ、フォークス」

「わかりました」ウルフにそのつもりはなくても、間髪を容れぬ返答になっていた。

「そういう真似をされると、きみは自分を卑下しながら私のためにあれこれ世話してくれてるように思えてしまう」

「私はただ自分の仕事をしてるだけです」

「私がやったように。そのことはきみにもわかってもらいたい。世間はきみに味方しなかった。だから私としてもきみに味方するわけにはいかなかった」

　ウルフの耳には〝きみに味方しない〟という言いまわしはいかにも舌足らずに響いた。容赦のない非難が続き、ウルフの肖像が腐敗のシンボルとして用いられ、腐敗に疲れた大衆の感情が煽られたことを指すことばとしてはいかにも。あのときウルフは〝高潔な人々〟がついにその怒りをぶつける標的となったのだった。

　まごつく市警察を糾弾するそんな一般大衆の波に乗って、市長は自らの革新的政策〝取り締まり及び犯罪対策〟を発表したのだ。そして、法が許すかぎりウルフは最大限罰せられるべきだと繰り返し訴えたのだ。その演説の中で。部屋をびっしりと埋めた支持者に向けて。〝警察に警察を置く《ポリシング・ザ・ポリス》〟なる造語まで繰り出して。

　ところが、ナギブ・ハリドはまた捕まった。それで滑稽なまでに風向きが変わったのだ。そのときのことはウルフもよく覚えている。今、眼のまえにいる男はまさに豹変《ひょうへん》したのだ。

ウルフの肖像を利用し直し、自分の〝健康差異是正戦略〟を自慢し、市全体に向けて〝最も優秀にして最も勇敢な男〟に対する不適切な措置を批判したのだった。

市長の支持者は異様なほどの人気とカリスマ性のある市長の術中にはまり、ウルフの血を一度は求めた同じ者たちが、市長の新たな演説に拍手喝采を送り、ウルフをまた現場に戻すキャンペーンに与《くみ》した。テレビのインタヴューに応じた者の中には、ウルフに対する相矛盾するふたつの対処を同時に求める者まで現われた。

市長の影響力がなければ――一度は地に堕ちたヒーローを復権させる彼の巧みなマスコミ操作術がなければ――ウルフはまだ鉄格子の中にいたことだろう。それでも、ウルフは市長になんの借りもなかった。そして、そのことは市長にもウルフにもよくわかっていた。

ウルフは何も言わなかった。口を開けば、どんなことばが飛び出すか、自分でも予測できなかった。それが怖かったのだ。

「いずれにしろ、きみは正しいことをしたよ」と市長は相変わらず尊大な口調で続けた。どうやらウルフの心の大きな変化には気づいていないようだった。「腐敗と絶望はまるで異なるものだ。それが今の私にはよくわかる。個人的には、あのときあの法廷できみがあのクソ野郎を殺していてくれたらと思っている。最後に火に包まれた少女は私の娘と同い年だった」

緊張が和らぐにつれて、市長の喘息はこの数時間ずっと治まっていたのだが、それがまたぶり返しはじめた。彼は吸入器を振った。残り少ない薬が容器の壁面を打つ味気ない音がしたが、驚くにはあたらなかった。尋問室に缶詰めになってから、市長はすでに一週間分を超える吸入をしていた。いささかうろたえながらも、市長は長々と貴重な吸入をした。

「きみには長いことずっと言いたかったんだ。きみに対して含むところはいっさいなかったとね。私はただ――」

「――仕事をしただけのことだ」とウルフがあとを引き取って言った。「わかっています。あなたは自分の仕事をしていただけです。それはマスコミも弁護士も、私の手首の骨を折ってハリドから私を引き離したヒーローも同じことです。それぐらいわかっています」

市長は黙ってうなずいた。ウルフを怒らせるつもりは彼には少しもなかった。話したことでむしろいくらか気分が軽くなったようだった。状況は何も変わっていなかったが、それでも肩の荷が少しは降りたような気がした。長く担ぎすぎた何かの重みが少しは。彼はブリーフケースを開けて煙草を取り出した。

「吸ってもいいかな？」

ウルフは信じられない面持ちで眼のまえの喘息持ちの男を見た。「嘘でしょ？」

「人には誰しも悪癖があるものだ」と市長は悪びれる様子もなく言った。彼なりにウルフに謝罪したことで、またいつもの傲岸《ごうがん》さが戻っていた。ウルフに対する負い目が消えたことで、権威者ぶりたがる地金がまた顔を出していた。「このあと十一時間もこの部屋に缶詰めになるなら、議論はしないでくれ。今一本、夕食のあとでもう一本。それだけにするから」

市長はそう言って勝ち誇ったように煙草を口にくわえ、ライターをつけ、手をお椀のようにしてエアコンの風をよけ、火を顔に近づけた……。

いったい何が起きたのか、ふたりともわけがわからなかった。反射的に顔を見合わせた。煙草の先端をとらえた炎がそのまま一気に市長の口の中まで突き進んだのだ。市長の顔の下半分が炎に包まれた。あっというまの出来事だった。市長は叫ぼうとして喘いだ。が、それが炎をさらに呼び込むことになった。彼の鼻と口、さらに肺にまで火がまわった。

「誰か！」とウルフは叫んで市長に近づいた。市長は生きたまま燃えていた。「誰か来てくれ！」

どうしていいのかもわからないまま、ウルフはやみくもに振りまわされる市長の腕をつかんだ。エドマンズが飛び込んできた。が、すぐには何もできなかった。口を大きく開けてその場に突っ立つことしかできなかった。市長はぞっとするようなしわがれた咳をしていた。泡まじりの血がウルフの左腕に吐き出された。液体状のものから火が出ていた。ウルフのシャツの袖が燃えはじめた。そのため、暴れる市長を押さえるウルフの手の力がゆるんだ。そのとたん、市長の手が飛んできて、ウルフは顔を思いきり殴打された。が、そこでとっさに思った。もっと近づいて市長に鼻と口を閉じさせることができたら、酸素がとだえ、火は消えるのではないか？

火災報知器が鳴りだしたときには、エドマンズはすでに廊下に出ていた。彼が壁から防火用毛布を引き剝がしたときには、刑事部屋の全員が立ち上がっていた。シモンズが机のあいだを走って尋問室にやってきた。エドマンズはすぐまた尋問室に戻った。スプリンクラーが中にいるふたりの男の頭上に雨を降らせていたが、ただふたりを濡らしているだけのことだった。パニックになった市長が水を吐き出すたび、炎がまわりに飛び散った。市長は火を吸って吐いていた。ウルフはそんな市長を床に寝かせようと悪戦苦闘していた。エドマンズは防火用毛布を掲げ、ふたりめがけて突進した。そして、ふたりと一緒になって水びたしの床に倒れた。

水をはねかしながら部屋にはいってくるなり、シモンズはその場に凍りついた。エドマンズが毛布をどけると、そこに現われたのはかつてはハンサムだった親友の変わり果てた姿だった。嗅いでいるのが焼け焦げた人体のにおいであることがようやくわかると、シモンズは嘔吐きはじめ、よろよろと部屋を出た。それと入れちがいに刑事がふたり飛び込んできた。そのうちのひとりがまだ燃えているウルフに毛布を掛けた。市長の頸動脈に指をあて、破壊された口に耳を近づけていたエドマンズが、部屋に誰がいるのかもはっきりしないまま叫んだ。

「脈がない！」

サヴィル・ローで仕立てたシャツを引き裂き、エドマンズは数を数えながら胸部圧迫を試みた。が、市長の胸骨を押すたび、見るも無残な市長の咽喉から血と焦げた組織が吐き出されるだけだった。三日間の応急処置講座で最初に学んだきわめて初歩的なことが思い出された――気道が確保されていなければ、胸部圧迫にはなんの意味もない。エドマンズは徐々にその手をゆるめると、水びたしの床にへたり込んだ。そして、ドアを出たところに立っているシモンズを見上げた。

「残念です」

ずぶ濡れの髪からしずくがエドマンズの顔を伝っていた。彼は眼を閉じ、この二分三十秒ほどのあいだに起きたシュールな出来事を頭の中で整理しようとした。どこか遠くでサイレンの音がしていた。

シモンズはまた部屋に戻ってくると、焼け焦げた友の死体を見下ろした。その顔にはなんとも読みづらい表情が浮かんでいた。そのむごたらしい姿は死ぬまで脳裏から消えないだろう。そんなことを思いながら、彼は死体から眼をそらしてウルフに注意を向けた。ウルフは膝をつき、火ぶくれのできた腕を抱えていた。シモンズはそんなウルフのシャツをつかむと、強引にウルフを立たせ、壁に押しつけた。その荒々しさに部屋にいた誰もが驚いた。

「おまえの仕事は彼を守ることじゃなかったのか！」シモンズは涙まじりに怒鳴り、何度もウルフを壁に押しつけた。「おまえは彼を守らなきゃならなかったんじゃないのか！」

エドマンズが誰より早く反応した。弾《はじ》かれたように立ち上がると、シモンズのところまで行ってその腕をつかんだ。ふたりの刑事もそれに続き、ちょうど部屋にはいってきたバクスターも加わって、シモンズをウルフから引き離し、外に連れ出した。そして、現場保全のためにドアを閉めた。グロテスクな死体とともにウルフひとりを部屋に残して。

ウルフは壁にもたれたままずるずると部屋の隅にしゃがみ込んだ。そして、後頭部に鈍痛を覚えつつ、呆然となって指についている血を見つめた。油が小さな炎を放ち、床のあちこちでまだ燃えていた。水びたしの床の上で激しく燃えていた。さまよえる魂を死者の世界に導く日本の提灯《ちょうちん》のように。ウルフは頭を壁にあずけ、たえまなく降り注ぐスプリンクラーの雨の下でなおも燃えつづける炎を見つめた。そんな彼の血だらけの手にスプリンクラーの冷たい水が降り注いでいた。

6

二〇一四年六月二十八日（土）
午後四時二十三分

アンドレアはロンドンで三番目に高い建物〈ヘロン・タワー〉がちょうど影を落としているあたりでタクシーを降りると、太陽を隠している最上階を見上げた。タワーはアンバランスな造形のままやみくもに空をめざし、てっぺんにひょろっとした金属製の柱が立っていた。その柱の見てくれには美学も建造物としての完璧さもなかった。ただ必死にその地位にしがみついているようにしか見えなかった。

テレビのニュース編集室がはいるにはこれ以上ない建物だ。

彼女は巨大な受付エリアにはいると、いつものようにエスカレーターに向かった。こらえ性のないビジネスマンを殺人的な速さでそのデスクに連れ戻す、六つの透明のエレヴェーターに乗るつもりはなかった。ロビー階からゆっくりと上がりながら、彼女は受付デスクの背後に設《しつら》えられた巨大な水槽を眺め、とくと観賞した。七万リットルもの海のミニチュアを支えているのは、薄っぺらなアクリル板一枚。それでも隙ひとつない装いの受付係にはまるで動じるところがない。

アンドレアは最近情熱を打ち込んでいる趣味に思いを馳せた。スキューバ・ダイヴィング。珊瑚《さんご》から芽吹くカラフルな花々。視界に現われては消えるのんびりとした魚たち。喜びに満ちた温かい海。そんなことを思っているうちにも、エスカレーターは機械的に彼女を目的階に運び上げており、彼女は平坦な床につまずいて思わずよろけた。

犯行現場に来るように電話を受けたのは、その日の午前三時のことだった。その後、ウルフとやっと連絡が取れ、郵便トレーに見つけた封筒を渡したわけだが、その後もカメラマンと一緒にロンドン警視庁の外に四時間も張りついていたのだった。三十分ごとの速報を流すために。その速報の中には作文も含まれた。変化は何もないのに、閉ざされた警察本部のドアのまえで、さも重要で緊迫した動きがあったかのように見せかける演技も。

しかし、さすがに午前十一時の速報のあと、デスクのイライジャ・リードから電話があり、とりあえず家に帰り、何時間か休息を取るよう指示されたのだ。彼女はもちろん抗議した。火葬連続殺人以来最大のこのセンセーショナルな事件を誰かほかの者の手に委ねるつもりなど、彼女にはさらさらなかった（あの気味の悪い写真はあくまでも彼女個人に送られてきたもので、まだイライジャにも見せていなかった）。それでも、いくらかでも動きがあったらすぐに電話で知らせるというイライジャの言質《げんち》を得て、最後には渋々上司の指示に従ったのだ。

そのあとは三十分ばかり、陽射しの中の散歩を愉しんだ。バッキンガム宮殿のまえを通り、ベルグレーヴ・スクウェア・ガーデンを抜け、ナイツブリッジまで戻って、フィアンセとその九歳の娘と一緒に住んでいるヴィクトリア風の三階建てのタウンハウスに帰ると、重厚な玄関のドアを閉めて、そのまま階上《うえ》にまっすぐに上がった。趣味のいいおとなしい寝室のある最上階まで。

カーテンを引くと、薄暗い中、ベッドカヴァーの上に服を着たまま横たわった。バッグに手を伸ばし、携帯電話を取り上げ、目覚ましをセットした。それからウルフに渡した写真のコピーを入れたファイルを取り出し、胸にしっかりと抱いて眼を閉じた。それらのコピーが警察にも、リストに名の挙がった人たちにも、そして自分にもどれほど重要な意味を持つものか、強く意識された。

一時間半、眠れなかった。ただ高い天井とアンティークの照明具のまわりの装飾を見つめて過ごした。イライジャとこの証拠を共有することの倫理的及び法的意味を考えながら。イライジャに見せたら、彼がこの十二枚の写真すべてを恥知らずにも誇らしげに世界に見せびらかすのはまちがいなかった。〝このあと放映される映像には不快なものも含まれますので、そのことにご留意ください〟などというもったいぶった前置きは、病的な大衆の飽くなき好奇心をただ刺激するものでしかない。彼女は暗澹《あんたん》として思った。まだ身元のわかっていない犠牲者の遺族もその写真を見るだろうか。見たら、まず切断された手足にぞっとし、同時にそれらにぼんやりとでも見覚えのあることに気づいて、愕然《がくぜん》とするのだろうか。

その朝はお定まりの背景幕のまえで何十人ものレポーターがひしめき合って、同じ情報を伝えていた。そのひとりひとりが最上の視聴者と奉られ、甘やかされた人々の関心を得るために奮闘していた。犯人から直接連絡を受けたという事実はもうそれだけで彼女の局を圧倒的優位に立たせるものだ。ＢＢＣや〈スカイ・ニュース〉をはるかにしのいで。一度放映されたら、ＢＢＣも〈スカイ・ニュース〉もその画像を増殖させるだろうが、もちろん彼女にはわかっていた。どうすれば国じゅうのメディアの焦点を自分ひとりに向けさせられるか。

1. 宣伝――ロンドンの最新連続殺人犯がコンタクトを取ってきたのは自分であることを自ら公表する。

2. じらし戦法――何を表わしているのか説明しながら、順に写真を公表して、容易に浮かぶ想像を喚起させる。それには事実解明に意見の言える元刑事や私立探偵――犯罪小説家でもいい――を呼んでもいい。

3. 約束――送られてきたものの中には手書きのリストもあって、それには犯人の次の六人の標的の名と、その六人が死を迎える日付が書かれていたことを公表する。〝すべては五分のちに〟と約束して。五分あればそのことばはこの地球上のどこにでも伝わる。一方、警察が放送を妨害するには五分というのは短すぎる。

4. 公表――世界が見守る中、リストに挙がっている名前と日付を読み上げる。テレビのタレント発掘ショーでファイナリストが決められるときのように、ドラマティックにひとりひとり時間を空けて。その際、ドラムロールまで入れるのはさすがにやりすぎだろうが。

そんなことを考えながらも、考えているそばからアンドレアは自分を嫌悪した。警察が標的となっている人物にまだ連絡を取っていない可能性も考えられたからだ。彼らには世界が知るより少なくとも少しはさきに知る権利がある。それに彼女自身が逮捕される可能性も否定できない。しかし、そういう可能性がイライジャを思いとどまらせる要因になったためしなどこれまで一度もない。彼は局に来てから長いわけではないが、その短いあいだにもアンドレアは何度か見てきた、イライジャがただの憶測で他人の人生を台無しにするところを。情報源のあいまいな捜査の詳細を流布させたところも見てきた。実際、彼は証拠の隠匿と警察官への贈賄容疑で二度裁判所に出廷させられている。

眠るのをあきらめ、彼女は起き上がると、体を休めるかわりに今後の戦略を練ることにした。写真はもちろん利用する。それで面倒を背負い込むことになったとしても、このことが今後のキャリアに利する大きさを考えれば、そんな不都合など数のうちにはいらない。リストはまだ秘密にしておこう。それが正しいことだ。彼女は、ボスと同じくらい情け容赦のない破壊的な人間へと向かう衝動と今なお闘っている自分をひそかに誇りに思った。

ニュース編集室へと続く廊下を歩いた。その階はさほどの高さでもないのだが、カモミール・ストリート沿いの屋根の連なりを見ないよう、アンドレアは自然と壁沿いを歩いていた。オフィスにはいると、いつものことながらショックを受ける。ここの喧騒《けんそう》は一日二十四時間とだえることがない。そんなカオスの中、イライジャはそれを愉しんでいるようにしか見えなかった。互いに怒鳴り合っている人々、不調和に鳴りつづける電話、天上から吊るされたプラズマ・パネル、その中で次々と変わる無言のことば。そんな喧騒にも数分で慣れる。攻撃的な雰囲気もすぐにただのＢＧＭに変わる。

ニュース編集室は十一階と十二階を占めていた。十二階の床が取り払われ、天井は通常の階の二倍の高さがあった。地方局で何年も過ごしたアンドレアに言わせれば、そのレイアウトは過剰で無駄以外の何物でもなかった。まるでニュース編集室のパロディのようだ。机とコンピューターと電話。彼女にはそれだけあれば充分だった。

イライジャは、いくつもの有名ブランド、有名企業に巣食う腐敗を暴いて物議をかもした、過激なアメリカのニュース番組から引き抜かれた人材で、上位者ぶったアメリカニズム、チーム育成エクササイズ、士気を煽る報奨金制度といったものを持ち込んでおり、昔からいるイギリス人局員にはそれが徐々に負担になっていた。

彼女は、アイスクリームの自動販売機のそばにあるネオン・イエロー色（仕事の効率とビタミンカラーとは直接関係があると科学的に立証されている）の自分の机につくと、人間工学に基づいてデザインされた椅子に坐った。そして、犯人からまた新たなメッセージが届いていないか、郵便トレーをチェックした。なかった。ハンドバッグからファイルを取り出し、段差のあるイライジャのオフィスに行きかけた。そこで同僚が次々と席を離れ、一番大きなテレビ画面が設置されているところに集まりだした。

イライジャもオフィスから出てきて、腕組みをして高みから様子を見ていた。アンドレアに一瞬、眼を向けたが、すぐに興味をなくしたらしく、視線をまたテレビ画面に戻した。何が起きているのかもわからず、アンドレアは立ち上がると、徐々に増える人々のうしろについた。

「音を大きくしてくれ！」と誰かが叫んだ。

おなじみのロンドン警視庁の標章がいきなり現われた。そのあとはアンドレアのカメラマン、ローリーのトレードマークのような、ソフトフォーカスのズームアウトになり、ブロンド美人のレポーターが映し出された。現場にあまり似つかわしくないローカットのサマードレスを着ていた。まえのほうから下卑た口笛が聞こえた。その女性レポーター、イゾベル・プラットはまだ局に来て四ヵ月にしかならない新人だった。彼女がレポーターに起用されたとき、アンドレアは自らの職業に対する冒瀆《ぼうとく》だと思った。ただ大きな声で原稿を読み上げる能力があるというだけで、知性も何もない、化粧だけがうまい二十歳の女にそういうポストを与えるというのは言語道断だと。それが今は自分に、自分のキャリアに、個人的に加えられている攻撃のように感じられた。

イゾベルは嬉しそうに〝この……あと……ただちに〟警察のスポークスマンから声明が出

される と伝えていた。その間ずっと彼女の胸の谷間が画面の中心を占めていた。アンドレアは、どうしてローリーはイゾベルの顔をずっと映したままにしないのだろうと思うと、どこまでも情けない気持ちになり、涙が出かかった。が、そこでイライジャが彼女の反応をうかがっているのに気づくと、気持ちをテレビ画面に集中させた。画面に背を向けるにしろ、部屋を出ていくにしろ、そういうことをしてイライジャを喜ばせるかわりに。

イライジャの阿漕《あこぎ》さは今に始まったことではない。この新たなデスクの考えは実にわかりやすかった――一年で最も大きな事件を扱うのに際して、視聴者へのおまけとしてモデルをカメラのまえに立たせて何が悪い？　レポートの締めくくりにイゾベルがトップレスで出てきてもアンドレアは驚かなかっただろう。

画面では、政策会議のために警察本部を訪れていたターンブル市長が早すぎる死を遂げたというニュースが報じられており、まわりでは同僚が驚きの声をあげたり、悪態をついたりしていた。が、そんな声もアンドレアの耳にはほとんど届いていなかった。今の彼女は自己憐憫《れんびん》を怒りに変えることしか考えていなかった。このままおとなしくしているつもりなどさらさらない。記者会見の模様を伝えるイゾベルのレポートを最後まで聞くつもりも。彼女は自分の机に走った。そして、ファイルをつかむと、イライジャのいるところをめざして階段をのぼった。イライジャのほうは明らかに彼女のその反応を予期していたようで、いかにもさりげなく自分のオフィスに戻った。ドアを少しだけ開けたままにして。

　すでにほぼ五分間、イライジャは怒鳴っていた。アンドレアが超弩級のネタを丸一日も寝かせていたことに激怒していた。その間に五度彼女は馘《くび》だと宣し、三度彼女を売女呼《ばいた》ばわりし、様子を見にきたアシスタントを一度、体を使って追い返した。

　アンドレアはそんなイライジャの怒りが治まるのを辛抱強く待った。これは容易に予測できた反応なので、怒りが昂《こう》じるにつれて、彼の気取ったニューヨーク訛りが徐々に南部訛りに変わっていくのをひそかに愉しんでさえいた。どこまで薄っぺらな男なんだろうと思いながら。オフィスの行き帰りにジムにかよい、その強迫観念的な肉体を誇示するためにサイズの小さすぎるシャツを着て、四十を過ぎているのに白髪の気配など微塵《みじん》もなく、金色の髪をオールバックにして、神経症的なほどにきれいに撫でつけている男。それがイライジャだった。群れを率いる典型的な雄《おす》として、そんな彼を魅力的と思っている女子の同僚もいないではなかったが、アンドレアにとってはただの滑稽なサルだった。そんなイライジャの支配者としてのパフォーマンスが終わるのには、さらに一分を要した。

「画質の悪さからして、こんな写真は使えない」彼は机の上に写真を広げながら、興奮を隠して吐き捨てるように言った。

「おっしゃるとおりです。ただ、これはあなた用のものです」とアンドレアは落ち着いて言った。「もっと画質のいいものがあります。それはSDカードに保存してあります」

「どこにある？」と彼は急き込んで尋ねた。が、アンドレアはすぐには答えなかった。イライジャは顔を起こし、彼女を見ながら言った。「大したもんだ、きみも学習したね」

上位者ぶりながらの攻撃的なことばだった。それでも、アンドレアはその恨みがましいお世辞を額面どおりに受け取った。これで今、ふたりのゲームは互角になった。今、ゲームをしているのは一塊の肉片のまわりをぐるぐるまわっている二匹のサメだ。

「警察がオリジナルを持っているのか？」と彼は尋ねた。

「ええ」

「ウルフか？」イライジャは悪名高い刑事とアンドレアとの離婚にことのほか関心を持っていた。火葬連続殺人のスキャンダルには大西洋を越えてアメリカでも同じくらいのニュースヴァリューがあった。彼はにやりとして言った。「ということは、われわれは証拠の隠匿で訴えられることはないわけだ。写真はグラフィック班に持っていけ。仕事はこれまでどおり続けていい」

アンドレアはいささか虚を突かれた思いだった。彼女が考えていたのはただ職を失わないことだけではなく、この事件報道の主役でいつづけることぐらい、イライジャにも充分伝わっているはずだった。いずれにしろ、彼女のとっさの表情の変化には、イライジャも気づいたようだった。その笑みがいかにも意地悪そうに変わったところを見ると。

「何も驚いたような顔をすることはない。きみは自分の仕事をした。ただそれだけのことだ。イゾベルはもうレポーターをやった。だからこのあとも彼女がレポーターだ」

アンドレアは眼の裏が痛くなった。おなじみの痛みだ。それを隠しながら、彼女は対抗手段を考えた。「そういうことならわたしは――」

「なんだ？　辞めるのか？　写真をどこかほかに持っていくのか？」イライジャは声に出して笑った。「賭けてもいいね。きみが写真を保存したSDカードは会社のものじゃないだろうか？　きみが会社のものを盗んでここから持ち出そうとするなら、私は迷いなく警備員にきみの身体検査をさせるからな」

アンドレアには自分のハンドバッグの中が思い描けた。小さな黒い長方形のそのカードは、〈スターバックス〉のプリペイドカードと潜水指導員協会の登録カードのあいだにはさまっていた。警備員に調べられたら、ものの数秒で見つかってしまうだろう。彼女はそこで自分にはまだ最後の切り札が残されているのを思い出した。

「写真のほかにリストがあります」良心が顔をのぞかせるまえにもう口走っていた。「犯人の殺人予告のリストです」

「ばかばかしい」

彼女はポケットからくしゃくしゃになったコピーを取り出し、慎重に折って、最初の一行だけをイライジャに見せた。

レイモンド・エドガー・ターンブル市長――六月二十八日、土曜日。

イライジャはアンドレアが彼の手の届かないところでしっかりと持っているコピーを見た。彼女はテレビのまえを離れると、まず自分の机に寄ってからまっすぐに彼のオフィスに来ていた。イライジャはそれを見ていた。だから、彼女がその場しのぎのコピーをでっち上げたとは考えにくい。

「この下にあと五人の名前と日付があります。言っておくけど、あなたがこれを無理やり取り上げようとしたら、飲み込むからね」

彼女がどこまでも本気であることを見て取ると、イライジャは椅子の背にもたれ、いかにも嬉しそうに微笑んだ。これでクロスゲームにもようやく決着がついたとでも言わんばかりに。

「望みはなんだ？」

「これはわたしのスクープよ」

「わかった」

「イゾベルはあそこにずっとただ立たせておけばいい。わたしがスタジオから報告するから」

「きみは現地レポーターだ」

「ロバートとマリーに言って。今夜はお役ご免だって。番組の時間枠を丸々使いたいから」

いっときのためらいのあとイライジャは言った。

「いいだろう。ほかには？」

「あるわ。わたしが番組を終えるまで全部のドアに鍵をかけて。このことを終わらせるまでは逮捕されるつもりはないから」

7

二〇一四年六月二十八日（土）
午後五時五十八分

ウルフはシモンズのオフィスの椅子にただひとり坐っていた。古色蒼然《こしょくそうぜん》たるファイリング・キャビネットには、シモンズに蹴飛ばされた新しいへこみができていた。カーペットには最近壁から剝がれた漆喰《しっくい》のかけらがあちこちに落ちていた。ウルフはそういうことに気づいたこと自体、何か出しゃばったことをしてしまったように思えて気が引けた。それらは最初の哀悼の断片だった。彼は強く自分を意識しながら待った。左腕の湿った包帯を無意識に弄《もてあそ》んでいた。

シモンズが連れ出されたあとも、ウルフは生気をなくした市長の体の脇にしばらくへたり込んでいた。バクスターは、モンスーンが室内で起きたような状態の中、そこまで呆然とし、無防備になったウルフを初めて見た。彼はただ宙を見つめ、彼女がそばに行ってもそのことに気づいてさえいない様子だった。バクスターはそんなウルフの腕をやさしく抱えて立たせると、水びたしになっていない廊下に出た。すると、ふたりの動きを咎めるように見つめるみんなの視線に出会った。

「なんなのよ」

　バクスターはむっとしてつぶやくと、ウルフの体重の大半を支え、刑事部屋を横切って女性用トイレまで彼を連れていき、苦労してふたつのシンクのあいだの洗面台の上に坐らせた。そして、そぼ濡れたシャツのボタンを慎重にはずし、ゆっくりとシャツを脱がせ、左の前腕にできている火ぶくれ――傷から液がじくじくと出ていた――のまわりで溶けてこびりついている物質をそっと剝がした。安っぽいデオドラントと汗と焼け焦げた皮膚のにおいがあたりに漂い、バクスターはわけもなく不安を覚え、今すぐにでも誰かがやってきて、彼女は何も悪いことはしていないことを証明してほしくなった。

「動かないで待ってて」溶けてこびりついていた物質をできるだけ取り除くと、そう言って刑事部屋に戻り、救急セットとタオルを持ってまた戻った。タオルはウルフの濡れた髪にかぶせた。あまり手ぎわがいいとも言えなかったが、火傷の軟膏を傷に塗り込むと、ミイラでもつくるような勢いでウルフの左腕に包帯をぐるぐると巻きつけた。

　しばらくしてドアをノックする音がして、エドマンズがはいってきた。どうしても役に立ちたいというふうにも見えなかったが、それでも自分のシャツを差し出した。おかげでシャツの下にTシャツを着ているのがばれてしまったが。上背はあったが、エドマンズの体つきにはまだ少年らしさが残っており、ウルフのがっしりとした体型には合わなかった。それでもないよりはましだった。ボタンの大半をとめると、バクスターは自分も洗面台に腰かけ、ウルフがいくらかでも快復するまでつきあった。

ウルフは、そのあとその日の午後の大半を使って、尋問室の中で何があったのか正確な報告書を書いて過ごした。今日は医務室で診察を受けたらもう家に帰ったらどうか、というお節介な忠告を無視して。すると、午後五時半になってシモンズのオフィスに呼ばれたのだった。が、行ってみると、シモンズはオフィスにいなかった。で、ボスが戻ってくるのをすでに三十分近く待っていた。何時間もまえにシモンズがわれを忘れた行動に出たあと、ウルフはシモンズを一度も見かけていなかった。

トイレでバクスターが手当てをしてくれたことが思い出された。それさえぼんやりとした、なんともシュールな記憶でしかなかった。その朝、彼は腕立て伏せをしていなかった（それを言えば、この四年間）。たるんだ体をバクスターに見られたことを思うと、いささか決まりが悪かった。

シモンズがオフィスにはいってきて、ドアを閉めた音が背後に聞こえた。シモンズは机をはさんで向かい合って坐ると、〈テスコ〉の紙袋からアイリッシュ・ウィスキーのジェームソンと氷の袋、〈トランスフォーマー〉の絵が描かれたプラスティックのカップを取り出した。記者会見のまえに市長夫人に最悪の知らせを伝えたことで、その眼はまだ赤かった。氷をふたつのカップに入れると、ジェームソンをたっぷり注いで、カップのひとつをウルフのほうに押しやった。ふたりは無言で一口飲んだ。

「おまえの好きな銘柄だったと記憶してるが」とシモンズは言った。

「記憶力がいいんですね」とウルフは言った。

「頭の具合は？」まるでウルフの軽い脳震盪《のうしんとう》は自分のせいでもなんでもないかのようにシモンズは言った。

「腕よりはずっといい」とウルフはむしろ陽気に答えた。バクスターの手当てが包帯の巻き方と同じくらい下手くそだったら、このあと医者がどれほど正しい治療をしてくれるのか、彼にもわからなかったので、その言葉はあながち嘘でもなかった。

「腹を割った話をしないか？」シモンズは返事を待たなかった。「おまえがあんな大失態をしなければ、今頃、この椅子にはおまえが坐ってただろう。そんなことはふたりともよくわかってる。常におまえのほうが優秀な刑事だった」

ウルフはシモンズに敬意を払い、あえてどんな表情も浮かべなかった。

「もしかしたら」とシモンズは続けた。「おまえならおれよりもっといい判断をくだせてたかもしれない。おまえがこの椅子に坐ってたら、レイはもしかしたらまだ生きて……」

そこでことばはとぎれた。シモンズはウィスキーをさらに呷《あお》った。

「そういうことは誰にもわからない」とウルフは言った。

「吸入器に燃焼剤が含まれていたのか？　この一週間ほどで刑事部屋に腐るほど集まった花束がブタクサの花粉だらけだったのか？」

ウルフはシモンズのオフィスにはいるときに証拠収集用のビニール袋を山ほど見ていた。

「ブタクサの花粉？」

「喘息患者にとってそれは死の花粉にさえなりうる。おれはそんなところに彼を連れてきたわけだ」

持っているのがただのプラスティックのカップであることも忘れ、シモンズは自らに苛立ち、空《から》のカップを壁に投げつけた。劇的効果も何もなく、そのカップは撥ね返り、また机の上に戻ってきた。ややあって、シモンズはそのカップにまたウィスキーを注いだ。

「警視長が帰ってくるまえに決めておこう。おまえの処遇はどうすればいい？」

「おれの？」

「おまえを呼んだのは、おまえはこの事件にあまりに〝近すぎる〟ことを伝えるためだ。おまえはこの件からはずすのがみんなの意見の一致したところだ……」

ウルフが抗議しようとするのをさえぎって、シモンズは続けた。

「……当然、おまえはそんなことを伝えるおれに、とっとと失せろと言うだろう。その場合、おれとしちゃ、おまえがハリドをどうしたのか、そのことをおまえに思い出させることもできなくはない。それでも、だ。おれにとっとと失せろと言うなら、そこまで言うなら、おれとしても不承不承、おまえにこの件を任せつづけるしかない。ただし、これだけは言っておく。おまえの同僚から、あるいはおまえの精神科医から、あるいはこのおれから、心配する声がひとことでも上がったら、降ろすからな。伝えたかったのは以上だ」

ウルフは黙ってうなずいた。シモンズがウルフのために自分の首を危うくしてくれていることは彼にも重々わかっていた。

「今のところ死体が七体。わかっている凶器は吸入器に花に魚」シモンズはいかにも信じられないといったふうに首を振った。「昔はクソ野郎を殺したくなったら、そいつのところまで行って撃ち殺したもんだ。それだけの品位というものが人間にはあった。そういう古き良き時代があったのを覚えてるか？」

「古き良き時代に」ウルフはそう言って〈トランスフォーマー〉に登場するキャラクターの絵が描かれたカップを掲げた。

「古き良き時代に！」シモンズもそれに応じてカップを掲げた。

ウルフのポケットで携帯電話が震えた。アンドレアから短いメッセージが届いていた。

ごめん

( )( )
\/
V

見るなり、ウルフは不安になった。明らかにアンドレアは不適切なペニスのマーク以上のことを謝っていた。おそらくこのマークは〝ハート〟のつもりなのだろう。ウルフが返信を送ろうとしたところへ、バクスターがいきなりオフィスに飛び込んできて、壁に掛けられたテレビのスウィッチを入れた。シモンズは憔悴《しょうすい》しきっており、どんな反応も示さなかった。

「あなたのクソ元妻がやらかしてくれた！」とバクスターは怒鳴った。

アンドレアがレポートをしているところが画面に現われた。まさに輝いていた。ウルフはこれまで自分が彼女の美しさをあたりまえのことのように思っていたことに気づかされた——結婚式やパーティに出るときによくしていたスタイルでアップにした、長くて赤い巻き毛に、本物とは思えないほどきらきらと輝く緑の眼。彼女の裏切りの理由は明らかだった。メインストリームの外に立たされることに我慢できなかったのだ。何年もまえの顔写真が画面の片隅に浮かぶ中、どこともわからない場所に立ち、回線の影響でどうしてもひずんでしまう声で、まるで下手な腹話術師みたいにレポートすることには。今はスタジオからレポートしていた。番組を仕切っていた。それは彼女がずっとなにより望んでいたことだった。

「……今日の午後の市長の突然の不幸は、今日の早朝ケンティッシュ・タウンで六体の死体が発見された事件と関連するものでした」とアンドレアはどこまでも落ち着き払った声で原稿を読み上げていた。それでも、ウルフには彼女の内面が手に取るようにわかった。その落ち着きの下で彼女の神経は小鳥のように震えているはずだった。「このあと放映される映像には不快なものも含まれますので――」

「フォークス、女房に電話するんだ！」とシモンズが吠えた。

「元女房」とバクスターが反射的に言ったが、そのときにはもうすでに三人とも慌ただしく携帯電話のボタンを押していた。

「そうです、ニュース編集室の番号を……」

「ビショップゲートに二班急行させろ……」

「おかけになった電話番号は現在……」

そんな三人の背後でアンドレアのレポートはさらに続いた。

「……頭部はあの火葬キラーのナギブ・ハリドのものであることが判明しました。現時点では、ハリドが頭部を誰にどのように切断されたのかは……」

「警備室にかけてみる」とウルフはアンドレアの留守番電話に「すぐに電話しろ！」と怒鳴ったあと言った。

「……死体は切断されたのち、ひとつの完全な人体となるように縫い合わされたようです」テレビ画面にはおぞましい写真が次々に映し出されていた。「警察はその死体を〝ぬいぐるみ《ラグ》人形《ドール》〟と呼んでいます」

「ふざけたことをぬかすな！」まだコントロールルームと話していたシモンズが怒鳴った。

アンドレアがさらに続けたところで、三人とも動きを止めた。

「……さらに五人の名前が挙げられ、その予告殺人の日付も記されています。そのリストについては五分後に放送します。アンドレア・ホールがお伝えしました。チャンネルはそのままに」

「そんなことできるわけがないよな？」とシモンズが携帯電話の送話口を手で押さえ、いかにも信じられないといった面持ちでウルフを見た。

が、ウルフには何も答えられなかった。全員がすぐまたそれまでやっていたことに戻った。

五分後、ウルフとシモンズとバクスターの三人はまたテレビ画面に見入っていた。ゆっくりとライトアップされたニューススタジオが映されていた。どうやらアンドレアはそれまでずっと暗い中にひとりで坐っていたようだ。ウルフたちの背後では誰かが会議室から持ち出したテレビのまえに群らがっていた。

警察としては何も打つ手もなく。

驚くにあたらないが、アンドレアはウルフのメールに返信してこなかった。〈ヘロン・タワー〉の警備担当はすでにニュース編集室の外にバリケードを築いていた。シモンズが向かわせた警察の急行班はまだタワーに着いてもいなかった。シモンズは知りすぎるほどよく知っているニュース・デスクとすでに話をし、どこまでも苛立たしいその男に、貴局は明らかに警察の捜査妨害をしており、場合によってはその責任者の実刑判決も考えられると伝えていた。そんな脅しが通用しないとわかると、相手の人間性に訴えた。殺人の脅威にさらされている人たちには、自分たちがリストに挙がっていることさえまだ知らされていない事実を伝えた。

「だったら、私たちはあなた方の仕事の手間を省いてるわけだ」とイライジャは言った。

「なのに、われわれはあなたたちのためになるようなことは何ひとつしてない。あなたはそうおっしゃるのですか？」

イライジャは警察とアンドレアが直接話すことは認めず、すぐに電話を切った。だからロンドン警視庁としても今は世界じゅうのほかの人たちとただテレビを見るしかないのだった。シモンズは新しい三つのカップにウィスキーを注いだ。机に腰かけたバクスターは不審げににおいを嗅いでから、そのあとすぐ一気に呷り、リストはどうせ数分のうちに世界に知らされるのだから、さきに教えてもらえないかと言おうとした。が、言いあぐねているうちに番組がまた始まった。

アンドレアは最初のキューを見落とした。改めて考え直したのだろう、ウルフには彼女の不安と躊躇《ちゅうちょ》がはっきりと見て取れた。緊張するといつもそうなるように、簡素な机の下で、彼女の脚が震えているのが彼には眼に見えるようだった。彼女は改めてまっすぐにカメラを見すえると、彼女を見ている何百万という見えざる眼を見返した。ひょっとしておれを探しているのだろうか、とウルフは思った。自分で掘った穴に自分で落ちてしまい、その中から抜け出す方法はないものかと思案しているのだろうか。

「アンドレア、オンエアだ！」苛立った声がアンドレアの耳元で響いた。「アンドレア！」

「こんばんは、アンドレア・ホールです。では、さっそく……」

そう言いながらも、彼女は五分ほどかけて、今チャンネルを合わせたばかりの無数の視聴者のために、それまでのレポートを繰り返し、気味の悪い写真を見せた。その写真が手書きのリストとともに彼女のもとに送られてきたことを説明したときには、素人のようにことばにつかえた。死刑宣告を受けた六人の名前と日付を読み上げる段になると、手がはっきりと震えていた。

「レイモンド・エドガー・ターンブル市長――六月二十八日、土曜日。

ヴィジェイ・ラナ――七月二日、水曜日。

ジャレッド・アンドルー・ガーランド――七月五日、土曜日。

アンドルー・アーサー・フォード――七月九日、水曜日。

アシュリー・ダニエル・ロクラン――七月十二日、土曜日。

そして、七月十四日、月曜日……」

アンドレアはそこでことばを切った。と言っても、劇的効果を狙ったわけではなかった（彼女としても早く終わらせたかった。だからそんな効果など考えることもなく、むしろ口早に伝えていた）。ことばがとぎれたのは、マスカラの色のついた涙を拭わなければならなかったからだ。彼女は咳払いをすると、眼のまえの書類をぱらぱらとめくった。間《ま》が空いてしまったのは、原稿に不備があったせいだと暗にほのめかすかのように。しかし、そんな演技を信じた者など世界じゅうにひとりもいなかっただろう。そこで突然、彼女は両手で顔を覆った。肩が震えだした。まさに自分がすでにしてしまったことの重みに耐えきれなくなったかのように。

「アンドレア？　アンドレア？」とカメラの向こうから誰かが呼んでいた。

彼女は顔を起こし、彼女にしても記録的な視聴者を見返した。この檜《ひのき》舞台にあまりに不似合いなマスカラの汚れを顔と袖につけたまま。

「大丈夫よ」

間《ま》ができた。

「そして、七月十四日、月曜日には、ロンドン警視庁の警察官で、ラグドール殺人の主任捜査官……ウィリアム＝オリヴァー・レイトン＝フォークス氏の名前が挙がっています」

8

二〇一四年六月三十日（月）
午前九時三十五分

「よくなかったな」

「よくなかった？」

「それと悲しかった」

「悲しかった」

女医のプレストン゠ホールは深々とため息をついて、ノートを脇のアンティークのテーブルに置いた。

「あなたはあなたが守らなくちゃならなかった人があなたの眼のまえで死ぬところを見た。さらにその死に関与していると思われる人物があなたをこの二週間のうちに殺すと宣言した。なのに、あなたがわたしに言えることばは、〝よくなかったな〟と〝悲しかった〟だけなんですか？」

「すごく腹が立った？」とウルフはこれぞ正しいことばだと信じて言ってみた。

これにはプレストン゠ホール医師は食いついてきた。ノートをまた取り上げると、上体を彼に近づけて言った。

「あなたは怒りを感じた？」

ウルフはしばらく考えてから言った。「ううん、どうかな。ちがうかもしれない」

プレストン＝ホール医師はノートを放った。ノートはテーブルをすべり、床に落ちた。怒りを感じているのはどう見てもプレストン＝ホール医師のほうだった。

復職して以来、月曜日の朝は毎週、ウルフはクウィーン・アンズ・ゲートにあるこの化粧漆喰仕上げのタウンハウスにかよっていた。プレストン＝ホール医師はロンドン警視庁付きの精神科医で、彼女の診療所は、ドアの銘板からしかそこが診療所だということがわからない、実にひっそりとしたところで、ロンドン警視庁から歩いて三分という場所にあった。

その界隈は上品な一帯だったが、プレストン＝ホール医師はそうした環境によくマッチした人物だった。歳は六十代前半、優雅に歳を取っている女性だった。いかにも高そうな服に、見事に手入れされた銀髪のショートヘア。あたりを払うがごとき威風。どこかしら小学校の先生も思わせた。それも大人になっても生徒の誰もが必ず覚えているといったタイプの。

「教えてください。また夢を見るようになりましたか？」と彼女は尋ねた。「病院の夢です」

「先生は病院と言うけれど、あそこは病院じゃない。施設です」

プレストン＝ホール医師はまたため息をついた。

「眠ったときだけですが」とウルフは言った。

「というと？」

「自分の力でどうにかなるときには見ません。それにあれは夢じゃない。悪夢です」

「わたしは悪夢だとは思いません」とプレストン＝ホール医師は反論した。「夢そのものに怖がらなくちゃならないようなことは何もありません。あなた自身がその夢に恐怖を持ち込んでいるのです」

「ことばを返すようですが、先生がそんなふうに言うのは、十三ヵ月というもの、毎日が地獄だった。そんな経験をしていないからです」

プレストン＝ホール医師は、ウルフが私的な話をするよりこうした議論に診察時間を費やしたがっていることを察して、話題を変えることにした。彼が持ってきた封筒の封を切って開けると、いつものフィンレーの週間報告に眼を通した。その彼女の表情を見るかぎり、彼女もまたそんな報告など時間と紙とインクの無駄だと考えているようだった。ウルフ同様。

「フィンレー・ショー部長刑事はあなたがこの一週間、ストレスにうまく対処したことをとても喜んでいるようですね。そのことに十点満点で十点をつけています。彼がどのような評定法をしているのかはわかりませんが、それでも……あなたにとってはいいことです」と彼女はことばとは裏腹にむしろ突っぱねるように言った。

ウルフは窓越しにクウィーン・アンズ・ゲート通りの反対側に建ち並ぶ邸宅を眺めた。どの家も完璧に手入れされ、昔日の栄光を今も忠実に宿していた。無慈悲な週の新たな始まりに備えて、ギアを上げた市《まち》の無秩序な遠いざわめきが聞こえなければ、遠い昔に戻ったような錯覚に陥ってもおかしくない一帯だった。気温は今日もまた摂氏二十八度ぐらいに上がるのだろうが、今はまださわやかなそよ風が薄暗い室内に吹き込んでいた。

「この事件の捜査にあたっているあいだは週に二回の診察を勧めます」とプレストン＝ホール医師は、フィンレーが下手くそな字でウルフの言うことを口述筆記した報告書を見ながら言った。

ウルフは上体をまっすぐに起こした。精神科医のまえでは拳を握りしめたりしないように自分に言い聞かせながら。

「ご心配は感謝しますが……」

およそ感謝している声音ではなかった。

「……私にそんな時間はありません。私にはすぐに捕まえなきゃならない殺人鬼がいるんです」

「そこにわたしたちの問題があるのです。〝私には〟というところに。そのことをわたしは心配しているのです。それはすでに一度起きていることでしょう？　その殺人鬼を捕まえるのはあなたひとりの責任ではありません。あなたには同僚がいます。手助けしてくれる人もいます――」

「私には責任があります」

「わたしには職業上の義務があります」と彼女は引導を渡すように言った。

さらに反論をすると彼女は週に三回とも言いだしかねない。ウルフはそのことをはっきりと悟った。

「いいですね」と彼女はそう言って手帳をぺらぺらとめくった。「水曜の午前はどうですか？」

「水曜にはヴィジェイ・ラナという人物が殺されたりしないよう、そのことに全力を注いでると思います」

「では、木曜では？」

「わかりました」

「九時では？」

「わかりました」

プレストン゠ホール医師は書類にサインをすると、いかにもほがらかな笑みを浮かべた。

ウルフは立ち上がってドアに向かった。

「それから、ウィリアム……」ウルフは振り向いて彼女を見た。「気をつけて」


前日の日曜日、ウルフはシモンズに休暇を取らせられた。土曜日はそれはもうウルフにとって地獄のような日だったのだから。ウルフはそれをシモンズの保身対策と思った。月曜日の診察で、あわよくば精神科医から職務不適任のご託宣がもらえる可能性もあったわけだからだ。

いずれにしろ、土曜日、ウルフは〈テスコ・エクスプレス〉に寄って、家に閉じこもって週末を過ごすための食料を買い込んだ。家に戻ると、案の定、マスコミの群れが彼の住むアパートのまえで彼の帰りを首を長くして待っていた。ただ、彼に幸いしたのは、鑑識の作業が完璧に終わるまでは立入禁止線が引かれていたので、それをうまく利用し、大方のレポーターを避けて家に帰り着くことができた。

ありがたくもないその休日は、アンドレアが何ヵ月もまえに荷造りした段ボール箱を開けることに費やした。その段ボール箱だけで部屋のほぼ半分が無残に埋められていた。壁ぎわに置かれたそれらの段ボール箱にアンドレアが車を突っ込んでいないのは、まあ、明らかだが、車一台ぐらいまぎれ込んでいてもおかしくないほどの嵩《かさ》があった。

土曜日の夜から日曜日にかけて、ウルフはアンドレアの電話を十七回無視した。かわりに母親には折り返しの電話をした。母親は隣りのエセルの家のフェンスが壊れた話に移るまで、二分間は心底彼のことを心配してくれた。そのフェンスの話が終わったのは四十分後だった。ウルフは七月のどこかの週末に隣りの家のフェンスを直しにバースにいくことを約束した。ただ、七月十四日に惨殺されてしまったら、その約束は果たせなくなる。気の進まない仕事をしなくてもよくなる。世の中、悪いことばかりでもない。

殺人及び重犯罪捜査課の刑事部屋にはいったウルフはドリルの音に出迎えられた。厳格に審査を受けた作業員が水びたしになった尋問室の修復にかかっていた。刑事部屋を歩いていると、同僚からのなんとも対照的なふたつの反応に迎えられた。多くは好意的な笑みで、知らない相手からコーヒーをおごろうかとさえ言われ、今回の事件の担当でもないのに「おれたちは絶対犯人を捕まえる！」と言ってきた者もいた。それ以外は完全な無視だった。ウルフは今や歩く屍《しかばね》のようなものだった。だから、彼を始末するのに犯人が何を使おうと――毒を持つ魚であろうと、薬物であろうと、植物であろうと――その禍々《まがまが》しい効果が自分たちにも及ぶのをみんな恐れているのだろう、たぶん。

「やっとお出ましね」机のそばまでやってきたウルフにバクスターが言った。「わたしたちがあなたの仕事を全部肩がわりしてあげてるあいだ、よく休めた？」

ウルフは彼女の軽口を無視した。敵愾心《てきがいしん》というものがバクスターの原動力であることを彼はほかの誰よりもよく知っていた。不幸、攻撃、困惑、反抗心、恥辱、暴力。それらが彼女を突き動かしているのだ。そんなバクスターが土曜日の夜のニュース以来、ずっとおとなしかったのはあまり彼女らしくないことだった。話し合いたい相手がウルフにひとりいるとすれば、それは彼女しか考えられないのに、彼女は彼とコンタクトを取ろうとしなかった。まるで殺人リストの話など聞いたこともないみたいに振る舞っていた。もちろん、ウルフとしてはそれで一向にかまわなかったが。

「つまるところ、このちっぽけなお兄さんは」と彼女は横に坐っているエドマンズを示して言った。「まったくの無能でもなかったということね」

バクスターはそれまでにわかったことをウルフに説明した。まずブタクサは手がかりにならないことがわかった。専門家に問い合わせたところ、そんな草は全国のどこでもビニールハウスがあれば栽培できることがわかったのだ。それは花についても同じだった。警察に送られてきた花束はロンドンじゅうの花屋で購入されたものだった。さらにどの場合も支払いは郵送されてきた現金だった。

エドマンズが追った手がかりから、警察は〈コンプリート・フーズ〉に出向き、ナギブ・ハリドが毒殺された前夜に勤務していた従業員のリストを入手していた。さらに重要なものとして防犯カメラの映像も。その映像には夜中に不審者がひとり工場内に侵入しているところが映し出されていた。エドマンズは得意げにその映像の収められたUSBをウルフに渡した。頭を撫でられたがっている子犬さながら。

「ひとつどうしても気になることがあるんですよね」と彼は言った。

「その話は今はやめて」とバクスターが不満げに言った。

「毒のはいったその特別メニューはよそにも配達されていて、ほかに三人がテトロドトキシンを摂取し、そのうちふたりがもうすでに死んでいます」

「最後のひとりは?」とウルフは眉根を寄せて尋ねた。

「あまり希望は持てません」

「〈セント・メアリーズ・アカデミー〉の異邦人はたまたま試験休み中だった。そうでなければ犠牲者はもうひとり増えていた」とバクスターが言った。

「そのとおりです」とエドマンズがあとを続けた。「犯人は予告殺人をして、六人の名前までそのリストに挙げている。なのに、ほかに三人も殺しているというのはどうにも――」

「ふたりと半分ね」とバクスターが正した。

「……ただ手あたり次第に殺しているのと変わらない。おまけにその三人……ふたりと半分については何も言っていない。連続殺人犯というのはそういう行動は普通取りません。この事件にはほかにも何かあるにちがいない」

ウルフは感じ入った顔をしてバクスターを見やった。

「きみがこの男が好きな理由が今よくわかったよ」

エドマンズは単純にいかにも嬉しそうな顔をした。

「好きじゃないけど」

エドマンズの顔から笑みが消えた。

「彼女が見習いのあいだおれは半年も彼女におれの机を使わせなかった」

「そういう話はもういいから！」とバクスターが噛みつくように言った。

「吸入器から何かわかったか？」とウルフは尋ねた。

「取り替え用の缶に細工がされていて、薬ははいってなくて、わたしには発音できない化学物質がはいっていた」とバクスターが言った。「まだ捜査中だけど、どこの学校の化学研究室にでもありそうな物質を混ぜ合わせたものみたい。だからつまらない洒落《しゃれ》になっちゃうけど、息を止めて捜査の成果を待っていても望み薄ね」

「でも、その件について言えば」エドマンズが割ってはいった。「犯人はどう考えても近くにいたはずです。犯行のまえに吸入器を取り替えてるんですから。おそらく土曜日の朝に。しかし、どうして市長なんです？　これは犯人の動機が怨恨というよりただ世間の注目を集めたがっているだけの証拠なんじゃないでしょうか？」

「それは大いに考えられる」とウルフはうなずいて言った。そのあと少しためらってから、三人がわざと避けている話題をあえて持ち出した。「リストに挙がってるほかの人間に関してはどうなってる？」

バクスターが強《こわ》ばった口調で答えた。

「それはわたしたちの担当じゃない。わたしたちの眼のまえの仕事は殺された被害者の身元確認で、これから殺され――」そう言いかけて、それが誰のことになるのか気づいて途中でやめた。「そっちについてはあなたのパートナーに訊いて」

ウルフは立ち上がると、歩きかけ、立ち止まって尋ねた。いかにもさりげない口調で。

「チェンバーズから何か連絡は？」

バクスターは怪訝な顔で訊き返した。「彼から何か聞きたいことでも？」

ウルフは肩をすくめた。

「いや、こっちはどんなことになってるのか。そのことは彼も知ってるんだろうかって思っただけだ。これからはあらゆる手助けが必要になりそうな気がするんでね」

ウルフは部屋じゅうの眼が自分の背中に注がれていることにいささかうんざりしながら、会議室にはいった。彼が貼りつけた死体の大きな写真の上に誰かが丁寧な手書きで〝ラグドール〟と書いていた。馬鹿げたＵＳＢに収められた防犯カメラの映像をテレビでどうやって見ればいいのか、ウルフにはまるでわからなかった。そのことを認めたくなくて、ウルフが苛立っていると、背後から声がした。

「テレビの脇に穴があるから」彼より十五歳年上のフィンレーだった。「そこじゃない。その下だ――ああ、もう、おれがやるよ」

フィンレーはウルフがテレビの裏の通気口に差したUSBを抜くと、所定の差込口に差し込んだ。青いメニュー画面がひとつのファイルに切り替わった。

「昨日のうちにどんな進展があった？」とウルフは尋ねた。

「ガーランドとフォードとロクランのお守《も》りはもうちゃんとついている。ロンドン在住の人間についてだけは手当てができてる」

「それってロンドンだけは守って、ロンドン以外でやるならどうぞってことか？」

「まあ、そんなところだ。同姓同名の人間についてもほかの班がついているが、それまたおれたちの仕事じゃない」とフィンレーは言った。「ヴィジェイ・ラナの居場所についちゃ、われわれの想像もあんたの想像と大差ない。テムズ川南岸のウリッジ在住の会計士だが、不正会計で税務署に目をつけられた五ヵ月前に姿を消した。詐欺課の重要リストにも載ってるが、あっちでも捜査にあまり進展はないようだ。いずれにしろ、情報は送ってくれるように頼んでおいた」

ウルフは時計を見た。

「水曜まであと三十八時間。ラナのためにもおれたちがさきに見つけることを祈るしかないな。ほかの人間は何者なんだ？」

「ガーランドはジャーナリスト。だから、敵には事欠かないだろう。アシュリー・ロクランはふたりいて、ひとりはウェイトレス。もうひとりは九歳の女の子だ」

「でも、お守《も》りは両方につけてある？」とウルフは尋ねた。

「もちろん。フォードは警備員だ。いや、だっただな。病気になって長期療養中だそうだ」

「彼ら同士の関連は？」

「何もない。今のところは。とりあえず彼らの居場所を見つけて、家を警護するのが最優先事項だったんで、まだそこまで手がまわってない」

ウルフはしばらく考え込んだ。

「何を考えてる？」

「ヴィジェイ・ラナは誰かの会計操作をヘマってとんずらした。そういうやつを探すのに警察を利用するというのはなんとも賢いやり方だよ」

フィンレーは黙ってうなずいた。

「だからラナがどんな巣穴にもぐり込んだにしろ、そこにいさせて放っておいてやったほうが本人としてはありがたいかもしれない」

「かもな」

ウルフはフィンレーが持ち込んできた書類に眼を向けた。一番上のページに中年女性の写真があった。本人としては挑発的に見えることを意図したのだろう、そういう類いのランジエリーを着ていた。

「なんなんだ、これは？」

フィンレーはさも可笑《おか》しそうに笑って言った。

「おまえさんの追っかけだ！　自分たちのことを〝オオカミの群れ《ウルフ・パック》〟なんて呼んでる。今やおまえさんは時の人だからな。おまえさんを誘惑したがってるいかれ女が雨後の筍《たけのこ》みたいにうじゃうじゃ出てきてる」

ウルフは最初の数ページをめくると、いかにも信じられないといったふうに首を振った。その間にフィンレーは三十ページほどめくり、〝不合格者〟を次々と会議室の床に放ったあと、大きな声をあげた。

「これは悪くない！　この娘さん、〝ウルフを解放せよ〟キャンペーンの本物のＴシャツを着てる。このＴシャツは実を言うとおれも一枚持ってる。おれが着てもこんなふうにはならないけど」とフィンレーはぼそっとつけ加えた。

これぐらいのことは予測しておくべきだった、とウルフは思った。彼は以前、彼が捕まえた下劣で危険な輩《やから》が終身刑に服してほんの数日で、郵便まみれになることを心底不快に思っていた。が、殺人犯のプロファイリングをする過程で犯人にはそれぞれ固有の習性があることが見えてくるのと同じように、こうした一途なペンパルにも固有の習性があることもわかるようになった。彼女たちはだいたいが孤独で、社会にうまく適合できていない女性たちだった。長いこと家庭内暴力に苦しめられていた者も少なくない。その結果、人間がとことん破壊されることなどありえないと信じ、自分たちだけが法の誤った適用による被害者を救うことができると思い込んでしまうのだ。

こういう気の滅入《めい》る時間つぶしはアメリカではもっと盛んだ。それはウルフも知っていた。なにしろ、公の機関が死刑囚監房に収監されている三千人の死刑囚の誰かとコミュニケーションを取ることを奨励しているのだから。しかし、何がそんなに面白いのだろう？　悲劇の共有？　関係が映画のようなフィナーレを迎えること？　時間がかぎられていることで高まる死刑囚との関係性？　あるいは、無味乾燥な自らの人生より大きくて面白いことに関与したいという欲求？

とはいえ、ウルフも馬鹿ではなかった。そういう自分の考えを公の場で声高に言わないだけの分別はあった。同時に、あやふやな議論や意見についてはどんなものに対しても憤慨してみせるだけの訓練も積んでいた。そもそも自分から進んで政治的正しさを説く人たちの矢面に立つことはない。それでも、彼女たちはみな殺人犯の二次被害から守られている人たちだ。なんの悔悟もない邪悪な捕食者の眼をまともにのぞき込むこともない。それはウルフの仕事だった。だから、彼としてはつくづく思わないわけにはいかないのだ。彼女たちは血だらけの現場に立ち会って靴を血に染めても、破壊された被害者の遺族を慰問するようなことになっても、やはりペンを取るだろうか、と。

「おお、これを見ろよ！」とフィンレーが興奮して大声をあげた。その声に刑事部屋の何人かが顔を上げた。

　フィンレーは洒落た女性警官の制服をまとった二十代のブロンド美人の写真を掲げていた。ウルフはそれを見て、なんと答えればいいのかことばが見つからなかった。メンズマガジンの表紙を飾ってもおかしくないような写真だった。

「捨てろ」とウルフはようやく言った。ナルシストのいかれ女はもう充分間に合っている。

「でも……このお嬢さんは……ブライトンの人みたいだな……」フィンレーはeメールを最後まで読んで言った。

「捨てろ！」とウルフは嚙みつくように言った。「それよりこれはどうやれば映るんだ？」

　フィンレーはいかにも残念そうにeメールをクズ入れに捨てると、ウルフの隣りにやってきてリモコンのボタンを押してぼそぼそと言った。

「おまえさん、あと二週間で死んだら、ほんと、後悔するぞ」

　ウルフはフィンレーのことばを無視して、テレビの大きな画面に心を集中させた。画面には、〈コンプリート・フーズ〉の工場の高いところに設置された防犯カメラの粒子の粗い映像が映し出されていた。両開きのドアがあり、開かれていた。箱を置いて閉まらないようにしてあった。その向こうに、反復性のストレス障害になりそうな、絶望的なまでに単調な労働を繰り返す低賃金の労働者の姿があった。

　見ていると、いきなり戸口に人影が現われた。男であることはまちがいなかった。エドマンズは、戸口の高さとそれ以外の映像から、男の身長を百八十センチを少し超えるぐらいと弾き出した。汚れたエプロンをつけ、手袋をはめ、ほかの従業員同様、ヘアネットとマスクをしていた。ただどういうわけか、外から中にはいってきていた。こそこそとしたところはなかったが、ただどっちに進もうかと一瞬、躊躇したところがあった。そのあとは二分ほど、積み上げられた箱の陰になり、姿が見えなくなったのだが、また姿を現わすと、誰にも気づかれることなく両開きのドアから出ていった。

「時間の無駄だよ」とフィンレーが言った。

ウルフは映像を巻き戻すようフィンレーに頼み、最もきれいに映っているところで静止させ、マスクをしたその顔をとくと見た。技術班が手を尽くしてくれていたが、めざましく鮮明になったわけでもなかった。ただ、ヘアネットの下に髪はなさそうで、きれいに剃られているように見えた。唯一特徴的なのはエプロンで、乾いた血のように見えるものがこびりついていた。

ナギブ・ハリドはそうそう誰もが近づける相手ではない。だから犯人はきわめて綿密な計画を練ったにちがいない。ウルフはほかの楽な標的をしとめるまえに、犯人は誰よりさきにハリドを殺したのではないかとそれまで思っていたが、そうではなかったのかもしれない。ほかの五人の被害者はこの段階ではもう殺されていたのではないだろうか。いや、それよりなにより、そもそもどうしてこんな真似をしなければならないのか。

9

二〇一四年六月三十日（月）
午後六時十五分

エドマンズは小さなふたつの壜を明かりにかざした。ひとつの壜は〝シャタード・ピンク〟という名で、もうひとつは〝シャーウッド〟という名だった。が、三分間、吟味をしてもそのふたつのマニキュア液はエドマンズにはまったく同じものとは思えなかった。

彼は高級デパート〈セルフリッジズ〉の一階をほぼ占めている迷路のような化粧品売り場にいた。でたらめに位置取りされたスタンドは、大海に向けての群島――第一防御線――のような役割を果たしており、オックスフォード・ストリートから波のように押し寄せる客たちの篩《ふる》い分けをしていた。彼と同じような人種はほかにもいた。連れと離れてしまい、まわりとの距離感がつかめず、何を買うあてもなく、アイライナーや口紅や美顔ジェルのカウンターのあいだをさまよっている男たちだ。

「何かお探しですか？」完璧な化粧をした、全身黒ずくめのブロンド女性の店員が訊いてきた。ファウンデーションをふんだんに塗りたくっていた。そのぶ厚いファウンデーションにも、エドマンズのあちこちに跳ねた髪と紫色の爪を見たときに思わず店員の顔に浮かんだ独善的な笑みを隠すことはできなかった。

「このふたつ、お願いします」とエドマンズは嬉しそうにマニキュア液を二本手渡した。紫色の染みが店員の腕についた。

店員はおもねるような笑みを浮かべ、自分の小さな帝国の反対側まで小走りになって、途方もない金額をレジに打ち込みながら言った。

「わたしもシャーウッドは大好きです。でも、シャタード・ピンクには恋してます」

エドマンズは無駄に大きな紙袋を店員に渡され、その底に滑稽に鎮座している、見分けのつかないふたつの品物を見下ろした。そして、レシートをすぐに財布にしまった。もしかしたら経費に計上できるかもしれないと思って。もし計上できなければ、彼のひと月の食料雑貨費の半分をきらきら光るマニキュア液につかってしまったことになる。

「ほかに何か?」と店員は訊いてきた。すでに取引きが完了した以上、もとのお高くとまった冷ややかな自分に戻っていた。

「ええ。どうやったらここから出られます?」

エドマンズはすでに二十五分前に出口を見失っていた。

「エスカレーターのほうにいらっしゃいますと、正面にドアがございます」

人の波を掻き分け、エスカレーターをめざしたものの、気づいたときには同じように威圧的な香水売り場に来ていた。そこに知った顔があった。化粧品売り場でそれまでに三度出くわした男だ。エドマンズはその男に軽く会釈してから、またいたずらにデパートからの脱出口を探した。

家に帰る彼の思いがけないその遠まわりの理由は、その日の早朝の捜査の進展にあった。鑑識班の仕事が終わると、〝ラグドール〟は土曜日の深夜に科学捜査研究所に送られたのだが、それだけのことにも苦労を要した。移送中、さまざまな体の部分の状態——部分にかかる負荷も含めて——をできるだけもとのままにしておかなければならなかったからだ。科研では、検査に次ぐ検査、サンプル採取に次ぐ採取が夜を徹しておこなわれ、それが終わったのが月曜日の午前十一時で、そこでようやくバクスターとエドマンズは死体と再会することが許されたのだ。

夜の犯行現場のシュールな雰囲気がなくなると、科研の検査室の蛍光灯に照らされたちぐはぐな死体はよけいにおぞましく見えた。ひんやりとした検査室の中でも、いい加減に切られた死体はすでに腐りかけていた。薄暗いアパートの一室では、この世のものとも思えなかった死体の縫い目も、今ではただひたすら暴力的な切断の跡にしか見えなかった。

「捜査の進捗状況は？」と検死医のジョーが訊いてきた。つなぎの白衣を着たスキンヘッドのジョーに会うたび、エドマンズは仏教僧を思い出す。

「すばらしいわ。捜査はもう終わったも同然よ」とバクスターが皮肉を言った。

「そんなに？」とジョーは言ってにやりとした。彼のほうも慣れたものだった。むしろバクスターのひねくれた物言いを愉しんでいるようなところがあった。「これがもしかしたら役に立つかもしれない」

そう言って、彼は証拠採取用の透明のビニール袋を彼女に渡した。その中にはずんぐりとした指輪がはいっていた。

「わたしの心の中では〝役に立たない〟って言葉がこだましてるけど」と彼女は言った。ジョーはさも可笑しそうに笑った。

「男の左手にはめられていたものだ。指紋が部分的に残ってるけど、被害者のものじゃない」

「だったら誰のなの？」

「わからない。役に立つかもしれないし、立たないかもしれない」

バクスターは興奮が冷めていくのを感じながら言った。

「わたしたちはどういうところに目をつけたらいいか、何かヒントはない？」

「彼には」バクスターの眉が吊り上がった。「あるいは彼女には」眉がまたもとに戻った。

「明らかに指があった」

エドマンズはつい鼻で笑ってしまった。が、バクスターに睨まれ、空咳をしてごまかした。

「いや、実はもうちょっとあるんだ」

ジョーはそう言って、手術痕に覆われた黒人男性の片脚を示すと、その脚にX線をあてた。明るくて白い二本の棒がその下の薄い色の骨格の上に現われた。

「プレートとネジで脛骨《けいこつ》と腓骨《ひこつ》と大腿骨《だいたいこつ》がつながれてる」とジョーは言った。「これは大手術だよ。〝手術するんですか？　え、切断するんですか？〟って訊き返したくなるくらいのね。きっと誰か覚えてるはずだ」

「こういうプレートにはシリアルナンバーとかそういうものはないの?」とバクスターは尋ねた。

「見てみるよ。ただ、そこからたどれるかどうかは手術がいつやられたかによるね。見るかぎり手術痕は古そうだ」

ジョーとバクスターがX線によって現われたものを見ているあいだ、エドマンズはしゃがんで女性の右腕を仔細《しさい》に調べた。現場では窓ガラスに映った自らの姿を気味悪く指し示していた腕だ。どの指の爪にも暗い紫色のマニキュアがきれいに施されていた。が、それを見て彼はいきなり大きな声をあげた。

「人差し指だけちがう!」

「ああ、きみも気づいたか」とジョーは嬉しそうに言った。「今から話そうと思ってたところだ。暗いアパートの室内じゃ無理だっただろうけど、ここだとはっきりわかる。そう、その指だけ別のマニキュアが塗られてる」

「それって手がかりとしてどんな役に立つ?」とバクスターが訊いた。

ジョーは紫外線ランプをワゴンから持ってくると、スウィッチを入れ、女性的な優雅な腕に光をあてた。紫外線のあたった部分に痣《あざ》が現われ、光が過ぎるとまた消えた。痣は手首に集中していた。

「争った跡だよ」とジョーは言った。「この爪を見てくれ。ひとつじゃない。このマニキュアはあとから塗られてる」

「争ったあとから？　それとも死んだあとから？」とバクスターは尋ねた。

「両方だろう。ただ、炎症反応が出ていないところを見ると、痣ができてそのあとすぐに死んだみたいだね。

……犯人はあれこれわれわれに語りかけてきてる」


工事のせいで地下鉄のノーザン線の短くても重要な区間が一時封鎖されていた。ウルフは込んだバスには乗る気がしなかったので、カレドニアン・ロード駅までピカデリー線で行き、そのあとはケンティッシュ・タウンまで二十五分ばかり歩いて帰ることにした。公園を過ぎ、堂々たる時計塔が見えなくなると、さして景色のいいルートでもなくなる。緑青《ろくしょう》ばかりがやたらと眼につく一帯だ。それでも、気温もどうにか耐えられる程度に下がり、夕暮れのその時間、市《まち》のそのあたりに射す陽射しもおだやかになっていた。

結局、その日のヴィジェイ・ラナ捜しは徒労に終わった。ウルフとフィンレーはウーリッジまで足を延ばしたが、わかっていた住所には誰も住んでいないことがわかっただけだった。長く手入れされていない前庭は草が伸び放題で、玄関まで続いている私道を逞しい雑草が覆い、そもそも哀れを催す風情がより深められていた。小さな鉛枠の窓越しに郵便物とレストランのテイクアウトの広告チラシが溜まっているのが見えた。

詐欺捜査課がどうにか集めた情報はほとんど読むにも値しないようなものばかりだったが、

ラナにしてやられた会計会社の共同経営者のひとりは公言さえしていた、ラナがどこに隠れているのかわかっていたら、とっくに自分で殺していた、と。唯一手がかりらしきものと言えば、ラナに関する一九九一年以前の情報が皆無だということだった。なんらかの理由で名前を変えたらしい。で、ふたりは王立裁判所《ロイヤル・コート・オブ・ジャスティス》か公文書館でラナの昔の名前にしろ、過去の犯罪歴にしろ、そういうことがわかれば、現在の居所を示すなんらかの手がかりが得られるのではないかと期待したのだ。しかし――

　アパートに近づくと、特別ナンバーのついた、濃いブルーのベントレーが玄関のまえに違法駐車しているのが見えた。ウルフは通りを渡り、車のまえを通った。銀髪の男が運転席に坐っているのが見えた。玄関のドアのところまで来て、鍵を探していると、携帯電話が鳴った。アンドレアからだった。彼はすぐにまたポケットに戻した。高級車のドアが閉まる重量感のある大きな音がすぐ背後から聞こえた。

「無視するつもりなのね」アンドレアだった。

　ウルフはため息をついて振り返った。彼女はまた完璧だった。今日もほぼ一日じゅうテレビカメラのまえにいたのだろう。ウルフは彼女が最初の結婚記念日に彼が贈ったネックレスをつけているのに気づいた。いちいちそのことを言おうとは思わなかったが。

「土曜日の夜はほとんど缶詰め状態になってた」と彼女は言った。

「法律を破ったらたいていそうなるものだ」

「勘弁してよ、ウィル。わたしが報道しなければほかの誰かがやってた。それぐらいあなたもわかるでしょ？」

「それはほんとうに確かなことか？」

「もちろんよ。あなたはわたしが報道しなければ、犯人は犯行を思いとどまったとでも思うの？〝ああ、彼女は読み上げてくれなかった。がっかりだ。これはもう人を切り刻んでまわるのはやめて、殺人予告リストも反故《ほご》にしたほうがいいんだろうか？〟とでも思ったと思うの？　そんなことはありえない。犯人はまずまちがいなくほかのテレビ局とコンタクトを取って、忙しい殺人スケジュールにわたしの名前も加えてくれてたでしょうよ」

「これはきみなりのおれへの謝罪なのか？」

「わたしには謝らなくちゃならないことなんて何もない。でも、あなたには赦してほしいのよ」

「誰かに赦してもらおうと思ったらまずは謝ることだ。そういうものだろうが！」

「そんなこと誰が言ったの？」

「さあね――礼儀警察？」

「そう、礼儀として赦してほしいと思った。そういうことね」

「この件に関しておれはきみと話し合うつもりはないから」とウルフは言い、今でさえいかに簡単にふたりが昔の習慣に戻ってしまっているかに気づいてがっかりした。アンドレアから眼をそらし、歩道脇に停まってアイドリングしてる高級車を見ながら、彼は言った。「きみの親父さんはいつベントレーに替えたんだ？」

「この下衆野郎《げす》！」と彼女は嚙みつくように言った。ウルフはその語気の鋭さにいささか驚いた。

それでも、彼女の突然の怒りのわけはすぐにわかった。

「そうか、そういうことか。あいつなんだな？　あれがきみの最近のお気に入り《スクウィーズ》なんだな？」ウルフはわざと眼を見開いて、スモークガラス越しに中を見ようと背すじを伸ばした。

「そう、ジェフリーよ」

「ああ、ジェフリーね。どうやら、なんというか……すごく……金持ちそうだな。歳はいくつなんだ、六十か？」

「そんなふうに見るのはやめて」

「おれは自分の見たいものを見る主義でね」

「もっと大人になって」

「しかし、よくよく考えてみると、あの男のことをあんまり強く抱きしめる《スクウィーズ》のは考えものだぞ。どこか壊れちゃうかもしれないからな」

意に反して、アンドレアは思わず口元に笑みを浮かべていた。

「真面目な話」とウルフはいくらか声をひそめて言った。「あの男がほんとうにきみがおれを捨てた理由なのか？」

「わたしがあなたを捨てた理由はあなたよ」

「ああ」

「あなたを夕食に招待しようと思って待ってたの。車の中でもう一時間近くも。わたし、お腹ぺこぺこなんだけど」

ウルフは少しも説得力のない失望のうめき声を洩らした。

「そういうことなら是非ともご一緒したいが、これから行かなきゃならないところがあるんでね」

「あなたは今、家に帰ってきたところじゃないの」

「なあ、見せかけだけでもそういうお誘いは感謝するけど、今夜はパスさせてもらえないだろうか？　おれにはやらなきゃならない仕事が山ほどある。ラナを見つけるのにはあと一日の猶予しかない。それに――」ウルフは興味を覚えたアンドレアの眼が大きく見開かれたのを見て、自分が口をすべらせてしまったことに気づいた。

「まだ身柄を保護してないのね？」と彼女は驚き顔で言った。

「アンディ、おれはひどく疲れててね。自分が何を言ってるのかもわからないようなありさまだ。とにかく行かなきゃならない」

ウルフはアンドレアを戸口に残して建物の中にはいった。アンドレアはベントレーの助手席に戻ると、ドアを閉めた。

「時間の無駄だったな」とジェフリーがわけ知り顔で言った。

「とんでもない」とアンドレアは答えた。

「きみがそう言うなら。いずれにしろ、夕食は〈グリーンハウス〉でいいね？」

「今夜はわたしなしですませてくれる？　いいでしょ？」

声に怒りをにじませてジェフリーは言った。「ということは、今からテレビ局に行くのか？」

「ええ、お願い」

ウルフは散らかったアパートの部屋の鍵を開けると、喧嘩《けんか》ばかりしている階上《うえ》の夫婦の夜の怒鳴り合いを聞かなくてもすむように、テレビをつけた。不動産関連の番組をやっていて、プレゼンターが数組の新婚カップルを引き連れ、寝室が三つある家を案内していた。ウルフのアパートがある一帯よりはるかに心地よい、牧歌的な公園のそばの物件だった。新婚カップルが希望する価格のあまりの低さには、聞いていて滑稽であると同時に気の毒に思わざるをえなかった。

ウルフは窓辺まで行くと、通りの反対側の犯行現場の闇をのぞき込んだ。〝ラグドール〟がまだそこに吊るされていて、彼を待っていることを期待するかのように。不動産番組は終わり（新婚さんたちは自分たちの資金はもっと有効に使うことに決めたようだった）天気予報士が翌日の夜半には熱波もやっと去ってくれることを熱意を込めて伝えていた。ただ、それとともに激しい雷雨がやってくるとも言っていた。

ウルフはテレビを消し、ブラインドをおろし、ここ四ヵ月読んでいる本を手に、床に敷いたマットレスに横になった。とぎれがちな眠りに落ちるのには、一ページ半もかからなかった。

昨日から着ている服の上に置いた携帯電話のベルの音で眼が覚めた。と同時に左腕に痛みを覚えた。見ると、寝ているあいだに傷がまたじくじくしてきたのが包帯の上からでもわかった。朝の弱い光の中で部屋がどこかしら奇妙に見えた。それまでの二週間で慣れたオレンジ色ではなく灰色がかっていたので。彼は寝返りを打って震えている電話に出た。

「ボス?」

「今度は何をした?」とシモンズは怒りもあらわに噛みつくように言った。

「さあ。何をしたんです?」

「おまえの女房が――」

「元女房」

「……ヴィジェイ・ラナの顔写真を今朝のニュースのあちこちに貼り出して、警察はいまだにラナの所在を見つけられないでいるとのたまわっている。おまえは馘になりたいのか、ええ?」

「いえ、自分からは」

「なんとかしろ」

「わかりました」

ウルフはよろよろと居間にはいると、左腕のための鎮痛剤を二錠飲んでテレビをつけた。

すぐさまアンドレアが画面に現われた。いつもながら一分の隙もない恰好で。ただ、着ているものは昨日見たものと同じだった。生来の才能を発揮してドラマティックに明らかにでっち上げた〝警察のスポークスマン〟情報を読み上げていた。ラナの身の安全確保のため、警察は彼の友人や家族が名乗り出てくることを切望していると。

画面の上の右隅に水曜日までの時間のカウントダウンが表示されていた。なんとも苛立たしいことに、ラナの居場所に関する情報は今もって皆無なのに、犯人が次の犠牲者の犯行声明を出せるようになるまで、あと十九時間二十三分しか残されていなかった。

10

二〇一四年七月一日（火）
午前八時二十八分

ロンドンはまたもとのモノクロの世界に戻った。曇った空が汚れた灰色の建物の上に広がり、汚れた灰色の建物が果てしないコンクリートの広がりに暗い影を落としていた。

地下鉄の駅からロンドン警視庁まで短い距離を歩きながら、ウルフはアンドレアに電話をかけた。意外なことに、彼女はその電話にすぐに出た。その声から判断するかぎり、彼の怒りに嘘偽りなく戸惑っているようで、自分は警察の捜査に協力したかったのだと頑《かたく》なに言い張った。自分が惹き起こしてしまったことの償いがしたかったのだと。国じゅうのあらゆる眼がラナを捜しはじめることは警察にとっても都合のいいことなのではないか。それが彼女の論拠だった。あくまで彼女のご都合主義だ。ただ、彼女の言うことにも一理なくもなかった。彼としては、論議を呼びそうな情報は今後彼にまえもって知らせることなく報道しないように、と釘を刺すことぐらいしかできなかった。

刑事部屋にはいると、フィンレーがすでに机について電話をしているのが見えた。相手は王立裁判所の誰かのようで、フィンレーは相手に、これは人の生死に関わる重要な問題なのだと強調していた。にもかかわらず、彼らは地均《じなら》しの捜査も終わっていなかった。ウルフはフィンレーと向かい合った席に着くと、夜のシフトの刑事たちが置いていった書類をぱらぱらとめくった。成果はあまりなかった。ウルフ自身もどこをめあてにラナを捜せばいいのか見当もつかないまま、同僚が終えたところから始めた。銀行の取引明細書、クレジットカードの支払明細書、電話の通話記録をひとつずつ丹念に、しらみつぶしに調べていく手間のかかる仕事を引き継いだ。

午前九時二十三分、フィンレーの電話が鳴り、フィンレーが欠伸まじりに出て自分の名前を言った。「ショーです」

「おはようございます。公文書館のオーウェン・ウィタカーです。時間がかかってしまってすみませんでした――」

フィンレーは手を振ってウルフの注意を喚起した。

「名前がわかったんですか？」

「はい、そうです。出生証明書をファックスで送ります。でも、電話ででもお伝えしておいたほうがいいと思いまして……わかったことの重大さを考えると」

「と言うと？」

「そう、ヴィジェイ・ラナの出生時の名前はヴィジェイ・ハリドだったんです」

「ハリド？」

「さらに調べると、ヴィジェイには兄弟がひとりいることがわかりました。弟です。それがナギブ・ハリドです」

「こんちくー」

「はい？」

「いや、なんでもない。ありがとう」そう言って、フィンレーは電話を切った。

シモンズはそのあと数分以内に人員を三人増やし、ラナの隠された過去を探るウルフとフィンレーの仕事を手伝わせた。五人は刑事部屋の喧騒を逃れて、会議室で仕事をすることを許可された。ラナを見つけるまでまだ十四時間半あった。

まだ時間はあった。


寝心地の悪いソファで寝たせいで、翌朝、エドマンズは首が痛くてならなかった。もともとは官舎だったアパートに前夜八時十分に戻ると、キッチンでティアの母親が洗いものをしていた。彼はそういう予定だったことをまったく失念していた。ティアの母親はそれでもいつものように温かく接してくれた。背伸びをしても彼の胸の高さにしかならない背丈で、泡だらけの手を彼にまわして。ティアのほうはそうはいかなかった。空気が張りつめたことを感知したティアの母親は、礼儀に反しない程度にいそいそと帰っていった。

「これって二週間もまえから決まってたことよね」とティアは言った。

「どうしても手が離せない仕事があったんだ。でも、ごめん、夕食のことを忘れちゃって」

「あなたはデザートを買ってくることになってた。もちろんそれも忘れたんでしょうけど。

おかげでわたしは下手くそなトライフルをつくらなくちゃならなかった」

　実際、ティアのトライフルは食べられたものではなかったので、それを聞いて、エドマンズは夕食をすっぽかしてしまったことにも少しは利点があったかと思った。

「そうだったんだ」と彼は彼女がつくったトライフルを食べ逃したことを心底残念がるふうを装って言った。「それだけでも取っておいてくれたら食べたのに」

「取っておいたわ」

　最悪。

「これからのわたしたちの暮らしってこんなふうになるわけ？　あなたは夕食の約束をすっぽかし、いつも爪にマニキュアをして帰ってくるというのが」

　エドマンズは気まずそうに紫色のマニキュアを爪で剝がそうとしながら言った。

「まだ八時半だろ？　それにいつもってわけじゃないよ」

「それってこれからもっと悪くなるってこと？」

「たぶん。これが今のぼくの仕事なんだから」とさすがにエドマンズも言い返した。

「だからわたしは詐欺課から移ってほしくなかったのよ！」とティアは声を荒らげて言った。

「でも、もう移ったんだからしかたないだろ！」

「父親になったら、そんな自分勝手なことは言ってられなくなるのよ！」

「自分勝手？」とエドマンズは信じられない思いで叫んだ。「ぼくはみんなの生活のために稼いでるんだよ！　ぼくが仕事をしなくても暮らしていけるのか？　きみの美容師の安月給だけで?」

エドマンズは悪意のこもったことばを言ったそばから後悔した。が、もう遅かった。ティアは階段を駆けのぼると、寝室のドアを荒々しく閉めた。彼は朝起きたら謝ろうと思ったのだが、翌朝は彼女が起きだすまえに仕事に出てしまった。その日は花を買って帰ることを忘れないように、と思いながら。

朝一番にバクスターに会って、昨日と同じシャツを着ていることを彼女に気づかれないことを内心祈った(洗濯をしてアイロンをかけたシャツは鍵をかけられた寝室の中に吊るされていたのだ)。もうひとつ、首が右に曲がらないことにも。大手術が施されていた脚に関して、彼女が整形外科医と理学療法士と連絡を取るのに忙しくしているあいだ、彼は銀色の指輪についてできるかぎりの情報を集めるよう指示された。

地理的に最も近い宝石商に連絡を取って本庁を出ると、歩いてヴィクトリア駅方面に向かった。その店の気取った宝石商は、勝手に自分でドラマをつくって愉しんでいるのか、捜査に協力するのがことのほか嬉しそうで、エドマンズをいそいそと奥の部屋に案内した。そこは贅沢でエレガントな雰囲気の店内とは打って変わって実用的なスペースだった。堂々たる金庫にごつごつした道具、それにすべてのガラスケースを映している隠しカメラのビデオ映像。そんな場所だった。

何にでもすぐにびっくりする上流階級の顧客の眼に触れないようにしているのだろう、だらしのない恰好をした恐ろしく青白い顔の男が奥から出てきた。その男はエドマンズから指輪を受け取ると、作業台まで持っていき、拡大鏡でまず指輪の内側を見た。

「最高級のプラチナだね。エジンバラ貨幣検質所でホールマークがつけられてる。TSIというイニシャルの人物によって二〇〇三年につくられたものだ。エジンバラに問い合わせれば、このホールマークがどこの宝石商のものかわかるはずだよ」

「ほんとに!?　ありがとうございます。ものすごく有益な情報です」とエドマンズはメモを取りながら言った。一見なんの意味もないように見えたマークにそれだけの情報が込められていることに心底感動していた。「こういう指輪はだいたいのところいくらぐらいのものなのか、見当はつきませんか？」

男は秤《はかり》の上にずんぐりとした指輪を置くと、作業台の一番下の引き出しから使い古されたカタログを取り出した。

「デザイナー・ブランドじゃない。それでいくらかは安くなる。それでも、これと同じようなもので三千ぐらいの値がつくものはいくらもあるだろうな」

「三千ポンドですか？」とエドマンズは訊き返し、同時にゆうべのティアとの口論を思い出していた。「だとすれば、少なくとも被害者はかなり裕福な階級の人間だったという大きな手がかりになります」

「この指輪が教えてくれるのはそれだけじゃないよ」と男は自信たっぷりに言った。「これはおれがこれまでに見た中でもすごくつまらない指輪だよ。芸術的にも技術的にも見るべきところは何もない。こんな指輪はただ五十ポンド札を目一杯抱えて歩いてるのと変わらない。

見せかけだけで、中身は何もない」
「あなたは警察に来て、われわれと一緒に仕事をすべき人だ」とエドマンズはジョークのつもりで言ってみた。
「いや」と男はいたって真面目な口調で答えた。「おれは割の合わない仕事はしないんだよ」

昼食休憩の時間になったときには、バクスターは四十以上の病院に電話していた。脚のX線画像と手術痕の写真をeメールで送り、ひとりの医者がこれは自分が手術をしたものだと言ってきたときには、さすがに彼女も興奮したが、その五分後にその同じ医者が自分はそんな手術痕は残さないと電話で言ってきて、彼女の期待はあっけなく潰《つい》えた。日付もシリアルナンバーもわからないわけで、彼女の情報はあいまいすぎた。

バクスターは会議室にいるウルフを見た。ラナの居場所を一刻も早く突き止めようと、彼もやはり電話をかけまくり、チームとともに奮闘していた。ウルフの名が犯人の予告殺人リストに挙がっているという事実。彼女は今もまだその事実を認められないでいた。それはひとつには、その事実に関して彼は彼女にどんな反応を期待しているのか、それがわからなかったからだ。バクスターはこれまで以上に自分と彼との関係がわからなくなっていた。

ただ、彼が全力で仕事に打ち込んでいる姿には感心していた。心の弱い人間なら恐怖に打ち負かされ、できるかぎり身を隠そうとするだろう。あるいは、安心とまわりの同情を求めようとするだろう。ウルフはちがう。ひとつ言えるとすれば、彼はより強くなった。より決然としていた。火葬殺人を追っていたときの彼により近くなっていた。あのときの敏腕さと容赦のなさ、それに加えて時限爆弾を抱えているような自己破壊的なところも戻っていた。今はまだバクスター以外にそのことに気づいている者はいないかもしれないが、いずれみんなにも知れることだろう。

エドマンズが担当している指輪の捜査はめざましい進展を見せていた。彼はエジンバラ貨幣検質所に問い合わせ、指輪のホールマークはロンドンの旧市街にある宝石商のものであることを突き止めると、指輪の特徴を簡単に記したメモを添えてその宝石商に指輪の写真を送っていた。そうやって指輪の線を追い、宝石商からの返事を待つあいだにも、マニキュア液を比較検討することも忘れず、本庁に戻る道すがら、ドラッグストアの〈スーパードラッグ〉と〈ブーツ〉に寄って、さらに六つのきらきらと光る壜を買い求めていた。もっとも、これまでのところ探しているものと一致するマニキュアはまだ見つかっていなかったが。

「ひどい恰好をしてるわね」病院へ四十三回目の電話をして、受話器を置いたバクスターが言った。

「ゆうべはよく寝られなかったんです」とエドマンズは言った。

「そのシャツ昨日も着てたわ」

「そうですか？」

「この三ヵ月、二日続けて同じシャツで来ることは一度もなかったのに」

「あなたがそんな記録をつけているとは知りませんでした」

「喧嘩したのね」とバクスターはエドマンズが話を避けているのを愉しみながら、心得顔で言った。「で、ソファで寝たのね？　みんなが通る道よ」

「みんなが通る道なんかの話よりもっと別な話をしませんか？」

「要するになんだったの？　あなたの彼女、あなたが可愛い女の子とパートナーになったのが気に入らないの？」バクスターはそう言って、坐っている回転椅子をぐるりとまわし、睫毛《まつげ》をぱちぱちとやって彼を見た。

「いいえ」

「あなたは彼女に昨日一日のことを訊かれた。でも、あなたは自分には切り刻まれた死体と焼け焦げた市長に関する以外の話題がひとつもないことに気づいた」

「マニキュアの話題ならありましたけど」とエドマンズはわざと笑みを浮かべ、手を振って昨日からつけていて剝げかけているマニキュアをバクスターに見せた。そうやって、彼女のことばなど少しも気にしていないところを努めて示そうとした。

「そういうことなら、何かを忘れたのね。誕生日？　記念日？」

エドマンズは何も答えなかった。それでバクスターには自分の想像が図星だったことがわかった。で、答が返ってくるまでじっとエドマンズを見つめた。

「義母との夕食」とエドマンズはぼそっと言った。

「お義母《かあ》さんとの夕食？　信じられない。彼女に言ってやりなさいな、いい加減にしてくれって。わたしたちは連続殺人犯を追ってるのよ。まったく」そう言って、バクスターは上体を彼に近づけると、秘密を打ち明ける口調で言った。「まえにつきあっていた男のことだけど、わたし、その人のお母さんの葬儀に出られなかった。テムズ川で船を追っかけてたから」

バクスターはそう言って笑った。エドマンズも笑った。彼の新しい部署での仕事に関してティアは今もまだ順応できておらず、そのことをバクスターに説明して、フィアンセを擁護しなかったことにうしろめたさを覚えながらも。とはいえ、同じ立場で、同じことに関して、新しいパートナーと笑い合えたことについては気分は悪くなかった。

「それ以来、つきあってたその人からはいっさい連絡がないわね」と彼女は続けて言った。

バクスターの笑い声がおさまるにつれ、エドマンズは、表面的には無頓着を装っていても彼女は心の奥深いところでは、深く悲しんでいるのではないだろうかと思った。別の選択をしていたらどれほど人生が変わっていたか、そんなことをしんみりと思うことも彼女にはあるのだろうか。

「赤ちゃんが生まれてもあなたは犯行現場を離れられず、出産に立ち会えない。そういう日が来るのを今から待ってることね」

「そういうことにはならないと思います」とエドマンズは弁解するように言った。

バクスターは肩をすくめると、椅子に坐り直し、受話器を取り上げてリストに残っている番号をダイヤルした。

「結婚。刑事。離婚。この部屋にいる誰にでも訊くといいわ。結婚。刑事。離婚……もしもし、ロンドン警視庁殺人捜査課のバクスター部長刑事といいますが……」

オフィスから出てきたシモンズが、休暇中のチェンバーズの机の上にバクスターが検死写真を広げているのを見て彼女に尋ねた。

「チェンバーズはいつ戻ってくるんだ？」

「さあ、知りません」バクスターはまた別の病院にかけており、理学療法科の内線に担当者が出るのを待っていた。

「今日だったはずだが」

バクスターはただ肩をすくめた。チェンバーズのことなどどうでもいい。これ以上チェンバーズに関する質問は受けたくない。そのふたつの気持ちをそうやって態度で示した。

「あいつは何年かまえ、あの火山が爆発したときにも一週間おれをコケにしやがった。今回もカリブ海から〝帰れない〟なんてことにならないほうがあいつの身のためだ。おれのかわりにあいつに電話してみてくれ、いいか？」

「自分でおかけになったらどうなんです？」とバクスターはぴしゃりと言った。受話器から聞こえているBGM——ウィル・ヤングの歌——にいささか刺激されたせいだった。

「おれは警視長に電話しなきゃならないんだ！　これは命令だ！」

担当者はまだ電話口に出てこず、バクスターは携帯電話を取り出して、チェンバーズの自宅の番号にかけた。その番号は暗記していた。そのまま留守番電話につながった。

「チェンバーズ、バクスターよ。どこにいるの、この腐れ怠け爺。あ、しまった。この電話をあなたの子どもたちが取ってないことを祈るけど、もしアーリーかロリがそこにいたら忘れてね、〝腐れ怠け爺〟のところは」

病院の担当者がやっと電話口に出ていた。そのことにすぐに気づかず、バクスターは虚を突かれる恰好になった。

「くそ」結局、卑語を繰り返して携帯電話を切った。

時間が過ぎれば過ぎるほど、ウルフは無力感を募らせた。午後二時半。ラナのいとこの家に遣《や》った警官から報告の電話がはいった。ほかの手がかり同様、そのいとこの線も彼をどこにも連れていってくれなかった。ラナの友人か親戚がラナとラナの家族を匿《かくま》っているのではないか。ウルフはその思いを強くした。ラナの家族は五ヵ月以上姿をくらましていた。その中には就学年齢のふたりの子どもも含まれるのだ。子どもたちというのは平日には眼につきやすいはずなのに。ウルフは疲れた眼をこすった。シモンズのオフィスに眼をやると、シモンズがオフィスの中を行ったり来たりして、上司たちからひっきりなしにかかってくる電話に対応し、その合間にテレビを見ていた。そうやって最新のダメージはどれほどのものか確かめていた。

なんの変化もない三十分がさらに過ぎたところで、フィンレーがいきなり叫んだ。

「これは有力だ！」

ウルフもほかの三人もそれまでのそれぞれの作業の手を休めてフィンレーを見た。

「一九九七年に亡くなったとき、ラナの母親はふたりの息子に家を遺してる。でも、その家が売られることはなく、その数年後に生まれたラナの娘に名義変更された。税金逃れだろう。それはまずまちがいない」

「その家の所在地は？」とウルフは尋ねた。

「ロンドンの西。サウソールのレイディ・メアリー・ロード」

「そこだ」とウルフは言った。

ウルフがじゃんけんに負け、おずおずとシモンズの電話会議の邪魔にはいった。すぐに会議室にやってきたシモンズにフィンレーが今わかったばかりの事実を伝えた。ラナの身柄の保護はウルフとフィンレーだけでおこなうことが即決された。人目を惹かないこと。これがラナの身の安全を守る上でも、マスコミの攻撃から警察が身を守る上でも肝要だった。警察にはラナを見つけることができなかったと思い込ませておくのだ。それでラナは無事に木曜日の朝を迎えられる。

そのあとシモンズが、ラナの身の安全が確実となるまで人身保護局にも協力を仰ぐ案を思いついた。ひそかな身柄の移送に関しては彼らのほうが警察よりずっと手慣れている。シモンズが保護局に電話をかけようと受話器を取り上げたところで、会議室のドアをひかえめにノックする音が聞こえた。

「あとにしろ！」若い女性警官がおずおずと中にはいってきてドアを閉めると、シモンズは怒鳴った。「あとにしろ！」とさらに繰り返した。

「お邪魔してすみません。でも、この電話にはお出になったほうがいいと思ったものですから」

「なぜだ？」とシモンズは頭ごなしに言った。

「ヴィジェイ・ラナがサウソール署に出頭してきました。身柄の保護を求めてます」

11

二〇一四年七月一日（火）
午後四時二十分

　フィンレーは運転席についていっとき居眠りをした。高速道路の追い越し車線上でのことで、そういうことをすると、普通は大惨事につながりかねない。が、実のところ、彼とウルフはもう四十分以上もぴくりとも動かない大交通渋滞に巻き込まれていた。フィンレーのいびきがまったく聞こえないほど、激しい雨が車の屋根に叩きつけていた。その音の大きさから考えると、薄い金属にぶつかっているのは水ではなく、まるで岩だ。ワイパーももはや自らの役目を少しも果たせていなかった。この大雨がこの渋滞を惹き起こした事故の原因であることはまちがいなかった。

　動きをめだたなくさせるために彼らが乗っているのはパトカーではなく、警察の共用車両で、それはマスコミの眼をごまかすのに役立った。もっとも、レポーターたちのほうも突然の嵐に本庁のまえから退散し、どこかで雨宿りをしていたが。しかし、サイレンを備えた警察車両を使って追い越し車線を走っていても結果は同じだっただろう。どの車線もびっしりと車で埋まり、うまくすり抜けられそうな隙間すらなかった。路肩にもたどり着けなかった。

たった十メートルほどしか離れていないのに、それだけの距離が苛立たしいほど遠かった。

サウソール署のウォーカー主任警部とはウルフがすでに電話で話していた。ウルフにはその電話のやりとりだけでもウォーカーが有能で頭脳明晰《めいせき》な警察官であることがわかった。ウォーカーは出頭時にラナの身体検査をし、ラナを留置所に入れ、その監房のまえには警官をひとり立たせていた。また、ラナが署にいることは自分自身を含めて四人の警察官しか知らないことをウルフに伝え、署外にいる警察官にも秘密にしてあると請け合った。また、ウルフの要請に応じて、ガス洩れを理由に署内を一時立入禁止にし、その間、署員にはほかの署で一時休憩を取るよう指示していた。ということで、ひどい交通渋滞に巻き込まれてはいたが、ラナが現在置かれている状態については、ひとまずウルフも安心していた。

玉突き事故を起こした五台の車もようやく脇に運び出され、一番左側の走行車線の車がのろのろと動きだした。それから一時間ちょっとで、ふたりはサウソール署に着いた。車から降りると、暗い空に最初の雷鳴が鳴り響いた。すでに街灯がともっており、小走りになった歩行者が差す傘と、下水溝からあふれた水の流れと、大通りをのろのろと走る車を照らしていた。

ふたりは駐車場から署の裏口まで十秒走っただけでびしょ濡れになった。ウォーカー主任警部が直々に出迎えてくれ、ふたりを中に入れると、すぐにドアに鍵をかけ直した。ウォーカーはフィンレーと同じぐらいの年恰好で、おなじみの制服を誇らしげに身にまとっていた。ウォーカー額の髪の生えぎわがかなり後退していたが、それが妙に本人に似合っており、わざと禿げようとしているのではないかと思われるほどだった。ふたりを温かく迎えると、休憩室に案内し、温かい飲みものを供してくれた。

「で、お二方、ミスター・ラナのことはこれからどうするつもりだね？」ウォーカーはその質問をフィンレーにぶつけていた。フィンレーのほうが年嵩であることを気づかったのだろう。この捜査の指揮を執っているのがウルフであることはウォーカーもよく知っていた。

「人身保護局に頼むには時間がなさすぎました」とフィンレーは上着の袖で濡れた顔を拭きながら言った。袖自体そもそも濡れていたが。「ラナの身の安全を百パーセント確保できることがわかるまでは動いてくれません」

「それじゃ、そういうことは保護局より有能なきみたちの手に任せるよ」とウォーカーは言った。「ここじゃ気がねは要らないからね」

「さきに本人と話がしたいんですが」とウルフが立ち去りかけたウォーカーに言った。

ウォーカーはすぐには答えなかった。ウルフの感情をできるだけ害することがないよう、いっときことばを探してから言った。

「フォークス部長刑事、今やきみは有名人だ」と彼は言った。

ウルフにはウォーカーがどういう話をしようとしているのか皆目見当がつかなかった。

「どうか悪く取らないでほしいんだが、きみは今回のことがあるまえから有名人だった。だろう？」

「どういうことです？」

「こういうことだ。うちの署に出頭してきたとき、ミスター・ラナは身も心もぼろぼろになったような状態だった。それでも妻と子どもを自分からできるだけ遠ざけたがっていた。状況を考えると、当然のことだ。そういうことを訴えたあと、彼は弟の死を悼んで、号泣しだした」

「なるほど」とウルフはウォーカーが何を言いたがっているのか察して言った。それでも苛立たしいことに変わりはなかった。主任警部は自分の職務をきちんと果たしているだけのことだ。それもよくわかりはしたが。「ヴィジェイ・ラナにはこれまで会ったこともなければ、噂《うわさ》を聞いたこともありません。私の唯一の関心事は彼の身の安全です。彼に会っているあいだ、保護が必要なのはむしろ私のほうでしょう」

「ということなら、きみが彼と会って話を聞くあいだ、私がずっと立ち会おう。それについては異論はないいね？」

「そのほうが私の身も安全でしょうから」とウルフは軽口を叩いた。

ウォーカーはふたりを署の建物の裏手にある留置所に案内した。そこでは状況を把握している警官が三人、緊張した面持ちで待機していた。ウォーカーはウルフとフィンレーをその三人に紹介して、ラナの警護にあたって監房のそばに立っていたひとりにラナの監房を開けるように指示した。

「一番奥の監房に入れたよ。うちのほかのお客さんからできるだけ離してね」とウォーカーはふたりに言った。

重厚な音とともにドアが開かれ、カビで汚れた便器と青いマットレスに枕、それに木のベンチという監房内が明らかになった。ラナは両手で頭を抱えて坐っていた。着ているアノラックはまだ濡れていた。彼らのうしろで大きな音をたてて鍵がかけられた。ウォーカーがゆっくりとラナに近づいて言った。

「ミスター・ラナ、担当のふたりの刑事が――」

ラナは顔を起こし、血走った眼をウルフに向けるなり、弾かれたように立ち上がると、ウルフに向かって突進した。ウォーカーがとっさにその片腕を、フィンレーがもう一方の腕をつかんでラナを制した。そして、引きずるようにしてベンチに連れ戻した。ラナは叫びつづけた。

「このクソ野郎！　このクソ野郎！」

経験豊富なふたりの警察官にとって、ただ肥っているだけの小柄な男を取り押さえるなど手もないことだった。ラナの大きな顔には数日分の無精ひげが不規則に生えていた。ふたりに押さえ込まれると、空気が抜けたようになり、枕に顔を埋めて泣きだした。もう暴れだす気配のないことを見て取り、ふたりの警察官はラナから手を放した。徐々に雰囲気も落ち着いた。

「あんたの弟のことは心からお悔やみするよ」とウルフは皮肉な笑みを浮かべて言った。ラナは怒りに煮えたぎった眼をウルフに向けた。「あんたの弟は正真正銘のクソ野郎だった」

「このひとでなし！」とラナは怒鳴った。ウォーカーとフィンレーはまたラナの腕をつかんでベンチに坐らせなければならなかった。

「いい加減にしろ、ウィル」とフィンレーがウルフをたしなめた。

「もう一度やったら、フォークス」とウォーカーも怒りもあらわにウルフに言った。「この次はもうこいつを止めないぞ」

　ウルフは謝罪のしるしに片手を上げ、数歩うしろにさがって壁にもたれた。ラナがまた落ち着くのを待って、フィンレーが状況を説明した――ラナが保護されていることを知っているのは数名で、マスコミにはまったく知られていないこと、今は人身保護局の指示を待っていること、出頭したことは正しい判断であり、今のラナはどこまでも安全なことを伝えた。

そうやって情報を与え、信頼をいくらかでも得ると、フィンレーはさりげなく聴取に移った。まずリストに挙がっているほかの人物の中に知っている者はいないかどうか、誰かの恨みを買った覚えはないかどうか、不審な電話がかかってきたり、奇妙な出来事が最近身のまわりで起きたりしていないかどうか。

「あなたの弟さんについていくつか質問させてもらってもいいですか？」とフィンレーはウルフがこれまで聞いたこともないような丁寧な口調で言った。ラナの痛いところはすでにわかっているわけだが、そこに直接触れることなく、フィンレーはじわじわとラナを責めていた。

　ウルフは状況をこれ以上悪化させないよう、床をじっと見つめていることを自分に強いた。

「どうして？」とラナは訊き返した。

「それはリストに挙がっている人たちとすでに犯人の犠牲になった……と思われる人たちのあいだには関係があるにちがいないからです」とフィンレーはどこまでも柔らかな口調で言った。

ウルフはあきれたように眼をぐるっとまわした。

「わかりました」とラナは言った。

「弟さんと最後に連絡を取ったのはいつです？」

「二〇〇四年……いや、二〇〇五年だったかもしれません」とラナは答えたが、いかにもあやふやだった。

「ということは、弟さんの裁判があった法廷には来なかったんですね？」

「ええ」

「どうして？」この五分間、押し黙っていたウルフが訊いた。

ウォーカーがラナの腕を押さえようと近づいたが、ラナは立ち上がろうとはしなかった。と言って、ウルフの質問に答えようともしなかった。

「自分の弟の裁判をただの一日も傍聴しようとしないというのは、いったいどんな男なのか？」とウルフはフィンレーとウォーカーに睨まれても無視して続けた。「どんな男なのか、おれが言おう。それはすでに真実を知ってた男だ。弟が有罪であることを知ってた男だ」

それでもラナはどんな反応も示さなかった。

「だから名前を変えたんだろ？　弟がまた何をしでかすかわかってたから、弟と距離を置きたかったんだろ？」

「私は弟があんなことをするとはまったく――」

「いや、知ってたんだよ」とウルフはラナのことばをさえぎって言った。「なのに何もしなかった。あんたの娘はいくつだ？」

「フォークス！」とウォーカーが怒鳴った。

「いくつだ⁉」とウルフも怒鳴った。

「十三」とラナはぼそっと言った。

「おれがあいつを止めなかったら、あいつはあんたの娘を生きたまま燃やしていたかもしれないんだぞ。あんたの娘はあいつを知ってて、おそらく信頼もしていただろう。あいつがそういうたやすい獲物を自分の欲望の捌《は》け口にするまで、どれぐらいかかったと思う？」

「やめろ！」とラナは子どものように両手で耳をふさいで言った。「頼む！　やめてくれ！」

「いいか、ヴィジェイ・ハリド、あんたはおれに借りがあるということだ！」

ウルフは吐き捨てるようにそう言うと、また泣きだしたラナの対応をフィンレーとウォーカーに任せ、監房のドアを乱暴に閉めて出ていった。

午後七時五分、ウルフは移送の手配ができるのは十時半ぐらいになりそうだという電話を本庁から受けた。ラナの身の安全確保の要請が急だったので、人身保護局は適切な人員と場所選びに手間取っているようだった。ウルフは電話の内容をウォーカーと署員に伝えた。ウルフたちを歓迎した当初の雰囲気はもはやすっかり冷えており、ウォーカーも署員も不快感を隠そうともしなかった。

ウルフのほうもそんな彼らの不快感にはうんざりして、気分転換に自分とフィンレーとラナの食料の調達をすることにした（ウルフはウォーカーに、用心のためにラナには署のほうからは食事を出さないよう言ってあった）。さらに全員にフィッシュ・アンド・チップスを買ってくることを気前よく申し出た。と言って、みんなに何か借りがあるように思ったわけではなく、手ぶらで戻ってきたら、署内にまた入れてもらえるかどうか自信がなかったのだ。

ウルフが濡れたままのコートを羽織ると、署員のひとりがドアを開けてくれた。そのぶ厚いドアのせいで外の雷鳴が相当抑えられていたようだった。ウルフは走り過ぎる車が歩道に撒き散らす水たまりの水をかぶったりしないようタイミングを計り、人気《ひとけ》のない大通りに走り出た。フィッシュ・アンド・チップスを売っている店はすぐに見つかった。その店の床は泥で汚れ、すべりやすくなっていた。ドアを閉め、すさまじい雨の音を遮断して、そこで携帯電話が鳴っているのに気づいた。

「ウルフだ」と彼は電話に出た。

「もしもし、ウィル？　エリザベス・テイトです」と低くしわがれた声が聞こえた。

「リズ。いったいどういう風の吹きまわしだね？」

エリザベス・テイトは鼻っ柱の強い弁護士で、ロンドン中央部のいくつかの警察署の当番弁護士も務めている女性だった。弁護士稼業をすでに三十年近くやっており、弁護士のいない受刑者（酔っぱらいから殺人犯まで）にとってはなくてはならない存在だった。取り乱した孤立無援の者たちのただひとつの声だった。互いの意見が衝突することも少なくはなかったが、ウルフは彼女のことが好きだった。

　ほかの弁護士が有罪の明らかな依頼人のためにというより、自分のエゴや保身のために白々しい嘘をつくのに対して、エリザベスは法が求めるかぎり依頼人を擁護し、それ以上はやらない弁護士だった。ふたりが不和になることもあったが、それはたいてい彼女が依頼人の無実を心から信じているときのことで、そういう状況では、彼女は辣腕《らつわん》弁護士としてどこまでも容赦のない過激な人間になることができた。

「あなたは今ミスター・ヴィジェイ・ラナの警護をしてる最中だと思うけど」と彼女は言った。

「バッタード・ソーセージ（衣をつけて油で揚げたソーセージ）・アンド・チップスふたつ」誰かが彼の背後で注文していた。

　返事を考えるあいだ、ウルフは送話口を手で押さえてから言った。

「あなたがなんの話をしてるのか――」

「下手な芝居はやめて。ミスター・ラナの奥さんがわたしに電話してきたのよ」とエリザベスは言った。「去年のことだけど、わたし、彼の弁護を引き受けたの」

「税金逃れのための？」

「それはノーコメント」

「やっぱりそうなんだ」

「シモンズにはもう連絡を取ったわ。で、彼は今日じゅうにわたしがミスター・ラナと面会することに同意してくれた」

「ありえない」

「警察及び刑事証拠法の講義を電話でわたしから聞きたいの？　あなたのボスに講義したときには二十分ですんだけど。ミスター・ラナはあなたたちに身柄を保護されてるだけじゃなくて、犯罪容疑で拘束もされてるのよ。彼がこのあと二日間のあいだにあなたにしろ誰にしろ話すことは裁判で不利な証拠に使われる可能性がある。そういうことはわたしもあなたもよく知ってることよ」

「駄目だ」

「彼の身体検査、所持品検査については同意するから。これまでにあなたたちがすでにやったほかのどんな手続きについても異議は唱えないから」

「駄目だ」

エリザベスはため息をついた。

「シモンズに電話して。そのあとわたしに折り返し電話をして」そう言って、彼女は電話を切った。

「何時に来られる？」とウルフは署で湿気た最後のポテトフライをつまみながらエリザベス

にぼそぼそと言った。

シモンズとはきっちり十分話し合った。警視総監がこのような問題に関して前例のない措置をとるなど、どう考えても非現実的なことだった。法的アドヴァイスを受ける被疑者の権利を認めないなどという裁定を訴訟恐怖症の総監がくだすわけがなかった。ウルフの命令違反を恐れたシモンズはウルフに土曜日の夜に交わした会話を思い出させた。事件の捜査からウルフをはずすことはいつでもできることを。さらに、ラナと彼の弁護士との接見を拒否したら、ラナの起訴もおぼつかなくなる可能性も示唆した。犯罪者を自分たちの手で自由にすることにもなりかねないと。

それで不承不承、ウルフはエリザベスに電話をしたのだった。

「今ブレントフォードにいるんだけど、ここでの仕事が終わったら、そのあとちょっとイーリングに寄らなくちゃならないんで、そうね、それでも十時までには行けると思う」

「それならどうにか間に合いそうだ。十時半にはここから移送する予定だから」

「とにかく行くから」

鋭い雷鳴がしたかと思ったら、留置所の明かりがいっぺんに消えた。その数秒後、緊急用の照明が暗闇を不気味にほのかに照らした。一番近くの監房にいた収容者がリズミカルにドアを蹴りはじめた。嵐の音が壁越しにくぐもって聞こえる中、ドアを蹴るその鈍い音が陣太鼓のように狭い通路に轟いた。ウルフは立ち上がって電話を切った。

手が震えているのがわかった。その理由については努めて考えないようにした。あの悪夢のことは。果てしない叫び声と開かないドアに体あたりをするむなしい音が、迷路のような通路にこだまするのを聞きながら、眠れない夜を幾夜も過ごしたときのことは。ウルフはゆっくりと時間を取って気持ちを落ち着かせ、震える手をポケットに突っ込み、ほかの者たちに声をかけた。

「ラナの様子を見てくる」

彼とウォーカーは暗い通路を歩いた。ドアを蹴る音が段々大きくなった。ラナの監房のそばで警護していた警官がすぐに鍵を開けた。監房の中は真っ暗だった。通路の明かりは監房の中まではほとんど届いていなかった。

「ミスター・ラナ？」とウォーカーが声をかけた。「ミスター・ラナ？」

フィンレーもあとからやってきて懐中電灯をつけ、監房の中を照らした。その光がベンチにじっと動かずにいる何かを照らした。

「なんてこった」とウルフはつぶやき、中に駆け込み、ラナの体を起こすと、首に指をあてて脈を調べた。

ラナはかっと眼を見開くと、おぞましい叫び声をあげた。どうやら熟睡していたようだった。ウルフは安堵の吐息を洩らした。フィンレーのくすくす笑いが聞こえた。ウォーカーは時計を見た。世の中のなにより十時半が待ち遠しいようだった。

12

二〇一四年七月一日（火）
午後十一時二十八分

人身保護局からウルフへの最後の連絡は、彼らの車がまだM25モーターウェイの渋滞につかまっているというものだった。サウソール署の署員のひとりがカウンターの上に立て掛けた携帯電話の画面に、渋滞を惹き起こした事故を報告するBBCのニュースが映し出されていた。大型トラックが横ざまに倒れ、車道を完璧にふさいでしまっていた。救急ヘリが二機、車道に降り立っていたが、すでに少なくともひとりの死亡が確認されていた。

留置所に照明が戻った。外の嵐の激しさはいや増すばかりで、明かりが戻ったことだけでも建物の中にいる者は少なからぬ安堵を覚えた。フィンレーはまたプラスティック製の椅子に坐って居眠りをしていた。ラナの監房は署員のひとりが警護していた。ほかのふたりはウォーカーの背後でいかにも疲れたような顔を見合わせていた。十二時間勤務が十五時間目に突入しており、署員のほうも被収監者と同じくらい閉じ込められている気分になっているようだった。

ウルフは裏口のそばにいて、エリザベスがやってくるのを待っていた。彼女もまた未曽有の嵐のためにひどく遅れていた。最後に受け取った彼女のメールは、もう五分以内のところまで来ているので、やかんで湯を沸かしておいてくれというものだったのだが。

ウルフはドアの小窓からまさに洪水のようになっている駐車場を見た。嵐が勢いを増し、下水溝から汚水があふれだしていた。ふたつのヘッドライトが角を慎重に曲がってくるのが見えた。タクシーだった。駐車場の入口で一分以上停まっていた。そのタクシーの後部座席から、フードをかぶり、ブリーフケースを抱えた人影が現われたかと思うと、階段を駆け上がり、激しくドアを叩きはじめた。

「誰だ?」ウルフは尋ねた。フードで顔が隠れていた。

「誰だと思うの?」とエリザベスのしゃがれ声が返ってきた。

ドアを開けるなり、気象庁の予報どおりの強風に煽られた、文字どおり横殴りの雨に、ウルフは頭から水しぶきを浴びた。風は壁のポスターをはためかせ、部屋の中の書類をあたりに撒き散らした。またドアを閉じるにはウルフにしても全力を注がなければならなかった。

エリザベスはしずくがしたたり落ちるコートを脱いだ。歳は五十八、その白髪の髪をいつもポニーテールにしてきつく結んでいた。ウルフの記憶にあるかぎり、彼女の装いは三種類で、どれも二十年前に買ったときにはきわめて高価なものだったのだろうが、今では古びて流行遅れにもなっているものばかりだった。彼らがこれまで会ったときは決まって彼女が煙草をまたやめたときだったが、にもかかわらず、これまた決まって今吸ったばかりのようなにおいがした。そのどぎついピンクの口紅はまるで暗がりの中で塗ったかのようだった。ウルフを見上げた彼女の顔に黄色い歯がのぞく人好きのする笑みが浮かんだ。

「リズ」とウルフは名を呼んで出迎えた。

「こんばんは、ウィル」と応じて、エリザベスは近くの椅子にコートを放ると、ウルフをハグして彼の両頰に大げさなキスをした。彼女のハグは自然に感じられるよりほんの少しだけ長かった。彼のことを息子のように思い、案じていることの意思表明だとウルフは思うことにした。

「外はもうひどいものよ」と彼女は部屋のみんなに言った。建物の中にいる者には誰にもそのことがわかっていないとでもいうかのように。

「何か飲む？」とウルフは尋ねた。

「お茶が飲みたくてたまらない」と彼女は何人もの観衆に向かって話すかのような芝居がかった口調で言った。

ウルフはウォーカーと署員が彼女の身体検査と所持品検査をおこなっているあいだ、飲みものを用意しにわざと部屋を離れた。何年も昔から知っている友人がそういう扱いを受けるところを見るのはどうにも居心地が悪かった。少なくとも、部屋を離れていれば、自分もその手続きに参加しなくてもよくなる。単純作業をできるだけ長く引き延ばして留置所に戻ると、エリザベスは彼女のブリーフケースを調べているフィンレーを相手に、ジョークを飛ばしていた。ちょうどフィンレーが彫刻模様のあるライター（彼女はそれをセンティメンタルな理由から持ち歩いていた）と高価なボールペンを二本取り出したところだった。

「問題ありません」

フィンレーは笑みを浮かべてそう言うと、ブリーフケースを閉めてエリザベスのほうに押しやった。エリザベスは生ぬるい紅茶をほんの数口で飲み干すと言った。

「で、わたしの依頼人はどこ？」

「案内するよ」とウルフは言った。

「わたしたちだけで話し合いたいんだけど」

「だったら、ドアのところに警備の職員をひとり立たせるだけにするよ」

「ほかの人には話を聞かれたくないんだけど」

「だったら小声で話せばいい」そう言って、ウルフは肩をすくめた。

エリザベスは笑みを浮かべた。

「相変わらず食えないおじさんなのね、あなたって」

ふたりがラナの監房のドアのまえまで来たところで、ウルフの携帯電話が鳴った。警備に就いていた署員がエリザベスを監房の中に入れ、ドアにまた鍵をかけた。ウルフはそれを見届けると、通路を歩きながら電話に出た。シモンズだった。新たな知らせが二件あった。ひとつはようやく人身保護局の車が動きだし、三十分以内にサウソール署に着くという知らせだった。そのあとシモンズは言い合いが避けられない次のニュースに移った。それはウルフもフィンレーもラナに同行することはできないというものだった。

「おれは一緒に行きます」とウルフはきっぱりと言った。

「彼らには彼らの厳格なやり方があるんだよ」とシモンズは反論した。

「そんなことは知ったこっちゃない。彼らにラナを受け渡して、どことも知れないところに彼を移送させるなんて、できるわけがないでしょうが」

「できるよ。だからそうするんだ」

「あなたはもう同意したんですか？」とウルフは上司に対する失望もあらわに言った。

「ああ、そうだ」

「おれに連中と話させてください」

「そういうことはできない」

「ことを荒立てるようなことは言いません。約束します。この状況を説明させてください。番号は？」


現在サウソール署に向かっている人身保護局の班長と電話でやりとりをしている最中に、ウルフの安っぽいデジタル時計が午前零時を知らせるチャイムを響かせた。どのような状況下であろうと、決められた手続きは変えられないと繰り返す石頭の班長を相手に、ウルフは苛立ちを募らせた。面と向かって会うともっと愉しくなるだろうと思い、ウルフは最後に「このクソ野郎」とわざと悪態をついて電話を切った。

「おまえさんにまだ友達がひとりでもいるというのは奇跡みたいなもんだな」ウォーカーともうひとりの署員とともに、小さな画面で天気予報を見ていたフィンレーが言った。

「風速は四十メートルを超えるでしょう」とひずんだ声が彼らに警告を発していた。

「やつらはやつらで特殊訓練を受けてるんだから」とフィンレーは続けて言った。「なんでもかんでも自分でやろうなんて思わないことだ」

残り少ない貴重な友すら失いかねないことばをウルフが吐きかけたところで、ラナの監房のドアがまた開けられた音が聞こえた。エリザベスが通路に出てきた。彼女がそっけない挨拶を依頼人と交わすのを待って、彼女の背後でドアがまた閉じられ、施錠された。彼女の裸足の足が通路のベージュの床を叩く音がした（滑稽にしか見えない彼女のハイヒールはウォーカーに取り上げられていた）。エリザベスはウルフにことばをかけることもなく脇を通り過ぎ、机の上の所持品をまとめはじめた。

「リズ？」思いがけない彼女の態度の変化に戸惑い、ウルフは声をかけた。「何か問題があったんじゃないだろうね？」

「何もないわ」と彼女はコートを羽織りながら言った。が、ボタンをとめる手がいきなり震えだした。そこで彼女はウルフの思いもよらないことをした。眼にいっぱい溜まった涙を払ったのだ。「早く帰りたいだけ」

そう言うと、ドアに向かった。

「彼に何か言われたのか？」とウルフは尋ねた。気づくと、無性に腹が立っていた。人間性の最悪の部分に日々対処するのがエリザベスの仕事で、ウルフはそのことには常々同情していた。が、なんと言っても彼女は百戦錬磨の弁護士だ。そんな彼女を動揺させるというのはよほどのことにちがいなかった。

「わたしはあなたよりずっと年上の大人よ」と彼女はぴしゃりと言った。「とにかくここから出して」

ウルフはドアまで歩いて錠前をはずした。エリザベスが外に出ると、突風と雨にともない、遠い雷鳴が聞こえた。

「ブリーフケースを忘れてる」とウルフは言った。どうやら彼女はラナの監房に置き忘れてきたようだった。

エリザベスの表情が一変した。

「取ってきてあげるよ。あんな男に一日に二度も会うことはない」とウルフは言った。

「明日の朝取りにくるわ」

「えっ？」

「いいから、ウィル、放っておいて！」そう言い放つと、エリザベスは小走りになって外の階段を駆け降りた。

「どうした？」とフィンレーが携帯電話の小さな画面から眼をそらすことなく言った。

ウルフはエリザベスが大通りまで走っていくうしろ姿を見送った。何か落ち着かない思いがゆっくりと胸に広がるのがわかった。腕時計を見た。午前零時七分。

「ドアを開けてくれ！」彼は通路を走りながら叫んだ。

警備に立っていた署員が驚いて鍵を落とし、それでウォーカーがウルフに追いつく時間ができた。重厚な音とともに錠前がはずされるなり、ウルフは重いドアを勢いよく開けた。ラナは背すじを伸ばしてマットレスに坐っていた。背後でウォーカーが安堵の吐息をつくのが聞こえた。

……そのあと喘ぐ音がした。ウルフは改めてラナを見た。

ラナは頭を垂れており、その顔には青と紫の死斑が現われ、血走った眼が眼窩《がんか》から飛び出ていた。その褐色の首にはピアノ線と思われるものが何重にも巻かれ、深い切り傷ができていた。ピアノ線らしきものは首以外のところにもあった。エリザベスのブリーフケースの中からも芽のように生えているのがはっきりと見えた。

「救急車だ！」とウルフは叫ぶと、通路を走り、ドアを開け、外に出た。

すべりやすい階段を駆け降り、激流のような雨を顔に受けながら、洪水状態の駐車場を走り、角を曲がって大通りに出た。ものの三十秒とかかっていなかったが、人気《ひとけ》のない歩道のどこにもエリザベスの姿はなかった。店の暗いショーウィンドウのまえを走り、嵐の音が自分の邪魔をしているのに気づいた。車が通り過ぎ、水たまりの水をはねかすたび、飛行機が離陸するときのような音がして、そのあとまたそれまでの雨の音になった。何百万もの雨粒が車や家屋の屋根を叩き、それだけですさまじい音をたてていた。

「エリザベス！」とウルフは叫んだ。が、その声は風に吹き飛ばされただけだった。

彼は二軒の店舗のあいだの路地の入口のまえを走り過ぎかけて、ふと立ち止まった。路地の入口まで数歩戻り、路地の暗がりに眼を凝らした。路地にはいり、ゆっくりと歩を進めた。路地はガラス壜やら捨てられた何かのパッケージやらなにやら、ゴミの絨毯《じゅうたん》を敷きつめたような暗い路地を歩いた。

「エリザベス？」今度は声を低くして呼んだ。さらに進んだ。足の下でゴミが軋むような音をたてた。「エリザベス？」

いきなり何か動きがあり、気づくと、冷たいレンガの壁に突き飛ばされた。ウルフは反射的に手を伸ばし、あと少しのところで相手の服をつかみそこねた。エリザベスが路地を走って通りに出たのが見えた。

ほんの数秒遅れで、ウルフもざらざらとしたオレンジ色の街灯が照らす通りに出た。エリザベスはまさにパニック状態で、前後の見境をなくしたかのように、車道に飛び出した。走ってきたステーションワゴンが急ブレーキをかけ、彼女の数センチ手前で停まった。そのあとすでに耳を聾《ろう》さんばかりの夜に向けて、クラクションがむなしく吠えた。エリザベスとウルフの距離は数メートル。なんとも奇妙なことに、彼女はそこで携帯電話を取り出すと、耳に押しあて、今度はゆっくりと歩きだした。ウルフのほうは歩を速めた。見ると、彼女の足の裏には泥だけでなく血がついていた。油の浮く水たまりと泥の上を彼女は裸足で歩いていた。声が聞こえるところまで追いつくと、彼女が携帯電話に向かって喘ぎながら言っているのが聞こえた。

「終わったわ、もう終わった！」

ウルフは手を伸ばして彼女を捕まえようとした。その刹那、彼女はまたいきなり車道に飛び出した。反射的にウルフもそのあとを追った、車が迫っているかどうかも確認せず。エリザベスは広い道路の中央に設けられた歩行者用スペースにたどり着いたところで、足をすべらせ、アスファルトの車道に倒れた。四つん這いになった彼女の眼に道路の真ん中に立つウルフの姿が映った。ウルフの顔に浮かんでいるのは途方もない恐怖だった。彼女が彼の視線の向かう先を見たのと、二階建てバスが彼女の上に乗っかってきたのが同時だった。

彼女は叫び声もあげなかった。

ウルフはぐにゃりとして形をなくしたもののほうへゆっくりと歩いた。それは十メートルほど離れた歩道寄りに横たわっていた。背後で車がスリップする音が聞こえ、斜めになったヘッドライトが壊れた体を照らし出した。自然と眼に涙が浮かんだのはわかったものの、ウルフはショックを受けすぎていた。疲れすぎていた。だから長年の友人がどうしてこんな真似をしたのか、考えることすらできなかった。

バスの運転手が呆然自失の体《てい》でよろよろとウルフのそばまでやってきた。ほんの数人の乗客が安全地帯の座席から窓越しに事故現場をじろじろと見ていた。運転手の表情にはかすかに希望が残っていた。そこに倒れている女性はまた立ち上がるかもしれない。もしかしたら大きな怪我はしていないかもしれない。自分の人生が永遠に変わってしまったわけではないかもしれない。根拠のないなけなしの希望の表情だった。ウルフに運転手を慰めるつもりはなかった。そもそもそばに運転手がいることすらわかっていないようだった。このような天候の中、思いがけず車道に横たわっている人間に気づかなかったとしても、その責めを百パーセント運転手に負わせるのは酷というものだ。それでも、その運転手がエリザベスの命を奪ったことに変わりはない。が、今のウルフには自分の感情にいささかの自信も持てなかった。

すでに列になっているところにさらに車が加わると、ヘッドライトの明かりに暗い通りがいくらか明るくなって、ウルフはバスが彼女を轢いたその場所にエリザベスの携帯電話が落ちているのに気づいた。這うようにしてそこまで行くと、電話はまだつながったままだった。彼はそれを耳に強く押しつけた。電話の向こうから衣ずれのような静かな息づかいが聞こえた。

「誰だ、あんたは？」気づくと、涙声になっていた。

返事はなかった。相変わらず落ち着いた息づかいが聞こえるだけだった。その背後で何か機械が作動しているような音がしていた。

「こちらはロンドン警視庁のフォークス部長刑事だ。あんたは誰なんだ？」彼は繰り返した。が、実のところ、答はもうわかっていた。

遠くから青いライトが近づいてきた。しかし、ウルフは身じろぎひとつすることなく、犯人の声に耳をすました。犯人を脅したかった。怖がらせたかった。が、自分が今経験している純然たる怒りも憎しみもことばにすることはできなかった。声が出てこなかった。ウルフはまわりの雑音と動きを無視して、ひたすら耳をすましつづけた。気づくと、自分でもわけがわからないまま犯人の息づかいに自分の息づかいを合わせていた。そのことに気づいた直後、大きな機械音がした。そこで電話はいきなり切れた。

13

二〇一四年七月二日（水）
午前五時四十三分

カレン・ホームズはラジオの次の交通情報をじりじりしながら待っていた。翌朝が早いときにはよく眠れたためしがなく、荒れ狂う嵐の夜中じゅう、何度も眼が覚めた。まだ暗いうちにグロスターの自宅を出たのだが、外に出ると、自分の家のゴミ容器が道路の真ん中に転がり出ており、垣根の板が一枚吹き飛んで、隣りの住人の車のドアに立て掛けられたようになっていた。彼女は重いその板をできるだけ静かに家に運び戻し、気むずかしい隣人が新しくできた車のドアの疵に気づかないことを心底祈った。

首都ロンドンにある本社に毎月一度出向かなければならないというのは、彼女にとって苦痛以外の何物でもなかった。彼女の同僚はみんなホテル代も夕食代も経費に計上しているようだが、そんなことよりなにより、彼女にとっては飼い犬たちが気持ちよく過ごせることが人生の最優先事項であり、そんな愛犬たちの面倒をみることを定期的に頼める相手が彼女にはひとりもいないのだった。

高速道路の交通量が徐々に増していたが、果てしなく設置されている監視カメラのせいでスピードを上げるわけにはいかなかった。これまた果てしなく続くパイロンが、どこかの地点で誰かが近い将来道路工事を始めることを示していたが、スピード制限はそんなパイロンを守るためのものとしか思えなかった。

交通情報を聞き逃したのではないかと思い、カレンは焦って眼を落とし、ラジオのつまみをまさぐった。そして、またすぐ道路に眼を戻すと、中央分離帯を仕切る鉄製の柵のあいだに大きな黒い紙袋が落ちているのが見えた。その大きさも形もどこか不自然だった。時速八十キロでちょうどその紙袋と並ぶ位置まで来ると、それが動いた。誓ってもいい。ほんとうに動いたのだ。通り過ぎてバックミラーを見ると、アウディのサルーンがすぐうしろまで迫ってきており、その車はそのあと時速百五十キロで彼女の車を追い越していった。監視カメラを気にしていたら、とてもできない所業だ。よほどの金持ちか、よほどの馬鹿だろう。

彼女は三キロ先にジャンクションがあることを意識しつつ、高速道路を走りつづけた。車を停めている余裕はなかった。たとえ何かを見たことに、それが動いたことに確信があったとしても。実際のところ、確信まではなかった。だから、彼女は自分に言い聞かせた――あの大きな紙袋は強風に吹き飛ばされてあそこにたどり着いたもので、通り過ぎたときに動いたように見えたのは、自分の車に煽られたからだろう。それでも、カレンには何かが中にいるという思いが捨てきれなかった。彼女が見たときのような動きをする何かが。

彼女が飼っているスタッフォードシャー・ブルテリアは二匹とも、廃棄物入れの中で死にかけているところを見つけられ、助けられた犬だった。そのことを思い出すと、カレンは決まって気分が悪くなる。道路工事個所を抜けると、時速百六十キロを超えるスピードでBMWに追い越された。カレンはそこで確信した。あの中に何がいたにしろ、あのままでは長くは生きられない。

彼女は急ハンドルを切った。砂利敷きの道路のつなぎ目を横切ってランプにはいると、年季の入った彼女のフィエスタはぶるぶると大げさに車体を震わせた。戻って確認しても遅れるのはせいぜい十五分程度のことだ。彼女は環状交差路をぐるっとまわって方向転換をすると、反対車線にはいった。

単調な道路で、紙袋があったところまでどれほど戻ればいいのか、思い出すのはむずかしかったので、近づいてきたと思われるところでスピードを落とした。前方に見えた。ハザードランプをつけ、路肩に車を寄せ、紙袋と平行に並ぶ位置に車を停めた。そして、そのあと一分以上は観察した。車が通り過ぎるたびに煽られるだけで、それ以外に動きはまったくなかった。彼女は自分が馬鹿に思え、自分自身に腹が立った。が、ウィンカーを出して、走行車線に戻ろうとしたそのときだ。大きな紙袋がいきなりまえに動いた。

車の流れがとだえるのを待つあいだ、カレンの心臓は早鐘を打っていた。車を降りると、三車線を走って横切り、中央分離帯のところまで来た。ほんの数メートルと離れていないところをかなりのスピードで次々と通り過ぎる車の勢いが感じられた。そのたび泥と油まじりの水がひっかかった。彼女はためらいながら膝をついた。

「ヘビなんてことだけはやめてよね。頼むからヘビなんてことだけは」と彼女は自分につぶやいた。

その声に反応したのか、紙袋の中身がまた動いた。ゆっくりと彼女のほうに向かってきた。そのとき泣き声が聞こえたような気がした。彼女は慎重にその紙袋に手を伸ばし、端に小さな穴をあけてみた。それからゆっくりと少しずつその穴を大きくした。何がはいっているにしろ、いきなり飛び出してきて道路に出てしまわないように。それでもさすがに気分が昂《たか》ぶっていたのだろう、一気に半分ほど破ってしまった。そして恐怖にのけぞった。汚れたブロンドの髪が出てきて、アスファルトの上に広がったのだ。猿ぐつわをされ、手足を縛られたその女性は、自分がどこにいるのか確かめるようにしきりとあたりを見まわした。そして、顔を起こし、懇願するような眼でカレンを見るなり、気を失った。


エドマンズはほとんどスキップするようにロンドン警視庁のセキュリティゲートを通り抜けた。ゆうべは早く家に帰り、ティアを夕食に連れ出して、一昨夜の償いをすることができたおかげだった。ふたりとも目一杯めかし込み、こんな贅沢などいつものことと言わんばかりのふりをして、二時間ばかり過ごしたのだ。三品の料理を愉しみ、エドマンズはステーキさえ注文した。そんな彼らの夢見心地はただの一度しか損なわれなかった。怒りっぽいウェイトレスが〈テスコ〉発行のクーポン券をレジで読み取る方法がわからず、レストランじゅうに響き渡る大声で、店長にそのやり方を尋ねたときにしか。

エドマンズの気分が高揚しているのにはほかにも理由があった。マニキュア液に関連した手がかりがどうにか得られたからだ。犯人が特定できるほどのものかどうかはわからなかったが、それでもラグドールの女性の右腕は誰のものだったのか、それを突き止めるにはかなり重要な手がかりと言えた。刑事部屋にはいると、バクスターがすでに出勤しており、机について仕事をしていた。部屋の反対側からでも彼女の雰囲気の険悪さは容易に知れた。

「おはようございます」とエドマンズは陽気に言った。

「なんであなたはそんなににやついてるの？」とバクスターは容赦のない口調で言った。

「ゆうべは愉しい夜だったもんで」とエドマンズは正直に答えて肩をすくめた。

「ヴィジェイ・ラナにはそうでもなかったみたいね」

エドマンズは椅子に腰をおろして言いかけた。「ひょっとして……？」

バクスターはエドマンズにゆうべの出来事と今朝早く路上で発見された女性について、手短に説明した。

「ひょっとして……何があったんです？」

「わたしが何年も知ってるエリザベス・テイトという女性にとってもそうでもなかった。ウルフにとってもね」

「紙袋は鑑識にまわされたけど、救急車が現場に着いたとき、隊員は女性の足にこんなものが取り付けられているのを見つけた」

バクスターは証拠採取袋をエドマンズに手渡した。その中には死体置き場で死体の親指に取り付けるタグがはいっていた。

「〝ウィリアム・フォークス部長刑事気付〟」エドマンズはそのタグに書かれていることばを読み上げた。「彼はもう知ってるんですか?」

「いいえ」と彼女は言った。「ウルフとフィンレーは徹夜だった。だから今日は非番よ」

一時間後、女性警官に付き添われて、まだ心ここにあらずといった体《てい》の女性が刑事部屋にはいってきた。病院から直接連れてこられ、まだ泥にまみれていた。顔も腕も切り傷と痣だらけで、もつれた髪は漂白したブロンドから黒までさまざまな色合いを呈していた。いきなり音や声がするたび、その女性はびくっと体を強ばらせていた。

女性の名はジョージーナ・テイト。エリザベス・テイトの娘。その事実はすでに庁内に知れ渡っていた。どうやら彼女は二日ほど仕事を休んでいたようで、その欠勤については母親が彼女にかわって電話で勤務先に伝えており、失踪届は出ていなかった。こうした情報の断片からでさえ、何があったのか想像するのはさしてむずかしいことではなかった。バクスターはエリザベスが強くて才気に満ち、揺るぎない信念の持ち主だったことをよく知っていた。そんな女性でさえ弱みを握られると、いかに簡単に殺人を犯すようなことになってしまうのか。そのことを思うと、バクスターはざわざわとした落ち着かない気持ちになった。

「彼女はまだ知らない」ジョージーナ・テイトが修理の終わった尋問室に案内されるのを見ながら、バクスターは言った。

「お母さんのことについて?」とエドマンズは訊き返した。

「そういう知らせを聞いても大丈夫そうに見える？」

バクスターはそう言って、バッグに所持品を詰めはじめた。

「ぼくたち、これからどこかに行くんですか？」

「ぼくたちは行かない」とバクスターは言った。「わたしが行くの。今日はウルフとフィンレーがいないのよ。ほかに誰がやるの？　リストに載ってるナンバー4は誰だっけ？」

「警備員のアンドルー・フォードです」とエドマンズは答えたものの、内心バクスターにそんな質問をされたことに驚いていた。

「掛け値なしのクソ野郎で、大酒呑み。ゆうべ女性警官の歯を折ってくれたわ。その女性警官は手あたり次第にまわりにあるものを壊していた彼を止めようとしたのよ」

「ぼくも一緒に行きます」

「わたしひとりで大丈夫。そのあとジャレッド・ガーランドに会うことになってる。今日から……」バクスターは指を折って日にちを数えた。「三日後に殺人予告されてるジャーナリストに。どうやら彼は警察がいかに無能であるかということと、殺人リストに自分の名前が載るというのはどんな気分のものかということをレポートするのに、この最後の一週間を使うことに決めたみたいなのよ。で、そんな彼を〝なだめて〟〝安心させる〟こと。それがわたしの仕事よ」

「あなたがそんなことを？」とエドマンズは信じられないといった面持ちで訊き返した。バクスターはそれをお世辞と受け取った、エドマンズとしては運のよかったことに。「だったたら、ぼくは何をすればいいですか?」

「ジョージーナ・テイトが何か手がかりになりそうなことを覚えていないかどうか、訊き出してみて。それと指輪の線をさらに追って。いったい誰のためにつくられたものなのか、知る必要があるでしょ? あとは検死医に何か新たな発見はないかどうか訊いてみて。それから、鑑識が返してくれたら、エリザベス・テイトの携帯をちゃんと保管しといて」

バクスターはそう言うと、刑事部屋を出ていった。その段になって、エドマンズはマニキュア液のことを話しそびれたことに気づいたものの、その小さな壜を机に置くと、なんだか自分が馬鹿になったような気分になった。ウルフが人身保護局と電話でやり合い、殺人者にならざるをえなかった女性を追ってサウソールを駆けまわり、誘拐された女性を本庁に移送する手配をしているあいだ、自分のほうはなんとも些細な捜査の進展に興奮していたということだ。ウルフが関わったことはどれもがおぞましいことだ。それでも、エドマンズはそんなウルフをちょっぴり羨《うらや》ましく思った。

「美しい」とイライジャは笑いながら興奮気味に言った。会議室の壁には彼が今二千ポンドで買ったばかりの写真がプロジェクターで映し出されていた。「ほんとうに美しいとしか言いようがない」

アンドレアは思わず口に手をやった。部屋が暗くされており、頬を伝う涙を誰にも見られなかったことを神に感謝した。その写真がなんであれ、美しくないものであることだけは確かだった。実際のところ、彼女がこれまでに見た中で一番悲しい写真だった。ウルフのモノクロの写真。一本の街灯の下で膝をついている。きらきらと光る雨、水たまりの水に反射しているヘッドライト、それに店舗のショーウィンドウがあたかもステージライトのような役割を果たしている。まだ夫婦でいたあいだ、アンドレアはウルフが泣くところを二度か三度は見ていたが、そのたび胸が張り裂けそうになったのを覚えている。

その写真に写っている彼はそのときよりはるかにひどかった。

ウルフはずたずたになった年配女性のそばで、洪水のような水の中、膝をついていた。女性の血だらけの手をまだそっと握って、かぎりない敗北感を顔に浮かべて宙を見つめていた。とことん打ちひしがれていた。

アンドレアはまわりの同僚の顔を見やった。みな笑みを浮かべるか、満足げな表情を浮かべているか、笑っていた。彼女は怒りと不快感に体が震えるのが自分でもわかった。まわりの全員を心底軽蔑した。が、そこでふと思った。この写真の男がかつて自分が愛した男でなかったら、自分もまた同じように喜んでいるのだろうか？　かもしれない。そう思うと、よけいに心が乱れた。

「この被害者は誰なんだ？」とイライジャが尋ねた。部屋の全員が肩をすくめるか、首を横に振るかした。「アンドレア？」

アンドレアはほかの者に涙を見られないよう気をつけて写真をじっと見た。

「どうしてこの気の毒なお婆さんのことをわたしが知ってると思うの？」

「それはきみの元夫が彼女にご執心みたいだからだよ」とイライジャは言った。

「ちょっとご執心すぎるきらいもあるが」と部屋の隅にいた禿げ頭のプロデューサーがみんなの笑いを誘おうとして言った。

「きみなら知ってるかと思っただけだ」とイライジャは言った。

「いいえ、知らない人よ」とアンドレアは努めて陽気に答えた。部屋の何人かがそんな彼女の反応に驚いたような顔をした。

「だったらいい。どのみちこの写真は大スクープだ」とイライジャは彼女の声音に気づいた様子もなく言った。「この写真を公にして、同時にラナだか誰だかの残されている生存時間をカウントダウンする。その男の捜索は引き続きやって、写真についてはコメンテーターに憶測やらでっち上げやら、させよう」

アンドレア以外の全員がくすくすと笑った。

「この女は誰なのか、どうしてラグドール事件の主任捜査官が次の犠牲者の捜索ではなく、交通事故なんかに関わっているのか、それとも、これはラグドール事件と何か関係がある事故なのか。いつもの伝《でん》だな」そう言って、イライジャはほかの誰かからの発言を待った。「ほかには？」

「〝ハッシュタグ：ノットオンザリスト〟の風向きが今変わりました」とどこかしら人を苛立たせる若い男が言った。アンドレアはこの男が携帯電話を手に持っていないところを見たことがなかった。「うちの〝死の時計〟のアプリのダウンロード数はすでに五万件を超えています」

「しまった。金を取るんだったな」とイライジャはわざと忌々しそうに言った。「ラグドール・スタンプのほうはどうなってる？」

別の男がためらいがちにイライジャのほうに紙をすべらせた。イライジャはそれを取り上げて見ると、戸惑ったような顔をした。

「漫画で恐怖を目一杯表わすというのはとてもむずかしいことです」と紙をすべらせた男は見るからに生意気そうな男だったが、それでもどうしても弁解口調になった。

「これでいい」とイライジャは男のほうに紙を返して言った。「だけど、おっぱいは要らない。子どもには不適切だろうが」

珍しくまともなことを言ったことにいかにも満足しつつ、イライジャは会議を終わらせた。誰よりさきにアンドレアが席を立ち、会議室を出ていった。そのあとメイク室に直行すべきなのか、とっととこの建物から出ていくべきなのか、彼女にはどちらにも確信が持てなかった。はっきりとわかっているのはただひとつ、今はひたすらウルフに会いたいということだけだった。

シモンズは立って、会議室の壁に貼られた巨大なラグドールのコラージュを見ていた。染みひとつない礼服を完璧に着こなしていた。ただ、右の靴にできた疵だけはうまく隠しきれていなかったが。その疵は、水びたしの尋問室に横たわる旧友を見た数分後、自分のオフィスのファイリング・キャビネットを思いきり蹴飛ばしたときにできたものだ。礼服を着たのは、その日の午後はそうした装いをするのがなぜか理に適っているような気がしたからだ。公的に管理された公的な場にあって、その礼装は喪失と友情のシンボルになってくれそうな気がしたのだ。

ターンブル市長の公の葬儀は、遺族から遺体が返されたあと内輪の葬儀を後日おこないたいという要望が出されたので、とりあえずウェストミンスター寺院の中にあるセント・マーガレット教会で、今日の午後一時からおこなわれることになっていた。そのまえにシモンズは記者会見を開き、ヴィジェイ・ラナとエリザベス・テイトの死について報告しなければならなかった。警察の広報課は、この現状に〝肯定的な雰囲気〟を醸し出すにはどうすればいいかということで、どうでもいい議論を繰り返していた。シモンズにはそれが苦々しくてならなかった。癇癪《かんしゃく》を抑えるのが精一杯だった。

ジョージーナ・テイトが尋問室から出てくるのが見えた。シモンズにしてみれば、まだどうしても中にはいる勇気が持てない、今後持てるかどうかもわからない尋問室から。火ぶくれができ、顔の皮膚が剝がれていた旧友の姿がどうしても頭から離れなかった。記憶が甦るたび、焼けた肉体のにおいも一緒に甦った。

「よし。だったらこれはどうかな？　このエリザベス・テイトという女がいなくなったことに焦点を合わせるんだ」とひょろっとした若い男が言っていた。シモンズにはその男が十五歳ぐらいにしか見えなかった。「これで市《まち》からひとり殺人者が減ったという事実を強調するんだ」

シモンズは広報課の三人のチームに眼を戻した。三人が三人ともチャートとグラフ、それに今朝の新聞の関連記事のコピーを胸に抱いていた。まるで有害物質のように。実際、新聞というのはそういうものだが。彼は何か言いかけた。が、若い男の今のことばにあからさまな嫌悪感を示しただけで、ひとことも発することなく、部屋を出た。

14

二〇一四年七月二日（水）
午前十一時三十五分

バクスターは地下鉄のディストリクト線のタワーヒル駅で降りると、気乗りのしないままジャレッド・ガーランドのあいまいな指示に従った。ロンドン塔を左手に見ながら、込み合った大通りを歩きはじめた。どうして彼の家か（警察の警護のある彼のいるべきところ）あるいは自分の勤める新聞社ではいけなかったのか。それは彼女の理解を超えていた。

思いがけない展開の中、この倫理観に欠ける、めだちたがり屋の俗っぽい扇情ジャーナリストは、なんと教会で会うことを彼女に求めてきたのだ。最後の日々を迎えるということで、ご多分に洩れず、彼もまた宗教に目覚めたのだろうか。ほんとうにそういうことなのだとしたら――さらにバクスターが信心深い人間なら――彼女はそのことをなんとも厚かましく、宗教に対するむしろ侮辱のように思ったことだろう。

頭上では黒い雲に切れ目ができはじめ、その切れ目から時々陽射しが市《まち》に射すようになっていた。十分ばかり歩いたところで、教会の高い塔が見え、そこで脇道にはいった。角を曲がり、明るい陽射しを浴びて、彼女は口をあんぐりと開けた。

壊れた塀の向こうに、セント・ダンスタン・イン・ジ・イースト教会の昔のままの塔がそびえていた。生気に満ちた太い木が眼には見えない天井を突き抜け、高いアーチ窓もくぐり抜けていた。蔓《つる》植物が石の塀をのぼり、その反対側にこぼれ落ち、それらが密集して、居心地のいい庭に奇妙な影を投げかけていた。まさに子どもの絵本から抜け出したような景色だった。都会の中の秘密の森、隠された森、その森に背を向けて建っている退屈なオフィスビルには見ることができないオアシスだった。

バクスターは金属の門を抜けて、荒れ果てた教会の敷地内にはいると、アーチ道を歩いた。蔦《つた》のからまる巨大なアーチからはまだぽたぽたと雨のしずくが落ちていた。やがて小さな噴水のまわりに丸石を敷いて造った中庭に出た。一組のカップルが自分たちの写真を撮っており、肥った女がひとりハトに餌をやっていた。バクスターは奥の隅のベンチにひとりで坐っている男のところまで歩いて尋ねた。

「ミスター・ジャレッド・ガーランド？」

男は驚いたような顔をして彼女を見上げた。歳はバクスターと同じくらい。細身のシャツを着て、袖をまくり上げていた。ひげはきれいに剃っており、やけに気取った髪型をしていたが、それなりに魅力的と言えなくもない男だった。頭から爪先までバクスターをとくと見てから、傲慢な笑みを浮かべて言った。

「これはこれは今日はいい日になりそうだ」強いイーストエンド訛りがあった。「かけてください」

そう言って、自分の右側のベンチの座面を手で叩いた。バクスターは左側に坐った。ガーランドは無遠慮な笑みを浮かべた。

「まずはその馬鹿みたいなにやけ顔をやめてから、どうしてあなたのオフィスで会わないのか話してくれる？」とバクスターはずけずけと言った。

「ブン屋というのは、できることならお巡りさんに社内をうろうろされたくない人種なもんでね。逆に訊くけど、どうして警察じゃ駄目だったんだね？」

「お巡りというのは、気取った扇動屋にすぎない日和見《ひよりみ》主義のブン屋ごときに署内をうろうろされたくない人種なもんで……」そこで彼女は鼻をひくつかせてからさらに続けた。「特にひどいアフターシェーヴ・ローションをつけたブン屋さんにはね。以上」

「ということは、きみはぼくのコラムは読んでるんだね？」

「好きで読んでるわけじゃないけど」

「そんなに誉められると照れるな」

「照れなくていいわ」

「読んでどう思った？」

「手を咬《か》んじゃいけないっていうことわざがあったわね。なんだっけ……？」

「自分を食べさせてくれてる者の手を咬むな？」

「いいえ、それじゃない。そう、これよ。次々に人を殺しまくっている、容赦のない天才連続殺人鬼と自分とのあいだに立ってくれてる唯一の擁護者の手を咬んじゃいけない。それよ」

そのことばにはガーランドのにやついた顔を妙に少年っぽくさせる効果があった。

「今日の新聞の記事はもう書きはじめたんだけど、まずはロンドン警視庁を祝福しておいたよ。新たな処刑がひとつおこなわれてしまったことについて」

バクスターは思った。自分が守らなければならない男に今、渾身《こんしん》のパンチを浴びせたら、自分はどんな面倒を背負い込むことになるのか。

「でも、それは正確じゃないね。だろ？　だってきみたちはやりすぎちゃったんだから。フォークス刑事はいっぺんにふたつの処刑をおこなわせちまったんだから！」

バクスターは何も答えず、眼をそらして庭園を見渡した。ガーランドは一本取ったと思ったことだろうが、実のところ、彼女は自分が理性をなくした場合、目撃者はいるだろうかと本気で考えてまわりを見まわしたのだった。

ふたりが話をしているあいだに太陽はまた姿を隠し、秘密の庭園は薄暗さの中、異様な雰囲気に変わっていた。神の家が内側から引き裂かれてしまったようで、いくらか居心地の悪い場所にさえなっていた。頑丈な塀もヘビのような蔦にからまれているように見えた。ヘビに締め上げられ、今にも粉々になって土に還ってしまうかのように。そんなふうに見えることがなにより――とバクスターは思った――この神なき市《まち》には教会のことなど誰も気にかけていないことの証拠なのかもしれない。

バクスターはそうやって一番新しい自分のピクニックエリアを徹底的に破壊すると、ガーランドのほうに向き直り、彼のシャツのポケットから薄くて黒い箱が顔をのぞかせているのに気づいた。

「この、ゲス男！」とバクスターは怒鳴るが早いか、彼のポケットからミニ・レコーダーをつかみ取った。赤い録音ランプがついていた。

「ちょっとちょっと――」

バクスターはそれを丸石の地面に叩きつけると、さらに靴で踏みつけて粉々にした。

「まあ、しょうがないんだろうね」とガーランドは思いがけず殊勝に言った。

「いいかしら、こういうことになってるの――あなたの家にはふたりの警官が警備にあたってる。利用したけりゃそのふたりを利用して。いずれにしろ、明日にはウルフがあなたに連絡を取ると思うけど――」

「ウルフは要らない。ぼくはきみがいい」

「あなたに選ぶ権利なんてないの」

「いいかな、ぼくはこういうことになってると思うんだけどね――ぼくは囚人じゃない。逮捕されたわけでもない。ロンドン警視庁はぼくに対してなんの権限も持たない。警察の庇護《ひご》を受けなければならない義務もぼくにはない。ものすごくひかえめに言っても、きみのこれまでの履歴はロンドン警視庁で誰よりすぐれているというわけでもない。でも、この件に関しちゃぼくはきみと仕事がしたいんだよ。あくまでぼくのやり方で。そのためには、ひとつ、きみがまず承諾してくれなきゃならない」

バクスターは立ち上がった。それ以上ガーランドと話をするつもりはなかった。

「ふたつ、ぼくは自分の死を偽装したいんだよ」

バクスターはこめかみをこすり、顔をしかめた。ガーランドの馬鹿さ加減にはほんとうに頭痛がした。

「考えてみてくれ。ぼくがもう死んじまってたら、犯人はもうぼくを殺せない。ただ、それには説得力がなきゃならない。たとえば公衆の面前で死ぬとか」

「あなた、いいところに気づいたわ」

バクスターがそう言って隣りに坐り直すと、ガーランドは顔を輝かせた。

「ジョン・トラボルタと顔を交換してもいいわね……ああ、待って。あれは映画だった（トラボルタ主演『フェイス／オフ』のこと）。テレポーテーションはどう？……それも駄目ね。わかった。ジェット戦闘機を借りるのよ。ウルフがそういう方面の資格を持ってたと思う。でもって、ヘリコプターを爆破するの……」

「ははは」とガーランドはいささか決まり悪げに笑った。「ぼくの気のせいかもしれないけど、どうもきみはぼくの言ったことを真剣に聞いてない気がするんだけど」

「それはわたしが真剣に聞いてないからよ」

「命を狙われてるのはこのぼくなんだぜ」とガーランドは言った。バクスターはそのとき初めて彼の声音に恐怖と自己憐憫が混じり込んだのを聞いたような気がした。

「だったら家に帰ることね」

そう言って立ち上がると、彼女は歩き去った。

「ありがとうございます。感謝します。そちらも。では」

そう言って、エドマンズは受話器を置いた。ちょうどそこへガーランドとの面会を終えたバクスターが帰ってきた。彼女が彼のほうにやってきたときに、にやにやしたりしていないよう、エドマンズは机の下で自分の太腿《ふともも》を思いきりつねった。

にやにやしていると、バクスターは必ず不機嫌になる。それぐらいのことはエドマンズももう学んでいた。

彼女はパソコンのまえに坐ると、声に出して大きなため息をつき、キーボードの上にこぼれている何かの食べくずを片手で払い、もう一方の手に受けながらぴしゃりと言った。

「これがなんであれ、あなた、ここで何か食べたの？」

その日エドマンズは昼食もとれないほど忙しくしていた。それに彼女の手にある食べくずは彼女が朝食に食べたグラノーラ・バーのものだった。が、そういうことはあえて言わないことにした。彼女は黙っているエドマンズを見上げた。緊張した面持ちで彼女をじっと見つめていた。彼女を興奮させずにはおかない知らせを伝えたくてうずうずしていた。見るからにそんな顔だった。

「わかったわ。聞かせて」とバクスターは言った。

「〈コリンズ＆ハンター〉。家族経営ながら、サリーを拠点にして全国に事務所を展開している法律事務所で、その法律事務所には昔からスタッフに指輪を送る伝統があるそうです……」エドマンズはそう言って、重厚なプラチナの指輪を入れたビニール袋を掲げて見せた。「この指輪は勤続五年祝いにスタッフに与えられるものでした」

「まちがいない？」とバクスターは言った。

「ええ」

「そういうことなら、そのリストは死ぬほど長いものにはなりそうにないわね」

「ぼくが話した女性が言うには、二十人から三十人ということでした。その女性が完全なリストを送ってくれることになってます。ひとりひとりの連絡先も含めて。今日の午後のうちに」

「そういうことなら、今のうちに休んでおいたほうがよさそうね」とバクスターは満面に笑みを浮かべて言った。

嬉しそうにするとバクスターの顔がどれほど普段とちがって見えるか。エドマンズはそのことに内心驚きながら尋ねた。

「ガーランドのほうはどうでした？」

「わたしたちに殺してもらいたがってた。何を飲む？」バクスターの最初の返答も驚くべきものだったが、そのあとのことばの意外性はそれをはるかに超えていた。彼女から飲みものを勧められるというのはこれが初めてのことだった。エドマンズはうろたえ、つい口走った。

「では、紅茶を」

紅茶は大嫌いだった。

五分後、共用している机に戻ってくると、バクスターはエドマンズのまえにミルクティーを置いた。エドマンズが乳糖をまったく受けつけないことを明らかに忘れてしまっていた（あるいは、そもそも聞いていなかった）。エドマンズは大げさに喜んだふりをして一口飲んだ。

「シモンズは何時に帰ってくることになってる？」と彼女は尋ねた。「ガーランドのことはすぐに彼に報告しないと」

「三時だったと思います」

「ジョージーナ・テイトからは何か訊き出せた？」とバクスターは尋ねた。

「大したことは何も」とエドマンズは手帳を見ながら言った。「犯人は白人。でも、それはもうわかってたことです。あとは右の前腕が傷だらけだったそうです」手帳のページの下に自分で書いた走り書きを解読するのに少し要してから、エドマンズは続けた。「別件ですが、あなたが出ているあいだに電話がありました。イヴ・チェンバーズという人から。その人の番号はあなたにはわかってるということで、向こうからは言いませんでした」

「イヴから？」バクスターはチェンバーズ本人ではなく、彼の妻が折り返しの電話をしてきたことを訝りながら訊き返した。

「なんだかすごく落ち込んでるようでした」

バクスターはすぐに携帯電話を取り上げた。エドマンズに六十センチと離れていないところに坐られていては、プライヴェートな話はできないので、空いているチェンバーズの席に移った。二度目のコールで相手が出た。

「エミリー？」いかにもほっとした声だった。

「イヴ？　何かあったの？」

「いいえ、何もないわ。大丈夫よ、エミリー。なんだかわたし、面倒くさい馬鹿なお婆さんみたいになってる。ただ……そう、昨日あなたから電話をもらったものだから」

「ええ、ごめんなさい。よけいな電話をしちゃって」とバクスターはぎこちなく言った。

「ううん、全然。そっちが大変なことになってることはわかってるから。でも、ベンはゆうべ帰ってこなかったのよ」

バクスターは戸惑って訊き返した。「帰ってこなかったって、どこから？」

「もちろん仕事からよ」

バクスターは坐ったまま反射的に背すじを伸ばした。そして、電話の向こうの心やさしい女性を不必要に心配させないようことばを選び、さりげなく尋ねた。

「休暇からはいつ帰ってきたの？」

「昨日の朝だけれど、わたしが帰ったときにはもう仕事に出てたわ。冷蔵庫には何もなし、〝お帰り〟のメモもなし……そういう人なのよ」

イヴはそう言って笑った。バクスターは頭を掻いた。イヴがことばを発するたびに頭が混乱した。短気を起こさないよう気をつけながら彼女は言った。

「なるほど。でも、チェン——ベンよりあなたのほうが帰りが遅かったというのはどうしてなの？」

「ごめんなさい、エミリー、なんのことかわからないんだけど」

「ベンが休暇から帰ったのはいつなの？」とバクスターは努めて怒鳴らないようにして尋ねた。

長い間《ま》ができた。かなり経って、不安に駆られてしゃがれたイヴの声が受話器の向こうから聞こえてきた。

「休暇に行ったのはわたしだけで、ベンは行かなかったんだけど」

さきほどよりさらに緊迫した間《ま》ができた。バクスターはすぐには考えをまとめることができなかった。そのうち受話器の向こうからイヴのすすり泣きが聞こえてきた。チェンバーズは二週間以上所在がわからなくなっていた。なのに誰もそのことに気づかなかったのだ。バクスターには自分の心臓の鼓動が聞こえた。咽喉がからからになっていた。

「彼の身に何かあったんだと思う？」

「もちろんそんなことはないわよ」と言いながらもバクスターには自分で自分のことばが信じられなかった。「イヴ？」

ただ泣き声しか返ってこなかった。

「イヴ……どうしてベンはあなたと一緒に休暇に行かなかったのか、教えてくれる……イヴ?」

なんの答もなかった。

「ベンはあなたたちの休暇のことをずっとしゃべりどおしだったのよ」とバクスターはできるかぎり軽い口調を装って言った。「ビーチにあるあなたの妹さんの家や、長い支柱の上に建ってるレストランの写真も見せてくれたわ。ものすごく愉しみにしてた。そうだったんでしょ?」

「ええ、そうよ。でも、出発する日の朝、荷造りも全部終えて彼を待ってたら、電話をかけてきたのよ。なんでも薬をもらいに朝一番にサミ先生のところへ行ったら、病院で検査を受けることになったって。でも、そのあと、なんの問題もないことがわかったんで、仕事に戻ることにしたというメールを寄こしたの」

「ベンはほかにも何か言ってなかった?」

「わたしを愛してるってことと、最近脚の具合がよくなかったってことね。あとは心配しないようにって言ってた。でも、そんなことを言われてもね。わたしも旅行は取りやめるって言ったわ、もちろん。そうしたらすごく頑固になって、お金を無駄づかいするより行くべきだって言い張ったの。それでわたしたち、議論になって」

イヴはまた泣きだした。

「彼は脚が悪かったの?」

バクスターはチェンバーズが時々足を引きずるようにして歩いていたことを思い出した。

しかし、それはまわりが心配しなければならないほど深刻なものには見えなかった。それに、チェンバーズが脚のことで体の不調を訴えているのを聞いたこともなかった。

「そうなのよ、エミリー。何年もまえにあった事故のせいで。家に帰ってくるときには足を引きずっていたし、夜は夜で痛んだみたい。でも、そのことを話すのはすごく嫌がってた。手術をしてプレートまで埋め込まれてるのに……もう少しで切断しなくちゃならなかったのに、なのに……もしもし？」

バクスターは落とすようにして携帯電話を机に置くと、チェンバーズの机の引き出しを必死になって漁《あさ》りはじめた。全身がひどく震えていた。過呼吸に陥った人のような息づかいになって、一番の上の引き出しを引っぱり出して中身を机の上にぶちまけた。まわりの同僚はむしろ決まり悪そうな顔でそんな彼女を見ていた。

バクスターが二番目の引き出しの中身——書類や便箋や鎮痛剤やジャンクフード——を床にぶちまけたところで、エドマンズが彼女に近づいた。バクスターは床に膝をついてぶちまけたものをひとつひとつ調べていた。エドマンズもその正面に膝をついて、努めておだやかな声音で尋ねた。

「何を探してるんです？」バクスターがどうしてこれほど取り乱しているのかわけがわからないまま、エドマンズも一緒になって引き出しの中身を絨毯の上に広げた。「ぼくにも手伝わせてください」

「ＤＮＡよ」とバクスターは声を落として言った。息がさらに荒くなっていた。

彼女は眼に浮かんだ涙を拭くと、一番下の引き出しを引っぱり出し、それを逆さにして床に置いた。エドマンズは手を差し出し、安っぽいプラスティックの櫛《くし》を取り上げた。

「これで大丈夫ですか？」と彼は櫛を彼女のまえに差し出して言った。

彼女は這って彼に近づくと、櫛をつかみ取り、ヒステリックにわっと泣きだした。そして、自制心も何もかもなくして彼の胸に顔を埋めた。エドマンズはためらいがちに彼女に腕をまわして、集まってきた野次馬を苛立たしげに手で追い払って囁いた。

「どうしたんです、ミス・バクスター？」

バクスターがどうにか答えられるようになるのにはしばらくかかった。荒い息づかいのまま、彼女はとぎれとぎれに言った。

「ラグドール……あの脚……あれはチェンバーズの脚よ！」

15

二〇一四年七月二日（水）
午後七時五分

寝心地のよさを訴えかけてくるところなどまるでないマットレスに、ウルフが靴も脱がずに倒れ込んだのは午前八時五十七分のことだった。彼とフィンレーは互いに四百メートルと離れていないふたつの犯行現場で夜を明かしていた——証拠の保全、マスコミ封じ、目撃者の聴取、調書の作成。ウルフがアパートのまえまで送ってくれたフィンレーの車から降りたのは、市《まち》のほかの部分が仕事に取りかかる頃のことで、そのときにはもうふたりとも口を利くのもつらい状態だった。ウルフはただフィンレーの肩を叩いて車を降りた。

床に坐り、トーストを頰ばりながら、その日最初のアンドレアをテレビで見た。が、ずたずたになったエリザベスの死体のそばにひざまずく自分の写真を見て、すぐにテレビを消した。そのあとは寝室に向かい、眼を閉じると同時に眠りに落ちた。

腕をちゃんと医者に診てもらおうと思っていたのだが、午後六時にシモンズの電話で起こされるまで、一度も眼が覚めなかった。ターンブル市長の葬儀に関する話を少ししたあと、シモンズは前夜からの捜査の進展状況とマスコミがもたらす悪影響についてぼやくと、少しためらってからバクスターが突き止めた事実を伝えた。科研はチェンバーズの机の引き出しにはいっていた櫛から取った髪の毛のDNAと、ラグドールの右脚のDNAが完璧に一致したことをすでに報告していた。そして、最後にシモンズはウルフに思い出させた、捜査から抜けたくなったらいつ抜けてもいいぞ、と。

ウルフは電子レンジで冷凍のミートボール・パスタをつくった。が、シモンズと電話で話したあとは犯人の汚れたエプロンのイメージが頭から離れなくなった。〈コンプリート・フーズ〉の防犯カメラの不鮮明な映像を見ながら、あのエプロンを見て思ったことを思い出した。ナギブ・ハリドの形をしたあのラグドールがつくられるためには、いったい誰が死ななければならなかったのか。あのエプロンにこびりついているのは誰の血なのか。今、それがわかった。犯人にはチェンバーズが国を出るまえに彼を殺す必要があったということだ。

ウルフはテレビを見た。悪夢のようなあの写真はすでに何局かのテレビ局で共有され、どの局でもいわゆる〝識者〟が議論を展開させていた。ウルフがこの事件の捜査を主導していることは果たして適切なことなのかどうか。そんな番組を見たあとでは、とりあえず栄養が摂れそうな食べものを二口食べるのがやっとだった。残りをゴミ入れに捨てようと立ち上がったところで、インターコムのブザーが鳴った。自らに苛立ちを感じながらも、ウルフにはまだ窓のカーテンを開けることができなかった。開けていられたら、厚かましいレポーターであれ、不愉快なディナーの招待であれ、いちいち応対するまでもないのだが。不承不承、ウルフは応答ボタンを押してむしろ陽気に応じた。

「ウィリアム・フォークス――メディアのスケープゴート、男性モデル、生ける屍です」

「エミリー・バクスター――情緒障害、酔っぱらい女です。入れてくれない？」

ウルフは笑みを浮かべ、別のボタンを押すと、散らかったものをすばやくまとめて寝室に放り込み、ドアを閉めた。そうして玄関のドアを開けた。タイトなジーンズ、黒いショートブーツ、白のレースのトップという恰好のバクスターが立っていた。メイクはくすんだブルーのアイシャドー。甘い花の香水の香りが部屋の中に漂ってきた。ウルフに赤ワインを一本差し出して、バクスターは気が滅入るほどみすぼらしいウルフのアパートにはいってきた。

何年ものつきあいなのに、ウルフはカジュアルな装いのバクスターにいまだに慣れることができないでいた。こういう恰好をしていると、彼女はより若く、より繊細に、より優美に見える。死体や連続殺人鬼より、むしろダンスやディナーパーティに向いている人間に。

「椅子は？」と彼は尋ねた。

バクスターは家具も何もない部屋を見まわした。

「あるの？」

「できれば持ってきてほしかった」とウルフはユーモアのかけらもない口調で言った。

そして、〝ズボンとシャツ〟と書かれた段ボール箱を彼女のために部屋の中央に引きずってきて、別の箱の中から地味なワイングラスを見つけると、自分はその箱に坐り、それぞれのグラスにワインを注いだ。

「見るかぎり、まだ全然整理が……」バクスターはそこまで言ってあとはことばを濁した。

自分はどんなものにも触れたくないと言わんばかりに。それからウルフを見た。いつもながらしわくちゃのシャツにくしゃくしゃ頭だった。

「起きたばかりなんだ」とウルフは嘘を言った。「体がにおってる。シャワーを浴びないと」

ふたりはワインをそれぞれ一口飲んだ。

「もう聞いた？」とバクスターが言った。

「聞いた」

「あなたは彼の一番のファンというわけじゃなかった。それは知ってる。でも、彼はわたしにとっては大きな存在だった。わかる？」

ウルフは眼を床に向けたままうなずいた。こんなふうにふたりで話すのは初めてのことだった。

「だから、今日は見習い刑事の腕の中で大泣きしてしまった」と彼女は大いに自分を恥じるように言った。「そのことは死ぬまで忘れられそうにないわね」

「このことに最初に気づいたのはきみだってシモンズは言ってたけど」

「でも……見習い刑事の腕の中でよ！　あなたの腕の中なら全然かまわなかったけど」

重たい沈黙が流れた。ふたりとも心の中で自分たちのそういう姿を想像していた。お互いそれがわかった。その分沈黙はより長くなった。

「あなたがいてくれたらよかったんだけど」そのことばに居心地の悪いイメージがよりきわだった。彼女はくすんだブルーのアイシャドーを塗った眼で、ウルフの反応をうかがった。

ウルフは決まり悪そうに段ボール箱の上で体をもぞもぞさせた。その拍子に箱の中のガラスが割れた。バクスターは気前よく互いのグラスにワインを注ぎ足すと、上体をウルフのほうに傾けて言った。

「あなたには絶対に死んでほしくない」

呂律《ろれつ》がいささかおかしくなっていた。ここに来るまでにすでにどれぐらい飲んでいるのだろう、とウルフは思った。彼女は手を伸ばし、彼の手を握った。

「彼女はわたしたちのあいだに何かあるって思ってた。そんなこと、あなた、信じられる？」

それまでとはなんの関係もないその話題に応じるには、ウルフにしても少し時間を要した。

「アンドレアのことか？」

「決まってるでしょうが！　馬鹿げてる。でしょ？　でも、考えてみたら、わたしたちは不倫の否定的なところばかり見て悩んでたわけよ。それとは逆のことは少しも考えずに……肯定的なところは」

彼女はその大きな眼で彼をじっと見ていた。ウルフはそんな彼女の手から自分の手を引っ込めると、立ち上がった。バクスターは坐り直してワインをすすった。

「外に出て何か食べよう」と彼は食べることがなにより大切なこととでも言わんばかりに言った。

「お腹はあんまり――」

「すいてるとも！　ちょっと行ったところにヌードルの旨い店がある。そのまえにシャワーだけ浴びさせてくれ。五分でいい。そうしたら出よう」

ウルフはほとんど走るようにしてバスルームにはいった。タオルをはさんで、建てつけの悪いドアをきちんと閉め、できるだけすばやく服を脱いだ。

バクスターも立ち上がった。頭がふらふらしていた。よろよろとキチネットにはいり、グラスに残っていたワインを飲み干すと、水道の水をグラスに注いで飲んだ。三杯飲んだ。誰もいない向かい側のアパート——この悲惨な死の背後にいる首謀者が自らの作品を展示した場所——を見ながら。

そして、チェンバーズのことを思った。彼がイヴに電話をかけたときにはもう犯人に捕まっていたのだろう。そんな中、彼がどれほど必死に妻を守ろうとしたか。

水の流れる音が紙のように薄い壁越しにくぐもって聞こえてきた。

エリザベス・テイトが雨の中に横たわっている姿が頭に浮かんだ。彼女の手を握っているウルフの姿も。

ウルフの調子っぱずれのハミングが聞こえた。バスルームの中にいるせいでエコーがかかっていた。

彼女はウルフのことを思った。自分には彼を救えない。それは誰より自分が一番よく知っている……

バクスターは空《から》のグラスをシンクに置くと、電子レンジの扉のガラスに映して自分の顔を確かめてから、バスルームまで行った。心臓が早鐘を打っていた。その日二度目のことだ。

ドアとドア枠のあいだから光が洩れていた。鍵はかかっていなかった。かけられなかったのか、わざとかけなかったのか。彼女は錆びたドアノブに手を置いて、深く息を吸った……

ちょうどそのとき誰かが玄関のドアをノックする音がした。

バクスターはぐらぐらする金属の塊をつかんだまま凍りついた。ウルフはハミングをしながらシャワーを浴びている。まだなんにも気づいていなかった。ノックの音がまた聞こえた。今度は差し迫った叩き方になっていた。バクスターは低く悪態をつくと、玄関まで行ってドアを開けた。

「エミリー！」

「アンドレア！」

ふたりの女はぎこちない沈黙の中、立ち尽くした。お互いに次になんと言えばいいのかわからなかったのだ。ウルフが腰にタオルを巻きつけてバスルームから出てきた。寝室に行きかけ、そこでふたりの女がどちらも咎めるような眼つきで彼を見ているのに気づいて、立ち止まった。戸口で展開している厄介な無言劇を彼のほうも無言で見つめ返した。そのあとはただ首を振っただけで、そのまま寝室にはいってドアを閉めた。

「居心地のよさそうなところじゃないの」とアンドレアが礼儀と侮蔑を同等に混ぜ合わせた声音で言った。

「中にはいったら？」とバクスターは言うと、脇にさがり、防御姿勢を取るかのように腕を組んだ。「箱が要る？」

「立ってるわ」

バクスターはアンドレアがウルフのみすぼらしいアパートを点検するのを眺めた。いつもながら、うんざりさせられるほど完璧な装いで、歩くたびにブランド物のハイヒールのたてる音が苛立たしかった。

「ここは……」とアンドレアは言いかけた。

「でしょ？」とバクスターはアンドレアのことばをさえぎって言った。彼女としては眼のまえの裕福な女にだけはなによりはっきりさせておきたかった。自分の中流階級のアパートはこんなあばら家とは似ても似つかないことを。

「彼はどうしてこんなところに住んでるの？」とアンドレアは声をひそめて言った。

「それはあなたが離婚訴訟でとても上手に彼をやり込めたからでしょうが」とバクスターは皮肉っぽく言った。

「そういうことはあなたにはなんの関係もないことよ」とアンドレアはなおも小声で言った。

「それでも、言っておくと、わたしたちはフィフティフィフティで分け合ったのよ」

ふたりは同時に小さな部屋を見まわした。気まずい沈黙が流れた。

「それと念のために言っておくと」とアンドレアは続けた。「ウィルが退院したときにはわたしとジェフリーが経済的な援助もしたのよ」

バクスターは半分空《あ》いた赤ワインのボトルを取り上げて陽気に言った。

「いかが？」

「それがどういうものかによるわね」

「赤ワインよ」

「見ればわかるわ。わたしが訊いたのは、どこのワインかってこと」

「スーパーマーケットの〈モリソンズ〉の」

「そういうことじゃなくて……いいわ、遠慮しておく」

バクスターは肩をすくめると、また段ボール箱に坐った。


ウルフは服を着替えてから五分以上、おぞましい寝室の中でじっと佇《たたず》み、隣りの部屋で怒鳴り合いが静まるのを待った。バクスターは他人の不幸を食いものにしていると言ってアンドレアを詰《なじ》っていた。アンドレアはその告発に激怒していた。もちろんその告発には一理あったが。で、彼女は彼女で、酔っぱらっていると言ってバクスターを詰っていた。バクスターはその指摘に激怒していた。もちろんその指摘にも一理あったが。

ふたりの言い合いがウルフとバクスターの関係に及んだところで、彼はそれ以上隠れているのをやめて寝室を出た。

「こういうことはいつから続いてるの？」とアンドレアはふたりに対してぴしゃりと言った。

「おれとバクスターのことか？」とウルフはどこまでも意外そうに言った。「馬鹿なことを言うんじゃないよ」

「馬鹿なこと？」とバクスターが恥をかかされたように訊き返し、状況をさらに悪化させた。

「あなたがわたしのことを……そう、たぶん好きだということのどこが馬鹿なことなの?」

ウルフは顔をしかめた。次に彼が何を言おうと、それは誤った発言ということになる。それぐらいウルフにもよくわかった。

「馬鹿なことでもなんでもないよ。そういうことじゃない。おれはきみのことをきれいで、頭がよくて、とてつもなくすばらしい女性だと思ってる。それはきみだってわかってるだろうが」

バクスターはしたり顔をアンドレアに向けた。

「とてつもなくすばらしい?」とアンドレアは大きな声をあげた。「ウィル、そこまで言っておいて、それでも否定するの?」彼女はバクスターのほうに向き直った。「ということは、あなたは今はここに彼と住んでるわけ?」

「どれほど落ちぶれようと、こんな汚いところに住むつもりはないわ」酔いも手伝って、バクスターは言い返した。

「おいおい!」とウルフが言った。「確かに高級マンションとはいかないけど――」

「高級マンション? あばら家以外の何物でもないでしょうが」とアンドレアが嫌悪もあらわに言った。そこまで言ってしまったのには、ついさきほど何かべとつくものを踏んでしまったことも手伝っていた。「いい? わたしはただあなたたちには正直になってほしいだけよ。意味のあることを言ってほしいだけよ」

彼女はウルフに近づき、面と向かい合った。

「ウィル……」

「アンディ……」

「あなたたちはできてたの？」とアンドレアはおだやかな声音で尋ねた。

「できてなんかないよ！」とウルフは苛立って答えた。「きみはなんの理由もなくおれたちの結婚生活を投げ出したんだ！」

「実質的にあなたたちは何ヵ月も一緒に住んでた。それでいながらなんの関係もなかったなんてわたしに信じさせたいの？」

「ああ、おれたちはそれでちゃんとうまくやれてたんだよ！」とウルフはアンドレアの顔にことばを叩きつけるようにして怒鳴った。

そして、上着をつかむと、アンドレアとバクスターをあとに残してアパートを出ていった。ふたりのどちらかが口を開くまでかなり長い沈黙が流れた。

「アンドレア」とバクスターが低い声で呼びかけた。「あなたに悪い知らせを伝えることほど嬉しいこともないのだけど、彼とはほんとうに何もないのよ」

それで言い合いは終わった。何年にもわたる疑念と非難がその正直なひとことで消え去った。アンドレアは段ボール箱にくずおれるようにして坐った。バクスターがほんとうのことを言っているのがなぜかはっきりとわかり、ずっと信じ込んできたことには根も葉もなかったことに、呆然となっていた。

「ウルフとわたしは友達よ。それ以上じゃない」とバクスターはむしろ自分に言い聞かせるようにぼそっと言った。

そして、自分が救いようのない馬鹿になってしまったような気がした。自分とウルフとの明らかに複雑な関係の中で自分が混乱してしまっていたこと、チェンバーズの死のために何か安心できるものを得ようとしていたこと、一番の友を失うかもしれないという思いにひとりパニックになっていたこと。そのどれもが馬鹿げて思えた。

彼女は肩をすくめた。すべてを酒のせいにする必要があった。

「あの写真にウィルと一緒に写っている女性は誰なの？」とアンドレアが尋ねた。

バクスターはあきれたように眼をぐるっとまわしてみせた。

「名前は教えてくれなくてもいいわ」とアンドレアは弁解するように言った。「ただ……彼のよく知ってる人だったの？」

「ええ、とてもね。彼女のほうは彼の気持ちに値しない……」バクスターは言いかけたことを呑み込んだ。今はまだヴィジェイ・ラナ殺害に関する詳細を明かせるときではなかった。だから「彼のどんな気持ちにもね」と言うにとどめた。

「で、彼は今、どうにか耐えてるの？」

「正直なところ？　正直に言うなら、わたしはどうしてもこのまえのことを思い出しちゃうって言わざるをえないわね」

アンドレアはわかったというふうにうなずいた。自分たちの結婚生活がどんな終焉《しゅうえん》を迎えたか思い出すまでもなかった。

「彼はまたしてもすごく個人的なことに感じていて、耐えられないほどのプレッシャーを感じてる。それが彼をまた痛めつけてる」とバクスターは彼女だけが気づいている彼の変化をうまく伝えるのに苦労しながらも言った。

「でも、それは彼が自ら意図的にやっていることなのかどうか見きわめないと」とアンドレアは言った。「彼をわざと怒らせて、ほんとうに犯人を捕まえることに熱心なあまり、自分を救うことに集中することができなくなっているのかどうか——」

「犯人を捕まえることと彼が自分を救うことは同じことじゃないの？」

「とはかぎらない。そういうことができても彼はそうしない人よ」

バクスターは薄い笑みを浮かべて言った。「確かに」

「でも、いいかしら。わたしたちはこれとほとんど同じ会話を以前にもしてる」とアンドレアは言った。

バクスターの顔つきがいかにも警戒するような顔つきになった。

「心配しないで。わたしは魂の話なんかしたことはないし、これからもするつもりはないから。わたしの言いたいことは、こういうときには何をすべきかということについてはすでに結論は出てるってことよ」

「わたしのほうからシモンズにひとこと言えば、それだけでウルフはこの件からはずされる。でも、わたしにはそんな真似はできない」とバクスターは言った。「わたしが彼にしてほしいのは座して死を待つことじゃなくて、現場にいてくれることよ。それでたとえ彼が壊れてしまうようなことになったとしても」

「つまり結論はもう出てるってことね。だったら、今わたしが言ったことは彼には言わないで。できるかぎり彼のサポートをしてあげて」

「リストの中のひとりの命でも救えれば、それで犯人はそれほど完璧でもないことが証明できる。それはまったく望みのないことじゃない」

「わたしにできることは何かない？」とアンドレアは真摯に尋ねた。

バクスターはふとあることを思いついた。が、繊細な情報を世界じゅうのメディアに流したことで逮捕されたことのある女を相手に、これほど重要な問題を話し合うというのはいかにも危険なことだった。バクスターとしても、自らの死を演出するというガーランドの馬鹿げた考えを真面目に考えるつもりなど、もちろんなかった。とはいえ、いつもは足手まといになるマスコミを味方として利用することができるのなら、それはそれで一考に値することではないか。

アンドレアの口調はどこまでも真剣で、心からウルフのことを心配していることに疑念はなかった。バクスターは思った、もしかしたらアンドレアがこの策略を成功させるキーパーソンになってくれるかもしれない。

「ジャレッド・ガーランドを助けるのにあなたの手助けが要るかも」

「警察の捜査に協力しろって言ってるの？」

「あなたとあなたのカメラマンにね」

「話して」

アンドレアは途方もないバクスターの要求の行間を読んだ。今やロンドン警視庁はどれほど追い込まれているのか、そのことを公衆の面前にさらせば、イライジャはどれほど勝ち誇った顔をするか。アンドレアには容易に想像がついた。殺人の起こる前日の夕方にこのとんでもない話を公表するまで、アンドレアにうまく調子を合わせろなどと言ってくるかもしれない。

世間をミスリードするというのはレポーターにとっては自殺行為だ。その目的がどれほど高貴なものであれ。そんなレポーターをいったい誰がまた信用する？

会議室での嬉しそうな同僚の笑みが思い出された。誰もがエリザベス・テイトに感謝していた、あれほどまでに劇的に死んでくれたことに。まるでエリザベスは彼らのためにバスのまえに飛び出してくれたと言わんばかりだった。ウルフの死体にもきっと大喜びするであろう彼らの姿が眼に浮かび、アンドレアは両手をきつく握りしめた。彼らはすでに人生最悪の日に見舞われている彼女に〝いくらかのドラマ性〟をウルフの死に加味する役割まで期待してくることだろう。

そんな者たちに与《くみ》する気など彼女にはさらさらなかった。考えただけで胸がむかついた。彼女はバクスターに言った。

「やるわ」

16

二〇一四年七月三日（木）
午前八時二十五分

ウルフは午前九時のプレストン＝ホール医師の診察を受けるまえに本庁に立ち寄った。机についていて坐り、その拍子にすでにあふれ返っているゴミ入れを蹴飛ばしてしまい、悪態をついた。彼は誰も眼をつけていない空《から》のゴミ入れを探して、こっそりまわりを見まわした。いずこも同じだった。清掃業者の仕事量は彼の部署の仕事量に比例して増えているわけではなさそうだった。

整理整頓というささやかな仕事のあと、ウルフはフィンレーが非番にもかかわらず、骨の折れるウルフの観察記録を完成させてくれているのを見て感動した。その最初のページに付箋がつけられ、こんなことが書かれていた。

《なんたるクソみたいな仕事！　会議のときにまた。　フィン》

フィンレーの率直な気持ちを知っても医者は喜ばないだろうと思い、ウルフは付箋を取りはずすと、いっとき誰も坐っていないチェンバーズの机を見つめ、前日、バクスターらしくもなく取り乱したという彼女のそのときの様子を想像した。そこまで自分を見失った彼女を思い描きたくはなかったが。ふたりの長いつきあいの中で彼女がそんなふうになったのはただの一度だけだった。あの忘れられないシュールな日、ほかのどんなことより彼にはあのときの彼女の姿が強く記憶に残っている。

あの日、中央刑事裁判所の法廷内にバクスターが入廷できる余地はなかったのだが、彼女はハリド裁判の評決をウルフとともに聞くことに固執した。そのときにはウルフはすでに停職処分を受けており、彼の捜査チームの人間も全員、捜査が法的手続きへと移る過程をただ見守るしかなかった。ウルフとしてはそんな場面をわざわざ彼女に見せたくなかった。また、ストーク・ニューイントンにあるウルフとアンドレアの家に警察が急行したことが、でっち上げられた家庭内暴力物語をさらに煽ることになり、ふたりのあいだの亀裂は新聞の見出しを飾るまでになっていた。それでも、バクスターには何かコネがあったのだろう、結局のところ、宮殿のような大ホールで何時間も待つことだけは許されたのだった。

ウルフは陪審長の風貌を今でも鮮明に覚えている（ガンダルフを思わせる男だったのだ）。廷吏が評決を尋ねたときの様子も。しかし、それからあとはすべてが曖昧《あいまい》模糊《もこ》としている。恐怖に満ちた叫び声に、床の磨き剤のにおいに、白いワンピースに押しつけられた血まみれの手。

ただひとつはっきりと覚えているのは、容赦のない一撃を警備員に食らい、左手の手首に感じた激しい痛みだ。結局、左手の手首にはそのあと骨のかわりに金属が入れられることになった。覚えているのはその痛みと、そう、頬を伝う涙を拭おうともせず、混乱の只中《ただなか》に立ち、彼に繰り返し尋ねていたバクスターだ――「なんてことをしたの？」

彼が警察官の一団に取り押さえられているあいだ、彼女は血を浴びた女性の陪審員の腕を取り、安全な場所に誘導していた。その姿が重厚な両開きのドアの向こうに消えたとき、彼は思ったものだ――もう二度と彼女には会えないだろう。

ウルフの追憶は耳ざわりな機械音にさえぎられた。ファックスがバグったときにいつも聞こえてくる迷惑なうるさい音。見ると、バクスターがシモンズのオフィスでなにやら話し込んでいた。自宅のアパートを出たあと、彼女とはまだ一度も顔を合わせていなかった。彼が近所をほっつき歩いてアパートに戻ったときには、バクスターもアンドレアももういなかった。いささかうしろめたい気がしないでもなかったが、長年の確執の只中に身を置くには今は、それ以外に考えなければならないことが多すぎた。時間の無駄と思いながらも、彼は自分の観察記録を取り上げ、殺人課を出た。

プレストン゠ホール医師の診察は相変わらず少しも愉しいものではなかった。だから、かび臭い診察室を出られてウルフはほっとした。外の階段を降りると、イギリスの夏の霧雨が降っていた。まだまだ暑かったが、彼は白いシャツの上に上着を着ていた。彼の机の隅には、彼が同じ安っぽい服を着て嵐にあったときに、フィンレーがプレゼントしてくれた小さなトロフィーがまだ置かれていた――ミス・ウェットTシャツ：2013。その件以来、彼は着るものに関して少しは意識するようになっていた。

　本庁まで歩いて戻りながら、プレストン゠ホール医師に言われたことを考えた。彼女は彼が捜査の陣頭に立って受けている重圧についても、月曜日の診察以降、彼の眼のまえでふたりも人が死んだことが彼に与える影響についても心配していた。ただ、幸いなことに、チェンバーズの死についてはまだ彼女の耳に届いていないようだった。

　プレストン゠ホール医師の診察はフィンレーの報告と、公にされることのないウルフと医師とのこれまでのやりとりだけに基づくものでなければならないのだが、前日、ニュース番組を席巻したあの写真に関する話題を避けるなど、それはできない相談だった。

　だからプレストン゠ホール医師は、あの写真こそ本人が好むと好まざるとにかかわらず、ウルフが心療内科の治療を必要としているなによりの証拠だと言った。死んだ女性の手を握っている男の姿を見れば、そんなことは医者でなくても誰にでもわかると。この男は崩壊寸前だと。プレストン゠ホール医師はシモンズに電話しようかと思ったとも言った。ウルフには〝現在進行中の捜査においてもっとめだたないポジション〟――それが何を意味するにしろ――を与えることを助言するために。それでも、そう言ったあとは、いつものようにさっさと解放してくれた。来週の月曜日まで。

　ウルフが戻ると、刑事部屋にいる警察官の姿が半分ほどに減っていた。前夜、ギャング同士の抗争で、ティーンエイジャーがふたり刺し殺され、病院に運ばれた三人目も危篤状態にあるという事件が起きていた。そのことはロンドンという市《まち》がこれまでどおり動いていることを人に思い出させた。ラグドール殺人事件も、予告殺人も、生き残るためのウルフの闘争も、事件に無関係の数百万の市民にとっては、世間話の中の興味深い話題のひとつにすぎない。そういうことだ。

自分の机に戻ると、メモが彼を待っていた。予告殺人リストで四番目に名前の挙がっている警備員のアンドルー・フォードが、前日の朝からウルフとじかに会って話をしたがっていた。時間が経つにつれ、フォードは警護の警察官にとって扱いにくい男になっているらしく、それにはウルフのかわりにまずバクスターが対応したようだが、どうやら奏功しなかったらしい。

シモンズに会議室に招集されると、ウルフはバクスターの隣りの席に坐った。バクスターはつまらなさそうな顔に暗いメイクという、いつもの近寄りがたいバクスターに戻っていた。

「おはよう」とウルフは気楽に声をかけた。

「おはよう」とバクスターは彼と眼を合わせようともせず、ぶっきらぼうに応じた。

ウルフはあきらめてかわりにフィンレーに話しかけることにした。

1. (頭部) ナギブ・ハリド。〝火葬キラー〟
2. (胴体) ――?
3. (左手) プラチナの指輪、法律事務所?

4.（右腕）マニキュア?
5.（左脚）――?
6.（右脚）ベンジャミン・チェンバーズ警部補

A　~~レイモンド・ターンブル~~（市長）
B　~~ヴィジェイ・ラナ／ハリド~~（ナギブ・ハリドの兄／会計士）
C　ジャレッド・ガーランド（ジャーナリスト）
D　アンドルー・フォード（警備員／アルコール依存／厄介者）
E　アシュリー・ロクラン（ウェイトレス）または（九歳の少女）
F　ウルフ

シモンズ、バクスター、フィンレー、ウルフの四人全員がそのリストを無言で見つめた。熟視することでインスピレーションが湧き、互いの明らかな関連性が見えてくることを期待するかのように。彼らは最初の二十分は輪になって全員で議論した。シモンズはほかの三人から捜査の進捗状況を聞き取り、ほとんど解読不能な筆跡でフリップチャートに書きなぐった。彼がそういう書き方をすることが捜査の進捗状況をいみじくも語っていた。ほとんど行きづまっていることを。

「火葬殺人が鍵であることはまちがいありません」とフィンレーがシモンズに言った。「ハリド、彼の兄、それにウィルの名が挙がってるかぎり……」

「ハリドの兄は裁判にはなんの関係もなかった」とシモンズは言ってリストに注釈を加えた。

「法廷にも来てなかった」

「エドマンズが帰ってきたら、何かわかるかもしれませんけど」とフィンレーは言って肩をすくめた。

「いいえ、それは望み薄ね」とバクスターが反論した。「エドマンズは指輪の持ち主二十二人に連絡を取ったんだけれど、ハリドの裁判に関係していた人はひとりもいなかった」

「でも、ベンは関わってた。そうだったよな？」とフィンレーは尋ねた。

ベンジャミン・チェンバーズの名前が出たことで、反射的にぎこちない沈黙ができた。フィンレーは亡くなった同僚の名を言ったそばから後悔した。それでも、チェンバーズが謎のひとつであることに変わりはなかった。

「チェンバーズは関わっていた。でも、そういうことを言えば、この部屋にいる全員がそうよ」とバクスターは感情を込めることなく言った。「でも、たとえそうであっても、リストにあるほかの人間はどう関わってくるの？」

「ほかの人間の背景はどれぐらいわかってるんだ？」とシモンズが尋ねた。

「できることはすべてやってますが、もっと応援が要ります」とバクスターは言った。

「これ以上は無理だ」とシモンズは苛立たしげに言った。「すでにこの部署の三分の一の人員をあててるんだから。これ以上は割り振れない」

バクスターは固執しなかった。シモンズがすでにどれほどのプレッシャーを感じているか、それは彼女にも容易に知れた。

「フォークス、珍しくおとなしいな。何か考えてるのか？」とシモンズはウルフに尋ねた。

「ハリドの裁判が今回の事件の鍵だとすれば、だったらどうしておれがリストに挙がってるんです？　犯人は火葬キラーの死を望んだ上、どうして火葬キラーの犯行を阻止しようとした人間の死も望んでるんです？」

その質問には誰も答えられなかった。

「もしかしたらただ単に有名な事件だったからなのか」とフィンレーが言った。「もしかしたらベンはすでに何かでかい件《ヤマ》を嗅ぎつけていたのか」

「ありえないことじゃない」とシモンズは言った。「調べてみてくれ」

そこへエドマンズが見るからに興奮して、汗みずくになって飛び込んできた。そして誇らしげに言った。

「指輪の持ち主がわかりました。マイケル・ゲーブル＝コリンズという男です。〈コリンズ＆ハンター〉法律事務所のシニア・パートナーです」

「〈コリンズ＆ハンター〉の？　ハリド裁判との関連は？」とフィンレーが尋ねた。

ウルフはただ肩をすくめた。

「歳は四十七、離婚歴あり。子どもはいません。興味深いのは、先週の金曜の正午に開かれたパートナー同士のランチ会議に出席していることです」とエドマンズは続けた。

「ということは、その会議とラグドール発見までのあいだにはほぼ十二時間の空白しかなかったということか」そう言って、シモンズはリストにその名を書き加えた。

「だけど、ハリド裁判には関与してなかった」とフィンレーは苛立たしげなバクスターのため息を無視して言った。

「それはまだ捜査中ですが、今のところ直接的な関連は見つかってません」とエドマンズは言った。

「ということは、犠牲者の関連性については進展があったとは言えないわけか」とフィンレーは言った。

「それでもやはりあの裁判が鍵です」とエドマンズは遠慮なく言った。

「だけど、おまえさんは今直接の関係はないと言ったじゃないか」

「あるはずです。全員あるはずです。まだそこまでわかってないだけで。ハリドが今度の事件の鍵です」

「だけど——」とフィンレーはさらに反論しかけた。

「捜査だ、捜査だ」とシモンズはフィンレーのことばをさえぎり、時計を見た。「ジャレッド・ガーランドが要望を出してきた。自分の警護はバクスター刑事を責任者にしてやってほしいと。このことについてはもうバクスターと話し合った。で、結論は、彼女の要望には全員どんなことでも応えてほしい、ということだ」

「待った、待った、ちょっと待ってください！」とウルフが言った。

「彼女にはこれからすぐ任務にあたってもらい、明日までガーランドについてもらう。フォークス、彼女がいないあいだはおまえが彼女の仕事を引き継いでくれ。それで文句はないはずだ」とシモンズは断固たる口調で言った。

「おれもガーランドと一緒にいる必要があります」とウルフは言った。

「言わなくてもわかると思うが、今朝おれのところにさるお方から電話があった。そんな電話があったのに、おまえはまだここにいるわけだ。おまえに唯一必要なのは、そのことにひたすら感謝することだ」

「おことばですが、警部、ぼくはウルフに同意します」とエドマンズが脇から声をあげた。その堂々たる声音に誰もが驚いた。バクスターなどエドマンズに何かぶつけかねない顔をしていた。「犯人はウルフに挑戦状を叩きつけているわけです。こっちが出方を変えたら、向こうはどう反応するか、それは予測不可能です。犯人はそのことを侮辱と取るかもしれません」

「それで大いにけっこうだ。侮辱と取ってくれたらむしろおれは嬉しいよ。もう決めたことだ」

エドマンズは首を振って言った。「おことばですが、それは誤った結論です」

「おれはおまえみたいに泥棒ごっこに関する博士号は持ってないかもしれないがな、エドマンズ。おまえが信じようと信じまいと、これまで殺人事件を何件か手がけたことがあるんだよ」とシモンズはぴしゃりと言った。

「でも、それは今回のような事件じゃなかったはずです」とエドマンズは食い下がった。

エドマンズがいつまでも引き下がろうとしないので、フィンレーもバクスターも居心地が悪そうに椅子の上で体をもぞもぞさせた。

「もういい！」とシモンズは最後に怒鳴った。「おまえはここじゃまだ見習いだ。そのことを忘れないように。誰がベビーシッターについていようと、犯人はこの土曜にジャレッド・ガーランドの命を狙ってくる。なのに、ガーランド本人が、バクスターがベビーシッターじゃないと、おれたちが警護に関わることそれ自体、同意しないと言ってきてるんだ。バクスター、フォークスに今日きみがやることになってた仕事を教えて引き継げ。頭痛の種をありがとう、紳士淑女の諸君。あとはとっとと仕事にかかれ！」

会議がそんなふうに終わると、エドマンズはバクスターのところへ話しにいった。

「この大馬鹿」と彼女は歯の隙間からことばを押し出すようにして言った。「いったいどうしたの？」

「ぼくはただ――」

「これはわたしにとって大きな大きな仕事なのよ。あなたにわたしの能力を疑われたり、ボスのまえでわたしを貶《おとし》めたりされなくても、最初から大変な仕事なのよ」

バクスターはウルフが戸口に立って待っているのに気づいた。彼女とふたりだけで話したそうにしていた。

「このあと今日やるべきことはわかってるわね？」とバクスターはエドマンズに言った。

「はい」

「だったら、あなたから彼に説明して」

そう言って立ち上がると、バクスターはウルフに挨拶をすることもなく部屋を出ていった。エドマンズとしては弱々しい笑みをウルフに向けることしかできなかった。

「今日のきみのマニキュアの具合は？」とウルフはエドマンズに言った。


ウルフは検死医に電話をして、身元の判明している三つの死体に関して何かわかったことはないかどうか尋ねた。検査中で、捜査に役立ちそうなことはまだ何も提供できないというのが向こうの返事だった。彼はどこかの時点でアンドルー・フォードに会いにペッカムまで行かなければならなかったが、バクスターが殺人課を出るまえに彼女と話をしておきたかった。だからそのタイミングをうかがっていた。

すると、エドマンズがいきなり彼の机のところにやってきて、いつまでも居坐った。バクスターはもう三十五分もシモンズのオフィスにいて、彼女と共有している机は今空いているにもかかわらず。明らかにエドマンズはウルフと話をしたがっていた。が、ウルフのほうはバクスターの動向に気を取られ、エドマンズの話をあまり真面目に聞いていなかった。

「で、思ったんです」とエドマンズは言っていた。「犯人はやり方が丹念で機略縦横で頭がいい。ヘマと呼べるようなことをまだ一度もしてません。それで思ったんです——もしかしたら、犯人はこういうことを以前にもしたことがあるんじゃないかと。考えてみてください。

この犯人はこのアートを完成させるのに――」

「アート？」とウルフは疑わしげに訊き返した。

「犯人は自分のしていることをそう思っているはずです。これまでの殺人がどれもおぞましいものであることは否定できませんが、それにもかかわらず、犯人は明らかに雄弁で、印象的です」

「印象的？」とウルフは言って、馬鹿にしたように鼻を鳴らした。「エドマンズ、きみが犯人なのか？」ウルフは真顔でそう尋ねた。

「ぼくは昔の資料を見てみたいんです」このエドマンズのことばはウルフの関心を惹いた。

「たとえば、近づくことさえむずかしい人物が尋常ではない手口で、手足胴体を切断されて殺された事件とか。そういうところに何か手がかりが残されてるんじゃないかって気がするんです」

エドマンズは彼のその考えをウルフは支持してくれると思っていた。眼のつけどころだけでも誉めてくれるのではないかと。ところが、ウルフはいきなり腹を立てた。

「フルタイムでこの事件に関わっているのは四人だけだ。たったの四人だけだ！　人が次々に死んでるというのに、きみは干し草の山から一本の針を見つけるお遊びをさせてもらえるなどとほんとに思ってるのか？」

「いえ、ぼくは――ただ、その、何か、その、できないかと……」エドマンズはしどろもどろになった。

「だったら自分に任された仕事をちゃんとこなせ」ウルフは噛みつくようにそう言うと立ち上がり、刑事部屋を走って、シモンズのオフィスから出てきたバクスターを捕まえ、声をかけた。

「ヘイ」

「あなたの要望は却下よ」

バクスターはファイルを手に持ち、自分の机に向かいかけた。

「もしかしてゆうべのことが関係……」

「……してないわ」

会議室のまえを通り過ぎたところで、ウルフはいきなりバクスターの手をつかんで会議室の中に引きずり込んだ。そばにいた者たちが怪訝な眼を向けても意に介さなかった。

「何をするの！」とバクスターは怒鳴った。

ウルフは会議室のドアを閉めた。

「ゆうべは悪かった。勝手にひとりで出ていってしまって。おれたちにはまだ話し合うことがあったのに。ただ、おれは彼女にはとことん頭に来てたもんだから……それでもきみを彼女とふたりだけにして置き去りにするべきじゃなかった。悪かった」

バクスターは見るからに苛立っていた。

「少しでも覚えてくれてるだろうか、おれがきみのことをきれいで、頭がよくて……」

「……〝とてつもなくすばらしい女性〟。あなたがそう言ったことは覚えてる」と彼女は含み笑いをしながら彼に思い出させた。

「そう、とてつもなくすばらしい女性だ」とウルフはうなずいて言った。「それがあいつには気に入らなかった。だろ？」

バクスターは笑みを広げて言った。「そう、彼女にはそれが気に入らなかった」

「なあ、ガーランドの件はおれにも手伝わせてくれ。エドマンズとはあと一秒だって一緒にいたくない。あいつはさっきおれにマニキュアを塗ろうとしたんだぞ！」

バクスターは声をあげて笑った。「でも、駄目よ。ノーサンキューよ」

「エミリー、この件ではきみがボスだ。だからきみに命じられたらなんでもするよ」

「駄目。あなたも少しは人の言うことを聞きなさい。シモンズが言ってたことはあなたも聞いたでしょ？　彼はもう少しであなたをこの件からはずそうとした。それも完全に。いいからあきらめて」

ウルフは必死だった。

「どいてもらえる？」とバクスターは部屋を出ようとして言った。

ウルフは戸口からどこうとしなかった。「きみはわかってない。おれには手助けする必要があるんだ」

「どいて」と彼女は今度は語気を強めて言った。

ウルフは彼女の手からファイルをつかみ取ろうとした。ふたりのあいだでプラスティックのフォルダーが曲がり、押しつけられ、ひび割れたような音をたてた。バクスターはこんなふうになったウルフをまえに見ていた。火葬キラーの捜査のときに。何かに取り憑かれたようになるのだ。そうなるともうバクスターにしても理解不能だった。敵と味方の区別もつかなくなるウルフは誰にも理解不能だった。

「放して……ウィル」

バクスターはこれまでウルフをファーストネームで呼んだことは一度もなかった。彼はしっかりとガーランドの捜査ファイルをつかんでいた。彼女の力では放させることができなかった。もう誰か助けを呼ぶしかなかった。そうすれば、すぐ二十人ほどの警察官が部屋に飛び込んできて、ウルフを連れ出し、しかるのちウルフは捜査からはずされるだろう。バクスターは思った——自分はまちがったことをしてしまったのだろうか？　ウルフが限界に達していたサインは出ていたのに。それを無視してこんなに引き延ばしてしまったことで。彼女としてはただ彼を助けたかっただけだった。しかし、もう充分だ。

「ごめんなさい」と彼女は囁くように言った。

そう言って、ドアのすりガラスの部分を叩こうと自由が利くほうの手を上げた。そこへちょうどエドマンズがはいってきた。うっかり開けたドアがウルフの背中にあたった。

ウルフはフォルダーをつかんでいた手を放した。

「すみません」とエドマンズは謝ってからすぐに続けた。「アンドルー・フォードのことでカスターニャ巡査からあなたに電話がかかってます」

「こっちからかけ直すと言っといてくれ」とウルフは言った。

「今にも窓から飛び降りかねないんだそうです」

「カスターニャかフォードか、どっちが？」

「フォードです」

「逃げようとしてるのか、自殺しようとしてるのか？」

「五階にいるそうで、可能性としては五分五分ですね」

ウルフはにやりとした。バクスターは彼がまた通常の皮肉屋に戻ったことにほっとした。

「わかった。すぐ行くと言ってくれ」

そう言うと、ウルフはやさしげな笑みをバクスターに向け、エドマンズについて部屋を出た。バクスターはすりガラスの向こうにその姿が見えなくなるまで待ってから深々と息を吐き、倒れたりしないうちにしゃがみ込んだ。頭がくらくらしていた。きわめて重大な決断をしたのに、結局のところ、どっちつかずのままになってしまった。そう思うと、すべての感情が体から流れ出てしまったような気がした。誰かが部屋にはいってくるまえに立ち上がると、息を整え、刑事部屋に戻った。

17

二〇一四年七月三日（木）
午後三時二十分

　ウルフはペッカム・ライ駅まで地上を走る列車で行かなければならなかった。そのことが彼にはわけもなく大仕事に思え、その労力に報いる自分への褒美に、スキニー・マキアートのダブルを無糖シロップ入りで頼んだ。が、うしろの男が「コーヒー、ブラックで」と注文するのを聞いて、なんだかやけに自分がめめしい男になってしまったような気がした。

　近辺にあるすべてを誇らしげに見下ろしている塔のような三棟の公共住宅をめざして、大通りを歩いた。近隣の住民は少しでもチャンスがあれば、その目ざわりな建物を取り壊したがってるのに、建物自体はそんなことにはまるで気づいていないかのようだった。あるいは、気づいていてもそういう環境に努めてくじけないようにしているように見えた。ただ、そのどこまでも奇怪な建造物の設計者は、少なくともその建造物を完璧に〝みじめで、霧のようにくすんだロンドンの空の灰色〟で塗ってくれていたので、一年のうち三百三十日ぐらいはほとんど透明になり、誰もそれを見ないですんだ。

〝シェイクスピア・タワー〟と名づけられた建物に近づいて、ウルフは思った。偉大な詩人は自分の名がその建物につけられていることをどれほど名誉に思っていることだろう？　なじみのある景色と音にはため息をついた。十ばかりの赤い十字の旗が、頼りにはなっても失望もさせられる、この偉大な国の十一人のサッカー選手に対する忠節を示して、窓から垂らされていた。スタッフォードシャー・テリアかジャーマン・シェパードと思《おぼ》しい犬が一五〇センチほどの高さのところにあるバルコニーから吠えていた。雨の中、悪臭を放つ下着が干され、それがまるでグロテスクなモダンアートのように見えた。

もしかしたら、ウルフを偏狭な階級差別主義者と非難する人もいるかもしれない。しかし、そういう人は、市《まち》全体に広がる、ここと同じような建物で勤務時間の半分も過ごしたことがない人だ。ウルフは自分にはこういう場所を忌み嫌う権利が誰よりもあると思っていた。

正面玄関に近づくと、建物の裏から叫び声が聞こえてきた。ウルフは塔のような建物の脇を歩いて裏にまわって、驚いた。ヴェストにパンツだけという恰好の薄汚れた男が頭上のバルコニーにぶら下がっていた。ふたりの警察官がどうにか男を引き上げようとしていたが、すぐには引き上げられず、難儀をしていた。ほかの住人も何人か自分のアパートのバルコニーに出てきており、落下の瞬間を見られる幸運が舞い込んだら、即座に対応できるよう携帯電話を構えていた。ウルフはむしろ面白がってそのおぞましい光景をしばらく眺めた。すると、パジャマ姿の女の住人のひとりに気づかれてしまった。

「あんた、テレビで見たけど、あの写真の刑事さんじゃないの？」とその女はハスキーな声で訊いてきた。

ウルフは詮索好きの女を無視した。バルコニーにぶら下がっていた男は叫ぶのをやめ、下で呑気にコーヒーを飲んでいるウルフをとくと見た。

「あんたがアンドルー・フォードかな？」とウルフのほうから声をかけた。

「フォークス刑事？」とフォードは訊き返した。強いアイルランド訛りがあった。

「そうだ」

「あんたと話したい」

「了解」

「上がってきてくれ」

「了解」

ウルフはぶっきらぼうにそう言って、正面玄関のほうにまわった。フォードはぶざまな恰好のまま手すりを乗り越え、バルコニーに戻った。ウルフはフォードのアパートのある階までのぼった。ドアのまえに魅力的なアジア系の女性警官が立っていた。

「お会いできて光栄です」と彼女は言った。

そう言って笑みを浮かべると、前歯が一本折れていた。ウルフは怒りを覚えた。

「あの男にやられたのか？」と彼は自分の口を指差して言った。

「わざとじゃないです。暴れまわってたんですが、放っておけばよかったんです。わたしの愚かなミスです」

「フォードは警備員になるにはちょっと情緒不安定すぎないか？」

「この一年はなんの職にも就いていません。基本的に今は飲むかわめき散らすかといった暮らしのようです」

「働いてたときにはどこで働いてたんだ？」

「〈ディベンハムズ・デパート〉だったと思います」

「おれにどんな用があるんだろう？」

「あなたのことを知ってるって言ってます」

ウルフはそこでふと思った。「以前おれが逮捕したことがあるとか？」

「そうみたいですね」

女性警官は取り散らかったフォードの部屋にウルフを案内した。廊下にはＤＶＤや雑誌が散乱し、寝室はもうゴミ捨て場と変わらなかった。豚小屋のような居間の床は安いウオッカの壜とアルコール度の高いビールを詰めた箱で覆い尽くされていた。ただひとつ置かれたソファには焼け焦げだらけのキルトが掛けられ、部屋には汗と嘔吐物と灰とゴミのにおいが充満していた。

アンドルー・フォードはウルフより十歳若いはずだが、見かけはウルフより老けていた。禿げかけた頭のところどころにもじゃもじゃの髪が生え、いかにも不健康な体型をしていた。痩せているのに明らかなビール腹だった。肌の色は黄ばんでいて、黄疸《おうだん》を思わせた。ウルフは挨拶のしるしに手を振った。ここまで汚い男とはさすがに握手をする気になれなかった。

「ロンドン警視庁の警察官にして、ラグドール連続殺人事件の主任捜査官……ウィリアム〟

オリヴァー・レイトン＝フォークス部長刑事」とフォードは興奮気味に台詞を読み上げるように言い、小さく拍手までした。「だけど、普通はウルフ、だよね？　かっこいい名前だよ。あんたは羊の中の狼ってわけだ、だろ？」

「あるいは豚の中の」とウルフは不潔きわまりない部屋を遠慮会釈なく示して言った。

一瞬、フォードはウルフに襲いかかるのではないかというような形相になったが、かわりに笑いだした。

「あんたはなんたってお巡りさんだもんな。言いたいことはよくわかるよ」とフォードは言った。ウルフの言いたいことなど何もわからなかっただろうが。

「おれと話がしたいってことだったね」とウルフは内心こっちの担当もバクスターが引き受けてくれたらよかったのにと思いながら言った。

「だけど、それはあんたひとりとだ……」とフォードは言い、そのあとは叫んだ。「こんな豚と一緒じゃなく！」

ウルフはふたりの警察官に黙ってうなずいた。ふたりは部屋を出ていった。

「おれたちは戦友みたいなもんだ、だろ？」とフォードは言った。「おれたちは法の世界のまっとうな紳士だ」

ウルフは〈ディベンハムズ〉で働いていたこの男と〝法の世界の紳士〟とのあいだにいかなる関連性も見いだせなかったが、やり過ごした。それでも段々苛々してきていた。

「いったいどういうことを話したいんだ？」と彼は尋ねた。

「おれはあんたを助けたいんだよ、ウルフ！」とフォードは頭をのけぞらせるようにして吠えた。

「それはどうかな」とウルフは言った。

「あんたは大切なものを見逃してる」とフォードは気取って言った。「すごく大切なものをな」

ウルフはフォードがさきを続けるのを待った。

「おれはあんたが知らないことを知ってるんだよ」とフォードは子どもっぽくさえずった。力を手にしたつもりになった者が慣れない立場に立ち、ひとり悦に入っていた。

「あんたが殴って歯を折ったあの可愛い女性警官が……」

「あのインド人？」とフォードは撥ねつけるような仕種《しぐさ》をして言った。

「……あんたはおれを知ってると彼女は言ってた」

「ああ、知ってるとも、ウルフ。だけど、あんたのほうはおれを覚えてない、だろ？」

「だったらヒントをくれ」

「おれたちは同じ部屋で四十六日間過ごした。だけど、一度も口を利かなかった」

「ほう」とウルフはあいまいに応じて、ふたりの警官がそう遠くまで離れてしまってはいないことを内心祈った。

「おれもずっとデパートで働いてたわけじゃない。まっとうな人間だったこともあった」

ウルフには話の向かう先がまるで読めなかった。

「でもって、見るかぎり、あんたはおれがそのときやったものを今でも身につけてる」

ウルフは自分が着ているシャツと穿いているズボンを訝しげに見てからポケットを叩き、腕時計をちらっと見た。

「近い！」とフォードは言った。

ウルフはシャツの袖をまくった。左腕のひどい火傷の痕があらわになった。それにデジタルの安物の腕時計も。去年のクリスマスの母からのプレゼントだった。

「近い、近い、近い！」

ウルフは腕時計をはずした。今度は手首に走っている白い傷痕があらわになった。

「あのときの被告席担当の警備員か？」とウルフは食いしばった歯の隙間からことばを押し出すようにして言った。

フォードはすぐには答えず、盛大に顔をこすると、ウオッカを取りにキッチンへ行った。

「なんだか軽蔑してるみたいな言い方だな、それは」とフォードは戻ってくるとわざと憤慨したようなふりをして言った。「いかにも小生アンドルー・フォードは火葬キラーの命を救った男だ！」

そう言ってぐびぐびとウオッカをラッパ飲みした。こぼれなかったウオッカが顎から垂れた。

「おれがあんたをあの男から引き離すという英雄的な行動を取らなかったら、あいつはあの最後の女の子を殺すまで生きられなかった。そう、まさにおれはセント・アンドルーだな！

おれの墓石には是非ともそう彫ってもらいたいね。聖アンドルー、子殺しの弟子って」

そう言うと、フォードは泣きだした。そして、ソファの上にくずおれるように坐り込むと、不潔きわまりないキルトを頭にかぶった。その拍子に不安定なままソファに置かれていた灰皿が床に落ちた。

「そう、そういうことだ。あの二匹の豚はどこかへやってくれ。助けは要らない。ただ、おれはあんたに言いたかっただけだ……いくらかでもあんたの助けになろうと思っただけだ」

ウルフはフォードを無言で見つめた。その哀れな生きものはまたウオッカをラッパ飲みすると、テレビをつけた。ウルフは部屋を出た。テレビから子ども向け番組のオープニングテーマが大音量で流れだした。

アンドレアは宇宙船の船長みたいな恰好をしたカメラマンのローリーがエイリアン（どう見てもローリーの友達のサムだった）の首を〝パルス棒〟なるもの（アルミフォイルをかぶせたスティック）で刎《は》ねたのを見て、度肝を抜かれた。切り株のようになったところから緑色のどろっとしたものが盛大に噴き出し、胴体のほうは派手に苦しんで見せたあと、最後に動かなくなった。

そこでローリーが停止ボタンを押して言った。

「どう思う？」

ローリーはいささか肥り気味で、濃い赤ひげに人なつっこい笑みの持ち主で、歳は三十代半ばながら、いつもだらしのないティーンエイジャーみたいな恰好をしている男だった。

「血が緑なんだけど」とアンドレアはむごたらしいビデオにまだ呆然としながらも言った。

低予算でつくられたのだろうが、それでもインパクトはあった。

「〝クルーター〟っていうんだ……エイリアンのことだけど」

「ええ。よくやってくれてると思うけど、でも、バクスターにはやっぱり赤い血を見せる必要があるんじゃないかしら。彼女を引き込むなら、血はやっぱり赤でないと」

アンドレアはローリーのフィルムスタジオ〈スターエルフ・ピクチャーズ〉――ブロックリー駅の裏手にある貸しガレージ――でバクスターをガーランドと引き合わせる手筈を整えていた。前夜、バクスターとアンドレアが話し合った計画とは関係なく、アンドレアとガーランドとローリー、それに共同プロデューサー兼俳優兼ローリーの親友のサムは、バクスターがやってくるのを待つあいだを利用して、人の死をでっち上げる最善策を今もまだ模索していた。

〈スターエルフ〉のカタログには、十通りの死のシーンが載っていたが、内臓を抉《えぐ》り出すのはむずかしく、首を刎ねるのはいささか過剰で、爆発は失敗する可能性が高い（現にスタジオにはサムの足の親指がピクルスの容器に入れられ、飾られていた）という結論に達し、やはり胸に銃弾を一発、という線で行くことはすでに決まっていた。

四十分遅れて慌ててやってきたバクスターは、ローリーとサムが銃撃のリハーサルでガーランドを喜ばせているのを見ても、少しも喜べなかった。だからそのあと十五分ばかり議論になった。その議論の中でガーランドは反対するならひとりでやるとバクスターを脅した。これには彼女としても相手の言い分を聞くあいだだけは怒鳴るのをやめると渋々同意するしかなく、しばらく黙って疑わしげにスタジオ内を見まわした。彼女が〈スターエルフ〉の制作能力に疑問を覚えているのは明らかだった。ピクルスの容器に入れて飾られているものにまだ気づいていないにもかかわらず。

「あんたが心配するのはわかるよ。でも、おれたちはちゃんとできるって」ローリーが売り込み用の映像を用意しながら、バクスターに言った。ふたりは五日前に出会っていた。バクスターが過《よぎ》ってローリーの大切なカメラをケンティッシュ・タウンの舗道に落とさせたときに。ただ、ローリーというのはそういうことをあまり根に持たないタイプで、今はこの秘密指令にひたすら興奮していた。

そんな彼女とサムはふたりがかりで動きを交え、熱心にバクスターに説明した――世界じゅうの映画や舞台で利用されている信じられないほどリアルなこの特殊効果には、偽物の血を詰めて服の下に隠した薄い袋（たいていはコンドーム）が利用され、その袋には〝スキブ〟と呼ばれる小さな爆薬（この爆薬の見かけがダイナマイトに似ているのはなんとも悩ましいことながら）が仕込まれ、それが爆発して、偽物の血をぶちまける。爆薬を発火させるのには、自分たちはローリーが自分で開発し、強力化した時計用の電池を使う。ガーランドにはぶ厚いゴムのベルトを巻いてもらう。火傷をしたりしないように……

アンドレアが電話をかけに外に出ているあいだに、ローリーはガーランドを撃つことになるグロック22を取り出した。ただ、見るからに扱いに慣れていないようで、ポテトチップスの袋でも渡すかのようにその重たい拳銃をガーランドに差し出した。ガーランドのほうも銃にはなじみがないようで、持たされても嬉しそうな顔はしなかった。点検するのもいかにも素人くさく、少しも疑うことなく無邪気に銃口をのぞくさまを見て、バクスターはぞっとした。

「本物に見えるけど」とガーランドは言って肩をすくめた。

「本物だからさ」とローリーは嬉しそうに言った。「本物じゃないのは弾丸《たま》のほうだ」

そう言って、ガーランドの手のひらに空砲を何発か置いた。

「ただカートリッジに火薬は詰められてる。それで銃口からは火が噴いて、音も鳴る。ただ、カートリッジに弾丸はついてない」

「でも、普通、小道具用の銃は撃針も取り除いてあるんじゃないの？」ガーランドに銃を向けられ、反射的に身を屈めながら、バクスターは言った。

「そう、たいていはね」とローリーは答えた。バクスターの真の疑問には答えることなく。

「でも、この銃は？」とバクスターは確答を求めて念を押した。

「そう、この銃はそうじゃない」

バクスターは頭を抱えた。

「でも、法には全然違反してないからね」とローリーは弁解するように言った。「所持免許は持ってるから。それにやり方もちゃんとわかってる。安全性は百パーセント保証するよ。

見て……」

彼はそう言って、ビデオカメラを調整しているサムのほうを向いて尋ねた。

「撮ってる?」

「何?」とサムは怪訝な顔で訊き返した。

警告も何もなく、ローリーは安全装置をはずして引き金を引いた。耳を聾せんばかりの音がして、サムの胸から赤黒い血が噴き出した。びっくりしたアンドレアが外から中に飛び込んできた。バクスターとガーランドは血だまりがみるみる広がるのを恐怖に眼を丸くして見つめた。サムは手にしていたドライヴァーを放ると、ローリーに向かって顔をしかめて言った。

「さきにTシャツを着替えようと思ってたのに」そう言うと、またカメラの調整に戻った。

「すごい!」とガーランドが興奮して言った。

全員が期待してバクスターの顔をうかがった。バクスターの顔は相変わらず冷めたままだった。

彼女はガーランドに言った。「外でふたりだけで少し話せない?」

話が洩れないよう、バクスターは自分の車に乗るとドアを閉め、助手席の上にのっていたものを全部床に落として言った。

「はっきり言っておきたいんだけど、わたしはあなたの死をでっち上げようなんて思ってない。こんな馬鹿げた話、聞いたこともない」

「そうは言っても――」

「わたしには計画がある。わたしがあなたに言ったのはそれだけよ」

「でも、きみは――」

「わたしとあなたはすでにあのガレージにいる人たちを信用しすぎてしまってる。想像できる？　ロンドン警視庁は人々の命を守るために偽の死をでっち上げることに加担してしまったなんてことがひとことでも外に洩れたら、いったいどういうことになるか？」

「今きみが言ったセンテンスの中で一番大切な部分は〝人々の命を守る〟というくだりだよ」ガーランドはもうすっかりその気になっていた。「きみの話し方はまるで警察官だ！」

「それはわたしが警察官だからよ」

「今回の件でなにより大切なのはぼくの命じゃないのか。ぼくの決断じゃないのか」

「だったらわたしはやらない」とバクスターは言った。「それがわたしの決断よ。わたしの助けがなくてもいいのなら、それでけっこう。でも、わたしにはわたしの計画があるの。だから頼んでるの。わたしを信用してって」

　バクスターは思わず口をついて出た自分のことばに顔をしかめた。ガーランドも同じように驚いた顔をしていた。ガーランドは自分の死の脅迫でさえデートの申し込みのチャンスに利用できる男だった。バクスターの手に自分の手を伸ばして言った。

「わかった……きみを信用するよ」しかし、そう言ったときにはもう、バクスターに手首を思いきりひねられ、哀れな声をあげていた。

「わかった、わかった、わかった！」と彼は繰り返した。それで彼女もようやく手を放した。

「だったら夕食ってことで……？」ガーランドはどこまでも懲りない男だった。

「言ったでしょ、あなたはタイプじゃないって」

「それはぼくが成功者だから？　決然としてるから？　ハンサムだから？」

「呪われてるから」ガーランドの顔に浮かびかけた得意げな表情が消えた。それを見て、バクスターは思わず苦笑した。

普通ならガーランドみたいな薄っぺらな男に口説かれてもなんとも思わなかっただろう。しかし、ゆうベウルフを誘惑しようとして無残に失敗したことがあとを引いていた。だから男に関心を示され、彼女としても悪い気はしなかった。

「二回目のデートは考えないということなら、いくらかは安全な気がするけど」ガーランドは立ち直りの早い男でもあった。

「そうね」と言ってバクスターは微笑んだ。

「それってイエスってこと？」とガーランドはいかにも期待して訊き返した。

「いいえ」と彼女は答えたが、まだ微笑んでいた。

「でも、その〝いいえ〟はほんとの〝いいえ〟じゃないよね？」

バクスターはいっとき考えてから答えた。「まあ、そうね」

高いところに取り付けられた投光照明が、果てしなく見えるだだっ広い地下の証拠保管所に月光のような光を投げかけ、何列も何列も続く金属の棚の長い影――暗がりから突き出された人の指のような影――が通路に伸びていた。エドマンズは保管所の固い床にあぐらをかいて坐り込み、時間を忘れて資料を読んでいた。まわりに彼のリスト中十七番目の箱にはいっていた証拠の数々――写真、ＤＮＡのサンプル、証人の供述――を広げていた。

バクスターとウルフが別の任務に取りかかっている機会を利用し、エドマンズはウォトフォード近郊にある中央証拠保管所に来ていた。過去五年間にロンドン警視庁が作成してきた資料の数々にはまさに眼を見張るものがあった。が、物的証拠は今のところまだひとつも見つかっていなかった。

軽微な犯罪の場合、証拠物件は裁判所が決めた期間を経ると、関係者に返されるか、破棄されるかする。一方、殺人事件など重罪の場合には、関連証拠は永久に保存される。地元の警察署にしばらく保管されたのち、室温調整のできる安全な保管所に送られる。新しい証拠が発見されたり、テクノロジーの発達から新たな事実が明らかになったりして、上訴が決まるケースというのはけっこうあるもので、そのため死に関連したこれら思い出の品々は、その死に関与した人々より長生きすることになる。

エドマンズは腕を伸ばして欠伸をした。二、三時間前に誰かが台車を押す音を聞いたが、それ以降、だだっ広い保管所に人の気配はなかった。彼は丁寧に証拠品を箱に戻した。その事件の首のない被害者と今回のラグドール・キラーを結びつけるものは何もなかった。箱を棚に戻して、彼はリストにチェックマークを入れた。そこで初めてもう七時四十七分にもなっていることに気づいた。大きな声で悪態をつくと、遠い出口まで走った。セキュリティゲートを抜けたところで携帯電話を返してもらい、階段をのぼって地上に出た。電話を見ると、ティアから五回もかかってきていたのがわかった。警察車両を本庁に返し、殺人課に顔を出さなければ、家には帰れない。エドマンズはティアの番号を押した。反応を予測し、覚悟を決めて。

ウルフはウィンブルドン・ハイ・ストリートにある〈ドッグ&フォックス〉の外のテーブルについて、二杯目のエストレラ・ビールを飲んでいた。その二杯目も残り少なかった。見るからに縁起の悪そうな雨雲が頭上に居坐っており、肌寒い外のテーブルについている客は彼だけだった。それでも、ウルフはバクスターが通りの反対側の洒落たアパートに帰ってくるところを見逃したくなかった。

午後八時十分、交差点で歩行者をもう少しで轢きそうになったあと、彼女の黒いアウディが脇道に停まったのが見えた。ぬるくなったビールをテーブルに残して、ウルフは立ち上がった。彼女が笑いながら車を降りてきたとき、彼と彼女との距離は十メートルも開いていなかった。すぐに助手席側のドアが開き、ウルフの知らない男が降りてきた。

「このあたりのレストランだったら、カタツムリぐらい出してるんじゃないかな。あったらぼくは絶対食べるからね」と男が言っていた。

「最後に食べたものをもどしたくてそんなことを言ってるわけじゃないわよね」とバクスタ

ーはにやりと笑って言った。

「ぼくは、ぬるぬるして気持ちの悪いあの汚いものを最初に口に入れられないような店には行くつもりはないからね」

バクスターはトランクを開けて鞄《かばん》を取り出すと、車に鍵をかけた。思いがけない光景に慌ててしまい、ウルフはふたりが彼のほうに歩いてくると、反射的に郵便ポストの陰にしゃがみ込んだ。バクスターと彼女の知り合いはそんな彼のそばを通り過ぎかけて、そこでウルフに気づいた。

「ウルフ？」とバクスターが怪訝な顔で言った。

ウルフは立ち上がると、笑みを浮かべた。ふたりはそういう出会い方をしょっちゅうしているかのように。

「やあ」そう言って、スマートな着こなしの男に手を差し出した。「ウルフ——あるいはウイルでも」

「ぼくのほうはジャレッドで」とガーランドはあきれたように首を振りながら言った。

ウルフは驚いた。「つまりあんたは……」

そう言いかけたものの、そこでバクスターの苛立たしげな表情に気づき、彼は最後までは言わなかった。

「いったいここで何をしてるの？　どうして隠れたりしたの？」

「あまりいいタイミングじゃないいんじゃないかと思ったんだよ」とウルフは言ってガーラン

ドのほうを示した。

「でも、もうそのタイミングがよくなったわけ?」とバクスターは言った。少し顔が赤くなっていた。「ちょっとふたりだけで話させてくれる?」と彼女はガーランドに言った。そう言われ、ガーランドはハイ・ストリートのほうへぶらぶらと向かった。

「ゆうべのことと今朝のことを謝りにきたんだ。ほかにもあれやこれや」とウルフは言った。

「で、何か一緒に食おうかと思ったんだが……きみのほうはすでに予定があるんだね」

「そんなんじゃないのよ」

「まあ、そんなふうに見えてたわけじゃないけど」

「よかった。だってそんなんじゃないんだから」

「だったらよかったよ」

「そう思う?」

言うべきことをはっきりと口にすることを避けていることが互いに段々苦痛になってきた。

「じゃあ、行くよ」とウルフは言った。

「だったらそうして」とバクスターは言った。

ウルフはバクスターに背を向けると、逃げるようにして駅に向かった。バクスターは自分自身に低く悪態をつくと、立って待っているガーランドのほうに歩きだした。

18

二〇一四年七月四日（金）
午前五時四十分

バクスターはほとんど眠れなかった。前夜、彼女とガーランドはハイ・ストリートにある〈カフェ・ルージュ〉で夕食をとったのだが、ガーランドには幸いなことに、その店ではたまたまエスカルゴが品切れで、そう告げられるや、フランス人を装ったウェイターがほかの珍味を勧めるまえにガーランドはすかさずステーキを注文した。バクスターのほうは思いがけないウルフの出現がどうしても気になり、ガーランドがどれほど気を惹こうとしても心ここにあらずといったふうだった。で、十時には警護の者がガーランドを迎えにレストランに来る手配をした。

そのあとひとりで鞄を抱え、狭い階段をのぼってアパートに戻ったのだが、彼女の手助けをしたいというガーランドの申し出を受け入れたことを彼が深読みしていることは明らかだった。ドアを開け、借りたときのままほとんど手を加えていないワンベッドルームのアパートにはいると、猫のエコーが木の床をすべるようにして玄関ホールまでやってきて、彼女を出迎えた。開けた天窓からそよ風が吹き込んでいて、室内はほっとするほど涼しかった。マットの上で足を蹴るようにして靴を脱ぎ、荷物を寝室に運び込んでぶ厚い白い絨毯の上に置いた。エコーに餌をやると、大きなグラスに赤ワインを注ぎ、居間からパソコンを持ってきてベッドに腰かけた。

あてもなくネットサーフィンをし、メールを点検し、ひと月分の〈フェイスブック〉のニュースに追いついた。友達のひとりが妊娠しており、そのことをエジンバラで祝う〝女子会〟に招待されていた。スコットランドは彼女の好きな土地柄だったが、予定表を見ることもせず、出席できないという返事を書いた。柄にもなく〝女子らしい〟文面で謝った。

どうしてもウルフのことが思われた。彼は昨夜、自分がどう思っているのか、あるいはむしろ自分はどう思っていないのかということをきわめて明確に伝えてきた。昨日、彼につかまれた腕には痣ができていた。そのあと彼は彼女をディナーに誘いたくてやってきたわけだが、埋め合わせのつもりだったのだろうか。あるいは、とバクスターは思った。一度はわたしを拒絶したことを後悔したのだろうか。いや、彼が拒絶したというのは確かなことだろうか？　それ以上考えるまえに、彼女はグラスにワインを注ぎ足し、テレビをつけた。

ガーランドの殺人予告日は土曜日ということで、遅い時間帯のニュース番組ではラグドール連続殺人事件は番組後半に追いやられていた。トップニュースはアルゼンチンの沿岸で起きたオイルタンカー転覆事故で、今も原油がフォークランド諸島に向けて一時間に千四百リットル近くの割合で流出していた。ともに夕食をとったことも手伝って、ガーランドは彼女にとってこれまでよりいくらかは大きな存在になっていたが、それでも土曜日になっても世間にしてみれば、迫りくる原油から逃げ出すペンギンのほうが大きなニュースでありつづけるのだろう。それは彼女としても認めないわけにはいかなかった。

原油の流出と、株価と、フォークランドのさまざまな野生動物と、なんの根拠もないテロリストの関与と、大西洋を渡ってイギリスの海岸を汚す可能性（それはゼロに近かったが）に関する話題が出尽くすと、やっとガーランドが置かれている脅威についてのコメンテーターの話し合いになった。そんなものを見ていても、神経が休まることはなかったので、バクスターはテレビを消すと本を読みはじめた。その読書は早朝まで続いた。

午前六時を過ぎると、今度はパソコンを開き、新聞のサイトに行った。ガーランドのコラム〝デッドマン・トーキング〟への前例のない要求に基づき、新聞社は毎朝同じ時間に記事を更新しており、そのページはサイバー不動産の中で〝高値〟のページになっていた。そのため、香水と化粧品を売りつけようとするCM映像と、シャーリーズ・セロン主演映画の予告映像がなかなかパソコン画面の真ん中から消えてくれなかった。ようやくそれらが勝手に消えてくれると、彼女とアンドレアとで一緒に考えたメッセージが現われた。見ると、すでに十万件以上ヒットしていた。

《最高額落札者に一時間のインタヴュー（受付イギリス夏時間09：30まで）。土曜日午前ロンドン市内の某ホテルにて。電話＝0845・954600》

ガーランドは週を通じて、一貫して事実を隠すことなく記事を書いていたが、アンドレアは、死を宣告された男との独占インタヴューは世界じゅうのマスメディアにとって抗しがたい誘惑だろうと踏んでいた。バクスター自身の計画は陽動作戦以外の何物でもなく、しかるのちレアの協力を得て、彼らはガーランドの三十分のインタヴューを事前に収録し、アンドレアが土曜日の朝に〝ライヴ〟として放送することになっていた。その後、世界じゅうのメディアがふたりの選んだホテルに殺到すれば、それが誤った情報を犯人に与えることになる。が、そのときにはガーランドは国の反対側の安全な場所にいる。それがバクスターの計画だった。

さらにその計画は陳腐なもっともらしさを演じることでより有効になるはずだった。日和見主義のジャーナリストの強欲と自己搾取。かぎりない力を持つ大マスメディアと落ち合う〝秘密の〟場所にいるはずの匿名の人物とのドッグファイト。そうした図式を利用するのだ。落札者にはオファーの額と連絡先を残すよう、録音したメッセージで指示してあった。もちろんそれは見せかけで、なんの意味もないものだが、それでカメラマンを携えてアンドレアがホテルにいてもなんの不思議もなくなる。ガーランドは欺きの舞台にコヴェント・ガーデンにある斬新なデザインのホテル〈ミー・ロンドン〉のロビーを選んでいた。その理由をバクスターが尋ねると、ただカメラに映ったときの見栄えがいいから。ただそれだけのことだった。

バクスターは時間を確かめ、パソコンを閉じると、トレーニングウェアに着替えた。ランニングマシンに乗ったときには、もう太陽が昇り、居間の窓から陽射しが明々と射し込んでいた。バクスターはそのまぶしい陽射しに眼を閉じ、イヤフォンをつけ、リズミカルな自分の足音が聞こえなくなるまでヴォリュームを上げた。

アンドレアが新しい落書きが書かれた〈スターエルフ・ピクチャーズ〉のドアのまえまで来たときには、サムはもうすでにガーランドに準備をさせていた。アンドレアは前夜遅くガーランドから電話を受け、手助けを頼まれたのだ。

「おれたちはうまくやれる。それはあんたにもわかってるよね」ガーランドはそのとき電話でそう言った。

「わたしにわかってるのは、バクスターには〝ノー〟という理由が山ほどあるということね」とアンドレアは答えた。

「それは彼女が警察という組織に両手を縛られてるからだ。でも、あんたはちがう……なあ、頼むよ」

「わたしのほうからもう一度彼女に言ってみてもいいけど」

「そんなことをしたら即座に止められちまうよ」とガーランドはそのことをなにより恐れるように言った。「だけど、こっちがいったん始めてしまったら、彼女としてももう抜けられない。おれたちにつきあうしかなくなる。だって、このぼくのアイディアのすばらしさは、彼女にもよくわかってるはずなんだから」

長い間《ま》のあと、アンドレアは言った。

「明日の八時までに〈スターエルフ〉に来て」ため息まじりに。自分は正しいことをしているのだと自分に言い聞かせながら。

「ありがとう！」

アンドレアは〈スターエルフ〉の中にはいった。ガーランドはシャツのボタンをはずし、
サムはトランスミッターをいじっていた。

「おはよう。ドアのアートがまた新しく完成してたわね」とアンドレアはサムに皮肉を言った。

「またあのスケボーのガキどもがここにはいろうとしたんだよ」とサムはぼそっと言って、部屋を横切り、ガーランドのほうに行った。「ガキをここに入れるのはやめろってローリーには言ってるのに」

「そのパッドを持ってきてくれる？」とサムは彼女の背後の机の上に置いてある太い防護ベルトを示して言った。爆発の衝撃を弱めるためのものだ。

彼女はそれを取り上げてサムに渡した。薄い材質のものの下に固いゴムが縫いつけられていた。シャツを脱いだガーランドは驚くほど痩せていて、あまり魅力的とは言えないほくろが左半身のあちこちにあった。背中にはデヴィッド・ベッカムの有名な守護人のタトゥーが入れてあったが、貧弱なキャンヴァス上ではそれは哀れなほど馬鹿げて見えた。

「息を吸って」とサムは言うと、ガーランドの胸にベルトを巻いてうしろでとめた。

それから偽の血が詰められたコンドームと爆薬と時計用の電池を取り付けた。アンドレア

はガーランドがまだシャツを着ているあいだに、サムに銃と空砲をしつこいほど点検させた。アンドレアとしても、バクスターの陰でこそこそしていることにはさすがに罪悪感があり、せめてどんな些細なことも見過ごさないようにするのが、最低限自分の責務だと思っていた。

サムは最後の時間を説得力のある死に方の演技指導に使っていた。彼女としては、ガーランドがそんなものには耳を貸さないことを願った。サムが演じる人食い鬼が腸《はらわた》を抜かれたあと、たっぷり十分もとりとめのない演説をするのを聞かされ、さらに新米警官が自分の葬儀でくしゃみをするシーンにも必死に耐えた彼女としては。

サムは目出し帽とトランスミッターと空砲を込めた銃を隠し持って〈スターエルフ〉を出た。その二十分後、バクスターがやってきた。

「緊張してる？」バクスターの車が外の砂利を軋らせた音にアンドレアはガーランドに尋ねた。

「明日のことについてはね」とガーランドは言った。

「今朝のことが計画どおりに行けば……」

「そりゃ緊張してるよ。わからないんだから。だろ？　犯人がこれを信じてくれるかも信じてくれないかも、ぼくを殺そうとするかもしれないかもわからないんだから」

「だから、バクスターは今夜のうちにあなたをできるだけロンドンから遠ざけようとしてるんじゃないの――それはもちろん、そのまえに彼女がわたしたちをふたりとも殺したりしないかぎりということだけど」アンドレアのそのジョークからは本人が期待した効果は得られなかった。

バクスターは中にはいってくると時計を見て言った。「さあ、行きましょう」

バクスターがどういうところを予想していたにしろ、そこはすべてが想定外だった。ホテルに着くなり、彼女とガーランドは黒いエレヴェーターのところまで案内され、そのエレヴェーターで、上階にあるロビーに上がった。エレヴェーターのドアが開き、ぴかぴかに磨かれた黒い床を何歩か歩いたところで立ち止まると、彼女は口をあんぐりと開けた。そのホテルの受付エリアはまさにシュールレアリスムの産物だった。

ふたりはムードたっぷりの照明に照らされた巨大なピラミッドの基部に立っていた。ふたりのまえのスタンドには奇妙な大判の本が開かれて置かれており、黒い床と対照的な白いソファはまるで水の上に浮かんでいるかのようだった。点在するサイドテーブルも重厚なフロントデスクも疵ひとつない黒曜石の塊のようで、まるで床から生えた自然物のように見えた。これまたよく磨かれた大理石の壁ではプロジェクターで映し出されたクラゲが泳いでいた。重力に逆らってピラミッドの中を上へ上へと向かっており、最後は頭上三十メートルほどの高さにある三角形の天窓から射し込む太陽光線に焼かれて消滅していた。

「どうした？」とガーランドは何事にも動じないバクスターをやっと驚かすことができて、いかにも嬉しそうに言った。

ふたりはホテルの女性スタッフにそれぞれスパークリングワインのグラスを渡され、革張りのソファのところまで案内された。ガーランドが女性スタッフに言った――ここである人物に会うことになっている。その女性スタッフにはふたりのことがわかったのかどうか。表情を見るかぎり、どちらとも言えなかった。

「ゆうべの食事はとても愉しかったよ」とガーランドがバクスターに言った。バクスターはピラミッドの中から逃れ出ようとして身をくねらせているクラゲを見ていた。

「そう、あそこはいつも期待に応えてくれる店よ」と彼女はわざとはぐらかして答えた。

「いい雰囲気だったよね」

「〈カフェ・ルージュ〉のこと？」

ガーランドはただ笑みを浮かべただけで、その話題にはそれ以上固執しなかった。さすがに空気を読んだのだろう。

「このあとはどこに行くんだい？　インタヴューが終わったら？」とガーランドは声をひそめて言った。

バクスターはただ首を振っただけで、彼の質問には答えなかった。

「ここでは誰も聞いてないよ」とガーランドはいささか苛立って言った。

「人身保護局が家をもう用意してくれてるから――」

「それって前回救えなかった男のために確保してあった家かな？」とガーランドは皮肉を言った。

バクスターはサムが受付エリアを抜けてトイレに向かったのには気づかなかった。が、ガーランドの突然の変化にはすぐに気づいた。

「彼女たちが来た」とガーランドは緊張した面持ちで言った。

カメラマンのローリーと〈ミー・ロンドン〉にはいったときにも、アンドレアはまだイライジャと電話していた。エレヴェーターのドアが閉まると、受信がとだえ、彼女はイライジャがガーランドに尋ねる質問を列挙している途中で電話を切った。イライジャは彼女に挑発的なインタヴューをさせようとしていた。犯人に自ら挑むような台詞をガーランドに言わせようとしていた。最後まで傲慢な態度を取らせようと。

「皆殺しなど誰も望まない」とイライジャはその少しまえに言っていた。「大衆が望むのは闘いだよ、闘い」

壮麗なロビーに出ても、アンドレアはイライジャにあえて電話をかけ直さなかった。ローリーは時間つなぎの映像用にさっそく巨大な本やピラミッドを撮りはじめた。何を撮ろうと、それが彼の次の自作映画に使われるのはふたりともよくわかっていた。バクスターとガーランドの顔に見覚えはなかったかもしれないホテルの女性スタッフも、アンドレアのことは一目でわかり、アンドレアとガーランドが互いにこれ見よがしに自己紹介し合うのを興奮して見ていた。ガーランドが自らのインタヴューを競売にかけたというニュースは朝のうちに広く知れ渡っていた。アンドレアは立ち去るまえにその女性スタッフを引き止めて言った。

「びっくりするようなホテルね、ここは。今日はリハーサルになると思うけれど、本番をここで撮らなくちゃならない義務はわたしたちにはないわ。だから、わたしがあなたにもあなたの同僚にも望むのは、とにもかくにも状況をわきまえた配慮ね。わたしがそういうことを一番期待していることは、ほかのみなさんにもよく伝えておいてね」

「もちろんです」と女性スタッフは笑みを浮かべて答えた。内心考えているのは、ラグドール・キラーの次の犠牲者とのツーショットをこっそり自撮りするには、どうすればいいかということだけだったが。

「彼女、信じたと思う？」とアンドレアはバクスターに尋ねた。

「たぶん」とバクスターは答えたが、やはり不安は拭えなかった。「早いところ、インタヴューを終わらせて、ここを出ましょう」


　エドマンズはもう一晩ソファで寝ていた。午後十時すぎに家に帰ったときには、ティアはもう寝ており、寝室には鍵がかけられていたので。そのあと彼は日にちが変わるまで調べるべき殺人事件を〈グーグル〉で検索していた。

　そして、その検索の時間の大半を指輪の持ち主であることがわかったマイケル・ゲーブル＝コリンズの情報を漁るのに費やした。プラチナの指輪がラグドールの手に残されていたということは、その手が誰の手なのか犯人はみんなにわからせたかったのだろう。それは明らかだ。その理由まではわからなくても。ただ、ハリドがキーパーソンであることに変わりはない。エドマンズは必死に調べ、被害者の関係性についてはある程度突き止めていた。

〈コリンズ&ハンター〉はハリドの弁護を引き受けた法律事務所だった。ただ、マイケル・ゲーブル゠コリンズはその訴訟に直接関わってはいなかった。実際、公判には一日も姿を見せなかった。訴訟の準備にも関わっていない。パートナーとしても刑事裁判のスペシャリストとしても。そういう仕事は主にシャーロット・ハンターという女性弁護士がこなしていた。〈コリンズ&ハンター〉は毎年何百件という弁護を請け負っていたが、エドマンズにはこれがただの偶然とはとても思えなかった。だからその日は早く登庁し、被害者すべての関連性をさらに調べることにしたのだった。ハリドの裁判にいくらかでも関連のある人物のリストはすでにできていた。弁護人から証人、スタッフ、傍聴人にいたるまで。必要とあらば、そのひとりひとりをしらみつぶしに調べるつもりだった。

アンドレアはカメラに向かってまず自己紹介をした。数知れない視聴者がリハーサルもほとんどされていないこのショーを後日どのように批評するかと思うと、いささか落ち着かない気持ちになった。

「……今朝はジャレッド・ガーランドさんにお越しいただいています。ラグドール・キラーが第三の標的として名指しした人物です。おはようございます、ミスター・ガーランド」

ローリーはアンドレアとガーランドのふたりをひとつのフレームに収めようと、立ち位置を変えた。ふたりは互いに向かい合って白い革張りのソファに坐っていた。

「想像もできないような大変なときに、わたしたちのインタヴューに応じてくださって、まず感謝します。では、さっそく誰の眼にも明らかな疑問から始めたいと思います。どうしてなのか。どうしてこの犯人は――この連続殺人鬼は――あなたを標的にしたのでしょう？」

バクスターはインタヴューに聞き入っていた。ガーランドが緊張しているのが手に取るようにわかった。彼はどこか不安げだった。何かがおかしい。男子用トイレのドアが軋んで開き、サムがロビーに出てきた。誰にも気づかれることなく。目出し帽をかぶり、全身黒ずくめで。すでに右手に銃を構えていた。

「それがわかればねえ」とガーランドは答えていた。「あなたにもご経験があると思うけれど、ミズ・ホール、ジャーナリズムに身を置いていると、友達というのはなかなかできないものです」

ふたりともユーモアのかけらもない笑みを浮かべた。

フロントデスクにいた女性スタッフのひとりが甲高い悲鳴をあげた。アンドレアとガーランドのほうに近づいてきた男にローリーがすばやくカメラを向けた。バクスターは目出し帽をかぶった男のほうに向かって、すでに反射的に走りだしていた。そこでどこかしらなじみのある声がして、やっと彼女にも何が起きているのかわかった。それでも走る速さをゆるめなかった。

「ジャレッド・ガーランド、このクソ野郎！」それはサムのアドリブの台詞だった。

ローリーは走ってガンマンの歩く先から逃れると、カメラをガーランドに戻した。ガーランドは顔面蒼白になって立ち上がっていた。銃声が轟いた。磨かれた床と壁に反射してそれは耳を聾せんばかりの音になった。ガーランドの胸の真ん中から鮮血が噴き出したのを合図にアンドレアが叫び声をあげた。バクスターはサムに体あたりを食らわせた。ガーランドは予定どおりソファに倒れた――と同時に、まばゆい白色光が彼から放たれ、火花が黒い床に散った。しゅっしゅっという花火が炸裂するような音にガーランドの悲鳴が重なった。ガーランドは胸に巻いたベルトを掻きむしっていた。

カメラを落とし、ローリーがガーランドに駆け寄った。どこかでガラスが割れたような音がした。ガーランドの胴体のまわりで跳ねている火花は途方もない熱を放っていた。ローリーはガーランドの体を必死にまさぐり、ベルトの留め具を探した。が、そこでぞっとした。自分の指がガーランドの胸の中にめり込んでしまったのだ。

それでもローリーは力任せにベルトを引っぱった。ゴムのほとんどが皮膚と一緒に溶けていた。また何か音がした。今度もガラスが割れたような音だった。ローリーは途方もない痛みを手に覚えて仰向けに床に倒れた。見ると、何かの液体が彼の手の皮膚を焼いていた。

バクスターが駆け寄ってきた。

「駄目だ!」とローリーは痛みに悶《もだ》えながら怒鳴った。「酸だ!」

「救急車を!」とバクスターはフロントのスタッフに怒鳴った。

白い火花はガーランドの胴体を一周していきなりやんだ。ガーランドのぜいぜいという息だけが聞こえた。バクスターはソファまで走り、ガーランドの手を取って言った。

「大丈夫だから」そのあと叫んだ。「アンドレア……アンドレア!」

アンドレアはショックで動くこともできず、虚《うつ》ろな眼でガーランドを見つめていた。それでもゆっくりとバクスターのほうに眼を向けた。

「救急キットがフロントにあるはずよ。行って持ってきて！」とバクスターはアンドレアに命じた。ガーランドを焼いたのが酸なのか、熱なのか、それ以外の何かなのか、それは皆目わからないまま。

　アンドレアが救急キットを持ってソファに戻ってきたときには、すでにいくつかのサイレンが近づいてきているのが聞こえた。ガーランドはと言えば、頭をソファにあずけ、胴体のあちこちにできたすべての穴の痛みに耐え、トンネルの出口から射している光に向けて壁をのぼるクラゲをただ見ていた。

　バクスターは救急キットを受け取って、アンドレアを睨んだ。

「何をしたの？」さすがに恐怖のにじむ声でアンドレアを難詰した。が、そのあとすぐに気を取り直してガーランドに向かい、繰り返した。「大丈夫、よくなるから」嘘をついているのは自分でもわかっていたが。溶けたシャツの一部が胴体から離れ、自然と下に落ちた。二本の肋骨のあいだで焦げた肺がどうにかふくらもうとしていた。必死になって死と闘っていた。眼に見えていないダメージなど想像したくもなかったが、それでもバクスターは繰り返した。「大丈夫だから」

　武装警官がロビーになだれ込んできて、サムを取り囲んだ。彼らがやってくるまえに銃を捨てるだけの分別はサムにもあった。安全が確保されると、救急隊員がやってきて、慎重にガーランドをストレッチャーにのせた。エレヴェーターまでガーランドを運ぶまえに救急隊員全員が浮かべた表情がなにより多くを語っていた。隊員のひとりは形をなくしたローリーの手の手当てにあたっていた。

ガーランドが坐っていたところにガラスの破片が落ちていて、まわりの光を反射していた。一番大きな破片は持つところが壊れた杖のような形をしていた。革張りのソファのあちこちが焦げていた。バクスターは立ち上がると、エレヴェーターに向かった救急隊員を追った。できるかぎりガーランドのそばにいてやりたかった。

エドマンズは戸惑い顔で刑事部屋を見まわした。それまで仕事に熱中していて、同僚がみな席を立ち、大画面のテレビのまえに集まったのに気づかなかったのだ。鳴りつづけている電話の音と、シモンズのオフィスから聞こえているシモンズのくぐもった声――電話の相手はまずまちがいなく警視総監だろう――以外、部屋はどこまでも静まり返っていた。

エドマンズも立ち上がり、テレビのまえの人垣のうしろまで行った。画面にアンドレアの顔がちらっと見えた。テレビでよく見知った顔ながら、そのときのアンドレアはエドマンズを含めて国じゅうの人々になじみのあるアンドレアではなかった。今画面に映っているアンドレアは机の向こうには坐っていなかった。救急隊員と一緒に走っていた。そんな彼女の姿が震える携帯電話で撮られた映像に収められていた。エドマンズはその背後にバクスターがいるのに気づいた。ストレッチャーにのせられた誰かに覆いかぶさるようにしていた。その誰かとはジャレッド・ガーランド以外考えられない。

最後にようやく画面がスタジオに切り替わった。それぞれの仕事に戻ったエドマンズの同僚たちの声が徐々に聞こえてきた。ガーランドの警護がバクスターに任せられたというのは誰もが知っていることで、多くが彼女の判断を非難していた。これまで警察の仕事を公にこき下ろしてきたような男のライヴ放映を彼女が許したことについて。

いくつかの疑問も口にされていた。そもそもバクスターはどうしてガーランドを衆目にさらすなどという愚かな真似をしたのか。ガーランドを撃ったのは果たしてラグドール・キラーなのかどうか。実際のところ、ガーランドはどんなふうに襲われたのか。彼は銃で撃たれたのか、焼かれたのか。報道は錯綜していた。

しかし、エドマンズにはなによりひとつ大きな疑問が残った――犯人はどうして犯行を一日早めたのだろう?

19

二〇一四年七月四日（金）
午後二時四十五分

原因不明の重傷を負ったガーランドは、サイレンを鳴らした救急車でチェルシー&ウェストミンスター病院の救急外来に運び込まれた。病院では熱傷科の医師が待機していた。バクスターは移動中ずっとガーランドの手を握っていたが、治療室の中まで付き添うことは横柄な看護師が認めてくれなかったので、治療室のまえでその手を放した。

アンドレアとローリーは数分後に二台目の救急車で到着した。火傷用粘着包帯の上から見るかぎり、ローリーの左手はホテルで見たときと変わらず、焼けただれ、じくじくしていた。さらにこの短時間で右の手のひらの肉がまるごと削《そ》げ落ちており、火傷というより咬み傷に近くなっていた。救急医療隊員は看護師と話を終えると、ローリーを専門医に引き渡した。

バクスターとアンドレアは病院の通り沿いにある〈スターバックス〉のテラス席に坐って待った。互いにひとことも口を利かなかった。ガーランドは二時間前から緊急手術を受けていた。ローリーについてはまだなんの連絡もなかった。バクスターは待ち時間の大半を使って、サムはどこに連れていかれたのか突き止めようとした。彼を早く見つけ出し、誰にも本気にしてもらえそうもない、この常軌を逸した話の裏を取る必要があった。

「どうしてこんなことに……」とアンドレアが折れたコーヒーのマドラーを弄びながらつぶやいた。

バクスターは彼女のつぶやきを無視した。すでに彼女はアンドレアにはっきりと告げていた――あなたに手伝いを求めたことは、わたしの人生で最大の過ちよ。あなたには根本的にどこか異常なところがあるんだってつくづく思う、と。

バクスターはアンドレアにこうも言った。「あなたには文字どおり何ひとつ任せられない。あなたが関わると、何もかもが悲惨な結果になるのよ。いい加減悟ったらどう？」

バクスターはさらにアンドレアを非難したくなった。が、そんなことをしてもなんにもならない。そう思い直した。アンドレアもわたしに負けず劣らず罪悪感を感じて、苦しんでいる。それは傍目にも明らかだった。

「ウィルを助けようと思ったのよ」とアンドレアはぼそっと言った。「あなたも言ってたじゃない。もし誰かひとりでも救えたら、それがウィル自身を救うことになるかもしれないって」

バクスターは迷った。昨日ウルフが会議室で彼女から捜査ファイルを奪おうとしたことを話そうか話すまいか。結局、黙っておくことにした。

「でも、わたしたちにはもう彼は救えないと思う」とアンドレアはまたぼそっと言った。

「彼ってガーランドのこと？」

「ウィルよ」

バクスターは首を振った。「そんなことはないわ」

「あなたたちふたりは……あなたにその気があるのなら……わたしから見ると……あの人も幸せになれるはずよ」

アンドレアの不明瞭なことばの意味はなんとなくわかったものの、バクスターはアンドレアが暗にほのめかしたことは無視した。

「そんなことはないわ」バクスターはきっぱりとした口調で同じことばを繰り返した。

〝ごめん。今夜はぼくが夕食をつくるよ。愛してるX《キス》〟

エドマンズは、バクスターの机の彼にあてがわれた側の席につき、シモンズの眼を盗んでティアにメールを送ろうとした。最初の三通の謝罪メールは無視されていた。

「エドマンズ！」とシモンズが背後で怒鳴った。「メールなんか送ってる暇があったら科研に行って、いったい今日何がわかったか聞いてこい！」

「ぼくがですか？」

「そう、おまえがだ」シモンズは吐き捨てるように言うと、また電話が鳴りだした自分のオフィスを忌々しげに眺めた。「フォークスとフィンレーは国の反対側にいる。バクスターはまだ病院だ。つまり残るはおまえしかいないってことだ」

「はい、わかりました」

　エドマンズは取り組んでいた捜査資料をしまって、バクスターにあとで怒鳴られないよう手早く机の上を片づけると、殺人課を出た。


「バクスターはどうしてる?」とジョーが尋ねた。現代的な科学捜査研究所で手を洗っていても、ジョーの姿は相変わらず仏教僧のようだった。「ニュースを見たよ」

「国じゅうの人が見たと思います」とエドマンズは言った。「ぼくにじゃないけど、シモンズのところに彼女から連絡がありました。今もガーランドに付き添って病院にいるそうです」

「思いやりのある行動だが、無駄になるだろうな」

「今はまだ手術中だそうです。それって医者は望みがあると考えてるんじゃないですか?」

「望みはない。どうしてそれが私にわかるのかというと、あれがどんな火傷か、あの病院の熱傷科の専門医に教えたのが私だからだ」

「どんな火傷だったんです?」

　ジョーは身振りでエドマンズを検査台に向かわせた。顕微鏡の下にホテルのラウンジのソファから回収されたガラスの破片が置かれていた。試験官の底にわずか数滴、液体残留物が沈殿しており、その液体の中にケーブルで機器とつながれた金属棒の先端が浸かっていた。トレーには防護ベルトの残骸が並べられ、ゴムの部分にはガーランドの皮膚がべったりと貼りついていた。

「ガーランドの死を偽装しようと——テレビの連中が偽の発砲事件を演出しようと——したことは知ってるよね」とジョーは言った。

エドマンズはうなずいて答えた。「シモンズから聞きました」

「それに対して犯人は周到な計画を立てた。実に肝の据わったくそったれだよ、こいつは」とジョーはむしろ感心したように言った。「どうすれば偽の発砲で人を殺すことができるのか？　銃に細工をするか？　空砲カートリッジを実弾入りと交換するか？　血糊《ちのり》の袋を破裂させる仕掛けを殺傷能力のあるものに差し替えるか、そんなところかな？」

「でしょうね」

「全部ちがう！　そういったことは事前に何度もチェックされる。だから、犯人はガーランドが胸に装着する防護ベルトを改造することにしたんだ。防護ベルトはただのゴムの板を何かの素材でくるんだだけのもので、なんの害もない」

エドマンズは肉が焦げついたような悪臭に鼻を覆いながら、ベルトの残骸に近づいた。ゴムの板のあちこちから黒焦げの細長い金属片が突き出ていた。

「内側のゴム板にマグネシウムの細い線が巻きつけられていた」とジョーはにおいに頓着する様子もなく言った。「これを胸部に取り付けられ、哀れなガーランドは数千度で溶かされたのさ」

「つまり、血糊の袋が破裂したときに……」

「マグネシウムのコイルが発火した。さらにまちがいなく発火するよう血糊の袋があたる部分には反応促進剤まで塗布されていた」

「じゃあ、このガラスは何に使われたんです？」とエドマンズは尋ねた。

「こんなことばを使うのはどうかと思うが、過剰殺傷《オーヴァー・キル》するためだ。犯人はガーランドの息の根を確実に止めたかった。だから、ベルトの内部におまけとして、酸を入れた細長いガラス容器をいくつか取り付けた。高熱で容器が溶けたらガーランドの皮膚に直接かかるように……そう、有毒蒸気の吸入による致命的な痙攣《けいれん》と浮腫のことも忘れちゃいけない」

「なんとね」エドマンズは夢中で手帳にメモを取りながら尋ねた。「で、どんな種類の酸だったんです？」

「正確に言えば、これは酸ではない。もっとずっと強力なものだ。超酸と呼ばれるもので、おそらくトリフルオロメタンスルホン酸だろう。ごく普通の硫酸の約千倍の威力がある」

　エドマンズは一見無害に見える試験管から一歩あとずさって言った。

「ガーランドはそれに内臓をやられたってことですか？」

「私がさっき言った意味がこれでわかっただろ？　絶望的だよ」

「そんな薬品は簡単には手にはいりませんよね？」

「なんとも言えない」とジョーはにべもなく言った。「工場では触媒として広く使われていて、さらに兵器として使用できるため、厄介なことに闇市場にも出まわっている」

　エドマンズは深々とため息をついた。

「そう落胆するものでもないぞ。もっと有望な手がかりが見つかったんだ」とジョーは陽気に言った。「ラグドールそのものからあることがわかったんだ」

バクスターは病院からの電話に出るため、席をはずした。アンドレアはそのあいだに気乗りのしない様子でバッグから仕事用の携帯電話を取り出し、電源を入れた。十一件の不在着信があった。イライジャから九件。それからジェフリーから二件。それは自分が無事であることをジェフリーに伝えるまえに受信していたものだ。それから留守番電話に新しいメッセージが一件あった。アンドレアは覚悟を決めると、留守番電話の再生ボタンを押して電話を耳にあてた。

「今どこにいる？　病院か？　何時間もずっと連絡してるんだぞ」苛立ちもあらわにイライジャはがなりたてていた。「ホテルのスタッフと話したよ。事件があったときカメラをまわしてたそうじゃないか。その映像が今すぐ欲しい。技術屋のポールをホテルに向かわせた。撮影用ヴァンのスペアキーを持たせてある。ポールがそっちでその映像をアップロードすることになってる。これを聞いたら、すぐに電話しろ」

バクスターがテーブルに戻ると、アンドレアは見るからに動揺していた。

「なんなの？」とバクスターは尋ねた。

アンドレアは両手で頭を抱えた。「どうしよう」

「何があったの？」

観念したようにアンドレアはバクスターを見上げた。

「撮影した映像を持っていかれた。ごめんなさい」

アンドレアが関わると、何もかもが悲惨になる。

バクスターにかかってきた電話は病院に戻るようにというもので、バクスターとアンドレアは病院の正面入口に群らがったテレビカメラとレポーターの壁を突き抜けざるをえなかった。アンドレアはそこで気づいた。今や彼女自身が中心に立たされているこのおぞましい事件の最新ニュースを伝えるため、イライジャがイゾベルとカメラマンを派遣してきていることに。

「自業自得というやつね」警官の入館チェックを通過してエレヴェーターに乗り込んだところで、バクスターがアンドレアに言った。

ふたりは看護師に個室に案内された。何を報告されるのか、看護師の態度からバクスターは即座に悟った――全力を尽くしましたが、傷があまりにひどく、手術中に心肺停止となりました。

こうなることは予測していた。ガーランドとは知り合ってまだ三日しか経っていない。それでも実際に聞かされると、バクスターは人目もはばからず泣いた。この途方もない罪悪感から解放される日が来るとは思えなかった。文字どおり胸を引き裂かれそうなほどの痛みを覚えた――わたしにはガーランドの身の安全を守る責任があった。もし彼がわたしに隠れてこんな画策をする必要など感じていなければ……もしわたしが……

看護師は、知らせを受けたガーランドの妹が来ており、もし付き添うのであれば、この廊下をまっすぐに行った先の部屋に今ひとりでいると言った。バクスターには遺族と対面する勇気などとても持てなかった。ローリーの早い快復を願っている、とアンドレアに言うと、足早に病院を出た。

ジョーは冷凍保管庫から悪名高きラグドールを取り出すと、車輪のついたその台を検査室の真ん中まで押した。エドマンズはその恐ろしい死体をできれば二度と見たくなかった。五つの他人の体の一部が取り付けられるという、おぞましい仕打ちを受けたこの哀れな女性への侮辱の総仕上げのように、新しい縫合の跡が腹部の中央を走り、小さな乳房のあいだで枝分かれして両肩まで伸びていた。切断が死後おこなわれたのはすでに犯行現場で立証されていることだったが、エドマンズはこの身元不明の白い肌の女性が誰よりひどい目にあっているような気がしてならなかった。

「検死解剖で何か見つかったんですか?」エドマンズはそこでほかとちがう縫合の跡が一個所あることに気づき、ジョーに対していわれのない怒りを覚えながら訊いた。

「ええ?　いや、何もなかった」

「だったら……?」

「この死体にどこかおかしなところはないか、ちょっと考えてみてくれ」

その死体がおかしくないわけがなかった。エドマンズは黙ってジョーを見やった。

「もちろん、わかりきった点を除いてだ」とジョーはつけ加えた。

エドマンズはグロテスクな死体を見た。実のところ、改めて見る必要はなかったが。この死体を記憶から消せる日が果たして来るのかどうか疑わしかった。同じ部屋にいることすら厭《いと》わしかった。まったくもって非論理的なことながら、この死体には死に神が宿っているような気がしてならなかった。エドマンズはぽかんとジョーを見返した。

「わからない？　脚を見てくれ。肌の色や大きさは異なるとはいえ、両脚はほぼ対称的に切断されて取り付けられている。しかし腕のほうはまるでちがう。片側には女性の腕がまるごと一本ついているが……」

「マニキュアを特定するだけなら腕全体は要らないわけだけど……」とエドマンズは軽口を叩いた。

「……もう片側は指輪をはめた手首から先の部分だけがあるだけだ」

「胴体に取り付けられた腕には何か意味がある」とエドマンズはさきまわりして言った。

「そうだ」

ジョーはフォルダーから画像写真を数枚取り出してエドマンズに渡した。エドマンズは困惑した表情で見た。

「タトゥーですね」

「被害者の女性が除去したタトゥーだ。それもずいぶん巧みに除去できている。それでも、タトゥーのインクに含まれた金属物質はX線を通せば見える。赤外線画像だとさらにはっきり映る」


「これはなんです？」とエドマンズは画像を逆さまにして尋ねた。

「それを調べるのがおまえさんの仕事だろうが」そう言って、ジョーは笑みを浮かべた。


シモンズは息苦しい自分のオフィスで警視長と向かい合って坐っていた。警視長がいつものように「上からの命令を伝えているだけよ」と言いながら、脅し文句を並べるのを聞かされていた。もう一時間も。ヴァニタ警視長は何度も「わたしはあなたの味方よ」と前置きしながらも、彼の部下の刑事たち、殺人及び重犯罪捜査課全体、課を統率する彼の手腕についての批判を繰り返した。シモンズは窓のないオフィスの中で息がつまりそうになっていた。室温がうなぎのぼりに上がるにつれ、苛立ちばかりが募った。

「バクスター部長刑事は停職処分にしてちょうだい、テレンス」

「具体的にどんな理由で？」

「いちいち挙げる必要がある？　こんな馬鹿げた計画を立てて。彼女自らがジャレッド・ガーランドを殺したようなものじゃないの」

この女性上司からたえまなく噴出する独善的で有害なことばの数々に、シモンズはほとほとうんざりしていた。側頭部を汗が流れ落ちるのがわかった。彼は重要書類で自分を煽いだ。

「その計画については、バクスターは何も知らなかったと言ってます」とシモンズは言った。

「私はそれを信じます」

「そういうことなら、彼女はよく言って無能ということじゃないの」とヴァニタは切り返した。

「バクスターは優秀な部下のひとりで、この事件には誰よりも熱心に打ち込んでおり、誰よりも詳細を把握しています……フォークスを除くと」

「彼もあなたの抱えている爆弾のひとつね。かかりつけの精神科医が彼はこの事件から手を引くべきだと進言してること、わたしが知らないとでも思ってるの？」

「残念ながら、連続殺人犯はフォークスが手を引くのを望んでいないようです。おぞましい死体の芸術作品を使って、窓の向こう側に住むフォークスを指名したくらいなんですから」

シモンズも負けてはいなかった。思ったより強い口調になった。

「テレンス、悪いことは言わない。バクスターの無謀な行動に関するかぎり、あなたは彼女を叱責しないと。それをみんなに示さないと」

「彼女はアンドレアたちの計画を知らされていなかったんですよ！　じゃあ、彼女はどうすればよかったんです？」

シモンズは爆発寸前だった。この窮屈な拷問部屋から一刻も早く抜け出したかった。

「まず第一に、わたしなら――」

「ちょっと待った。あなたの意見なんかどうでもいい！」シモンズはもはや怒鳴っていた。

「なぜなら、あなたには私の部下がどんな仕事をしてるかまったくわかっていないからだ。わかるわけがないからだ。あなたは現場の警察官じゃないんだから」

警視長はシモンズらしからぬ激怒に冷ややかな笑みで応じた。

「じゃあ、あなたは現場の警察官だっていうの、テレンス？　ほんとうに？　この狭い部屋に閉じこもって管理職になることを選んだのはあなたよ。自分で選んだ以上、そのとおり振る舞うべきなんじゃないの？」

シモンズは警視長の痛烈な皮肉に一瞬たじろいだ。それまで自分が殺人課で浮いているなどとは思ったこともなかった。

「今日、命を危険にさらしてまで職務を全うしようとしたバクスター部長刑事に、私は停職も配置換えも厳重注意さえするつもりはありません」

ヴァニタは立ち上がった。彼女のけばけばしい服装の全体があらわになった。

「警視総監がなんと言われるか待ちましょう。今日の記者会見は五時に設定したから、それまでに今朝の事件の詳細について公式見解を用意しておいてちょうだい」

「ご自分でどうぞ」ぴしゃりとそう言い返して、シモンズも立ち上がった。

「なんですって？」

「同僚が危険に身をさらして現場に出ているというのに、私には記者会見をやるつもりも、あなたの保身のための政治に巻き込まれるつもりも、ここでただじっと電話番をするつもりもありませんから」

「これ以上馬鹿なことを口走るまえに理性を働かせることね」

「いえいえ、辞職するつもりなんてありませんよ、もちろん。そんなことより私にはもっとやるべきことがある。出口はおわかりですね？」

シモンズは乱暴にドアを閉めると、自分のほうからオフィスを出た。そして、チェンバーズが使っていた机の上を片づけると、コンピューターを起動させた。


エドマンズが殺人課に戻ったときには、バクスターはもう机についていた。シモンズまでいた。エドマンズは上司の脇を通り過ぎるとき、思わず振り返ってしまった。シモンズはインターネットでガーランドがこれまでに書いた問題の多い記事を調べていた。エドマンズはバクスターのところまで速足になって行くと、彼女をハグした。驚いたことに、バクスターは彼の手を振り払わなかった。

「ずっと心配してたんです」と彼は椅子に坐りながら言った。

「ずっと付き添ってたから、ガーランドの……彼のために」

「でも、助かる見込みはそもそもあまりなかったみたいですね」とエドマンズはジョーから聞いた話を彼女に伝えた。ガーランドに関することとタトゥーの発見について。

「だから、まずぼくたちがすべきことは――」

「まずぼくがすべきことは、よ」とバクスターはエドマンズのことばを正して言った。「わたしは事件の担当をはずされたから」

「えっ？」

「シモンズの話だと、警視長がわたしの停職を要請してるそうよ。遅くとも異動の辞令が月曜にはでることになる。わたしの仕事はシモンズが引き継いで、あなたのお守《も》りはフィンレーがしてくれることになった」

エドマンズはこれほどに落ち込んだバクスターを見たことがなかった。で、少しは元気づけようと、赤外線画像を持ってタトゥーショップをまわることを提案しかけたところで、署内担当のむさくるしい郵便配達係が近づいてきた。

「エミリー・バクスター部長刑事はどちらですか？」郵便配達係は宅配便のシールのついた薄い封筒を持っていた。宛て名は手書きで書かれていた。

「わたしよ」

バクスターは封筒を受け取り、開封しようとして、配達係がまだ彼女を見つめているのに気づいた。

「まだ何か？」

「おれがいつも運んでくる花はあんた宛てですよね？　あの花はどこに行ったんです？」

「あの花が人を殺したあと、証拠品として袋詰めして、科研で検査して、燃やしたの」と彼女はどんな感情も込めずに言った。「いずれにしろ、運んでくれてありがとう」

配達係はぽかんとした顔のまま踵《きびす》を返すと、何も言わずに立ち去った。エドマンズはそれを見てにやりと笑った。バクスターが封筒を開けると、マグネシウムの細いコイルが机の上に転がり落ちた。怪訝そうにふたりは顔を見合わせた。バクスターはエドマンズから使い捨てのゴム手袋を受け取ると、封筒から一枚の写真を取り出した。ガーランドがのせられたストレッチャーに付き添い、救急車の後部に乗り込もうとするバクスターの姿が写っていた。事件後にホテルの外に集まった大勢の野次馬が撮ったものだろう。写真の裏には手書きのメッセージが書かれていた。

《おまえがルールに従わなければ、私も従わない》

「犯人は徐々に近づいてきてる。あなたが予測したように」とバクスターは言った。

「我慢できなくなってるんですよ」とエドマンズはとくと写真を見ながら言った。

「句読点はちゃんと打たれてる」

「驚くことじゃないです。犯人は明らかに高等教育を受けてます」とエドマンズは言った。

「〝おまえがルールに従わなければ、私も従わない〟」とバクスターは声に出して読んだ。

「なんか変ですね」

「犯人からの手紙じゃない？」

「いえ、犯人からだと思いますよ。ただ、なんか変な気がするんです。でも、今日はとんでもない日だったから、今日はやめておきま――」

「わたしなら平気よ」とバクスターはさきを促して言った。

「なんか変ですよ。どうして犯人は予告の前日にガーランドを殺したんです？」

「それはわたしたちを罰するためでしょうよ。特に現場にいなかったウルフを」

「犯人は警察にそう思わせたがっている。でも、完璧なスコアシートの達成をあきらめてまで殺害予告日を覆したのはなぜか。犯人にとって今回の殺人は失点のはずです」

「どういう意味？」

「何か予想外のことが起こって、犯人は早めにガーランドを殺さざるをえなくなったのかもしれない。で、犯人は慌てた。それはぼくたちの捜査の手がすぐそばまで迫ってると思ったからなのか、それとも明日になるとガーランドに手が出せなくなることがわかったからなのか」

「ガーランドには証人保護プログラムが適用されることになっていた」

「それはラナの場合も同じです。それで、犯人はエリザベス・テイトを使ってさきまわりさせた。それに今回の予定では、あなた以外は誰ひとりガーランドの行き先を知らなかった。これまでとちがう点は？」

「わたしってこと？　今回のことはわたしひとりが担当していた。殺人課もウルフも関わっていなかった」

「そのとおり」

「ということは？」

「ということは、考えられる可能性は犯人がぼくら全員を監視していて、今朝を逃したらガーランド殺害のチャンスがなくなることがわかったのか……」

「ありえない」

「……あるいは、この事件の詳細に精通している人物が犯人に情報を洩らしているのか」

バクスターは笑って、首を振った。

「ほんと、あなたって友達のつくり方をよく知ってるのね」

「ぼくだってまちがっていてほしいです」とエドマンズは言った。

「だったら言ってあげる。まちがってる。殺人課の誰がウルフに死んでもらいたがってるっていうのよ？」

「わかりません」

バクスターは少し考えた。

「どうするの？」と彼女は尋ねた。

「ぼくの仮説はぼくたちふたりだけのあいだのことにしておきましょう」

「もちろん」

「そのかわりこっちから罠《わな》を仕掛けるんです」

20

二〇一四年七月四日（金）
午後六時十分

ウルフが眼を覚ますと、車はロンドン市内に戻っていた。彼とフィンレーはアンドルー・フォードを人身保護局の保護下に移すため、国の東端から西端まで一往復していた。ふたりともフォードの最終目的地は知らされていなかったが、保護局員と落ち合う場所がブレコン・ビーコンズ国立公園内のポントスティキス貯水池の駐車場だったことを考えると、おそらくサウス・ウェールズのはずれだろうと思われた。

片道四時間の道中、フォードには心底うんざりさせられた。ガーランドが予告前日に死亡したというニュースが主なラジオ局で放送されると、それ以降はとりわけ手を焼いた。ウルフはガソリンスタンドに寄ったときにバクスターに電話をかけていた。が、留守番電話になっていた。ガソリンスタンドでは、到着するまで少しでも彼を黙らせようと、音《ね》を上げたフィンレーがウオッカを買った。

「ほら、これでも飲め、アンドルー」フィンレーにそう言われても、フォードは無視した。フィンレーは深いため息をついて言い直した。「わかったよ。これでも飲め、〝聖アンドルー、子殺しの弟子〟」

フォードは荒々しく高潔な狼《ウルフ》の手から火葬キラーを助けたときの話をして、フィンレーを喜ばせていた。以来、その〝正式称号〟で呼ばれないといっさい反応しなくなっていた。そもそも朝の時点ですでにふたりを手こずらせていた。ペッカム地区のむさくるしいアパートから出たくないと言い張って、予定を著しく狂わせていた。そのせいで彼らは引き渡しの時刻に遅れ、ラッシュの時間帯にロンドンに戻る破目になったのだった。

ただ、少なくとも落ち合う場所に指定された貯水池の景色は予期せず見事なものだった。車から出たとたん水の轟音に包まれた。太陽のまばゆい光が降り注ぐ、何キロにも及ぶ周縁を森林に囲まれた青い湖――それだけでも充分見ごたえはあっただろうが、さらに岸から湖面に向かって延びる鋼鉄製の細い通路の先に、埋没した塔の最上階の小部屋のように見える建造物が建っていた。薄い色の石壁で縁取られたアーチ状の窓がその壁面にあり、青銅色の屋根のてっぺんには鉄の風向計が設置されていて、まるで湖面の下に巨大な城の残りの部分が隠されているかのようだった。

心もとない造りの通路の下では、巨大な穴がぽっかりと口を開け、その漆黒の底に際限なく水が吸い込まれていた。まるで地球の巨大な栓が引き抜かれ、最後に残された塔の最上部が奈落の底に引きずり込まれる寸前のような景色だった。ウルフとフィンレーはしばらくその景色を眺めてから、帰路に就いたのだった。

ウルフは大きな欠伸をして背すじを伸ばすと、現在地を確認した。

「ゆうべは遅かったのか?」とフィンレーが尋ねた。信号の手前でアウディに強引に割り込まれ、卑語は使わないというルールを守るのに苦労しながら。

「正直言って、よく眠れる日はない」

フィンレーは友人のほうを見た。

「おまえさん、こんなところで何をぐずぐずしてるんだ?」とフィンレーは言った。「すぐに行け。飛行機に乗ってどこかに行け」

「どこへ? おれのまぬけづらが地球上の新聞に載ってるのに?」

「さあ、アマゾンの熱帯雨林でも、オーストラリアの奥地でも。そういうところで殺害予告の日が過ぎるのをやり過ごせばいい」

「おれはそんなふうには生きられない。このさきの人生、ずっと背後を気にしながら生きるなんて」

「でも、そうすれば長く生きられる」

「犯人を逮捕すれば……終わりにできる」

「できなかったら?」

ウルフは肩をすくめた。自分でもどう答えていいのかわからなかった。信号が青に変わり、フィンレーは車を発進させた。

ニュース編集室に戻ると、アンドレアは拍手で迎えられた。同僚たちから背中を叩かれ、祝いのことばをかけられながら、自分の机に向かった。ブラウスにはまだ死んだ男の血がついたままだった。救急外来のトイレで洗い落とそうとしたのだが、落ちなかったのだ。

彼女はローリーのことが心配でならなかった。事件から約八時間経った今でも彼の手の筋肉を蝕《むしば》みつづける酸を解毒するため、病院では傷口の洗浄が繰り返されていた。担当の医師からは、ローリーが右手の親指を失うことはほぼ確実で、さらに人差し指を動かす神経も失うかもしれないと告げられていた。

自然に沸き起こった拍手の波がぱらぱらとぎこちなく消え、アンドレアは席についた。天井から吊るされたスクリーンでは、ガーランドが生きたまま燃える映像がスローモーションで流れていた。この局がこれを放映するのはこれで今日百回目だろう。ローリーが途中で投げ出したテレビカメラは、ひび割れたレンズでも現場を見事に枠に収め、すべてを記録していた。ぞっとして眼をそらしたアンドレアは、机の上に置かれたイライジャの手書きのメモに気づいた。

《すまない。もう出ないといけない。本物の殺人事件の映像——天才的だ！　月曜の午前中、きみの将来について話し合おう。きみはそれだけの働きをした。イライジャ》

あいまいな言いまわしながら、イライジャはアンドレアをキャスターに昇格させようと言っているのだった。その仕事に就くことはアンドレアの念願の夢だったが、今の彼女の気分は有頂天とはほど遠かった。感じているのはただただむなしさだった。うわのそらで郵便物トレーの中から茶色い封筒を取り出して開封すると、中から何かが出てきて、机の上に落ちた。金属の小さなコイルだった。さらに封筒の中には、〈ミー・ロンドン〉から出るアンドレアとローリーをとらえた写真がはいっていた。

携帯電話を取り出して、バクスターにメールを打った。殺人犯からのこの二回目の接触はそれ自体大スクープであり、この事件へのアンドレアの関与を揺るぎないものにするものだった。が、彼女は中身を封筒に戻すと、引き出しにしまい込み、鍵をかけた。

このゲームに参加する気持ちはもうとっくになくなっていた。

イケアの木製テーブルの真ん中に不安定に並べられたキャンドルはロマンティックでもあり、火災の原因にもなりそうだった。ティアは美容院の閉店業務で帰りが遅かった。彼女よりさきに帰宅したエドマンズは、すぐに夕食の支度に取りかかった。ティアは家に帰ると、ふたりそんな彼の気づかいを喜び、帰宅途中に買ったひとり分の食事を冷凍庫にしまった。ふたりはエドマンズが異動する以前のように、一緒に夕食を愉しみ、白ワインと王室御用達スーパーマーケット〈ウェイトローズ〉のデザートも愉しんだ。

エドマンズは殺人課を出るまえに過去の事件の捜査資料を大量にコピーして、自宅に持ち帰っていた。ティアが寝たら調べようと思い、その資料はキッチンの背の高い食器戸棚の上に――身長百五十二センチのティアに見つからない場所に――積んであった。が、時間が経つうちすっかりそのことを忘れてしまった。その資料のことを思い出したのは、話題が誘いこまれるように彼の仕事のことに向かったときのことだった。

「あのとき……あなたも現場にいたの？」とティアは無意識に腹部のふくらみをさすりながら尋ねた。

「いや」

「でも、あなたの上司はいたんでしょ？　指揮を執ってるインド系女性が彼女の名前を言ってたけど」

「バクスターのこと？　彼女はぼくの上司じゃないよ。まあ……そんなようなものだけど」

「じゃあ、あなたはあの事件のとき、何をしてたの？」

ティアは明らかに彼の仕事に興味を示そうと歩み寄っていた。捜査内容はもちろん極秘だが、エドマンズにはそんな彼女を拒絶するなどとてもできなかった。そこで最も重要性の低いことについて話すことにした。それには、殺人及び重犯罪捜査課における平凡な職務を話すことで彼女を安心させようという目論見もあった。

「ラグドールの写真はニュースで見ただろ？　右腕は女性のものだった」

「誰のものなの？」

「それが今ぼくが調べてることだ。その手には二種類のマニキュアが塗られていて、それが身元確認の鍵になるはずなんだけど」

「片手に二種類のネイルが塗ってあったの？」

「四本の指には、〈クラッシュト・キャンディー〉っていうマニキュアが塗られてたんだけど、人差し指だけは少しちがう色だったんだ」

「ほんとにマニキュアで身元がわかるなんて思ってるの？」

「それしか手がかりがないんだよ」エドマンズは肩をすくめた。

「じゃあ、ものすごく特別なネイルじゃないと駄目よね」とティアは言った。「捜査の役に立つとしたら」

「特別な？」

「そう。うちの美容院のお客さんにすごく高慢ちきなお婆さんがいて、毎週ネイルをしにくるんだけど、シェリーはそのたびにいちいちネイルを取り寄せてるの。そのネイルには本物の金粉かなんかがはいってるのよ」

エドマンズはティアの話に注意深く耳を傾けた。

「普通の店じゃ売ってない商品なの。店に置いたらすぐ盗まれちゃうでしょうね。だって一本百ポンド近くするんだもの」

エドマンズは興奮してティアの手を握りしめた。

「ティア、きみは天才だよ！」

そのあと、エドマンズはインターネットで三十分ばかり、限定商品や滑稽なほど高価なマニキュアを検索した結果、ついに謎のマニキュアの正体を突き止めたと思った――シャネルの限定ネイル３４７番、〈ロシアの炎〉。

「このネイルは、二〇〇七年のモスクワ・ファッション・ウィークで、一本一万ドルで発売されたんだって！」とティアが記事を読み上げた。エドマンズはふたりのグラスにワインをなみなみと注いだ。

「マニキュア一本で？」

「たぶんチャリティかなんかだったんじゃないかな」と言ってティアは肩をすくめた。「いずれにしろ、こんなネイルをバッグに入れて歩きまわってる人はそういないはずよ」

バクスターはエドマンズからメールを受け取った。エドマンズは、翌朝午前十時にスローン・ストリートの〈シャネル〉のブティックで待ち合わせることを提案していた。バクスターは自分が月曜日には事件の担当をはずされる身であることをエドマンズに思い出させた。すると、明日はまだ土曜日だという返事が返ってきた。

バクスターは目覚まし時計をセットした時間に起きられず、すでに待ち合わせの時間に遅れていた。しかも、すぐまえに車椅子の人がいて、二分ほど先を急げずにいた。昨夜、バクスターはソファの上で丸くなり、夜のテレビ番組を見て過ごした。ワインも二本空けただけでやめることができた。ガーランドの恐ろしい死のあとでは、安全なところでのんびり過ごすことさえできればそれで充分だった。

バクスターは車椅子の車輪がマンホールに引っかかった隙に追い越した。エドマンズが通りの少し先で待っているのが見えた。殺人課の誰かが情報を洩らしているのではないかというエドマンズの仮説。彼女はそのことをずっと考えていた。考えれば考えただけ荒唐無稽に思えた。ウルフが関わっているわけがないし、フィンレーは完璧に信用できた。シモンズはバクスターを擁護して、上司に盾突いたために降格処分まで受けていた。エドマンズのことは——口にこそ出したことはないが——誰より信用していた。

エドマンズは生ぬるくなったテイクアウトのコーヒーを差し出し、ティアの発見について話した。エドマンズの話し方はこれまでどおり不機嫌な先輩刑事に対する口調に戻っていた。バクスターにはそれがありがたかった。昨日の彼女は確かに同情や励ましを心底必要としていた。が、今日の彼の態度にはそんなよけいな配慮は微塵もなかった。エドマンズは彼女を信頼しきっていた。おかげで彼女はまた自信を取り戻すことができた。

エドマンズとバクスターの応対をするために、〈シャネル〉のオックスフォード店からマネージャーが出向いていた。そのさわやかで有能な女性マネージャーは、一時間以上かけてあちこちに電話をかけ、顧客記録をチェックすると、十八件の取引き記録のリストを印刷した。そのうちの七件に購入者の氏名と配送先が記載されていた。

「ほかにもお取引きはございます」とマネージャーは上品な口調で言った。「オークションやチャリティ・イヴェント、何かの賞品としてお出ししたものなどです。こちらで連絡先を保管しているお客さまは、当然ながら、わたくしどものお得意さまでして……」

マネージャーはリストを見て、ことばを切った。

「何か問題でも？」とバクスターは尋ねた。

「ミスター・マーカッスンのお名前がありますね。オックスフォード店の常連のお客さまです」

バクスターはリストを受け取り、連絡先を見た。

「ここにはストックホルム在住と書いてあるけれど」とバクスターは言った。

「ストックホルムとロンドンを行き来されてるんです。ロンドンではメイフェアにお宅をお持ちで、ご家族と滞在なさっています。オックスフォード店にはその配送先も登録されているはずです。少々お待ちいただければ……」

マネージャーはオックスフォード店に電話をかけ直した。

「ミスター・マーカッスンが今、素っ裸でスウェーデンのサウナにいる確率はどれくらい？」とバクスターはエドマンズに向かって小声で言った。

「まあ、それはありえません」聞こえてしまったらしく、マネージャーが大げさに受話器を遠ざけながら言った。「昨日お越しになりましたから」

シモンズはあえてチェンバーズの席に着いた。何人かがシフトの交換や休日申請といった些末な件で話しかけてきたが、急を要する案件以外は受けつけず、眼のまえの仕事に集中した。

シモンズの妻は降格の可能性を夫から知らされ、取り乱した。そのため、彼は昨夜何時間もかけて妻をなだめ、降格しても住宅ローンを払いつづけることもできれば、夏には休暇にも行けると説得した。なんとかやってこれまでもなんとかやってきたのだから、と。

シモンズはエドマンズの作成したハリド裁判出席者リストと行方不明者データベースをひとりひとり照合するという、気の遠くなるような作業をしていた。一連の殺人事件の中心にハリドがいるという仮説にエドマンズほど確信は抱いていなかったが、追いかけてもよさそうな有望な手がかりがほかには何もないのだった。

集中力がとぎれてきた頃、五十七番目にようやく共通の名前を見つけた。概要をダブルクリックして、詳細な報告書を表示させた。失踪届は、ラグドールが発見された翌日の六月二十九日日曜日の日付で、ロンドン警視庁によって作成されていた。三人の身元不明の被害者のうちのひとりにちがいない。

「このクソ野郎」とシモンズはつぶやいた。

その家はメイフェア地区の緑豊かで、けっこう人通りの多い脇道にあった。バクスターとエドマンズは、急な外階段をのぼって五階建てのタウンハウスの玄関のまえまでやってきた。二度ノックして、ようやく奥から玄関に向かう靴音が聞こえた。がっしりとした体格の男がドアを開けた。片手にコーヒーカップを持ち、耳と肩のあいだに携帯電話をはさんでいた。見るからに筋骨逞しそうなその男は、手入れの行き届いた明るいブロンドの髪を長く垂らし、高価そうなシャツを着て、ブルージーンズを穿いていた。アフターシェーヴ・ローションのきつい香りを漂わせながら、いかにも迷惑そうにふたりを見た。

「なんの用です？」

「ミスター・ステファン・マーカッスン？」

「そうですけど」

「警察です。二、三質問させていただきたいのですが」

第一印象とは対照的にマーカッスンは感じのいい温かい態度でふたりを迎え入れた。彼の家はジョージ王朝様式と近未来ＳＦを組み合わせたとしか形容しようのない、眼を疑うような家だった。居間の壁一面がガラス窓になっていて、ガーデンデッキに向かって開け放たれていた。ローリーが見たらきっと気に入るはずだ、とバクスターは思った。家主が席をはずしたら、ローリーのために写真を撮っておこう。

誰が来たのかと愛らしい女の子が様子を見にきた。マーカッスンは娘を階上《うえ》に行かせた。エドマンズは、マーカッスンの美しい妻――腕はちゃんと二本あった――がアイスティーを用意するのに席をはずしたときに思った、これは時間の無駄ではないかと。一方、バクスターは経験上、夫は妻に対してそんなとびきり高価な贈りものなどしないことを知っていた。だから妻が席をはずしたら、正直な答を引き出せるのではないかと踏んでいた。

「それで、ご用件はなんなんです？」とマーカッスンは尋ねた。さきほどより訛りが強くなっていた。

「二〇〇七年四月にモスクワにいらっしゃいましたね」とバクスターは切り出した。

「二〇〇七年四月ですか？」と言って、マーカッスンは宙に眼をさまよわせた。「ええ。ファッション・ウィークに。あの頃はあちこちのショーに妻に引っぱりまわされてましてね」

「おうかがいしたいのは、そのときあなたが現地で購入された品物についてなんです……」

バクスターはそこでいったんことばを切り、相手が一万ドルの買物を思い出すのを待った。

が、そんな様子は見られなかった。「シャネルのマニキュアなんですが」

そのとき、マーカッスンの妻が飲みものを持って戻ってきた。バクスターはマーカッスンの顔に居心地の悪そうな表情が浮かんだのを見て取った。

「リヴィアの相手をしてやっててくれないか？」マーカッスンは椅子に坐ったまま情愛を込めて妻をハグして言った。「私たちはすぐに出なきゃならない」

ブロンド美人の妻が従順に部屋を出るのを待って、バクスターはあきれたように眼をぐるりとまわしてみせた。それを見て、エドマンズはこのあとの展開を期待した。

「一万ドルのマニキュアのことですが」ドアが閉まるなり、バクスターは切り出した。

「こっちで出会った女性のために買ったんです。あの頃はよく旅行していて、そういうときにはひどく淋《さび》しがったりしたもので――」

「そういうことはけっこうです」バクスターはマーカッスンのことばをさえぎって言った。

「その女性の名前は？」

「ミッシェル」

「苗字は？」

「ゲイリー、だったと思います。ロンドンに来たときに一緒に食事をしたりしてました。その手のファッショングッズが彼女は大好きだったんで、それでプレゼントしたんです」

「どうやって知り合ったんです？」

マーカッスンは咳払いをしてから言った。「出会い系サイトです」

「金持ちドットコムの？」

マーカッスンは侮辱を冷静に受け止めた。なんと言われようとしかたがないと思っているようだった。

「ミッシェルは裕福な家の出《で》ではありませんでした。私がそういうプレゼントを買った理由は」とマーカッスンは説明した。「社会的地位の異なる女性とデートして、よけいな面倒を避けるには、そういうことをすることが賢明に思えたからです」

「そうでしょうとも」

「最後に彼女に会ったのはいつですか？」とエドマンズがいつものように手帳にメモを取りながら尋ねた。

「二〇一〇年に娘が生まれたときに関係を解消しました」

「なるほど」

「それ以来、会ってません。おかしなものです……」

「何がです？」とバクスターが尋ねた。

「先週はよく彼女のことを考えてたんです。たぶんニュースであんな事件が取り上げられていたせいでしょう」

バクスターとエドマンズは顔を見合わせた。

「どの事件です?」ふたりは声をそろえて尋ねた。

「火葬キラーが遺体で発見された事件です。ナギブ・ハリド、でしたっけ? ミッシェルと最後に会ったときには、ずっとそのハリドの話をしてました。彼女にとっては大きなステップだったんで」

「何がです?」バクスターとエドマンズはまた声をそろえて尋ねた。

「ハリドの担当になったことがです」とマーカッスンは感慨深げに答えた。「ミッシェルはハリドの保護観察官だったんです」

21

二〇一四年七月七日（月）
午前九時三分

刑事部屋にはいったところで、プレストン＝ホール医師のアシスタントからウルフに電話がかかってきた。ウルフはそれを無視した。自分の判断で、彼女の診察はもう受けないと決めていた。ウルフの精神状態は今の仕事に不適格だと彼女が診断している以上、もはや横柄で不愉快な婆さんと貴重な時間を過ごして無駄にする理由などどこにもない。

一方、シモンズが精神科医の忠告を無視したのは、ジャレッド・ガーランドが予告日より早く公衆の面前で殺害されたからだった。残された時間は少なく、警察に不利な状況で、犯人の神経を逆撫でするのはどう考えても得策ではなかった。ガーランド殺害後にバクスターに送りつけられた手紙を見れば、ウルフが引き続き捜査に関与することを犯人が望んでいるのは明らかだった。

シモンズにしてみれば、情緒不安定な刑事ひとりを野放しにするリスクより、連続殺人犯がほのめかした脅迫に逆らうリスクのほうがずっと大きかった。犯人の脅迫に逆らうことは被害者を増やしたり、殺害予告日がまた無視されたり、機密情報をマスコミに洩らされたりといった事態を自ら招くことにもなりかねない。

つまるところ、警察はお手上げ状態ということだ。

なんとも奇妙な話だが、ウルフは一週間後に彼を殺すと予告した無慈悲なモンスターに若干感謝の気持ちを抱いていた。仕事が続けられているのは犯人のおかげでもあるからだ。礼状を送ろうとまでは思わなかったが。要するに、人生悪いことばかりではないということだ。

この週末、ウルフは思い立ってバースに帰郷していた。自分の死についてあれこれ思いめぐらすことはあまりなかったが、彼の中の何かが、やたらと暑い生家の居間や、母親のつくる焦げたビーフ・ウェリントン（牛ひれ肉をパイ生地で包んで焼き上げるイギリス料理）や、地元で幼なじみと飲むビールを無性に恋しがったのだ。その幼なじみはふたりがかよった高校から半径三キロ以内で暮らし、働き、死んでいくことが運命づけられているような男だった。

ウルフの父親はこれまで何度となく語りつづけているいつもとまったく同じ話をした。ウルフはそれに耳を傾けた。家族に定期的に会うことの意味がこの歳になってやっと理解できたような気がした。彼の両親は会話がとぎれたときに一度だけ、連続殺人事件と息子に差し迫っている運命のことを話題にした。が、彼の父親はべたべたとした愛情表現をする人ではなかった。ただ、両親は両親で、〝長々と〟ウルフがシャワーを浴びているあいだに（シャワーについては湯を使いすぎだとあとで文句を言われた）その件について話し合い、人生の問題の大半に適用されるいつもの解決策にたどり着いていた――あいつはいつでも二階の部屋に戻ってくればいいんだから。

「そいつもこんなところまでは追いかけてこないだろう」と父親はいかにも自信たっぷりに言った。

　昔ならウルフも父親の能天気な素朴すぎることばに苛立ちを覚えたことだろう。が、このときは自然と笑みが込み上げ、むしろ心が和んだ。父親のほうは自分の考えを笑われ、それが面白くなかったようだが。

「おれは大都会の利口ぶったやつらとはちがう。だからと言って、まぬけというわけじゃない」と父親は言い返した。ウルフがよりよいものを求めて〝冴えない小さな町〟を出て以来、息子に対する態度を変えていた。「ロンドンからここまで来るには、あのM４を通らなきゃならない。道路工事ばかりやってて、端から端まで監視カメラがついてるあのクソ高速をな！」

　残念ながら、このコメントもウルフを爆笑させただけで、父親はいっそう苛立ちを募らせた。

「ウィリアム＝オリヴァー！」ウィリアム・シニアが紅茶をいれに部屋を出ると、母親がウィリアム・ジュニアをたしなめた。

　ウルフはふたつあるファーストネームをそのとおりに母親に呼ばれるのがなにより嫌いだった。名前と苗字ではなく名前だけを呼ばれるのが。母親はたぶん、そんなふうに呼べばそれが貧しい暮らしのカムフラージュになっているとでも思っているのだろう。こぎれいな庭とローンで買った車が、それらとはまったく不釣り合いなくたびれた家の中のカムフラージュになっていると思うのと同じ伝で。

ウルフは古ぼけた家のまわりの修繕を二、三こなした。が、隣人のエセルの家の罰あたりなフェンスにまでは手がまわらなかった。彼に声をかけようと彼女がポーチにぬっと現われたときには、慌てて庭の塀の陰に隠れ、ひっくり返ってもう少しで大怪我をするところだった。

いずれにしろ、その骨休めで次の一週間のための英気はいくらか養われたものの、慌ただしい刑事部屋を一目見て、ウルフは様相が一変しているのに気づいた。

警視長がシモンズのオフィスに陣取っていた。一方、シモンズはチェンバーズの机に移り、いつのまにかエドマンズの世話も引き継いだようだった。そのエドマンズは両眼の下に真っ黒な隈をつくって、シモンズの隣りに坐っていた。バクスターはブレークという名の刑事と真剣に話し合っていた。バクスターはこの刑事を毛嫌いしており、さらにブレークはどんな形であれ、ラグドール事件には関与していないのに。

会議室のフリップチャートには、新たにふたりの名前が犠牲者リストに書き加えられていた。ウルフの机の上にフィンレーのメモがあった。精神科医の診察がすんだら、ベルグレーヴィアのアイルランド大使館に来てくれ。そう書かれていた。そこでアンドルー・フォードを警護することになったのだろうか。わざわざサウス・ウェールズまで車で連れていって引き渡したのに。ウルフとしてはなんだか割に合わない気がした。

シモンズとエドマンズに近づいて間近で見ると、エドマンズは鼻が折れていた。

「おはようございます」とウルフはさりげなくシモンズに言った。「何か進展はありました？」

マデリン・エアーズは、〈コリンズ＆ハンター〉法律事務所に四年間勤務し、世間の注目を浴びたナギブ・ハリドの裁判で被告弁護人を務めた人物だった。シモンズは行方不明者データベースに彼女の名前を見つけ、すぐにそのことに気づいた。エアーズは弁護団の陣頭指揮を執り、しばしばウルフと警視庁に対して侮辱的な弁舌を揮《ふる》って世論を扇動し、その歯に衣着せぬ物言いと裁判中の挑発的な発言——ウルフこそ被告席に坐るべきだという有名な発言も含めて——から文字どおり時の人となった女性弁護士だ。

エアーズの名前がこのデータベースにあるということは——とシモンズは思った——エドマンズが最初から言っていたことが正しかったということか。最初からハリドがこの事件の中心にいたのか。シモンズは、彼女のチェルシーの自宅に警官を向かわせていたが、それはもうラグドールのふぞろいな手足をつけた白い華奢《きやしゃ》な胴体がエアーズのものであることを、改めて確認するための単なる手続きにすぎなかった。こうして胴体については悲劇的ながら大きな進展が見られた。一方、左手のマイケル・ゲーブル＝コリンズについては、事件との関連性がまだまったく解明できていなかった。

そのほぼ三時間後、バクスターとエドマンズが、五番目の身元不明の被害者はハリドの元保護観察官ミッシェル・ゲイリーだったことの裏づけを取って戻ってきた。一万ドルもする高級マニキュアと不実なスウェーデン人のおかげだった。当時の事件の重大さから考えると、いささか拍子抜けするところもあるものの、ハリドは無免許運転で有罪となったために、ミッシェル・ゲイリーの保護観察下に置かれていたのだ。ハリドはその保護観察期間中に最後の犠牲者の命を奪ったことになる。

ラグドールを模《かたど》る六人の被害者のうち、身元が判明していないのはあとひとり。あの裁判に関わった人々のリストの中で、行方不明者データベースと名前が合致する人物はもういなかった。が、シモンズは最後の犠牲者の名前もこのリストの中に埋もれていることを確信していた。行方不明者リストの最初のひとりにまた戻ると、直接連絡が取れた人物とラグドール発見後に目撃された人物の名前をひとつひとつ消していった。

日曜日の夜明け頃、レイチェル・コックスは、風情豊かなウェールズの村、ティンターン近辺にある古風な山荘での深夜勤務を終えようとしていた。人身保護局で働きはじめてまだ一年ちょっとだったが、この別荘は過去の派遣先の中で最も快適な場所だった。ただ、残念ながら、この任務はこれまでで最も骨の折れる仕事でもあった。

アンドルー・フォードは、レイチェルや彼女の同僚に猥褻《ひわい》なことばを浴びせつづけたり、頑丈な造りではない小さな山荘内で物を投げつけたりして、大半の時間を過ごしていた。金曜日の夜には火を熾《おこ》そうとして危うく藁《わら》ぶき屋根の山荘を全焼させせかけ、土曜日の午後には逃亡を試みた。そのときにはレイチェルと同僚がふたりがかりで思いとどまらせなければならなかった。

ポントスティキス貯水池での引き渡しの際、レイチェルはフィンレーからひとつアドヴァイスを受けていた。そのときは取り合わなかったが、今は二時間ほど寝たら、そのアドヴァイスに従って、町まで酒を買いにいこうかと真面目に考えていた。上司には黙っていなければならないが、そうすればこのアイルランド人の客人と過ごすこれからの夜がいくらかはましなものになるかもしれない。

幸い、フォードは午前三時頃、ようやくエネルギーを使い果たして眠りはじめた。レイチェルは廊下から射し込む柔らかな電灯の光に照らされた暖かいキッチンで、曲がった木の幹を脚にした木製テーブルについた。聞こえてくるいびきに耳をすまし、咽喉の奥から轟く音が止まるたびに息を凝らして、フォードが眼を覚ましませんようにと祈った。自分も眠気に襲われると、上司のアドヴァイスに従って、周辺のパトロールに出た。

軋む床板の上を忍び足で歩き、裏口の重い扉の鍵をなるべく音をたてないように開け、ひんやりとした朝の外気の中に踏み出した。夜明けまえの薄闇の中、濡れた草の上をブーツで歩くうち、次第に眠気は薄れていった。冷たい空気が両眼を快く刺激してくれた。ジャケットを持ってこなかったのを後悔した。

建物の外周をまわり、前庭に出てぎくりとした。五十メートルほど先の正門のそばにおぼろげながら人影が見えたのだ。

レイチェルは武器を持った同僚が仮眠を取っている寝室の真下に立っていた。大声をあげれば、同僚は二十秒で降りてきてくれるだろう。それでも不必要に同僚を起こしたくはなかった。また、無線機をキッチンテーブルの上に置いてきてしまったという失態もあって、レイチェルはひとりで確かめることにした。

念のためペッパー・スプレーを取り出し、朝日に染まる稜線《りょうせん》を背にぼんやりと浮かび上がる黒い人影に近づいた。安全な山荘から一歩離れるごとに、気温が急降下するように思えた。ゆっくりと抑えた息をするたび、緊迫した光景に不気味な靄《もや》が加わった。

あと数分で起伏のある地平線に太陽が昇る。レイチェルは人影まであと十メートルというところまで音をたてずに近づいた。が、不審な人影はそれでもまだはっきりとは見分けられなかった。ただ、背が高く、正門に何かを取り付けていることがわかった。それだけがかろうじて見て取れた。彼女が近づいていることにはまだ気づいていない。そこでレイチェルの次の一歩が砂利道を踏みしめた。冷えた小石が厚底ブーツの下で大きな音をたてた。黒い人影は不意に動きを止めると、彼女のほうを見た。

「何かご用ですか？」レイチェルは努めて声を落ち着かせて尋ねた。やむをえない場合を除き、警察官という身分は明かさない。そういう訓練を受けていた。さらに一歩近づいて繰り返した。「何かご用ですか？」

レイチェルは無線を忘れてきた自分に今さらながら腹を立てた。すでに山荘から五十メートル近くも離れていた。ここからだと、同僚を起こすには相当大きな声を張り上げなければならない。もっと早くに起こすべきだった。人影はまだじっとしていた。反応はなかった。

レイチェルはさらに近づいた。荒い息づかいが聞こえてきた。まるで火事を知らせるリズミカルな煙のように、ふたりのあいだに白い靄が立ち込めた。

ついにレイチェルの胆力も限界を超えた。冷たい空気を肺いっぱいに吸い込むと、声をかぎりに応援を求めた。その声に人影は駆けだした。

「クームズ！」レイチェルは同僚の名を呼びながらすばやく門を抜け、人影を追った。森沿いのぬかるんだ歩道を走った。

彼女は二十五歳。大学時代には陸上競技のスター選手だった。急勾配の坂をくだるうち、不審者との距離は急速に縮まった。坂が次第に凹凸のある道に変わった。山間部のシュールな静けさの中、不審者と不審者を追うレイチェルの息づかいと重たい靴音だけが聞こえた。

「警察よ！　止まりなさい！」レイチェルは喘ぎながら叫んだ。

太陽が徐々に昇り、黒い木々の縁が金色の朝日に染まりはじめた。今は堂々とした体軀《たいく》の男の姿がはっきりと見えていた。短く刈り込んだ頭に傷痕がくっきりと斜めに走っていた。頑丈なブーツを履き、黒か濃紺のコートの裾を翻して走っていた。

突然、男が道から逸《そ》れ、森林を囲む有刺鉄線の柵をぎこちなく跳び越えた。

そこで苦痛の叫び声をあげた。そのあと慌てて立ち上がると、森の中に姿を消した。レイチェルは男が柵を飛び越えた場所まで行って、追跡をあきらめた。アドレナリンが急上昇すると、訓練で教わったことを忘れそうになる。彼女が今持っているのはペッパー・スプレーだけだ。あの立派な体格を考えれば、深い森はレイチェルより男にとって有利に働くだろう。

それに必要なものはすでに手に入れていた。

レイチェルは膝をついて、鉄線に巻かれた金属の棘《とげ》についた黒い血を見た。鉄線を切断する道具は持っていなかったが、このまま証拠を放置するわけにはいかない。彼女はポケットからきれいなティッシュペーパーを取り出すと、慎重に血を拭き取った。そして、森のほうを片眼でうかがいながら、急勾配の長い坂をのぼって、来た道を戻りはじめた。


日曜日の朝、捜査チームで誰より早く登庁したバクスターは、人身保護局に至急連絡を取るようにという伝言メモに気づいた。二十分に及ぶ煩わしい身元確認を経て、ようやくレイチェルと連絡が取れた。レイチェルはバクスターに事件のあらましを伝えた。山荘に戻ると、茶色い封筒が門柱にくくりつけられていたことも。封筒の中には写真が一枚はいっていた。土曜日の午後、レイチェルと同僚が前庭でフォードと格闘しているのを撮ったものだった。

レイチェルも彼女の上司もともに有能な職員で、完璧な事後処理をしていた。地元の警察に森の捜索を依頼し、ぬかるんだ歩道には非常線を張って足跡を保存していた。レイチェルが血を拭き取ったティッシュと、殺人犯が怪我をした柵の一部は証拠品として保存され、すでにロンドン警視庁の科研に送られていた。

どう見てもこれは犯人が犯した初めてのミスだ。それを見逃す手はない。

同時に、アンドルー・フォードの身柄は山荘の隠れ家ではもはや完璧に安全とは言えなくなった。ウルフとは連絡がつかなかったので、シモンズはバクスターとエドマンズにフォードを迎えにいかせ、そのあいだに別の避難場所を探した。ターンブル市長を通じて知り合った人々に個人的に何件か電話したあと、最終的にアイルランド大使と話をつけることができた。

大使館はそもそも外交警護班の武装警官によって警備されており、建物にも標準設備として保安対策が講じられている。隠れ場所としてはきわめて論理的な選択と言えた。シモンズはアイルランド大使には極力事情を包み隠さず話した。フォードの飲酒問題や激しやすい性格についても率直に伝えた。

「まさしくアイルランド人気質だね。彼のパスポートをチェックする必要はなさそうだ」と大使はジョークを言った。

そして、事態が収束するまでフォードとロンドン警視庁に大使館の最上階を利用することを許可してくれた。その結果、フィンレーが貧乏くじを引いた。日曜日の夜は彼がそこで一晩フォードのお守《も》りをすることになった。

一日じゅうあちこち動きまわっていたエドマンズは、日曜日の夜、疲労困憊《こんぱい》して帰宅した。フォードの世話をフィンレーに任せたあと、自宅まではバクスターが送ってくれた。

「猫を外に出さないで！」エドマンズが自宅の敷居をまたぐなり、ティアが大声で言った。

「何を？」

彼は危うく小さなトラ猫につまずきかけた。子猫は彼の足元をすり抜けると、玄関のドアに衝突した。

「ティア、これ、どうしたの?」とエドマンズは尋ねた。

「この子は〝これ〟じゃなくて、バーナードっていうの。あなたが仕事でいないときにわたしの相手をしてくれるわけ」とティアはどこか挑むように言った。

「赤ちゃんがしてくれるみたいに?」

「赤ちゃんはまだいないでしょ?」

キッチンへ向かうエドマンズの足元に愛らしい子猫がすり寄ってきた。ティアは見るからに上機嫌で、彼の帰宅が遅かったことにも文句ひとつ言わなかった。エドマンズは彼女に異議を唱えることも、自分が重度の猫アレルギーであることを思い出させることもあえてしなかった。


月曜日の朝からは警視長のヴァニタがシモンズの役割を引き継ぎ、捜査の指揮を執ることになった。シモンズはチェンバーズの席を新たな居場所にし、それで捜査チームのほかのメンバーとの距離が縮まることを愉しみにしたが、事態が落ち着いたら懲戒処分を受けることになる。そっちは愉しみというわけにはいかなかった。バクスターはほかのありふれた事件の担当にまわされていた。

そのありふれた事件とは浮気した夫を刺殺した妻の事件だった。正直なところ、退屈きわまりなかった。バクスターは捜査を五秒で終え、その手ぎわのよさは誉められたものの、そのあとはつまらない事務作業に何時間も費やす破目になった。加えて、ブレーク刑事と組んで仕事をしなければならないのもうんざりだった。ブレークというのは鼻つまみのサンダース一派のひとりで、以前からバクスターに色目を使ってきている男だった。もっとも、バクスターは天性の女優だったから、彼女がブレークを毛嫌いしていることは誰にも気取《けど》られていなかったが。幸いなことに。

会議室のフリップチャートの一番上のしわだらけの紙に、シモンズが週末に更新された情報を書き込んだ。

1.（頭部）ナギブ・ハリド。〝火葬キラー〟
2.（胴体）――?――マデリン・エアーズ――（ハリドの弁護人）
3.（左手）プラチナの指輪、法律事務所?――マイケル・ゲーブル＝コリンズ――なぜ?
4.（右腕）マニキュア?――ミッシェル・ゲイリー――（ハリドの保護観察官）
5.（左脚）――?
6.（右脚）ベンジャミン・チェンバーズ警部補――なぜ?

A　~~レイモンド・ターンブル~~（市長）
B　~~ヴィジェイ・ラナ／ハリド~~（ナギブ・ハリドの兄／会計士）　裁判は傍聴せず

C　~~ジャレッド・ガーランド~~（ジャーナリスト）
D　アンドルー・フォード（警備員／アルコール依存／厄介者）——被告席担当警備員
E　アシュリー・ロクラン（ウェイトレス）または（九歳の少女）
F　ウルフ

月曜日の朝、仕事へ出かけようとしたとき、エドマンズは新しい家族が加わったことをほとんど失念していた。それで廊下で丸くなって眠っていた猫をうっかり踏みそうになり、バランスを崩して、顔から玄関のドアに激突したのだった。

ティアはもちろん子猫バーナードの肩を持ち、彼に言った——そんなに鼻血なんか出しちゃったりして。この子を怖がらせないでちょうだい。

22

二〇一四年七月七日（月）
午前十一時二十九分

〝放送中〟のランプが消えた瞬間、アンドレアはピンマイクをはずして急いでスタジオを出ると、ニュース編集室に戻った。イライジャとの打ち合わせは午前十一時三十五分からの予定だった。アンドレアは階段をのぼって彼のオフィスへ向かった。長年の望みが叶うオファーをイライジャから出されたらどう答えるか、まだ決めかねていた。

バクスターに手を貸すことを決断したときには、アンドレアは生き馬の目を抜くような業界の出世争いからは身を引くことを固く心に決めていた。ところが、彼女の誤った贖罪《しょくざい》の試みは恐ろしいバックファイアを起こした。逆に彼女の名声とジャーナリストとしての影響力をめまいのするほどの高みへと押し上げた。汚れた世界から自由になろうとしたはずが、逆にその世界に深く身を沈めることになったのだ。

イライジャはアンドレアに気づくと、それまでのつきあいで初めて彼女のために自分からドアを開けた。そのため彼女はノックする暇《ま》さえなく、心を決めるためにどうしても必要だった数秒の間さえ奪われた。イライジャからはかすかに汗のにおいがし、両脇には汗染みができはじめていた。ほんの少し力を入れただけで破れそうなほど体にフィットした水色のシャツを着て、不恰好な脚の形が逆に強調されてしまうタイトな黒いズボンを穿いていた。

イライジャは悪名高い彼《か》のエスプレッソを勧めた——アンドレアは断わった——あとで、驚きはしなかったが、正直なところ、きみにあれほど捕食者の本能が備わっているとは思わなかった、といったような意味のことを延々と話した。それからボタンをクリックして背後のプロジェクターでグラフを映し出すと、そのグラフに眼を向けることもなく、よどみなく数字を挙げはじめた。アンドレアは笑いをこらえた。当のグラフは斜めに傾き、その半分が窓の外に消えていたので。ちょっと頭を動かせば気づくはずのことにも気づかないほど、彼は得意になっていた。

まるで彼女が綿密に演出した生放送だったかのように、ガーランド殺人事件における彼女のめざましい活躍について誉められたときには、アンドレアは吐き気を覚えた。ガーランドがのたうちまわる様子が脳裏に甦ったのだ。そんな彼女の気持ちになどまるで気づく様子もなく、イライジャはようやく本題を切り出した。

「……きみはわが局のゴールデンタイムの新ニュースキャスターだ！」

アンドレアはなんとも応えられなかった。イライジャはいかにもがっかりした顔で言った。

「おれの話、聞いてた？」

「ええ、聞いてました」とアンドレアは低い声音で答えた。

イライジャは椅子の背もたれに背をあずけ、ガムを一枚口に放り込むと、したり顔でうなずき、無意識なのだろうが、いかにも上位者ぶって彼女を指差した。

アンドレアはその指をへし折ってやりたくなった。

「わかってる」と彼は口を開いたままくちゃくちゃとガムを嚙みながら言った。「ウルフのことだろ？　きみはこう思ってる、元妻がカメラのまえに坐って、自分の死を世界じゅうに報告するなんて彼が望むわけがないとね」

イライジャに自分の気持ちを代弁されるなど、考えただけで虫唾《むしず》が走った。が、この件に関しては彼のその推測は的を射ていた。アンドレアは黙ってうなずいた。

「そりゃ辛いだろう。だけど、だからこそ貴重なんだ」とイライジャは言った。「だからこそ人の心をつかんで放さない番組になるんだよ。ウルフの最愛の女がウルフの死を知った直後にその速報をニュースで読み上げる姿が見られるというのに、退屈なＢＢＣを見ようなどと思う視聴者がいると思うか？　そう……まさにこれぞ必見！　ってやつだ」

アンドレアはユーモアのかけらもない笑い声をあげて立ち上がった。

「わたしにはあなたという人が信じられない」

「おれはリアリストなだけだよ。どっちみちきみは辛い経験をすることになるんだから。そんなときにどうしてカメラのまえにいちゃいけない？　カメラのまえにいてスター街道を突っ走っちゃいけない？　そうだ、いいことを思いついた。ウルフを説得して前日にインタヴューをするんだ。誰の胸も張り裂けそうになるインタヴューになるぞ。きみたちが最後の別れを告げ合う場面を放送するんだ」

アンドレアはオフィスを飛び出し、乱暴にドアを閉めた。

「考えてみてくれ！」背後からイライジャの叫ぶ声がした。「イエスにしろノーにしろ、週末までに返事を聞かせてくれ！」

二十分後にはカメラのまえに戻らなければならない。アンドレアはゆっくりと女性用トイレまで歩いた。そして、ほかに誰もいないことを確認して個室のドアを閉めると、身も世もなく泣き崩れた。

エドマンズは誰もいない科研の検査室でジョーを待ちながら、大きな欠伸をした。医療用廃棄物入れと冷蔵庫のあいだの窮屈な隅に立っていた。そこはたまたま検査室で死体用大型冷凍庫から一番離れた場所だったので。それでも手帳にメモを取りながらも、彼は数秒おきにちらちらとその大型冷凍庫を見ないわけにはいかなかった。

ゆうべは午前三時すぎまで起きていた。キッチンの食器戸棚の上に隠しておいた捜査資料の選別をしたのだ。ティアに気づかれる心配はなかったが、彼女の新しいペットはカーテンをよじ登って見つけ出すと、重要な目撃証言書類を嘔吐物まみれにした。まだ昼休みまえだというのに、エドマンズは自分でも心配になるほど疲れを感じていた。それでも少なくともこの疲れには価値があった。資料の中からさらに捜査が必要と確信させる未解決事件が見つかったのだ。

「おい！　その鼻はいったいどうしたんだ？」とジョーは検査室にはいってくるなり尋ねた。

「なんでもありません」エドマンズはそう言って狭い隅から出てくると、決まり悪そうに折れた鼻を撫でた。

「例の写真だけれど、まちがいなく犯人からのものだよ」とジョーは断言した。「三枚とも同じカメラで撮られてる」

「言ってください、血液からも何かわかったって」

「言うだけならできるけど、嘘をつくことになる。われわれのDNAデータベースにあるものとは一致しなかった」とジョーは言った。

「つまり犯人に逮捕歴はないってことですね」とエドマンズはむしろ自分に言い聞かせるように言った。これで解決済みの捜査資料は大半を除外できる。

「血液型はO型だった」

「珍しいタイプですか？」とエドマンズは期待を込めて尋ねた。

「腐るほど普通にあるタイプだ」とジョーは言った。「突然変異や病気の兆候もない。アルコールやドラッグも検出されなかった。眼の色はグレーかブルー。ここ最近で誰より記憶に残る倒錯連続殺人犯だというのに、そいつの血は嘆かわしいほどありふれたものだ」

「つまり手がかりは何もなかったということですか？」

「そうは言ってないよ。ブーツのサイズは二十八センチ。靴底の模様は陸軍標準装備のブーツと一致した」

エドマンズはまた手帳を取り出した。

「現場を見た鑑識班員によると、犯人の足跡から周囲の土壌より高濃度の銅とニッケルと鉛、さらにアスベストとタールとラッカーの痕跡が発見されたそうだ。倉庫だろうか？」

「調べてみます。ありがとうございました」と言ってエドマンズは手帳を閉じた。

「そうそう、ラグドールの胴体の身元が判明したんだって？　あの右腕のタトゥーはなんの模様かわかったか？」

「籠から逃げようとしているカナリアでした」

ジョーは怪訝な顔をして言った。「わざわざ消すようなものでもなさそうだが」

エドマンズは肩をすくめた。

「カナリアは籠の中におとなしく収まってるべきだなんて思ったんでしょうかね」


アイルランド大使館は、ベルグレーヴィア地区の広い角地からバッキンガム宮殿の敷地を見下ろす堂々とした六階建ての建物だ。アイルランド国旗が人通りの多い歩道に向かって掲げられていたが、天気がよく風のない今日は垂れ下がっていた。ウルフは国旗の下の屋根のある玄関に立った。正面玄関は歩道と大使館のあいだの細長い地下エリア——ゴミ集積所が設けられ、地上に出る非常階段がある——の上に架けられた橋のような役割も果たしていた。

ウルフは仕事柄、大使館をこれまで何度も訪ねたことがある。が、どこの大使館も同じような印象を受けた。高い天井、古い絵画、凝った装飾に縁取られた鏡、それに坐り心地はよさそうだが、まだ誰も勇気を出して腰かけたことのなさそうなソファ。言ってみれば、歓迎する態度を取りながらも、何も壊さないうちに帰ってほしいと内心願っている裕福な親戚を訪ねたような気分にさせられるのだ。この大使館も例外ではなかった。

一般公開エリアでセキュリティ・チェックをすませると、複雑な装飾を施された淡緑《ダック・エッグ・ブルー》色の壁に囲まれた大階段に出た。階段をのぼる途中、心強いことに三度足止めされた。最上階まであがると、上品な廊下に響き渡るアンドルー・フォードの聞き慣れた叫び声に出迎えられた。

あの反抗的な男とまた顔を合わせるまえのおだやかなひととき、ウルフは窓の向こうの宮殿を見やってから、ドアのまえに立っている武装した警官に笑みを向けた。警官は顔色ひとつ変えなかった。豪勢な部屋にはいると、フィンレーが黙ってテレビを見ているそばで、フォードが行儀の悪い幼児みたいに床の上でのたくっていた。

その部屋は普段はオフィスとして使われているようで、無作法な客の居場所をつくるために、コンピューターや机、ファイリング・キャビネットといったものは外に出されるか、奥の壁に積み上げられていた。さらに、急な依頼にもかかわらず、折りたたみベッドに電気ケトル、ソファ、テレビまでわざわざ用意してくれていた。

習慣の生きもの、フォードはどうやらテレビのまえの新品同様の革張りソファで寝たようだった。彼がワンルームのアパートで使っていた不快なにおいのする染みだらけのキルトがそこに広げられていた。不潔でだらしのない男がこんな豪勢な部屋で過ごしているというのは、なんとも奇妙な光景だった。その男がはるばるイギリスの西端へ行き、また戻ってくる旅の伴侶として選んだ唯一の所持品が、悪臭のする寝具というのも、いやはやなんとも信じがたかった。

「ウルフ！」フォードがまるで旧友にでも再会したかのように興奮した大きな声をあげた。

フィンレーがキルトの敷かれていないソファから陽気に手を振ってきた。

「この男はあんたに会ったときにはどんな声をあげた？」とウルフはフィンレーに尋ねた。

「思い出したくもないね。あまり友好的な声じゃなかったことだけは言っておくよ」

ウルフは床から立ち上がったフォードを見て、その手がひっきりなしに震えているのに気づいた。フォードは窓ぎわに駆け寄ると、眼下の通りを見て言った。

「あいつが来る、ウルフ。あいつがおれを殺しにくる！」

「犯人が？　まあ……そう」とウルフは困ったような顔をして言った。「でも、ここまでは来ないよ」

「来るよ、来るって。あいつにはなんでもわかってるんだよ、ちがうか？　まえにいた場所だって知ってた。この場所だって知ってるよ」

「その窓から離れないと、知られてしまうかもしれない。坐れよ」

フィンレーは、駄々っ子のようなフォードに生き地獄のような十七時間を過ごさせられていた。だから、そんな男が文句も言わずにウルフに従う様子を見る彼の眼は、どうしても恨みがましいものになった。ウルフは友人の横に腰かけると、からかうように言った。

「いい夜だったか？」

「このあともあいつがこれまでと変わらなかったら、おれが殺してやるよ」とフィンレーはぼそっと言った。

「あいつが最後に飲んだのはいつだ？」とウルフは尋ねた。

「早朝だ」とフィンレーは答えた。

アルコール依存症患者が長時間アルコールを摂取しないと、禁断症状というつけがまわってくることをウルフは経験から知っていた。不安が増大し、悪くすると精神錯乱も惹き起こす。今、フォードにそんなふうになってもらいたくはなかった。

「酒を飲ませたほうがいい」とウルフは言った。

「おれも頼んだんだが、大使から許可が出なかったんだ」

「ちょっと休憩したらどうだ？」とウルフはフィンレーに言った。「煙草を吸いたくて死にそうなんじゃないのか？」

「ここで死にそうなのはおれだ！」と背後でフォードが叫んだ。

ふたりは無視した。

「外に出たら、二本ばかり買ってきてくれないか……レモネードを」とウルフは意味ありげな眼つきで提案した。

シモンズがコーヒーを手に、それまで自分のものだったオフィスのまえを通り過ぎると、ヴァニタの怒声が聞こえてきた。

「くそったれ《チャーチャーチョッド》」ヴァニタのお気に入りのヒンディー語の卑語だ。

　シモンズのせいでヴァニタは午前中ずっと、溜まった文書をひたすら読み、未処理のメールに返信する作業に追われていたのだが、次のメールを開封してみると、それはラグドール捜査に関わる全員に送信された、新たな進捗報告だった。彼女は一斉メールの受信者リストにチェンバーズの名前が含まれているのに気づき、ため息をついた。シモンズは規約に従って、チェンバーズの死が確認された直後、彼の本庁への入庁許可証を無効にする手続きをすでに取っていた。ただ、チェンバーズのようなヴェテラン刑事をあらゆるデータベースから削除し、本人が使っていた備品を回収するという時間のかかる作業は、彼女の〝やるべきリスト〟のかなり下のほうにまわされていた。

　頻繁に更新される進捗報告すべての宛先に死んだ同僚の名前も含まれていていいわけがない。彼女は、チェンバーズの名前をリストから削除するようメールで指示すると、次の〝やるべきリスト〟の項目に移った。


　シモンズとエドマンズは五十センチと離れていないところに坐って、もう一時間以上黙々と仕事をしていた。エドマンズは短気な先輩刑事のそばで驚くほどリラックスしていた。三ヵ月間バクスターの下にいたことで鍛えられたのだろう。ふたりはまさしくそれぞれの仕事に没頭する有能で知的な刑事だった。仲よく並んで互いに敬意を払い合う――

　エドマンズの思考をさえぎるように、シモンズが彼の顔を見て言った。

「おまえの机を注文することをあとでおれに思い出させてくれ。いいな?」

「はい、了解です」

エドマンズにとってそのあとの沈黙の心地よさは大幅に減少した。

シモンズはリストに残る八十七人のひとりひとりに連絡を取るという、気の遠くなるような作業をまだ続けていた。一回目で確認が取れたのはわずか二十四人だった。彼はページを裏返し、最初に戻ってまた連絡しはじめた。ラグドールの最後の犠牲者の身元が確認できれば、この犯罪の全体像が見えてくるはずだ。

そもそものリストの作成を提案したのはエドマンズだった。なのに、いつどのような経緯でシモンズがその作業を担当することになったのか、それはエドマンズにもわからなかった。が、あえて尋ねようとは思わなかった。彼は彼でラグドール事件の被害者とナギブ・ハリドのつながりを探ることで手一杯だった。

チェンバーズ警部補とジャレッド・ガーランドとハリドとのつながりもまだ不明だった。ただ、警官とジャーナリストというのは、長いあいだに大勢の敵をつくってしまっても不思議はない職業だ。そこでエドマンズはまず、マイケル・ゲーブル゠コリンズ、ターンブル市長、ウェイトレスのアシュリー・ロクランの三人に的を絞ることにした。

彼は焦っていた。この事件の被害者にはなんらかのつながりがある。あまつさえ明らかにハリドがキーパーソンだ。そこまではわかっている。なのにどうしていつまで経っても全体像が見えてこないのか。

バクスターは、ウルフのアパートから二本通りを隔てた路地で発生した性的暴行事件の現場にいた。治安の悪い一帯で、廃棄物コンテナにはいって証拠探しを手伝うのを拒んだために、ブレークを怒らせていた。本来なら目撃者を捜さねばならない。なのに、どうしても彼女の心はウルフとフィンレーのいるアイルランド大使館のほうにさまよった。犯人がアンドルー・フォードの命を奪うと宣した期日まであと一日半。エドマンズがそばにいないのが淋しかった。彼が子犬のように彼女のあとをついてくることがいつのまにかあたりまえになっており、今朝もいもしないエドマンズに向かって、つい大声で命じたりしてしまっていた。退屈だった。若い女性の身に降りかかった人生で最も悲惨な事件を捜査している最中にそんなことを思うのは、ひどいことだ。それはわかっていても、それでも退屈だった。ほんの数メートル先でのたうちまわるガーランドを見たときの感覚。あのときの絶望感が今もフラッシュバックのように甦った。彼の手を握り、生きてくれと願ったことが思い出された。彼の死を看護師に告げられたときのことも。

要はアドレナリンが恋しいのだ。ここ数日は人生最悪の日々だった。それでも、もう一度同じことを繰り返す機会が与えられれば、きっとためらわないだろう。彼女は自問した――わたしはどこかおかしいのだろうか？　脳裏に焼きついて離れないおぞましい記憶でも何もないよりましだと思っているのだろうか。何も感じないより恐怖と身の危険を感じるほうがまだいいとでも思っているのだろうか。彼女はそこでふと思った――ひょっとして、この事件の犯人もまた残虐行為を正当化するために、わたしと同じような自問をしているのではないだろうか。

自分自身が恐ろしくなり、バクスターは眼のまえの仕事に集中することを自分に強いた。

ウルフとフィンレーはほとんど聞き取れないほどの音量で自動車情報番組『トップ・ギア』の再放送を見ていた。フォードはもうひとつのソファにいて、キルトの上掛けの下で大いびきをかいていた。〝レモネード〟の壜を一本半ほど飲んで酔いつぶれていた。そうやって、ふたりの刑事に幸せな静かな時間をもたらしてくれていた。

「トマス・ペイジ」とフィンレーは小声で言った。

「ええ？」とウルフは訊き返した。

「トマス・ペイジ」

「あのクソ野郎。あいつはおれの――」

「おまえさんがまだ研修中の頃だ。あいつはおまえさんの歯を二本現場でへし折った。知ってるよ」

「あいつはいつも頭に血がのぼってた」

「おまえさんはいつも生意気だった」と言ってフィンレーは肩をすくめた。

「なんであんなやつの話が出てくるんだ――？」

「ヒュー・コットリル」とフィンレーはウルフのことばをさえぎって言った。

「あのクソ」とウルフは吐き捨てるように言った。危うくフォードを起こすところだった。

「おれが初めて逮捕したやつだ。窃盗で。だけど、うまいことやりやがって釈放された」

「あいつはやるべきことをしただけさ」とフィンレーは笑みを浮かべて言った。明らかにウルフを挑発していた。

「あの野郎は顧客に時計を盗まれたことにしやがった。何が言いたいんだ?」

「おれが言いたいのは、おまえさんはいっぱい能力を持ってるけど、その中に赦すという能力は含まれてないってことだ。おまえさんは恨みを持ちつづける。おれのことだって昔々におれが言ったことか、やったことのせいで、おまえさんは今でもおれを恨んでる」

「言ったことだ」とウルフは事実をはっきりさせて笑った。

「あそこで寝てるがらくたは、すこぶる気分のいい日であっても好きにはなれないような野郎だよ。だけど、おまえさんは本気であいつを憎んでるはずだ。あいつはおまえさんの手首を三個所も——?」

ウルフはうなずいた。

「……折っただけでなく、ハリドの命まで救ったんだから」

「もう一度訊くよ」とウルフは言った。「何が言いたい?」

「特に何か言いたいことがあるわけじゃない。それでも、このめぐり合わせはなんとも皮肉な話じゃないか。おまえさんは今、救ってやりたいなどとついぞ思ったことのない相手を守る破目になってるんだから」

「確かに」互いにテレビにいっとき気を取られたあと、ウルフは小声で言った。「確かに皮肉なめぐり合わせだよ。おれがこれまでしてきたどんなことよりこのクソ――」

ウルフは最後までは言わなかった。フィンレーはウルフにうなずいてみせた。

「……この男の命を救いたいという心境になったのは、もしこいつを救うことがおれたちにできたら、もしかしたら、もしかしたら、それでおれ自身も救われるんじゃないか。そう思うからだ」

フィンレーはうなずいて理解を示した。そして、思いきり心を込めてウルフの背中を叩くと、また視線をテレビに戻した。

23

二〇一四年七月八日（火）
午前六時五十四分

「放せ！」とフォードが叫んだ。ウルフとフィンレー、それに外交警護部の警官が三人がかりで逆上して暴れるフォードを室内に引きずり戻した。「おれを殺す気か！　おれを殺す気か！」

黄疸が出てやつれた顔をしているにもかかわらず、フォードは驚くほど力が強かった。彼がパニックに陥った三分のあいだ、部屋の外に出ようとするのを三人でなんとか抱え上げ、戸口の内側まで運び込んだ。それでもフォードは頑丈なドア枠にしがみつき、両足をばたつかせ、三人を蹴飛ばそうとした。部屋の中では、アンドレアがテレビを通じて世界に向かって語りかけていた。画面の上のほうではおなじみの〝死の時計〟がフォードに残された時間のカウントダウンをしていた。アンドレアが現場のレポーターを呼び出すと、突然、フォードと揉《も》み合うウルフとフィンレーと警官の姿が画面上に映し出された。

ウルフは取り乱しているフォードからもう少しで手を放しそうになった。振り返ってカメラマンの居場所を探した。向かいのビルの窓から、危険なまでに身を乗り出して撮っていた。

武装した警官がふたり駆けつけてきた。外交警護部の警官が応援を要請してくれたのだろう。

「ブラインドをおろせ！」とウルフはなりふりかまわず叫んだ。

　テレビを見て、警官たちも即座に状況を理解した。ひとりが窓ぎわに走り、もうひとりが暴れるフォードの足をつかんだ。フォードもさすがに多勢に無勢と悟ったようで、体の力を抜いた。そして、今度はさめざめと泣きはじめた。

「おれを殺すつもりか」としゃくり上げながら繰り返した。

「記者どもをあのビルから追い出すんだ！」とウルフは駆けつけた警官に向けて言った。ふたりはうなずくと、急いで部屋から出ていった。

「おれを殺す気か！」

「静かにしろ！」とウルフは言った。

　シモンズに相談する必要があった。フォードの意思に反して拘束すると、法的に自分たちはどういう立場に置かれるのか。ウルフには判断がつかなかった。どういうコネがあったにしろ、忌々しいカメラマンのせいで、ここにいる全員が暴行罪で告発されかねない。こうした問題はヴァニタと話すべきことだ。が、彼女の返答が警察の広報部寄りで、自らの保身しか考えないものであることは初めからわかっていた。少なくともシモンズは現実の世界を知っている。

　その三十分後、ウルフはシモンズと電話で話し合った。その朝、シモンズは殊勝なことに早朝から登庁していた。ふたりは警察の提案を拒否したガーランドの場合とは異なり、フォードは〝まともな精神状態〟とは言いがたいということで意見が一致した。フォードの身の安全を第一に考えると、彼の基本的人権は一時的に無視すべきだということで。

それはどう贔屓目《ひいき》に見ても違法すれすれの措置だった。言い換えれば、警察はそこまで追い込まれているということだ。本来なら、資格を持つ医師に患者をきちんと診察させ、しかるべき診断書を裁判所に提出して取るべき措置だ。しかし、ほかの誰でもない、あのエリザベス・テイトがヴィジェイ・ラナを殺すような事件がすでに起きているのだ。ウルフはフォードを誰とも会わせたくなかった。

ニュースを見たアイルランド大使が大使館に戻ってきた。ウルフは大使館のスタッフがマスコミに情報を売ったと大使を非難し（そんな権限はなかったが）情報を洩らしたやつを徹底的に調べると言い放った。言ったそばからあとで謝罪しなければならないと思いつつ。

フォードのお守《も》りをして苛立たしい夜を過ごし、疲労困憊していたせいもあっただろうが、彼は怒りをぶつける相手をまちがえていた。怒りの矛先を向けるべき相手はどう考えてもアンドレアだろう。彼女は自分のキャリアのために他人の命を危険にさらしたのだ。今度ばかりはウルフにしてもアンドレアの妨害行為を見逃すつもりはなかった。もしフォードに何かあったら、それは彼女の責任であることをはっきりさせるつもりだった。

シモンズはフォードをどこか別の場所に移そうと提案してきたが、ウルフはそれには反対した。眼下の通りには、ロンドンじゅうのマスコミの半数が集まっており、電話で話していても、興奮したざわめきが窓の隙間から洩れ聞こえてくるほどで、この状況では、ますます膨れ上がる野次馬の眼を避けることはおろか、パパラッチをまくことも不可能だろう。すでに安全な大使館の中にいるのだから、ここでフォードを守るのがどう考えても最善策だ。

ウルフが電話を終えて部屋に戻ると、フォードとフィンレーが静かに話していた。フォードはすっかりあきらめた様子だった。三十分まえの騒ぎを考えると信じられないほど落ち着いていた。

「あんたは自分の仕事をしただけだ」とフィンレーが言ってた。「無罪を宣告されたばかりの人間が目のまえで殴り殺されそうになっているのに、それを阻止しちゃいけない理由がどこにある?」

「でも、あんたはおれが正しいことをしたと本気じゃ思っちゃいない。ちがうか?」そう言って、フォードは苦々しげに笑った。

「いや。おれが言ってるのは、あんたにはそうするしかなかったってことだ」

ウルフとしても興味をそそられる会話だった。邪魔にならないよう、ウルフはそっとドアを閉めた。

「あんたが割ってはいらず、ハリドが死んでいたら、ハリドが実は火葬キラーだったと糾弾されることもなく、しかもここにいるウルフは」フィンレーは戸口に立っているウルフを示した。「その後、二十五年間を刑務所で過ごすことになっていたわけだよ」

「でも、小さな女の子が死んでしまった」とフォードは眼に涙を浮かべて言った。

「確かにな。でも、そのかわり善良な市民が刑務所に行かずにすんだんだ」とフィンレーは言った。「ハリドが生き残ってよかったなんて言ってるんじゃない。ただ……どうしようもないこともあるって言ってるだけだ」

フィンレーはいつも持ち歩いている古いトランプを取り出すと、三人分、配った。フィンレーの話は精神的に不安定な男を落ち着かせただけでなく、ソファに腰をおろしたウルフにも影響を及ぼしていた。ウルフはあの悲惨な日のネガティヴな結果にずっと囚《とら》われてきた。いい面を考えてみようとしたことは一度もなかった。

ひどい自分の手札を見てから、ウルフはフィンレーをじっと見た。何年も一緒にポーカーをしてきて、フィンレーが汚いイカサマ師だということはよく知っていた。フォードのほうは手札を見たあとで泣きだした。ポーカーフェイスとはほど遠かった。

「3を持ってる？」とフィンレーが言った。

「持ってない。山から引いてくれ《ゴー・フィッシュ》」

ブレークはトイレが近く、紅茶のアールグレイに眼がない。エドマンズは昨日一日ブレークを観察してそう結論づけていた。今、そんなブレークがエドマンズとシモンズの共有の机の横を通り過ぎるのを待って、エドマンズは席を立ち、部屋の奥の机について仕事しているバクスターのところまで走った。制限時間は二分。

「エドマンズ！　何をしてるの？」とバクスターは尋ねた。エドマンズはめだたないようにしゃがみ込んでいた。

「大使館の件は誰かがマスコミに洩らしたんです。それで犯人にもわかってしまったんです」とエドマンズは小声で言った。

「わたしは事件に関わるなって言われてるんだけど」

「ぼくが信頼できるのはあなただけです」

バクスターは表情をゆるめた。ガーランド事件の大失態以来、誰もが彼女を遠ざけていた。そんな中、少なくともひとりはまだ彼女の意見を尊重してくれている。それは気分の悪いことではなかった。

「ここにいる人間はみんな信頼できるわよ。大使館の情報を流せる人間はほかにもいる。外交警護部の人間にしろ、大使館員にしろ。向かいのビルの誰かかもしれない。もういい加減、その話を引きずるのはやめなさい。さあ、戻って。わたしを困った立場に立たせないで」

エドマンズは急いで席に戻った。数分後、ブレークがマグカップを手にエドマンズの机の横を通り過ぎた。


シモンズは午《ひる》すぎまでにリストにある八十七人のうち、四十七人を除外していた。エドマンズは引き続き犠牲者間のつながりを突き止めようとしていた。が、通常の確認方法ではどうにも埒が明かなかった。そこでもとの部署の手法に立ち返ることを思いつき、元同僚のパスワードを借りて、詐欺捜査課のデータベースにアクセスしてみた。

それから十五分も経っていなかった。エドマンズはある発見をして、文字どおり椅子から飛び上がり、シモンズを死ぬほど驚かせた。そのあとふたりは会議室に移動して、ふたりだけで話し合った。

「アシュリー・ロクランの件です」とエドマンズは勝ち誇ったように言った。

「次に殺害予告されているウェイトレスか？」シモンズは言った。「彼女がどうした？」

「二〇一〇年当時、彼女は結婚していて、アシュリー・ハドソンという名前でした」

「そんなことがどうしてこれまでわからなかったんだ？」

「わかってもおかしくなかったんですが、メインバンク以外の銀行だと、十ヵ月だけちがう名前で開設された銀行口座までは検索に引っかからないんです。二〇一〇年四月五日に彼女は二千五百ポンドを現金でハドソン名義の自分の口座に振り込んでいます」そう言って、エドマンズは印刷した資料をシモンズに手渡した。

「ハリドの裁判が始まった頃だ」

「調べてみたんですが、当時、彼女は最低賃金でパブで働いていました。なのに、その二週間後には二度目の二千五百ポンドを振り込んでるんです」

「面白い」

「疑わしいでしょ？」とエドマンズはシモンズのことばを正した。「それで、その時期のほかの犠牲者たちの口座も調べてみたんです。すると、ヴィジェイ・ラナという名前の人物が同じ金額を二回引き出していました」

「どうしてハリドの兄貴が五千ポンドもの金をパブのウェイトレスに渡したんだ？」

「それを彼女に訊いてみるつもりです」

「行ってこい。よくやった、エドマンズ」


午後四時、警備の警官が交代する気配がドア越しにもわかった。ウルフたちは朝の一件以来、テレビを消していた。しかし、それは形ばかりの抵抗だった。下の通りに野次馬とパトカーと記者の波が引きも切らず押し寄せている音は、嫌でも耳にはいってきた。

短い発作を二回起こしはしたものの、フォードは新たに見せるようになった一面をどうにか維持していた。とりあえず落ち着いていた。もしかしたら、かつてはそういう人物だったのかもしれない。ウルフもフィンレーもそう思った。下の通りで何か事件が起こることを待ち構えているサメのような群衆に煽られても、傲然と、決然としているようにさえ見えた。

そんなフォードが言った。

「おれはすでにひとりの連続殺人鬼に人生をめちゃくちゃにされた。もうひとりの殺人鬼におれの人生の最後を決めさせるつもりはないよ」

「その意気だ」とフィンレーが励まして言った。

「自分の人生は自分で決める」とフォードは言った。「今日はすごくいい日になりそうだ」

セキュリティ対策の一環として、窓はすべて閉められ、ブラインドがおろされていた。それで廊下から扇風機を一台借りてきてあったのだが、それでも室内は息がつまりそうだった。

ウルフはシャツの袖のボタンをはずし、袖をまくった。左腕に広がる治りかけの火傷があらわになった。

「今まで訊かなかったが」とフォードがウルフのその怪我を示して尋ねた。「どうしたんだ？」

「なんでもない」とウルフは答えた。

「怪我をしたんだ。ターンブル市長のときに……」とフィンレーがあいまいに答えた。

「ということは、ふたりともおれのそばにいるだけで大きなリスクを負ってるってことか。犯人がここにロケット弾を撃ち込んできたりしてな」

フィンレーも明らかにそこまでは考えていなかったようで、ウルフの顔色をうかがった。

「おれはどうせ長くはないから」とウルフはブラインドの隙間から外をのぞきながら、むしろ愉快そうに言った。

「おれのせいで誰かが怪我するだけでもおれは嫌だよ」とフォードが言った。

ウルフは路上のある三人組をさきほどから五分以上見ていた。その三人に眼がいったのは、ほかの野次馬から離れたところに陣取って、何かを待っているように見えたからだ。その中のふたりが持参した大きな布製のボストンバッグが、通行止めされた道路の真ん中に置かれていた。ウルフがじっと見守っていると、三人がそれぞれ異なる動物のマスクをかぶりはじめた。ほどなく新たに六人がその三人に加わった。

「フィンレー！」とウルフは窓ぎわから声をかけた。「通りにいる警官と連絡が取れるか？」

「ああ。どうした？」

「妙なことが起きてる」

　マスクをした一団のうちのふたり――漫画風のサルとワシのマスクをかぶっていた――がしゃがんで、ボストンバッグを開けた。そして、その中からなにやら取り出すと、野次馬の中に割ってはいり、さらに警察の立入規制テープの下をくぐった。

「子殺し！」ふたりのうちのひとりがウルフたちに向かって叫んだのが窓越しにくぐもって聞こえた。

「火葬キラーの救済者！」もうひとりも叫んだ。女の声だった。

　外の警備にあたっていた警官がすばやく立入規制テープを越えたそのふたりを外に連れ出した。が、そのときにはもうメディアの関心は後方にいた七人に集まっていた。その七人は大きなボストンバッグから横断幕とプラカードと拡声器を取り出していた。その中のサメのマスクをかぶった女が路上の騒音を上まわる大声でわめきはじめた。

「アンドルー・フォードは自業自得だ！　フォードが火葬キラーの命を救わなければ、アナベル・アダムズは今日も生きていたのに！」

　ウルフは室内を振り返り、フォードの反応を確かめた。また突然暴れだすのではないかと思った。が、驚いたことに彼は微動だにしていなかった。ただじっと坐ったまま、自分への誹謗《ひぼう》中傷に耳を傾けていた。なんと声をかけていいかわからなかったのだろう、フィンレーがテレビをつけた。子供番組をやっていた。外の騒ぎを掻き消そうと、彼はヴォリュームを上げた。この広くて薄暗い部屋が突然フォードの貧しいワンルームのアパートに似てきた。ウルフにはそんなふうに思えた。

「悪魔を救った汝《なんじ》には神の鉄槌《てっつい》がくだるだろう！」

抗議者たちは似非《えせ》宗教風のスローガンを繰り返し唱えはじめた。抗議者のひとりが身振り手振りを交えて、レポーターに話している横で、リーダーらしい者がほのめかしていた、フォードは初めからハリドと結託していたと。

「こういうことはまえにもあったのか？」とウルフが眼下の示威《しい》行動を眺めながらフォードに尋ねた。

「こういうのは初めてだ」とフォードは答えたものの、心ここにあらずといったふうだった。そして、かろうじて聞き取れるほどの小さな声で外のスローガンに唱和した。「悪魔を救ったおれには神の鉄槌がくだるだろう」

路上の警官たちが抗議グループを取り囲んでいた。ただ、彼らが暴れたりしないかぎり、彼らを追い散らすことはできなかった。ウルフが身振りでフィンレーを窓ぎわに呼んだ。

「犯人の仕業だと思うか？」とフィンレーはウルフの心を読んで言った。

「わからない。それでもどこか変だ」とウルフは答えた。

「行って、確かめてこようか？」

「いや、あんたはフォードのそばにいてくれ。おれが見てくる」

ウルフはマスクをかぶった抗議グループに最後にもう一度眼をやってから、ドアに向かった。

「ウルフ」フォードが部屋を出ていくウルフに声をかけた。「支配力を取り戻すんだ」

ウルフはフォードの奇妙な呼びかけに愛想笑いを返し、フィンレーに向かって肩をすくめると、部屋を出た。一階まで降りたところで、エドマンズから電話がはいった。エドマンズはアシュリー・ロクランに関する新事実を伝えてきた。

「ロクランはあなた以外の人とは話したくないそうです」とエドマンズは言った。

「今は忙しい」

ウルフが大使館から出るなり、レポーターたちが波のように押し寄せてきた。フィンレーに頼むべきだったかもしれない。自分の名を叫ぶ声を無視して、ウルフは立入規制テープの下をくぐり、人垣を掻き分け、シュプレヒコールが聞こえるほうに向かった。

「重要なことです」とエドマンズが電話の向こうから言ってきた。「彼女の話を聞けば、この事件の被害者全員のつながりがやっとわかるかもしれません。そうすれば、犯人像を絞り込めます」

「わかった。じゃあ、連絡先をメールしてくれ。時間を見つけて彼女に電話する」

ウルフは電話を切った。七人の扇動的な抗議グループのまわりには大きなスペースができていた。間近で見ると、漫画風の動物のマスクがいっそう邪悪に感じられた。ぴくりとも動かない笑顔から悪意に満ちた声が吐き出され、ゴム製マスクの黒い穴の奥から怒りに満ちた眼がのぞいていた。背丈も振る舞いも一番威圧的な抗議者がおり、そいつは口を大きく開けたオオカミのマスクをつけていた。二枚のプラカードを頭上高く掲げ、足を踏み鳴らしてほかの抗議者たちのまわりを歩き、攻撃的なスローガンを唱えていた。ウルフはそのときオオカミ男がかすかに足を引きずっているのに気づいた。おそらく前回のデモのときに警察のゴム弾が尻にでもあたったのだろう。

ウルフはその敵意に満ちた男をあとまわしにして、サメのマスクをかぶっている女に近づいた。女はまだ拡声器を口にあててスローガンを唱えていた。ウルフはスローガンの途中で拡声器をつかんで取り上げ、背後の建物の壁に投げつけた。拡声器がキ――ンと耳をつんざくような音をたてて壊れた。そんなウルフの一挙一動をテレビカメラが貪欲に、そして非難がましく追っていた。

「ちょっと！　なんてことをするのよ……あら。あなた、もしかしてあの刑事さん？」女はさきほどまでとは打って変わった中流階級の女性らしい声音で言った。

「ここで何をしてる？」

「抗議活動です」と言ってサメのマスクの女は肩をすくめた。

女がマスクの下で得意げな笑みを浮かべたのが見えるようだった。ウルフは不快げに顔をしかめた。

「あら、いやだ、そんな顔をしないでください」と言って女はマスクを脱いだ。「正直に言うと、わたし、何もわかってないんです。たぶんわたしたちの誰もわかってないと思います。ネットでバイトを募集してたんです。フラッシュモブとか、ホテルの外に群らがってどこかのバンドのサクラになるとか、そういうバイトの広告が出てるサイトがあるんです。そのサイトで今日抗議活動をする人を募集してたんです」

「なんていうサイトだ？」

彼女は詳細が印刷されたチラシをウルフに手渡した。

「うちの大学でこのチラシを配ってたんです」

「バイト代はもらったのか？」ウルフは尋ねた。

「もちろん。でなきゃ、こんなことやらないわ」

「さっきまではずいぶんと熱がこもってたようだが」

「演技ですよ。プラカードに書いてあることばを読んでただけです」

大勢の野次馬がこのやりとりを聞いていた。ウルフにはそれが気がかりだった。テレビの生中継のカメラのまえで事情聴取をするなど、本来なら避けるべきだ。

「バイト代はどうやって受け取った？」

「現金で。そのバッグの中にはいってました。ひとり五十ポンドです」彼女は質問攻めに段々うんざりしてきたようで、続けて言った。「訊かれるまえに答えておきますけど、集合場所はブロンプトン墓地のお墓のまえでした。わたしたちが行ったときにはそのボストンバッグがもうそこに置いてあったんです」

「誰のだ？」

「バッグのこと？」

「わたしがさっき読み上げた人……アナベル・アダムズ？」

「誰の墓のまえだ？」

ウルフはその答には内心驚いた。が、それを押し隠して言った。

「そのバッグとその中にはいってたものはすべて、殺人事件捜査の証拠として押収する」そう言って、ウルフは空《から》のボストンバッグを抗議グループのほうに蹴った。

彼らは泣きごとを言ったり、悪態をついたりしながらも、ウルフの指示に従い、プラカードや横断幕やスローガンが書かれたカードをいい加減に積み上げた。

「そのマスクもだ！」とウルフは苛立ちを隠さず吠えた。

ひとり、またひとりと、色とりどりのマスクをはずしていった。マスクをはずした六人のうち、ふたりはすぐに顔を隠すようにフードをかぶった。実のところ、彼らは何も悪いことはしていなかったのだが。

ウルフはオオカミのマスクをかぶった最後の抗議者のほうを向いた。オオカミ男はそれまでのところ、ウルフの指示をことごとく無視していた。その威容を誇示するように、自分のテリトリーを主張するかのように、群衆を押しのけ、間断なくスローガンを唱えていた。ウルフは男のまえに踏み出した。皮肉なことに、舌なめずりをしていかにも嬉しそうな顔をしているオオカミのマスクだった。が、オオカミ男はウルフにわざと体をぶつけ、スローガンを唱えるのをやめなかった。

「それを没収する！」とウルフは男が頭上に掲げる二枚のプラカードを示して怒鳴った。プラカードにはすでに耳慣れたスローガンが書かれていた。

ウルフは再度男の行く手をふさぐと、最悪の事態に備えて身構えた。男はそうした広告にいかにも応募しそうな男に思えた。マスクの背後に隠れ、匿名性を利用し、警備が追いつかない群衆にまぎれ、暴力や器物損壊や窃盗の機会を狙う輩だ。

ウルフはこの男の逮捕にはなんのためらいもなかった。男はウルフの顔からほんの数センチと離れていないところで、立ち止まった。ウルフは自分と同じくらいの背丈の相手と正面から向き合うことには、あまり慣れていなかった。ゴムのマスクから何かの薬品のような、朽ちたようなにおいが思いがけず漂ってきた。まるでオオカミそのものの野獣のような薄いブルーの眼がじっとウルフを見すえていた。

「プラカードを渡せ。今すぐ」とウルフは彼のキャリアを知る者なら誰もが縮み上がりそうな声で言った。

ウルフが眼をそらさないでいると、男は頭を傾げた。本物の動物のように。新たな敵を値踏みする好奇心旺盛な野生動物のように。ウルフは背後のカメラを意識した。マスコミは一発触発の状況を固唾《かたず》を呑んで見守り、争いがエスカレートすることを祈っていた。すると、いきなり男が掲げていたプラカードを二枚ともコンクリートの路上に投げ捨てた。

「マスクもだ」とウルフは言った。

男は従うそぶりを見せなかった。

「マスクもだ」とウルフは繰り返した。

そう言って、威嚇するように体を近づけた。ゴム製の鼻とウルフの鼻が触れそうになり、互いの熱い息が混ざり合い、ウルフは不快なにおいを嗅いだ。そんな睨み合いが十秒ばかり続いた。そこで男の色素の薄い眼がさっと動いた。その眼はウルフの背後の大使館の上階の窓に向けられていた。まわりの人々もオオカミ男が見たものに気づいて息を呑み、口々に叫び声をあげはじめた。

ウルフは背後を振り返った。傾斜のある屋根の上にフォードがいた。ぐらぐらと体を揺らしていた。フィンレーが小窓から身を乗り出して手を伸ばし、フォードに戻ってこいと説得していた。全員が息を止めた。フォードがフィンレーの手から逃れ、バランスを失った綱渡り師のように屋根の上をよろよろと歩き、煙突のほうへ向かいはじめたのだ。

「やめろ、やめろ、やめろ」

ウルフは低くそうつぶやくと、眼のまえのオオカミ男を押しのけ、人込みを掻き分け、大使館のほうに戻った。外交警護部の警官たちがフォードの動きに合わせて、階下《した》のあちこちの窓から顔をのぞかせるのが見えた。

「やめるんだ、アンドルー！」フィンレーの叫び声がした。彼は窓敷居から不安定な屋根の上に身を乗り出していた。

屋根瓦の一部が崩れ、まるでスローモーションのように落下して、路上のパトカーのフロントガラスを割った。

「動くんじゃない、フィンレー！」とウルフは人だかりの中から、同僚に向かって叫んだ。

「動くな！」

「ウルフ！」とフォードが叫んだ。

　ウルフはつんのめって立ち止まり、フォードを見上げた。路上ではまったく感じられない風が、屋根の上ではフォードのむさくるしい髪をなびかせていた。消防車のサイレンの音が聞こえてきた。ここへ急行しているのだろう。

「支配力を取り戻すんだ！」とフォードはまた同じことを言った。今はウルフにも彼の言いたいことがわかる気がした。

「そんなことをしたら……おまえが死んだら……犯人に支配されたことになる。犯人に負けることになる！」とフィンレーが叫んだ。傾斜した屋根の上にしゃがんで、必死で窓枠にしがみついていた。瓦のかけらがさらに路上に落下した。

「ちがう。おれがこれをしたら、勝つのはおれだ！」

　フォードはそう言って、煙突を握りしめていた手を放すと、震える両手を恐る恐る上げてバランスを取った。大通りの車の流れが止まり、車を降りた人々がこの世界的ニュースを特等席で見守った。路上の野次馬もさすがに静まり返っていた。レポーターだけが取り乱しながらも小声で速報を伝えていた。消防車のサイレンはまだ数ブロック離れたところからしか聞こえていなかった。

　フィンレーは屋根を這い、窓と煙突の中間まで来ていた。フォードの体がぐらりと傾き、野次馬から悲鳴があがった。フォードは両手を伸ばしたまま眼を閉じると、よろよろと屋根のへりまで出た。

「どうしようもないこともある」とフォードは言った。その声はあまりに小さく、フィンレーの耳にしか届かなかった。

フォードの体が宙に浮いた。

フィンレーは慌てて距離を詰めたが、フォードはもう彼の手の届かないところにいた。真っ逆さまに落下した。ウルフは路上に集まった二百人の野次馬とともに、為す術《すべ》もなくただ見ているしかなかった。フォードの体は窓を背景に音もなく垂直に落下し、歩道とのあいだにある細長い地下エリアに消えたと思うと同時に、どすんという鈍い音がした。

いっときあたりは静まり返った。やがて警官の制止も聞かず、レポーターたちが事件直後の陰惨な映像をスクープしようと、われさきに大使館の建物に押し寄せた。ウルフは黒い金属製の外階段を駆け降り、最後の六段は飛び降りた。フォードの体は落下の衝撃で不自然にねじ曲がっていた。気づくと、ウルフはフォードの後頭部から流出した大量の血だまりの中に立っていた。

ウルフがフォードの脈を確認するより早く、生々しい死体を照らしていた太陽の光が地上の人々の影にさえぎられた。イコンのような写真の被写体として、ウルフはまたしてもカメラに収められることになった。が、そんなことを考えている余裕もなかった。次第に広がる血だまりの中、壁にもたれて坐り、ウルフにはただひたすら助けを待つことしかできなかった。

　地下エリアは三分後にはもう警官と救急隊員でごった返していた。ウルフは地上に戻ろうと立ち上がった。屋根の上では、消防隊員が煙突に必死にしがみついているフィンレーを救出しているところだった。ウルフが金属製の外階段の下まで歩くと、赤い足跡がついた。肥った検死医が狭い外階段を降りてきた。検死医が降りきるのをウルフはそこでしばらく待った。

　両手をポケットに突っ込むと、指先に何かが触れた。ポケットの中に覚えのない紙切れがはいっていた。怪訝に思い、ウルフはポケットから取り出すと、その紙切れを慎重に広げた。くしゃくしゃの紙の真ん中に血まみれの指紋がついており、裏側に文字が透けて見えた。紙を裏返した。これまでの犯人のものと同じ筆跡で、短いメッセージが書かれていた。

《おかえり》

　ウルフはぞっとしてそれを眺めた。いったいいつからポケットにはいっていたのか？　犯人はどうやってこれを――

　オオカミ男だ！

「どいてくれ！」そう怒鳴ると、ウルフは外階段を降りてきた肥った検死医を押しのけた。路上に出ると、混雑した人込みの中、血眼《ちまなこ》になって抗議者たちの姿を探した。撮影機材を撤収しているマスコミの連中と、見物が終わって立ち去ろうとしている野次馬のあいだを縫って、没収したプラカードや横断幕が積み上げられた場所まで走った。

「さあ、さあ、行ってくれ！」ウルフはあたりをうろつく野次馬を怒鳴りつけ、ベンチの上に立って、あたりを見まわした。

道路の真ん中に何かが落ちていた。人の群れを押しのけてそこまで行った。オオカミのマスクだった。ゴム製のそのマスクはコンクリートの路上で踏みつけられ、破れて汚れていた。

身を屈めて、マスクを拾い上げた。犯人はまだすぐ近くにいる。ウルフを眺め、嘲笑い、自分の持つ力を思い、悦に入っているはずだった。フォードを支配し、メディアを支配している力を思って。さらには、ウルフとしては認めたくはなかったが、ウルフをも支配している力を思って。

セント・アン病院

二〇一〇年十月六日（水）
午前十時八分

ウルフは古い大きな建物を取り囲む庭を眺めていた。庭には木洩れ日が射していた。頭上の枯れかけた葉の隙間からかろうじて射し込む光が、きれいに刈り込まれた芝生のあちこちに小さな陽だまりをつくり、そよ風が吹き、それにつれてその陽だまりも揺れていた。

そんなおだやかな風景を享受するだけでもウルフには集中力が要った。それだけでもウルフの疲れきった心に負担をかけた。一日に二回強制的に処方される薬物のせいで、半分寝ているような状態がずっと続いていた。それはアルコールを摂取したあとのぬくもりのある気だるさではなく、心が遠くに行ってしまったような無感動で打ちひしがれた感覚だった。

もちろん、ウルフも薬物の必要性は理解していた。この娯楽室にはありとあらゆる精神疾患の患者が集まっている。ここでは自殺を試みた者と殺人を犯した者が同じテーブルについている。無力感から失意のスパイラルに陥っている者が誇大妄想を持つ者に話しかけている。薬物のおかげで災厄が未然に防がれている。それでも、とウルフは思わずにはいられなかった。施薬は患者の治療のためというより管理の必要性から為されているのではないのか。

ウルフはもうすっかり月日の感覚をなくしていた。現実と切り離され、病院の規定に則《のっと》った繰り返しの日々の中でのみ存在していた。彼もほかの患者たちもパジャマのような拘束着を着て、あてもなく廊下をさまよい、命じられたときに食べ、命じられたときに体を洗い、命じられたときに眠っていた。

現在の状態のどこまでが薬物の影響によるもので、どこまでが不眠のもたらす疲労によるものなのか、ウルフには判断がつかなかった。半ば緊張性昏迷《こんめい》状態の今でさえ、彼は夕暮れが怖かった。夜勤のスタッフが眼のまわりに痣をつくって、患者を病室に戻すときの嵐のまえの静けさが怖かった。古く立派な病院の壁によって閉じ込められているのはまぎれもない。病んだ心だ。その事実が露呈する監禁が怖かった。だから、夜ごと不思議に思ったものだ。どうしてこの病棟の患者たちは暴れ、隔離された病室で恐怖に身をすくませ、暗闇の中、哀れな悲鳴を繰り返すのだろう？

「口を開けてください」気づくと、気の短い看護師に見下ろされ、命じられていた。

ウルフは口を開け、明るい色の錠剤を飲み込んだことを示すため舌を突き出した。

「どうしてあなたを閉鎖病棟に移さなきゃならなかったのか、それはわかってるわね？」まるで子どもに話しかけるように看護師はウルフに言った。

ウルフは何も言わなかった。

「ちゃんとお薬を飲んでいれば、シム先生も戻してくれるから」

ウルフがまた窓のほうに注意を向けると、看護師はそれだけで腹を立て、ほかの患者の邪魔をしにいった。

ウルフは娯楽室のひっそりとした隅に坐っていた。積み重ねできる明るいオレンジ色の学校用の椅子が置かれたその部屋は、まるで小学六年生の教室といった風情で、心が和んでもおかしくない場所だった。もっとも、〝卓球男〟はそんな場所で次第に怒りを募らせていたが。その男は毎日この時間になると、どういうわけかひとりで卓球の試合を始めるのだ。〝ピンク・レディーズ〟のふたり——着ている拘束着の色がピンクなので、ウルフはそう呼んでいた——がカラー粘土で単純な形をつくっていた。大きなテレビ画面のまえに置かれたくたびれたソファに坐っている者たちもいた。ウルフは誰かが自分の名前を口にしたことにぼんやりと気づいた。が、職員のひとりがテレビに駆け寄り、ロンドン市長の顔をアニメのスポンジ・ボブに変えた。

ウルフは信じられない思いで首を振った。昨夜は閉鎖病棟でとりわけ破壊的で暴力的な騒ぎが起きたのに、今は保育園のような光景が眼のまえに広がっている。ピンク・レディーズのひとりがカラー粘土の花に嬉々として血をすり込んでいる。剝がれた爪の痛みに気づくでもなく、粘土で遊びつづける彼女たちの様子にウルフは顔をしかめた。おそらく病室の開かないドアを必死になって爪で引っ掻いたときに、剝がしてしまったのだろう。

ウルフは思った——自分にもここにいる患者たちと同じ特色が見られるのだろうか？　自分の中にもこうした極端さがひそんでいるのだろうか？　誰かに止められなければ、きっと自分はハリドを殺していただろう。それはわかっていた。大勢の人々の眼のまえでどんな結果になろうと、やっていただろう。自己保身など考えもせず。

まちがいなくあの男を引き裂いていただろう。

たぶん〝普通の〟人々はもっと感情をコントロールできるものなのだろう。たぶん自分の考える普通は普通ではないのだろう。

そこでウルフの思考は中断された。テレビのまえにいた二十代半ばの背の高い黒人が立ち上がり、ウルフがいる窓ぎわのテーブルに近づいてきた。ウルフは強制収容されて以来、どうしても逃げられないわずかな場合を除き、相手が誰であろうと接触を拒んでいた。このルールの適用はアンドレアにも及んだ。彼女は病院に電話をかけても無駄とわかると、面会にやってきた。が、それも時間の無駄だった。ウルフは部屋から出ることすら拒んだ。

その男には見覚えがあった。いつも真っ赤な拘束着を着て、裸足でいる男だが、ウルフの眼には、ひかえめで思慮深そうに映った。そんな男がプラスティックの椅子を示し、ウルフの許可を辛抱強く待っていた。ウルフにしてみれば思いがけないことだった。

ウルフは男にうなずいてみせた。

男は椅子を注意深くテーブルから引くと、腰をおろした。そして、いくらか化膿《かのう》した傷口から感染症特有のにおいを漂わせ、金属の手錠をはめられた両手をウルフのほうに突き出した。娯楽室に入室するときには、彼はいつも職員に手錠をかけられていた。

「ジョエルです」強い南ロンドンの訛りだった。

ウルフは握手ができない弁解のかわりに、包帯を巻いた手首を見せた。物腰は落ち着いていたが、ジョエルはじっとはしていられないらしく、靴で神経質に床を叩いている音がテーブルの下から聞こえた。

「あの人だって思ったんだよね」ジョエルは両手でウルフを指してにやりと笑った。「あんたがあのドアからはいってきたとき、〝あの人だ〟ってつい声に出して言っちゃったくらいだよ」

　ウルフは次のことばを辛抱強く待った。

「あんたがあいつに殴りかかったとき、思ったんだ。この人はあいつが火葬キラーだって思ってるんじゃない。あいつが火葬キラーだって知ってるんだって。だろ？　あいつが子どもたちを殺した野郎だったってことなんだろ？　なのに、あいつは野放しになった」

　ウルフは黙ってうなずいた。

　ジョエルは悪態をついて首を振った。

「あんたはやろうとした。あいつに殴りかかって、正しいことをしようとしたんだよ」

「いいか」とウルフは言った。口を利いたのは数週間ぶりだった。久しぶりに聞くと、まるで誰か別の人間の声のように聞こえた。「気持ちは嬉しいが、毎朝あんたがシリアルのボウルに向かって、ぶつぶつつぶやいてるのを見たりしてなけりゃ、きっともっと嬉しかっただろうな」

　ジョエルは少し傷ついたような顔をして、ウルフを詰るように言った。

「神とともにある男なら、つぶやきと祈りのちがいぐらいわかりそうなもんだけど」

「正気とともにある男なら、〝ココくんのチョコクリスピー〟を入れたボウルと祈るべき神のちがいぐらいわかりそうなもんだがな」とウルフは皮肉を言った。無意識に笑みを浮かべていた。実際に口にしてみて、同僚たちとの皮肉だらけのやりとりを自分がどれほど恋しがっているか、今さらながら思った。

「オーケー、オーケー、わかったよ」ジョエルはうなずいて立ち上がった。「それじゃまたな、刑事さん」

そこでふと足を止めて、ウルフを振り返った。

「おれの祖父《じい》さんがよく言ってた。〝敵のいない男は信条のない男だ〟って」

「いいことばだ」とウルフはうなずいて言った。ジョエルとの短いやりとりにもすでに疲れを覚えていた。「だけど、そういうアドヴァイスのせいで、あんたはここにはいる破目になったんじゃないのか？」

「いや。おれは自分から望んでここにいるんだよ」

「そうなのか？」

「ここにいるかぎり、おれは生きていられるから」

「〝敵のいない男は……〟」ウルフは感慨深げに言った。

「ただ、おれにはもう敵がもうひとりも残ってなくてさ、刑事さん……」そう言って、ジョエルはウルフに背を向けて立ち去った。「……だから、困ってるんだよ」

24

二〇一四年七月九日（水）
午前二時五十九分

午前三時、エドマンズの時計が鳴った。中央証拠保管所の高い天井からぶら下がっている裸電球が低くうなっていた。その電球からこぼれる光の真ん中にエドマンズは坐っていた。保管所を訪れるのは今夜で四回目だったが、彼はこのひとりの夜を心待ちにするようになっていた。

果てしなく広がる闇に心の平和を覚えるようになっていた。室温は快適に管理され、ジャケットを脱いでも寒くはなく、逆に眠気に襲われて集中力が削がれるほど暖かくもない。エドマンズは埃《ほこり》っぽい空気を吸い込んで、あたりで渦巻く塵《ちり》の粒子を見つめた。ここに保管された膨大な捜査資料に改めて圧倒される思いだった。

まさに終わりのないゲームだ。再度検証されることを――あるいは初めて調べられることを――待っている難事件が何万という均一な段ボール箱のひとつひとつに詰められているのだ。エドマンズにとってこれはまさに挑戦だった。そう考えたほうが救われた。地下墓地のようなおごそかな静寂の中、整然と並べられたこれらの箱のひとつひとつが、失われた命と台無しにされた人生を表わしているなどと思うより、フォードの一件はエドマンズの疑念を確信へと変えていた。またしても犯人は極秘であるはずの標的の居場所を嗅ぎつけていた。

バクスターの考えは甘すぎる。

確かに、大使館関係者がアンドルー・フォードの居場所を洩らした可能性もないではない。しかし、情報の漏洩《ろうえい》が起きたのは今回だけではないのだ。裏切り行為がこれで四回もおこなわれているというのに、自分以外には誰ひとりそのことに疑問を持っていないように見える。彼にはそれが信じられなかった。

ティアには貧乏くじを引いて張り込みにまわされたとまた嘘をつき、貴重な夜の時間を確保して、彼は過去の事件に捜査の手がかりを探していた。犯人はここに、この巨大な保管所のどこかにいる。エドマンズはそう確信していた。今、警察に不遜な挑戦状を叩きつけてきている怪物が恐る恐る踏み出した第一歩の足跡が必ずここにあるはずだ。

月曜日の夜にはあるひとつの未解決事件に出くわした。二〇〇八年、イギリス人のイスラム原理主義者が堅固な監房内で不審死を遂げた事件だ。死亡推定時刻の前後に監房棟に出入りした人物は記録上は皆無で、それは監視カメラの映像でも確認されていた。二十三歳の健康な受刑者の死体には、窒息死を示唆する痕跡はあったものの、他殺を裏づける証拠はなく、結局のところ、自然死として処理されていた。

インターネット検索からは基地でのある海兵隊員の不審死がヒットしたので、ジョーから不審者が血液型と一緒に残していった靴跡が軍用ブーツのものだという有望な手がかりを得ると、エドマンズは軍警察にすべての捜査資料を開示するよう正式な依頼をしていた。が、今のところ、いかなる回答も得られていなかった。

この一時間は二〇〇九年に発生したある殺人事件の証拠を調べていた。多国籍エレクトロニクス企業の御曹司が、六メートルと離れていない隣室にふたりの護衛がひかえていたにもかかわらず、ホテルのスイートから不可解な失踪を遂げた事件だ。その御曹司が死亡したことには、現場に残された血痕から疑いの余地はなかった。が、死体だけが忽然《こつぜん》と消えてしまったのだ。現場には捜査に役立ちそうな指紋もＤＮＡも残されておらず、防犯カメラの映像にも何も記録されていなかった。ラグドール事件との関連を調べようにも、なんの手がかりもないのでは為す術がない。エドマンズは手帳に日付を書いて、証拠物件を段ボール箱に戻した。

ひんやりとした空気が彼の気力を保っていた。疲労はまったく感じていなかったが、どんなに遅くても午前三時にはここを出て帰宅し、出勤前に数時間の仮眠を取ると決めていた。手帳をめくり、今夜調べたいと思っていた事件のリストを見ると、手をつけられずに終わった事件がまだ五件もあった。エドマンズはため息をつき、立ち上がって段ボール箱を棚に戻すと、暗い通路を歩きはじめた。

高い棚の列の端に近づいたところで、そこに並んでいる段ボールのラベルが二〇〇九年十二月の日付であることに気づいた。調べるつもりだった次の殺人事件が発生した月だ。エドマンズはちらりと腕時計を見た。午前三時七分。

「もう一件だけ」そうつぶやくと、目的の箱を見つけ、棚から引きずりおろした。


午前八時二十七分。ウルフはプラムステッド・ハイ・ストリートから薄汚い脇道にそれ、殺伐とした集合住宅にはいった。昨夜も眠ることはあきらめた。いっときたりと眼を閉じていたくない理由のリストに、オオカミ男のおぼろげなイメージが加わったせいだ。そのオオカミ男が犯人だとウルフの刑事の勘は告げていた。それにしてもなんと大胆な犯人であることか。大使館にわざわざ出向き、自分で集めた抗議グループに加わったばかりか、ウルフと対峙《たいじ》するとは。どこまでナルシシスティックで自滅的な人間なのか。

ウルフはエドマンズのことばを思い出した。犯人の中には最終的に逮捕されたいという強い願望があり、いずれ捜査網に近づきたくてうずうずしはじめる。それがほんとうなら、大使館の外でのあの一件は助けを求める犯人の心の叫びだったのか。犯人は傲慢さではなく、絶望からあんな行動に出たのだろうか。

一週間前の嵐の日以降、雨は降っただろうかと考えながら、ウルフは泥だらけの階段をのぼった。四階に着くと、塗装が剝がれかけた防火扉を開け、黄ばんだ壁の通路に出た。アシュリー・ロクランの部屋の外に立っているはずのふたりの警官の姿は見あたらなかった。

十六号室に近づいた。この建物で玄関のドアの塗装を新たに塗り直してあるのは、この部屋だけのようだった。ドアをノックしかけたところで、ふたりの警官が慌てて廊下に戻ってきた。コーヒーとホット・サンドウィッチを持っていた。世間によく知られた刑事が玄関のドアのまえに立っているのを見て、ふたりとも驚いたような顔をした。

「おはようございます」と女性警官がベーコンとトーストを頬ばったまま言った。

ウルフの腹が鳴ったのが誰の耳にも聞こえた。

女性警官はサンドウィッチを半分差し出した。ウルフは丁重に断わった。

「彼女はいつ移送されるんですか？」まだ幼さの残る顔つきのもうひとりの男の警官が訊いてきた。

「いや、まだ決まってない」とウルフはそっけなく答えた。

「あ、そういう意味じゃなくて」と警官はすぐさま言い直した。「むしろ逆です。彼女はほんと愉しい人なんです。いなくなったら淋しくなるくらいなんで、それで訊いたんです」

女性警官のほうも同意してうなずいた。ウルフは驚いた。これまで常に役立ってきた、信頼できる彼の固定観念によれば、このドアの向こう側には、煙草の煙とあちこちで拾ってきた猫、それに一日じゅうパジャマ姿の住人が待っているはずだった。なのに、このふたりの警官はアシュリー・ロクランの警護をもっと続けたいと言っているのだ。

「彼女は今シャワーを浴びてます。ご案内します」

女性警官が玄関の鍵を開けて、きちんと片づいた室内にウルフを案内した。いれたてのコーヒーとベーコンのにおいが漂ってきた。居間のテーブルには色とりどりの花が飾られ、暖かな風がレースのカーテンを揺らしていた。風通しのいい部屋は、パステル調の装飾で趣味よく統一され、天然木のフローリングに合わせて調理台の天板にも同じ素材が使われていた。壁じゅうに写真が貼られ、キッチンのシンクの横には洗い終わった菓子づくりの道具が置かれていた。隣接するバスルームから水が流れる音が聞こえていた。

「アシュリー！」と警官が声をかけた。

水の音が止まった。

「フォークス部長刑事が見えたわよ」

「ねえ、テレビで見るのと同じくらいハンサムな人？」かすかにエジンバラ訛りの声が返ってきた。

女性警官は気まずそうな顔をした。が、それに追い打ちをかけるように、アシュリーはさらに続けた。「あなたが言ったとおりよ。彼とどこかに一緒に出かけるなら、もう少しはこざっぱりしてくれないとね。それでも、彼って——」

「確かに今すぐにでも眠っちゃいそうな顔をしてるけど」と警官も声を張り上げた。

「部屋に案内したら、キッチンにコーヒーがあるって言って」

「アシュリー……」

「ええ？」

「もう来てる」

「あら！　ということは……？」

「そういうこと」

「嘘！」

女性警官は一刻も早くこの気まずい状況から逃げ出したかったのだろう、さっさと同僚の待つ外へ出ていった。薄い間仕切りの壁の向こうから、何かをこすり合わせたり、何かにスプレーをかけたり、何かをばたんと閉じたりする音が聞こえてきた。ウルフは急に自意識過剰になって、自分がにおっていないか確認してから、写真が貼られている壁のまえに立った。そこに写っているのは美しい女性で、どれも素朴で飾らない写真ばかりだった。ビーチで友人たちと過ごす写真、年上の男と公園で坐っている写真、〈レゴ・ランド〉で息子らしい幼い少年と写っている写真。愉しそうな親子の完璧な一日を写したその写真を見つめ、逆にウルフの心は沈んだ。

「その子はジョーダン。六歳よ」フィンレーのざらついたスコットランド訛りとは百万キロ離れた訛りとしか思えない、魅力的な声が背後から聞こえた。

ウルフは振り返った。写真に写っていたのと同じ魅惑的な美人がバスルームの戸口に立って、ダークブロンドの髪をタオルで拭いていた。デニムのショートパンツに、ライトグレーのキャミソールをたった今、身に着けたようだった。ウルフは輝くばかりに美しい長い脚にしばらく見惚《みと》れ、そのあと気まずくなって写真に視線を戻した。

「気色悪い真似をするんじゃない」とウルフは自分につぶやいた。

「はい？」

「息子さんは今どこにいるんですって訊いたんです」

「〝気色悪い真似をするんじゃない〟。そう聞こえたけど」

「ちがいます」ウルフはとぼけて首を振った。

アシュリーは可笑しな顔をしてみせた。

「息子は母のところに預けました。あの頭のおかしな連続殺人犯にわたしを殺すって脅されたあと」

彼女の脚を見ないようにするには、ウルフは意志の力を総動員しなければならなかった。

「アシュリーです」そう言って、彼女はウルフに手を差し出した。

その手を取るにはウルフは彼女に近づかないわけにはいかなかった。近づくと、髪から洗い流したばかりのシャンプーのストロベリーの香りがして、眼が明るいハシバミ色であることと、キャミソールの薄い生地のあちこちが濡れた肌にくっつき、濃い色になっていることがわかった。

「フォークスです」彼女の華奢な手を思わず握りつぶしそうになったあと、ウルフはできるだけすばやくうしろにさがった。

「ウィリアムではなくて？」

「ウィリアムではなくて」

「だったらわたしのほうはロクランで」彼女は笑いながら言い、ウルフをまじまじと見た。

「なんですか？」

「なんでもありません。ただ……こうやってお会いすると印象がちがいますね」

「マスコミは私が死体の横に立ってるときしか写真を撮りませんからね……そりゃ悲壮な顔をしてるでしょうよ」

「だったら今は幸せな顔ですか？」とアシュリーは笑いながら言った。

「今？」とウルフは言った。「いや。そうは思えないけど」とアシュリーは笑いながら言った。「いや。これは一週間寝ていない不遇の英雄の顔であり、天才的連続殺人犯を捕まえられる勇気と知能を備えたおそらく唯一の人間の顔です」

　アシュリーはまた笑った。「ほんとうに？」

　ウルフは肩をすくめた。アシュリーはそんなウルフをじっと見つめた。明らかに彼に興味を覚えたようだった。

「朝食はいかが？」と彼女は言った。

「何があるんですか？」

「この通りの先に世界で一番のカフェがあります」

「第一に、世界で一番のカフェは私の家のそばの〈シドの店〉です。第二に、あなたは現在、警察の保護下にある。ここから出られません」

「あなたはわたしを守るためにきたんでしょ？」彼女は聞く耳を持たずに、窓を閉めはじめた。

　ウルフは迷った。彼女を甘やかすべきではないことは言うまでもなかった。一方、彼は彼女とのやりとりを愉しんでいた。それを台無しにしたくなかった。

「靴を履いてきますね」そう言って、彼女は寝室へ向かった。

「ズボンも穿いたほうが……」とウルフはあえて言ってみた。

アシュリーは立ち止まると、わざと気分を害されたふりをしてウルフをじっと見た。ウルフは彼女の脚にちらっと眼をやり、すぐにまた眼をそらした。

「どうして？　気になります？」

「いや、全然」とウルフは嘘をついた。「ただ、その恰好はひどすぎます。まったく。そんな恰好の女性と一緒に出歩くわけにはいきません」

アシュリーはウルフのまるで説得力のない侮辱のことばにまた笑うと、室内用物干し掛けまで行き、キャミソールの裾を引っぱり――それでなんとか彼女の太腿は覆われた――デニムのショートパンツを脱いだ。ウルフは驚きのあまり、眼をそらすことさえできなかった。彼女は、ところどころ破れた細身のストーンウォッシュ・ジーンズを身をくねらせて穿き、無造作に髪を掻き上げ、ルーズなポニーテールをつくった。ぼさぼさの髪型なのにさらに魅力的な女性になった。

「これでよくなりました？」とアシュリーはウルフに尋ねた。

「いや、まったくもって」と彼は正直に答えた。

アシュリーはにやりと笑った。今までそんな振る舞いをしたことは彼女にしても一度もなかった。が、あと三日の命かもしれないという身となり、同じようにあと五日の命と宣された男との戯れが妙に愉しかった。履き古した〈コンバース〉のスニーカーに足を突っ込むと、キッチンテーブルから鍵を取り上げて尋ねた。

「高いところにいるとき、どう思います？」

「そこから落ちたくないと思います」とウルフは怪訝な顔で答えた。

　アシュリーはにっこり笑った。そして、忍び足で玄関のドアのまえを通ってバルコニーに出ると、ウルフを振り返った。

「さあ、行きましょう！」


　ウルフは思った、どう考えてもこれは誉めすぎだと。どう見てもみすぼらしい小さなカフェだった。注文したフル・ブレックファストの皿には油の膜が張っており、さまざまな料理がその上でまるで生きているかのように動いていた。アシュリー自身、トーストすら全部は食べられなかった。彼女は単に部屋を出る口実が欲しかっただけで、この店に来たことなど一度もないのではないか。ウルフはそう思った。こんな店に二度も来ようと思う人間がいるとはとても思えなかった。

「気を悪くしないでほしいんだが、ミセス・ロクラン、このカフェは……」

「わたし、ここで働いてるんです」

「……いい店だ。実にいい店だ」

　通りを歩いてここに来るまでの短いあいだ、ふたりは大勢の視線を集めていた。もっとも、それはふたりの正体を知ってのことなのか、単にアシュリーに眼を奪われただけのことなのか、そこのところはウルフにも判断がつきかねたが。ふたりは強靭《きょうじん》な胃袋を持つ常連客からなるべく離れた窓ぎわの席に坐り、すでに二十分以上もとりとめのない会話を続けていた。

「わたし、ずっとあなたのことが心配だったんです」とアシュリーがだしぬけに言った。ウルフのほうはそれまでてっきりお気に入りのボン・ジョヴィのアルバムの話をしているのだと思っていた。

「はい？」

「どうやって……折り合いをつけてるんです？」

「ちょっと待ってください。三日後に死ぬと宣告されたあなたが私の心配をしてるんですか？」とウルフは尋ね、その機会を利用してナイフとフォークを置いた。

「あなたも五日後に死を宣告されてるんじゃないですか？」そう言って、アシュリーは肩をすくめた。

ウルフは不意を突かれた思いだった。捜査に没頭するあまり、自分自身の死の宣告日がすぐそこまで迫っているということには実感が持てなかった。

「ずっとニュースを見てたから」とアシュリーは言った。「四部屋しかないアパートに閉じ込められていたら、ほかにすることもないし。まるで猫がネズミを弄ぶところを見てるみたいな気がしたわ。これが誰の仕業にしろ、そいつはただあなたを苦しめようとしてやってるのよ。あなたが打ちのめされているところを見れば見るほど、そうとしか思えなくなってる」

「自分が打ちのめされた顔をしていたとは知らなかったな」とウルフは軽口を叩いた。

「充分してます」とアシュリーはさらりと言った。「でも、ひとこと言っておくと、あの人たちの身に起こったことはあなたのせいじゃないわ。このあとわたしの身に何が起こるにしろ、それもね」

ウルフは鼻を鳴らした。彼の気持ちを楽にしようというのは時間の無駄だった。

「それよりこんな目にあってるのに、あなたは不気味なほど平然としてる」と彼は言った。

「わたしって生まれながらの運命論者なんです」

「夢を壊すつもりはないけど、現状を見るかぎり、もし神がいるとしても、残念ながら私たちの味方じゃないようだ」

「だったら神さまのことは忘れて。それでも——物事ってめぐりめぐって奇妙な結果をもたらすものよ」

「ほう?」

「たとえば、今朝、人生はあなたをわたしのところへ導いた。こうして絶対に会うはずもなかったふたりが出会うことになった。おかげでわたしには数年前にしたことを償う機会がやっと得られた」

ウルフは彼女のことばに興味を持った。反射的にあたりを見まわし、まわりの誰も聞いていないことを確かめた。会うなりアシュリーに魅了され、今どこにいるのかさえ失念しかけていた。アシュリーはこんな陰気な場所にはまったくそぐわなかった。アンドルー・フォードが豪勢な大使館でしゃがみ込んでいるのと同じくらい違和感があった。

「約束してください。最後までわたしの話を聞くって……ただ約束だけしてくれればいいから」

ウルフはどこか守勢にまわらされた気分で腕を組み、椅子の背にもたれた。ヴィジェイ・ラナの口座から五千ポンドが引き出されていた事実。アシュリーが同額を自分の口座に入金していた事実。エドマンズがこのふたつの事実を突き止めたことについては、すでにアシュリーにも伝わっていた。

「四年前、わたしはウーリッジのパブで働いていました。ジョーダンとわたしにとって辛い時期でした。息子はまだ一歳で、わたしは彼の父親と別れようとしていました。いい人じゃなかったからです。わたしは母がジョーダンの面倒を見てくれているあいだだけ、パートタイムで働くしかありませんでした。

ヴィジェイはその店の常連でした。たいていはお昼どきにやってきて、わたしたちは友達のように打ち解けました。彼はわたしがお金のことや、離婚のことで泣いているところを何度も見ていて、そのたびに十ポンドのチップを置いていったりしてくれました。やさしい人でした。わたしはもちろんすぐに返そうとしました。でも、彼はわたしを助けたいんだって言ってくれました。実際、それですごく助かりました」

「望んでたのはただ助けることだけではなかったような気がするけど」とウルフは冷ややかに言った。ハリドの兄のことなどよく思えるわけがなかった。

「いいえ、それはちがいます。彼には愛する家族がいました。でも、あるときそんなヴィジェイから相談を持ちかけられたんです。なんでも友人が警察と面倒なことになってるということでした。でも、その友人はほんとうは無実なんだと彼は言いました。それで、仕事の帰り道——ある特定の日の特定の時間に——その友人を見かけたと証言してくれれば、五千ポンド払うって言われたんです。そういうことです」

「あなたは虚偽の証言をした？」とウルフは声を落として尋ねた。

「ほんとうに困ってたんです。あんなことを引き受けてしまって。ほんとうに恥ずべきことです。でも、わたしの証言であんなにも事態が大きく変わるなんて思ってもみなかったんです。あの頃、わたしとジョーダンの所持金は十五ポンドしかありませんでした」

「あなたの証言ですべてが変わった」

アシュリーに抱いていた親愛の情などいっさい消え失せ、ウルフは怒りもあらわに彼女を凝視した。

「だから償わなければならないんです。わたしのついた嘘が火葬キラーの事件に関することだったとわかったときには、わたしは真っ青になりました」アシュリーは涙ぐみはじめた。「あんな罪を犯した容疑者を無罪放免にすることに手を貸してしまうなんて。最初からわかっていたら、たとえ世界じゅうのお金をやると言われたって絶対断わったでしょう。わたしはすぐにヴィジェイの家を訪ねました、ほんとうです。そして、このことは黙っているわけにはいかないと伝えました。ヴィジェイに頼まれたこととか、お金のこととかまで持ち出すつもりはありませんでした。ただ、わたしの目撃証言はまちがいだったと証言するつもりだと言いました」

「ヴィジェイはなんと？」

「もちろん、わたしを思いとどまらせようとしました。でも、最後にはわかってくれました。その帰り道、わたしは目撃証言をした法律事務所に電話しました」

「〈コリンズ＆ハンター〉法律事務所」

「代表弁護士のひとりが電話に出ました」

「マイケル・ゲーブル＝コリンズが？」

「そうです！」アシュリーが驚いたような顔をして言った。

彼が死亡したことはまだ公表されていなかった。

「証言を撤回したいと伝えると、彼はわたしを脅しはじめました。そんなことをしたら、わたしが罪に問われることになると言って、その罪状を並べ立てはじめました。法廷侮辱罪、警察の捜査妨害、それに殺人の共犯！　刑務所に行きたいのかとまで言われました。ジョーダンの話をすると、社会福祉事務所に息子を取り上げられることになるなんてことも」

そのときのやりとりを思い出したのだろう、アシュリーは身を震わせ、涙をあふれさせた。意に反して、ウルフはナプキンを差し出して言った。

「彼の事務所にしてみれば、何を犠牲にしても負けるわけにはいかない重要な裁判だったんです」

「〝その愚かな口は閉じてることです〟。ゲーブル＝コリンズはわたしにそう言いました。わたしを裁判所に近づかせないためには、ありとあらゆる力を使うとも言いました。あの事件にわたしがいくらかでも関わったのはそれが最後でした。でも、いろんなことが起こるのをテレビで見て、わたしが手を貸して自由にしてしまった男を野放しにしないようあなたがしたことも見て……わたしは……わたしは……なんと言えばいいのか……ことばがありません……」

ウルフは黙ってテーブルから立ち上がると、財布を取り出し、半分しか食べていない皿の横に十ポンド札を落として言った。

「あなたが謝らなきゃならない相手は私じゃない」

アシュリーはわっと泣きだした。

ウルフはカフェを出た。彼が責任を持って守らなければならない、身の危険にさらされている女性を店の隅にひとり残して。

25

二〇一四年七月九日（水）
午前十時二十分

エドマンズは疲労困憊し、まるで酒に酔ったような気分だった。結局、午前六時まで証拠保管所にいたのだ。その一時間後にはもう刑事部屋の机についていた。より社会的な時間帯で働いている幸せな同僚たちが出勤してくるまえにひと眠りしようと思ったのだが、彼のその願いは、午前七時五分にシモンズが隣りの席にどさりと腰をおろしたときに、はかなく潰えた。シモンズはエドマンズに勝るとも劣らない仕事に対する倫理観と執念を示して、一日の始まりをリストに残る七人の調査から始めた。

エドマンズはティア宛てにメールを打った。会えなくて淋しいこと、今夜は早い時間に戻れるように努力すること、そのあと夕食はどこかに食べに出かけようとまで書いた。送信ボタンを押すときにはさすがに躊躇したが。疲労をさらに溜め込む約束をするのは気が進まなかった。それでもティアのためには、自分はなんとしても努力すべきだと考え直した。張り込みをしていたという嘘は罪のないものではあったが、それでも嘘は嘘だ。うしろめたさがないわけではなかった。

犯行声明文に関する机上の知識を最初の捜査会議で披露して以来、エドマンズは非公式に殺人課における犯罪行動学者の役割を担っていた。彼にはその正式な資格もなければ、それに対する報酬を与えられているわけでもないのだが、犯人が昨日大胆にもウルフのポケットに残したメモに関する報告書を書いているのはそのせいだった。警視長から言いつかったのだ。

メモに残された血と有刺鉄線から採取された血液サンプルが一致するのをジョーが突き止めるのには、いくらもかからなかった。エドマンズは、これで自信を持ってこの犯人のメッセージもひとつの挑発だと結論づけることができた。犯人はウェールズでの過失など取るに足りないものと言っているのだ。自分のＤＮＡサンプルを文字どおり手渡すことで、自分を止めることなど警察にはできないと言っているのだ。加えて、わざわざ自分でメモを届けたという事実は、犯人のゴッド・コンプレックス（自分を神のように全能と信じ、他人を見下す心理状態のこと）がいかに肥大しているかということを示している。すべてが残る五日間のうちに華々しく完遂される。エドマンズにはこの新たなメモはそんな犯人の宣言に思えた。

はっとして眼が覚めた。眼のまえのモニターには途中までタイプした報告書が表示され、カーソルが最後の文字の横でじれったそうに点滅していた。スクリーンセイヴァーはまだ作動していなかった。だから、眼を閉じていたのはほんの一瞬だったにちがいない。それでも大失態を犯したような気分になった。エドマンズはシモンズに何か飲みものを持ってこようかと声をかけてから給湯室に行った。そして、やかんの湯が沸くのを待ちながら、マグカップが山積みになっているシンクの上で冷たい水を顔にかけた。

「昨夜も殴られたんじゃないでしょうね？」

エドマンズは顔を拭いた。見ると、バクスターが彼の沸かした湯をちゃっかり横取りしていた。彼の眼の下の黒い隈が折れた鼻の痣をよりはっきりめだたせていた。

「あなた、ティアにどつきまわされてるんじゃないでしょうね？」とバクスターは心配しているふりをして言った。

「言ったでしょ？　これは猫につまずいて転んだんです」

「はいはい。じゃあ、昨夜も〝猫につまずいて転んだ〟の？」

「ちがいます。ただ寝てないだけです」

「どうして？」

証拠保管所に連夜かよっていることは誰にも話していなかった。それでも、エドマンズはバクスターにだけは打ち明けようかと思った。が、結局、やめておくことにした。

「またソファで寝る破目になったからです」とエドマンズは言った。ティアとうまくいっていない話をすれば、バクスターは簡単に納得してくれるだろうと思った。「今日はなんの捜査をしてるんです？」

「ウォータールー橋から飛び降りて溺死した男の事件。遺書やらなにやら全部きちんと残ってる。犯罪史上、一番明白な自殺事件になるでしょうよ。『CSI：科学捜査班』フリークの警官が理由もなく、これは疑わしいとか言いださないかぎり。その件が片づいたら、血だまりが発見された件でブルームズベリーに行かなくちゃならない。その血だまりをつくった本人は、そのあとたぶん救急外来にでも行っちゃったんでしょう。それでもう一件落着っていう事件よ」

彼女は深々とため息をついた。エドマンズにしてみれば、これから始まる彼の一日よりはるかに面白そうに思えたが。

「ウルフに会った？」とバクスターは尋ねた。

「まだ来てません」

ブレークが給湯室の戸口に現われた。彼はバクスターとパートナーとなって以来、スーツを着用し、髪を梳《と》かすようにもなっていた。

「そろそろ行くか」とブレークは言った。

「行かなくちゃ」と言って、バクスターはコーヒーの残りをシンクに捨てると、シンクの中ですでに今にも崩れそうなほど積み重ねられているカップの上に自分のカップを重ねた。

アンドレアはウルフとの電話を切って、タクシーから降りた。結局、意味のない電話だった。それには物理的な理由もあったが。彼女のほうは車の騒音がうるさく、彼のほうはどこだかわからないにぎやかな通りを歩きながら話していたので。

ニュース編集室の制作チームは、目前に迫ったリアルＴＶ〝ラグドール〟の最終日に向けてすでに準備を終えていた。だからアンドレアとしてはただ彼の声が聞きたかったのだ。一方、残念ながらウルフのほうは彼女と話をしたい気分ではなかったらしい。

アンドルー・フォードがアイルランド大使館にいることを明かしたことで、ウルフはアンドレアと彼女のチームを難詰していた。さらに――これはさすがに言いがかりだろうが――抗議活動をテレビで放映し、ただでさえ偏執的で錯乱したフォードの心理操作を容易にしたのは、犯人に手を貸したも同然だと言って彼女を責めた。アンドレアは世界じゅうのニュース番組が同じことをしている中、彼女だけが責められるのはどう考えてもすじちがいと思いながらも、反論することもなく彼の説教を黙って聞いたのだった。

最後にアンドレアが夕食に誘うと、ウルフはひとりにしておいてくれと言っていきなり電話を切った。あえて口にしようとは思わなかったが、実のところ、彼女のほうもウルフに腹を立てていた。これがふたりの最後のやりとりになるかもしれないというときに、ウルフがしているのはひたすら狭量な批判だった。しかし、その口ぶりからすると、自分には来週の火曜日を迎えることができなくなるかもしれないなどとは、本人はまるで考えていないようだった。そんなウルフの口ぶりにアンドレアは思った――もしかしたら、彼は楽観と否認のあいまいなラインをついに踏み越えてしまったのではないか。そういう彼の心理状態もまた彼女には心配だった。

イライジャからは昇進に関して今も回答を迫られており、あの打ち合わせ以来、彼女はそのことしか考えられず、両極端な選択肢のあいだで揺れている自分自身に一番苛立っていた。辞表を突きつけ、なけなしの倫理観と誠実さを見せて立ち去るか、彼女が残ろうが残るまいが結局は誰かにあてがわれる役割を毅然《きぜん》として担うか。考えるたび、彼女の心はどちらにも揺れた。

昨日の夕暮れ、眺めの美しい自宅の小さな庭のパティオに坐って、彼女とジェフリーは昇進の件について話し合った。ジェフリーは彼女の決断に自分のほうから影響を与えようとはしなかった。ふたりの関係はそういう関係で、それが、ふたりがうまくやっていられる秘訣だった。ジェフリーはアンドレアがウルフとの結婚で培った独立心を尊重してくれていた。アンドレアとジェフリーは互いにともに過ごすことを選んではいたが、だからと言って、ともに過ごすことをなにより必要としているわけではなかった。

ジェフリーはラグドール事件の展開を世界じゅうの視聴者とともに見守っていたが、アンドレアのセンセーショナルな報道スタイルにも、根拠のない憶測による報道にも、さらには彼女自身おぞましく恥ずべき小道具と考えている〝死の時計〟にさえ、眉をひそめたことすらなかった。ただ用心してほしい。彼が言ったのはただそれだけだった。彼の書斎の本棚には戦争に関する本がぎっしりと並んでおり、彼はそれらの書籍から歴史を通じて学んでいた。伝達者とは、その伝達能力と、聴衆に情報を届けるスピードと――これは残念なことだが――消耗品としての使い勝手のよさから選ばれる者だということを。

気温が下がり、暗くなるにつれ、効果的に配置された庭園灯がひとつひとつともった。そんな中、ジェフリーは辛抱強くアンドレアの話に耳を傾けたあと、彼女が昇進を承諾するなら、それは純粋に野心によるものだと言った。彼らは経済的に困っておらず、彼女はすでに信頼できる優秀なレポーターとしての地位を確立しているのだから。彼はさらに鋭い指摘もした。この件について彼女がほんとうに気にかけているのはウルフの意見だと。そう言って、ウルフと話してみたらどうかと彼女に提案したのだった。

が、今朝のそっけないやりとりだけでもうウルフの意見を聞く必要はなくなった。聞くまでもなかった。

フィンレーは今や警視長のものになったシモンズのオフィスを片眼で見ながら、シモンズとエドマンズが共有している机に近づいた。小柄ながら恐るべき女性上司は頭に血をのぼらせて、身振り手振りを交えて誰かと電話で激しくやり合っていた。

フィンレーは机のへりに——エドマンズが広げた書類の上に——どかっと坐ってふたりに言った。

「彼女、頭から湯気を立ててる」

「何かあったのか？」とシモンズは尋ねた。

シモンズにしてみれば、これまでずっと情報を最初に知る立場にあったのに、今や職場のゴシップ通に尋ねている図がわがことながらなんとも妙に思えた。

「ウィルですよ」とフィンレーは言った。「ほかに何があります？　どうやらあいつは警護中にアシュリー・ロクランを自宅から連れ出したらしい」

「なんのために？」

「朝食を食べるために。しかもそのあと怒って店を飛び出し、カフェに彼女を置き去りにしたんだそうです。彼女の警護班から正式の苦情が届いて、それで警視長はウルフを停職処分にしたがってる」

「だったらそうすりゃいい。自分で責任が取れるのなら」とシモンズは皮肉っぽく言った。「それよりウルフはいったいぜんたい何をしてるんだ？」

フィンレーは肩をすくめて言った。

「ウィルのやることは誰にもわからない。今日は殺人課に寄りつこうともしない。彼とはこれから外で会うことになってるんです」

シモンズは、にわか上司の鼻先で部下が学生じみた隠密行動を取っていることにひそかに満足した。

「警視長におれのことを訊かれたら、アシュリー・ロクランの隠れ家を手配してるって言っておいてください。実際、そうなんですから」とフィンレーは言った。

「おれたちもこれから出かける」とシモンズは言った。

「ぼくたちも、ですか？」とエドマンズが尋ねた。「どこへ？」

「所在がわかってないのがリストにはまだ四人残ってたわけだが」とシモンズは言った。

「ひとりは死亡が確認できた。残るは三人だ」

シモンズとエドマンズは、ソーセージパンを買い、歩きながら食べた証拠のパンくずを歩道に残し、三番目の住所に向かった。まず法廷速記者の自宅を訪ねると、彼女が二〇一二年に癌《がん》で死亡していたことがわかった。次にティモシー・ハロゲイト判事とその妻はニュージーランドに移住していたことがわかった。幸い、隣人が夫妻の息子の連絡先を知っており、その息子が真夜中のニュージーランドに電話して両親を叩き起こし、どちらも健在であることを確認してくれた。

太陽が雲間から顔をのぞかせていた。ふたりはブランズウィック・スクウェア・ガーデンズの横を歩いて、ランズダウン・テラスに面した、画一的な煉瓦《れんが》造りの集合住宅に向かっていた。目的の棟の黒いドアのまえまで行くと、そのドアが少し開いているのがわかった。エドマンズが大きな音でノックしてから、ふたりは複雑な模様のタイルが貼られた共有の玄関ホールに足を踏み入れた。五階建ての建物にしてはいささか仰々しい呼称ながら、〝ペントハウス〟という文字が彫られた金属プレートが上階を指し示していた。

足音の反響する階段を最上階までのぼった。奥のアパートに続く廊下の壁には色褪《あ》せた写真が何枚も貼ってあった。その大半が、年配の紳士がはるかに歳の若い、はるかに魅力的な女性と南国で過ごしている写真だった。ヨットの上でその紳士が腕をまわしているブロンドの女性は陸地には戻らなかったらしく、次の写真の中ではビキニを着た赤毛の女がビーチで紳士の隣りでくつろいでいた。

アパートの中から何かが砕けるような大きな音が聞こえてきた。シモンズとエドマンズがそっと近づくと、そのドアにも鍵はかかっていなかった。怪訝そうな顔を互いに見合わせ、ふたりはそっとドアを押し開けた。そのアパートの薄暗い廊下にも一階の玄関ホールと同じタイルが貼られていた。ドアが閉まっている部屋のまえを通り過ぎ、廊下の先に見える光のほうへ、硬材を張った床を歩く足音が聞こえるほうへ進んだ。

「信じられない！　だから触らないようにって言ったでしょうが」

エドマンズは立ち止まった。この嫌みで高圧的な声を聞いて、エドマンズにもシモンズにもそれが誰の声かすぐにわかった。

「バクスター？」とエドマンズが呼びかけた。

背すじを伸ばして、居間にはいった。ブレークが四つん這いになって、たった今落としたばかりのいかにも高価そうな壺《つぼ》のかけらを拾い集めていた。

バクスターもブレークも、突然現場にやってきたエドマンズとシモンズを見てびっくり仰天していた。

「ふたりそろって、いったいどうしてここに？」とバクスターが尋ねた。

「ロナルド・エヴェレットはハリド裁判の陪審員でした。でも、これまで所在がわからなかったんです」とエドマンズが答えた。

「ふうん」

「そっちは？」

「今朝言ったでしょ。血だまりだけが残ってて、遺体のない事件よ」

「どこに血だまりがある？」とシモンズが尋ねた。

「そこらじゅうに」

バクスターは大きなソファの背後の床を手で示した。黒く乾いた血痕がラグとそのまわりの白いタイルにまで広がっていた。

「なんてことだ」とエドマンズが言った。

「ミスター・エヴェレットはもうこの世にはいない。そう言ってもたぶんよさそうね」とバクスターがいかなる感情も交えずに言った。

エドマンズは、足元の大量の流血の跡を見て、夜どおし調べた事件の資料にも同じような記述があったことを思い出した。大量の血だまりと未発見の遺体。ただの偶然とは思えない。

「どうかした？」とバクスターは彼に尋ねた。

確たる証拠を見つけるまでは独自の捜査のことを話すわけにはいかない。

「なんでもありません」

そう答えて腕時計をちらりと見た。ティアと夕食に出かける約束をしていたが、今すぐここを出れば、証拠保管所に行って一時間ぐらいなら調べものができそうだ。

「この陰惨な現場は犯人の几帳面《きちょうめん》な手口とまるで合致しない」とシモンズが言った。「ほかの犠牲者の家じゃ、一滴たりと血は見つからなかったんだから」

「犯人はわれわれが考えるほど完全無欠ではないんじゃないでしょうか」エドマンズはそう言ってしゃがむと、ソファの横に飛び散った血の斑点を見つめた。「単に被害者の自宅で殺害して、その場で切断したのがこの人だけだったのか。もしかしたら、この市《まち》のどこかでは、ほかの犠牲者の血だまりが今も飛び散ったままになっているのかもしれません」

鑑識班が到着したところで、エドマンズは巧みに現場を抜け出した。シモンズには殺人課に戻って、報告書を仕上げなければならないと言ってごまかし、階段を駆け降りると、小走りに地下鉄の駅に向かった。


ウルフの携帯電話の着信音が鳴った。彼はちらりと見た。短いメールが届いていた。

〝今朝の埋め合わせをお願いします。夕食でどう？　ＬＸ《キス》〟


「何をにやついてるんだ？」とフィンレーが尋ねた。ふたりは歩いてロンドン警視庁に戻っていた。

ウルフはフィンレーのことばを無視して、メールに書かれていた電話番号に電話をかけた。

「もしもし、フォークス刑事です」

「もしもし、ミズ・ロクランです」

フィンレーは驚いてウルフの顔を見た。

「どうやっておれの番号がわかった？」

「今朝うちで会ったジョーディって警官を覚えてる？」

「おれに苦情を申し立てた警官のことかな？」

「そう、その人。彼女が友達に電話して、その友達があなたを知ってる友達に電話して訊いてくれたの」

「まさかきみから夕食の誘いが来るとはね」

フィンレーがまた怪訝な視線を向けてきたのがわかった。

「だってお互いあんまり朝食を食べなかったから」そう言って、彼女は笑った。

「いや、おれはきみに謝らなきゃならないようなことをしちまったわけだからね」

「さきの長くない人を責めようとは思わない。七時では？」

「あなたの家で、ということになると思うけど」

「残念ながら。あなたのせいでわたしは外出禁止になったみたいだから」

「〝こざっぱり〟して行くよ」

これにはフィンレーはもういかなる反応もしなかった。

「是非。では、あとで、フォークス」

彼女は彼が応じるまえに電話を切った。ウルフは足を止めた。

「なあ、おれはまたおまえさんの尻拭いをしなきゃならないんだろうか？」とフィンレーが言った。

「行かなきゃならないところができた」

「おまえさんの誕生日におれたちが贈ってやったあの上等のアフターシェーヴ・ローション。あれをつけていけ。あと、おまえさんがいつも着てるおぞましい青いシャツはやめとけ」

「あのシャツはおれのお気に入りなんだけど」

「まるで妊娠してるみたいに見える。言ったのはおれじゃない、マギーだ」

「ほかには？」

「愉しんでこい」フィンレーはそう言って、にやりと笑った。

「わたしはあなたが嘘をついてるときにはすぐにわかるのよ」とバクスターはフィンレーに言った。

給湯室でフィンレーとばったり会い、なにげなくウルフのことを尋ねると、フィンレーが急にしどろもどろになったのだ。そのあとバクスターは丸々五分かけて尋問した。フィンレーは最後には〝落ちた〟。そんなことは彼女には最初からわかっていたが。

「あいつ、どうも具合がよくないみたいでね」

「頭痛？」

「ああ」

「さっきは腹痛だって言ったけど」

「そう、そうだった。腹痛だ」

「待って、ちがう。やっぱり頭痛よ」

バクスターは同僚を拷問にかけるのが愉しくてならなかった。

「わかった。おまえさんの勝ちだ。あいつはアシュリー・ロクランのところに戻った」

「シモンズの話だと、あのふたりは言い争ってたそうだけど」

「和解したんだ」

「じゃあ、なぜあなたも一緒に行かなかったの？」

フィンレーはその質問には答えたくなかった。が、訊き出すまでバクスターがあきらめないこともわかっていた。

「おれは招待されなかったからだ」

「招待？」

「夕食の」

「夕食？」

バクスターは一気に気分が落ち込み、そこでぴたりと口を閉ざした。フィンレーはなんと言えばいいかわからず、コーヒーをいれることに専念した。いれてバクスターに一杯勧めようと振り返ると、もう彼女はいなかった。

26

二〇一四年七月九日（水）
午後七時五分

ウルフは雨のプラムステッド・ハイ・ストリートを歩きながら願った、この雨が新しいアフターシェーヴ・ローションを洗い流してくれるといいんだが、と。善意のプレゼントとはいえ、使ってみると逆に汚れてしまったような気になる代物だったのだ。だから使ったあとウルフはこんなことまでしていた。アパートの壁にそのローションをスプレーしたのだ。石膏ボードの向こうから壁を引っ掻いている何かがどこかへ行ってくれることを期待して。初めての相手とデートするのは十年ぶりだった。だから、珍しく三十分もかけて完璧な服装を選び、髪に櫛を入れて支度を整えた。その結果、普段と寸分たがわぬ恰好になった。

途中で酒屋に立ち寄り、彼の知る銘柄（バクスターのお気に入り）の赤と白のワインを一本ずつ、さらに隣りのガソリンスタンドで売られていた花束の最後のひとつを買った。が、萎《しお》れた花はあまりにみすぼらしかった。決して安い買物ではなかったのに。もしかしたら、この花は花が入れられていた古いバケツから自然に生えてきたものではないのか。真剣にそんなことを心配しなければならないような代物だった。

荒れた建物の階段をのぼると、部屋のまえで護衛をしているふたりの警官にまず声をかけた。ふたりとも彼の来訪を喜んでいるようには見えなかった。

「あなたのことで苦情を提出しました」と女性警官が挑むように言った。

「きみはそのことをきっと後悔するんじゃないかな、もし来週おれが死んだら」とウルフは言って、笑みを浮かべた。

女性警官はにこりともしなかった。ウルフはふたりの警官のあいだに割り込むようにして、アシュリーの部屋のドアをノックした。

「今度は彼女を泣かせたまま置き去りになんかしないでください」と男の警官が言った。ウルフは思った、こいつはおれのディナーデートが羨ましいのだ。

だからそのことばは無視した。アシュリーはすぐには出てこなかった。気まずい沈黙が二十秒ほど流れ、その沈黙を埋めるためだけにも何か言うべきかとウルフが思いはじめたところで、ようやく玄関に追加された新しいセキュリティ対策のボルトをはずす音がして、ドアが開いた。アシュリーははっとするほど美しかった。男の警官が息を呑んだ音がうしろから聞こえたような気がした。薄いピンクのレースのワンピースを着て、ゆるくカールした髪をアップにしていた。自宅での静かな食事には馬鹿げているほどゴージャスな恰好だった。

「遅かったわね」とアシュリーはぶっきらぼうに言うと、部屋の中に引っ込んだ。

ウルフはおずおずと彼女のあとから中にはいり、哀れな門番たちの鼻先でドアを閉めた。

「とても素敵だ」ネクタイをつけるか持ってくるかすればよかったと思いながら、彼は言った。

　そう言って、ワインと花束を手渡した。彼女は水を入れた花瓶に花を注意深く挿して、蘇生のための無駄な努力をした。

「ちょっとやりすぎなのはわかってる。でも、もう二度とチャンスがないかもしれないって思って。で、精一杯ドレスアップしたの」

　アシュリーは自分のために赤ワイン、ウルフのために白ワインを開け、キッチンでウルフと話をしながら、時々調理している鍋の中身を掻き混ぜた。ふたりは初デートの際の定番を片っ端から話題にした。家族、趣味、夢。会話の流れを止めないよう、どんな些細な関連も見逃さず、次の話題につなげた。お互い自分なりに面白いと思えるエピソードも披露し合った。そんなやりとりの中、ウルフはふと父親のことを思い出した。ふたりともこの事件が始まって以来、初めて普通の会話を愉しんだ。まるでふたりのまえには無限の未来が広がっているかのように。まるでこの初デートには特別な何かに発展する可能性があるかのように。

　アシュリーの料理は旨かった。彼女は何度も〝焦げかす〟がはいっていてごめんと謝ったが、ウルフの皿にはひとつも見あたらなかった。それぞれのワインが最後の一滴までグラスに注がれ、デザートになった。会話はそのうち湿っぽくもなったが、かといってお互いがお互いに興味をなくすことは決してなかった。

　この部屋は料理をしたあと耐えがたいほど暑くなる。アシュリーはそうウルフに注意した。実際、暑くなってきたので、ウルフはシャツの袖をまくった。どうしても彼女の眼が意識された。が、左腕に広がる火傷の痕を見ると、アシュリーは嫌悪のかわりに興味を示した。彼のほうに椅子を近づけて、間近でじっと見つめると、魅了されたように傷ついた敏感な皮膚にそっと指を走らせた。

ウルフは彼女の髪のストロベリーの香り、彼女の吐く息の甘いワインのにおいを嗅いだ。アシュリーは顔を起こして彼を見た。互いの吐息が混じり合いそうなほどになった。ほんの数センチと離れていなかった。ウルフの脳裏にいきなり記憶が甦った……

……オオカミ男。

ウルフは思わず身を引いた。アシュリーも彼から離れた。オオカミのマスクのイメージはすぐに瓦解したが、もう遅すぎた。大事な瞬間を台無しにしてしまっていた。彼女の顔に拒否反応がくっきりと浮かんでいた。ウルフはこのどこまでも愉しい夜をどうにか取り戻したいと思った。

「すまん」

「いえ、こっちこそ」

「もう一度できないかな？　その……手をおれの腕に置いて……おれを見つめて……あれやこれや……」

「どうして離れたの？」

「確かに離れたよ。だけど、きみからじゃない。ただ、最後にあんなに近くで向き合ったのがおれたちを殺そうとしてる男だったんだ……それがつい昨日のことだったんで……」

「犯人を見たの？」とアシュリーは眼を大きく見開いて言った。

「マスクをつけてたけど」

ウルフは大使館の外での出来事を説明した。オオカミのマスクの男と正面から向き合い、その眼を見つめ、視線をそらさなかったウルフの何かがアシュリーの何かに火をつけた。彼女はまたゆっくりとウルフに身を寄せた。彼女の手がまた彼の腕に置かれた。ウルフは彼女の吐息からワインのかすかなにおいを嗅いだ。アシュリーは深く息を吸い込んで、唇を開いた……

そのときウルフの携帯電話が鳴った。

「くそっ！」彼は画面を見て、いったん切りかけたものの、申しわけなさそうに笑みを浮かべ、立ち上がって電話に出た。「バクスター？……誰が？……いや、やめておけ……場所は？……一時間で行く」

アシュリーは戸惑ったような顔でテーブルを片づけはじめた。

「ということは、行くのね？」

ウルフには彼女のその訛りが愛おしかった。さらにその声音に失望も聞き取り、もう少しで心変わりしそうになった。

「友人が面倒なことになった」

「だったら警察に電話したら？」

「そういう類いのトラブルじゃないんだ。ほかに誰かかかわりがいれば、そいつに頼んでる。

嘘じゃない」

「とても大切な人なのね」

「ああ、忌々しいほどに」

エドマンズは眼を開けた。最初の数秒、自分がどこにいるのかわからなかった。腕にはよだれがべったりとついていた。マットレスがわりの書類の上に寝そべっていた。四方に走る棚の渓谷を見上げた。あまりに疲れ果て、暗闇と静寂の連合部隊に屈したのだ。頭を振って眠気を振り払い、腕時計を見た。午後九時二十分。

「しまった!」

彼は床に散らかしたものを大慌てで箱にしまい、箱を棚に戻すと、出口に向かって駆けだした。


ウルフはばか高いタクシー料金を手持ちの金でなんとか支払うと、ウィンブルドン・ハイ・ストリートの〈ヘミングウェイの店〉のまえでタクシーを降りた。外で飲んでいる客のあいだをどうにか通り抜け、バーで身分証明書を見せた。

「彼女、トイレで気を失ったんです」身分証を見せられた女性のバーテンはそう言った。

「今は人がそばについてます。救急車を呼ぼうとしたんだけど、彼女がさきにあなたを呼んでくれって言うから。あらま、あなた、あの刑事じゃないの……ウルフ。ウルフ刑事でしよ！」

女性のバーテンがポケットの中の携帯電話に手を伸ばしたときには、ウルフはもうトイレのそばまで来ていた。バクスターにずっと付き添っていたウェイトレスに礼を言って、あとを引き受けると、バクスターの横に膝をついた。意識はあるものの、つねられたり名前を大声で呼びかけられたりするとかろうじて反応する程度だった。

「昔と同じだな」とウルフは言った。

女性のバーテンはすでに店にいるアマチュア・カメラマン全員に、ニュースで話題の男が女性用トイレにいることを吹聴していることだろう。ウルフはそう思い、バクスターの顔を隠すために彼女のジャケットを頭からかぶせると、抱え上げ、運び出した。

ドアマンがあらかじめ人垣を掻き分けてくれていた。彼女の状態を心配してというより、また吐かれるまえに酔っぱらいを外に出したくてそうしたのだろう。それでもウルフはその配慮に助けられた。バクスターを抱えたまま通りを歩き、もう少しで落としそうになりながらも、彼女のアパートの狭い階段をなんとかのぼりきった。苦労して玄関のドアの鍵を開けると、部屋の中ではラジオが大音量で鳴り響いていた。よろめきながら寝室まで運び、ベッドの上に彼女をどさりと寝かせた。

ブーツを脱がせ、髪をうしろで縛った。これまで何度もしてきたことだ。最後にしたのはだいぶまえのことだが。キッチンへ行って洗い桶《おけ》を取り、ラジオを消して猫のエコーに餌をやった。シンクには空のワインボトルが二本置かれていた。バーの店員にバクスターが店でどれくらい飲んだのか訊くのを忘れたことに、ウルフは自分に悪態をついた。

ふたつのグラスに水を注ぎ、自分の分を飲み干すと、寝室に戻ってベッドの横に洗い桶、ベッドサイドテーブルの上に水を注いだグラスを置いた。それから靴を脱いで、バクスターの隣りに横たわった。彼女はいびきをかいていた。

明かりを消し、暗い天井を見つめながら、降りはじめた雨が窓ガラスにあたる音を聞いた。このバクスターの醜態は殺人課全体にのしかかるストレスのせいであり、完全には抜けきれていない悪癖を抑える力を失くしたせいではないことを願った。バクスターのこの悪癖をまわりに知られることがないよう、ウルフは長いあいだ、長すぎるあいだ、手を貸してきた。その夜は、眠れないまま定期的にバクスターの息づかいを確かめ、彼女が汚した跡を片づけた。それでも、自分はなんの助けにもなっていないのではないか。ウルフにはそんな思いがしてならなかった。

家じゅうの電気が消された自宅に着いたときには、エドマンズはずぶ濡れになっていた。暗い廊下をできるだけ音をたてないようによろよろと歩いた。ティアはもう寝ているのだろうと思ったが、寝室のドアは開けっぱなしのままで、ベッドには誰も寝た形跡がなかった。

「ティア?」と彼は呼びかけた。

部屋から部屋をのぞき、明かりをつけてまわると、彼女の荷物がなくなっていることがわかった。仕事用のバッグにお気に入りのジーンズ、それから〝歩く転倒誘発装置〟である猫も。置き手紙はなかったが、どこにいるかは容易に想像できた。母親のところだ。彼への失望度がレッドゾーンにはいってしまったのだろう。ラグドール事件が始まってからではなく、殺人課に異動してからずっとストレスが溜まっていたのだろう。

エドマンズは、その夜眠ることになると思っていたソファにぐったりと腰をおろして疲れた眼をこすった。彼女をこれほどまで苦しめていたことはほんとうにすまないと思った。同時にこうも思った。どういう結果になるにしろ、この激務の日々もあと五日で終わるのに。もうすぐ終わることはティアだってわかっているはずなのに。

ティアに電話をかけようかと思った。でも、きっと電源を切っているだろう。時計を見た。午後十時二十七分。ティアの車は家のまえに残っていた。もうすぐ彼の義母となる彼女の母親が、ティアを車で迎えにきたのにちがいない。彼はフックから車の鍵を取って家の明かりを消すと、疲れを押してまた夜の通りに出た。

道路は閑散としていて、車はあっというまに市内を進んだ。エドマンズは建物のすぐそばの駐車スペースに車をバックで入れると、警備員の立つ入口まで走った。警備員はもうすっかり彼の顔を覚えており、エドマンズが身分証明書を見せて手荷物を預けるあいだふたりは世間話をした。そうやって手続きをすませ、エドマンズは証拠保管所にはいった。

夕食のワインのおかげで、ウルフはうとうとと眠りについた。が、一時間もしないうちに、バクスターが寝室のバスルームで嘔吐する音で眼が覚めた。暗闇の中、ドア枠の隙間からバスルームの明かりが洩れていた。トイレの水を流す音、戸棚を開けて閉める音、うがいをして、マウスウオッシュをシンクに吐く音が聞こえた。

バクスターはちゃんと動けるようになっていた。これなら誰かがついていなくても無事に朝を迎えられるだろう。ウルフは家に帰ろうと思い、起き上がった。そこへバクスターがふらふらと戻ってきた。そして、ベッドに寝転がると、酔っぱらった腕をウルフの胸に投げ出して言った。

「デートはどうだった?」

「短かった」とウルフは答えた。秘密を守れないフィンレーに腹が立った。同時に、いかにもタイミングの悪いバクスターの無分別は、実は意図的なものだったのではないかという疑念も覚えた。

「お恥ずかしいかぎりね。でも、来てくれてありがとう」彼女は半分眠りかけながら言った。

「やめようかとも思った」

「でも、来てくれた」彼女は眠りに落ちながらつぶやいた。「きっと来てくれるって思った」

エドマンズの勘はあたっていた。前回慌てて出たせいで、めあての段ボール箱をまちがった棚に戻していたのだが、その箱を見つけると、二〇〇九年の事件の調査に戻った。巨大企業の御曹司が警備の堅固なホテルのスイートから消え、大量の血だまりだけが残され、遺体が発見されなかった事件だ。その犯行現場の写真を一枚一枚丁寧に調べていくと、疑念を裏づける写真がついに見つかった。

血だまりのそばの壁の八個所に小さな血しぶきの跡が残っていたのだが、当然のことながら、それらは〝飛び散った血〟として処理されていた。が、その状況は今日彼が昼間に見た現場と不気味なほど酷似していた。血しぶき自体は珍しいものでもなんでもない。しかし、この血しぶきは、犯人が切断しないと逃走できない現場から死体を持ち出すために切断しているときについたものなのではないだろうか。

そう、これは同一犯の仕業だ。エドマンズは確信した。

証拠物件を段ボール箱に戻した。ついに捜査チームに提供できる有力情報が見つかったと思うと、大きな達成感を覚えた。中身をしまって立ち上がった。そのとき箱の蓋から一枚の紙がはらりと落ちた。保管所のすべての保管箱に添付された貸出記録カードだった。氏名及び貸出・返却の日付、保管所から借り出す理由を記載するカードだ。しゃがんでそのカードを拾い上げ、蓋にしまおうとしたところで、一番下の欄になじみのある名前を見つけた。その捜査資料を最後に借りた人物の名だ。

ウィリアム・フォークス部長刑事　二〇一三年二月五日　貸し出し　血しぶき分析のため
ウィリアム・フォークス部長刑事　二〇一三年二月十日　返却

エドマンズは困惑した。捜査資料の中にウルフが書いた報告書はひとつもなかった。鑑識の報告書も二〇〇九年の事件発生時に作成されたものがあるだけだった。ウルフはほかの事件の捜査中、たまたまこの事件にたどり着いた。それが一番考えられるシナリオだ。つまり、ラグドール事件の犯人が過去に起こした殺人事件に、ウルフは去年たまたま興味を持ったということだ。そのため運悪く犯人の注意を惹くことになった。それでウルフが殺人予告の標的にされたことの説明がつく。犯人がどこかウルフをリスペクトしていることの説明も。ウルフは殺人鬼に一目置かれた警察官というわけだ。

そう考えれば辻褄が合う。

エドマンズは眼を輝かせた。朝になったら、ウルフにこの件を訊いてみよう。きっと犯人が初期に犯したほかの事件に関して助言してくれるだろう。大発見に勇気づけられ、彼は別の通路に移ると、リストにあるほかの事件も調べはじめ、犯人に向けて胸につぶやいた。

これからはこっちがおまえを狩ってやる。

27

二〇一四年七月十日（木）
午前七時七分

開いているドアから太陽のまぶしい光が射し込み、ベッドにおぼろげな影を落としていた。ウルフは眼を開けた。寝室にバクスターの姿はなく、彼はひとりでベッドカヴァーの上に服を着たまま寝ていた。別の部屋からランニングマシンを踏むリズミカルな足音が聞こえていた。その音で眼が覚めたようだった。

ウルフは体を起こすと、蹴って脱いだ靴をベッドの裾から取り上げた。陽あたりのいい居間にはいると、バクスターに向かって大儀そうに手を振った。彼女はトレーニングウェアに着替えていた。髪型は彼が昨夜結った歪んだポニーテールのままだったが。彼女のことを知らなければ、休息を取って元気になったようだね、とでもウルフは声をかけていただろう。しかし、彼女の回復が早いのは昔から知っていることだった。だからこそ彼女はこんなにも長いあいだ、体力を消耗させる悪癖を多くの同僚に隠しておくことができたのだ。

バクスターからはなんの反応も返ってこなかったので、ウルフはそのままオープンスペースのキッチンへ行き、コーヒーを沸かしはじめた。

「……はまだあるのか？」

速いペースでランニングを続けるバクスターの肌は汗できらきらと輝いていた。ウルフのことばを聞き取るためにはイヤフォンをはずさなければならず、バクスターは面倒くさそうな顔をした。

「余分な歯ブラシはまだあるのかって訊いたんだ」とウルフは言った。

急にウルフが泊まることになった場合に備えて、予備の洗面用具をストックしておくというのが、かつてのふたりの暗黙の了解だった。そういうことがしょっちゅうあった時期もあった。やましい関係ではなかったものの、アンドレアがふたりの仲を疑うようになったのも無理はない。

「バスルームの一番下の引き出しにあるわ」とバクスターはそっけなく言い、またイヤフォンをはめた。

バクスターが喧嘩腰なのはウルフにもすぐにわかった。それでも彼女の挑発には乗るまいと心に決めた。こういう態度はバクスターらしいことだった。自分のしでかしたことにばつの悪さを感じると、とことん不愉快な態度を取ろうとするのだ。

やかんの湯が沸き、ウルフはマグカップを掲げて、コーヒーを飲むかどうか無言で尋ねた。

彼女はイヤフォンをはずすと怒鳴った。

「何よ!?」

「コーヒーは要るかって訊いただけだ」

「わたしはコーヒーは飲まないの。それってあなたが誰よりもよく知ってることでしょうが。わたしが飲むのはワインと馬鹿げた見た目のカクテルだけよ」

「それは要らないってことだな？」

「あなたはわたしのことをそう思ってる。ちがう？　自分で自分の面倒もみられない哀れな酔っぱらい女。正直に言いなさいよ」

ウルフのさきほどの決心は早くも揺らぎかけた。

「そんなことは思ってないよ」と彼は言った。「コーヒーだけど……」

「こんなふうに世話してもらう必要なんてなかったのよ、わかる？　なのに、これであなたは優越感にひたって上位者ぶって意気揚々と帰れるわけよ。頼むから次からは面倒をかけないでくれよな、なんて言って」

大声で怒鳴っているので、彼女は息が切れてきた。

「おれだって今回は面倒をみなけりゃよかったと思ってるよ！」気づいたときにはもうウルフも怒鳴っていた。「ディナーをふいにしたりせず、おまえなんかトイレの床に這いつくばらせておきゃよかったよ！」

「そうでした、そうでした。アシュリー・ロクランとのディナーよね。なんて素敵なの。お似合いのふたりだわ。きっとうまくいくと思う。あと四日のうちにどっちも惨殺されずにすめば！」

「仕事に行く」ウルフはそう言って玄関に向かった。「ついでに言っておくと、礼は要らないから」

「どうしてあなたがそんな真似をしたのか全然わからない！」バクスターはウルフの背中に向かって怒鳴った。「あなたのしたことって食肉処理場で牛に名前をつけるようなものじゃないの！」

玄関のドアが乱暴に閉められ、その衝撃でニューヨークの摩天楼のキャンヴァスプリントが居間の壁から落ちた。バクスターは耳鳴りがするほどのアドレナリンの分泌を覚え、ランニングマシンのスピードを上げ、イヤフォンをまた耳にはめ、ヴォリュームも上げた。

不愉快な気分で刑事部屋にはいると、ウルフはまっすぐにフィンレーの机に向かった。フィンレーのほうはアシュリーとのデートの顚末《てんまつ》を訊き出したくてうずうずしていた。

「なんであんなことをした？」とウルフは吐き捨てるように言った。

「なんのことだ？」

「バクスターにアシュリー・ロクランとのディナーの話をしたことだ」

「黙ってようとは思ったんだよ。でも、何か隠してるってあいつに見抜かれちまって」

「でたらめでもなんでも言えるだろうが！」

「だったら今からでもそうしたほうがいいのか？」

ウルフはフィンレーを見つめた。殺人課一の陽気で前向きな男の顔が昔のグラスゴーの荒っぽい巡査の顔に戻っていた。ウルフはとっさに反応しなければならなくなった場合に備えてポケットから手を出した――フィンレーの左のフックはもはや伝説の域に達するほどのものなのだ。

「そうするのが友達ってもんじゃないのか」とウルフは言った。

「おれはエミリーの友達でもある」

「だったらなおさらだ。あんたは彼女の気持ちを傷つけた」

「なんだって？　おれが彼女の気持ちを傷つけただと？　このおれがか？」フィンレーは実にもの静かに話していた。それはまったくもって悪い兆候だった。「おれはおまえさんがもう何年もあの可哀《かわい》そうな娘に気を持たせつづけるのを見てきた。おまえさんたちのあいだに何があったにしろ、そのせいでおまえさんのほうは結婚生活まで破綻したっていうのに、おまえさんは今もただ手をこまねいてる。それはつまり、彼女が欲しいのに踏ん切りがつかない意気地なしか、そんな気もないのに関係を断てない意気地なしか、そのどっちかってことだ。どっちにしろ、今から男を上げようにもおまえさんにはあと四日しかないってことを忘れるな」

　ウルフには何も言えなかった。フィンレーはどんな場合にも常にウルフの味方になって闘ってくれた男だ。

「調べなきゃならない手がかりがあるんでな。出かけてくる」そう言って、フィンレーは立ち上がった。

「おれも一緒に行くよ」

った。

「いや、駄目だ」

「捜査会議は十時からだからな」とウルフは言った。

「そんな言いわけ、でたらめでもなんでも言えるだろうが」とフィンレーは苦笑まじりに言った。

そして出ていった。思いきり強くウルフの背中を叩いて。

午前九時五分。ウルフはプレストン＝ホール医師からかかってきた電話をまた無視した。だから、警視長の電話はいつ鳴ってもおかしくなかった。フィンレーは気分を害して出ていった。刑事部屋の反対側ではバクスターが誰かを怒鳴っていた。

エドマンズはそうした状況にまるで気づいていなかった。ここ十分、脇目も振らず、ウルフとの話し合いに必要な書類の準備をしていた。ウルフからどんな反応が返ってくるか期待に胸をふくらませていた。準備した書類を集めると、頭の中で何度も練習した出だしの文句を反芻《はんすう》しながら、ウルフの机に近づいた。

「二〇〇九年のゲイブリエル・プール・ジュニアの件についてなんですが」エドマンズはそう切り出した。

なんのことかすぐにわかったような表情が一瞬、ウルフの顔に浮かんだ。少なくともエドマンズはそう思った。なのにウルフはそのあとすぐに深々とため息をつくと、苛立たしげにエドマンズを見上げて言った。

「それがおれに何か関係があるのか？」

ウルフのそんな反応には正直、失望しないわけにはいかなかったが、エドマンズの熱がそれぐらいのことで冷めることはなかった。彼は続けた。

「たぶんあるんじゃないかと思います。ホテルのスイートから巨大エレクトロニクス企業の御曹司が失踪したのに、遺体が発見されなかった事件です。何かぴんと来ませんか？」

「いいか、こんなことは言いたくないが、その話は誰か別の人間とするわけにはいかないのか？　今のおれは誰とも話したくない気分なんだよ、申しわけないが」

エドマンズの自信もウルフにそこまで言われるとさすがに揺らいだ。が、そこでまだきちんと説明できていなかったことに気づいた。

「すみません。最初から説明させてください。ぼくはずっと過去の捜査資料を調べてたんですが――」

「そういうことはやめろと言ったはずだが」

「おっしゃいました。でも、ご心配なく。全部勤務時間外にやりました。いずれにしろ、それでわかったんです――」

「いずれにしろもクソもない。先輩から何かをするなと指示されたら、いっさいやるんじゃない！」とウルフは怒鳴った。刑事部屋にいる全員の視線が叱責されているエドマンズに注がれた。

「でも、せ、説明させてもらえれば……」エドマンズはしどろもどろになった。どうして急に険悪なムードになったのか、わけがわからなかった。だからと言って、このまま引き下がるわけにはいかなかった。ウルフに答えてもらわなければならない重要な質問があった。

「すごく有望な手がかりを見つけたんです」

ウルフは立ち上がると、机をまわってまえに出てきた。それをエドマンズは話を聞こうとするウルフの意思表示だと受け取り、最初の書類を差し出した。ウルフはエドマンズの手から書類の束を床に叩き落とした。外野から野次が飛び、嘲るような笑い声が起こった。バクスターがふたりのほうにやってきた。シモンズはボスの顔に戻って、立ち上がっていた。

「どうしてプールの捜査資料を借り出したんです？　教えてください」とエドマンズは大声を張り上げた。が、意志に反してその声は震えていた。

「なんだ、その言い方は？」とウルフはひょろ長い若者を威圧するように言った。

「なんなんです、あなたこそその言い方は！」とエドマンズも言い返した。本人を含む全員がその語気に驚いた。「どうしてあの事件を調べてたんです？」

ウルフはエドマンズの咽喉をつかむと、会議室のガラスの壁に押しつけた。エドマンズは手ひどく後頭部をガラスにぶつけられた。薄い色のついたガラスが割れ、黒い亀裂が二方向に走った。

「おい！」シモンズが大声をあげた。

「ウルフ！」バクスターが叫び、ふたりに駆け寄った。

ウルフはエドマンズを解放した。エドマンズの首すじを黒ずんだ血が伝った。バクスターがふたりのあいだに割ってはいった。

「いったいなんなの、ウルフ？」とバクスターはウルフの顔にことばを叩きつけるようにして言った。

「おまえの犬っころにおれには近づくなと言っておけ！」とウルフは怒鳴った。

バクスターには、眼のまえの異様な眼をした男がウルフだとはとても思えなかった。

「彼はもうわたしの子分じゃない。あなたのほうがおかしくなってる、ウルフ」と彼女はウルフに言った。

「おれがおかしくなってるだと？」と彼は顔を真っ赤にして怒鳴った。

バクスターはウルフの無言の脅迫を悟った。ウルフはバクスターが長年隠してきた秘密を暴露しようとしているのだった。彼女は身構えた。同時に、もうごまかさなくてもよくなるのだと思うと、心のどこかでほっとしてもいた。

ウルフは躊躇した。

「人を非難してまわりたければ、もっと確実な証拠をつかんでからにしろとそいつに言っておけ」とウルフは言った。

「誰に対しての非難？」とバクスターは尋ねた。

「ぼくは誰も非難なんかしていません」とエドマンズが口をはさんだ。「ただ、あなたに手伝ってほしかっただけです」

ヴァニタ警視長がオフィスから顔を出した。彼女は諍《いさか》いの始まりを聞き逃していた。

「こいつは自分の仕事もせず、おれの古い捜査資料を意味もなく調べて時間を無駄にしてたんだ！」

「冗談じゃない！」とエドマンズは柄にもなく吐き捨てるように言った。首すじに手をやると指のあいだから血が垂れた。

ウルフはいきなりエドマンズに殴りかかった。シモンズがそれをブロックした。バクスターがエドマンズに身を寄せ、小声で言った。

「ウルフの言ったことはほんとうなの？」

「ぼくは手がかりを見つけたんです」

「あの件は放っておくようにってわたしも言ったでしょ！」と彼女はきつい口調で言った。

「いいですか、手がかりが見つかったんですよ！」とエドマンズは繰り返した。

「おまえ、そいつの肩を持つ気か？」とウルフが言った。

「持ってない。どっちもクソ野郎だって思ってるだけよ！」とバクスターは叫んだ。

「いい加減にしなさい！」

刑事部屋が水を打ったように静まり返った。ヴァニタが揉めている三人に近づいた。激怒していた。

「エドマンズ、頭の怪我を診てもらってきなさい。バクスター、自分のチームに戻りなさい。フォークス、たった今からあなたを停職処分にします」

「おれを捜査からはずすわけにはいかないよ」とウルフはうそぶいた。

「言うことだけは一人前なのね。とっとと出ていきなさい！」

「警視長、ウルフの言うとおりです」エドマンズがすかさず自分を殴った相手の肩を持って言った。「ウルフをはずすわけにはいきません。捜査には彼が必要です」

「いい、わたしはあなたたちがこの課を内部分裂させるのを黙って見てるわけにはいかないの」ヴァニタはウルフに言った。「出ていきなさい。もうあなたに用はないわ」

緊張が走った。誰もが固唾を呑んで、ウルフの反応を見ていた。ウルフはユーモアのかけらもない笑い声をあげた。誰もが拍子抜けするような笑い声だった。シモンズの手から腕を引き抜くと、エドマンズの肩にわざと自分の肩をぶつけて、ウルフは刑事部屋を出ていった。


午前十時からの捜査会議に出てきたのはシモンズとヴァニタだけだった。十二人の名前が書かれたフリップチャートが、完成されたジグソーパズルのように誇らしげに会議室の中央に置かれていた。ただ、最後の被害者、ロナルド・エヴェレットの身元が判明しても、シモンズが望んでいたような新事実は見つかっていなかった、残念ながら。事件の全貌を明らかにするには、まだ欠けているピースが多すぎた。

「われわれだけのようですね」シモンズはそう言って苦笑した。

「フィンレー・ショー部長刑事はどこにいるの？」とヴァニタは尋ねた。

「わかりません。電話に出ないんです。エドマンズは傷口を縫うために救急室に行きました。

フォークスは停職処分を受けたところです」

「わたしの判断がまちがってると思うなら、そうおっしゃい、テレンス」

「まちがってはいません」とシモンズは言った。「勇敢なご決断でした」

「彼の存在はチームの重荷になってる。諸事情を考えれば、誰にも彼を責めることはできない。それでもよ。彼の行動は功績より被害のほうが大きくなってしまった。そういうことよ」

「心から同意します。それでもです。私ひとりではこの状況を乗り切ることはできません。バクスターをチームに戻してください」

「それはできない相談よ。ガーランドの一件があるのよ。新しい人をまわします」

「その時間がないんです。ウルフを除けば、アシュリー・ロクランは二日後に、フォークスはその二日後に死刑宣告を受けてます。この事件に誰より精通してる刑事はバクスターです。そんな彼女を捜査チームに戻さないというのは、それは大きな判断ミスです」

ヴァニタは頭《かぶり》を振って、なにやらつぶやいた。

「わかったわ。ただし、わたしがこの件に反対したことは記録に残しますからね。彼女の行動についてはあなたが責任を取って」

「〝血しぶきを浴びた美貌の陪審員〟」サマンサ・ボイドは、中央刑事裁判所のまえで立ちすくむ彼女の姿をとらえた有名な写真を見つめながら言った。「マスコミが勝手につけた名です。別にわたしの名刺か何かにそう書いてあったわけじゃありません」

フィンレーには、テーブルの向かい側に坐る人物が写真の女性と同一人物とはとても思えなかった。彼女が今も魅力的なのはまちがいないが、長いプラチナブロンドの髪はダークブラウンのボーイッシュな髪型に変えられ、白黒の写真の中からでさえ射抜かれそうなスカイブルーの眼をめだたなくするために、濃いメイクが施されていた。いかにも高級そうな服は彼女に似合ってはいたが、それは人の眼を惹く類いのものではなかった。

フィンレーが連絡を取ると、人々の記憶の中で最も有名な裁判の関係者で、三番目に有名なこの人物は、ケンジントンの洒落たコーヒーショップで会うことに同意してくれた。フィンレーは店にはいるなり、そこはまだ改修中なのではないかと思ったが、買物袋を持った客もタトゥーを入れた店員も、剝き出しの配管やぶらぶら揺れる電球、それに漆喰が塗られていない壁のことなど少しも気にしていないようだった。

フィンレーが外出したのはもちろんウルフと口論したからではない。彼は昨夜すでにこの約束を取り付けていた。金銭の流れを追及し、足跡を比較検査し、残留血液を分析するのも大事だが、フィンレーは証拠集めの最も効果的な方法とは、訊くべき相手に訊くべき質問をすることと固く信じていた。同僚たちが彼のそのやり方を古臭くて時代遅れと考えていることとは知っている。古臭いやり方にしがみついてると言われていることも。しかし、それで一向にかまわなかった。定年まであと二年もないというのに今さらそのやり方を変えるつもりはなかった。

「わたしはあの事件との関わりを断とうと必死で努力してきました」とサマンサはフィンレーに言った。

「悪いことばかりじゃなかったでしょう。仕事にはむしろプラスになったんじゃないですか？」

フィンレーはコーヒーを一口飲んでむせそうになった。いかにもウルフが注文しそうなコーヒーだった。

「それはそうです。対応しきれないほどの注文が殺到しました。特にあの白いドレスには。でも、結局、そういうお客さんはすぐにいなくなりました」

「で？」フィンレーはさきを促した。

彼女はいっとき考えてから口を開いた。

「あの日、わたしは写真のためにポーズを取ったわけじゃありません。助けを求めていただけです。有名になりたいなんて思ってもいませんでした。特にあんな……恐ろしいことのためになど。なのに、いきなり〝血しぶきを浴びた美貌の陪審員〟にされて、あれ以来、世間はわたしのことをそうとしか見なくなりました」

「わかる気がします」

「ことばを返すようですが、おわかりにはならないと思います。ほんとうは、わたし、あの日自分がしたことを恥じてるんです。あの頃にはもう、わたしたち陪審員はフォークス刑事の無分別な行動や警察に対する世間からの非難に影響を受けすぎていました。そのせいで判断を曇らせてしまったんです。そう、わたしたちの大半がね。陪審員十二人中十人が取り返しのつかない誤りを犯したんです。以来、その誤った判断が惹き起こした結果について考えない日は一日たりともありません」

彼女の声に自己憐憫の響きはなかった。淡々と責任を受け入れていた。フィンレーはロナルド・エヴェレットの最近の写真を取り出し、テーブルの上に置いた。

「この人が誰だかわかりますか？」

「もちろんです。わたしは四十六日間もこのいやらしい老人の隣りに坐っていなければならなかったんですから。とても好きになんかなれない人です」

「誰かがミスター・エヴェレットに危害を加えるとしたら、どんな理由があると思いますか？」

「あなたはこの人に会ったことがないんですね。そうですね、手を出しちゃいけない人の奥さんに手を出してしまったとか。でも、どうしてです？　彼に何かあったんですか？」

「機密事項です」

「誰にも言わないけど」

「私も誰にも言いません」フィンレーはそう言って、その話題はさっさと終えると、しばらく考えてから次の質問に移った。「裁判期間中のミスター・エヴェレットのことですが、あなたやほかの陪審員と異なる点、何かめだった点はなかったでしょうか？」

「めだった点？」とサマンサは虚《うつ》ろな表情で訊き返した。無駄足だったかとフィンレーが思いはじめたところで、彼女が言った。「そう、でも……証拠があるわけじゃないけれど」

「なんの証拠ですか？」

「わたしも含めて数人の陪審員に接触してきたジャーナリストがいました。陪審評議に関する情報を提供したら、とんでもない額のお金を支払うっていうんです。ジャーナリストはみんな、閉じられたドアの中ではどういうことが話し合われ、誰がどちら側に投票しそうか知りたがっていました」

「そういう申し出にエヴェレットは応じたんじゃないか。そう思うんですね？」

「思うだけじゃありません。確信があります。新聞記事の中には、わたしたち陪審団から直接洩れたとしか考えられない記事もありましたから。最初からずっと有罪を主張していた陪審長のスタンリーは、ある朝起きたら新聞に大きく顔写真を載せられ、彼が反イスラム的な頑固な見解を持ってるとか、家族がナチスの科学者とつながりがあるとか、そんな馬鹿げた暴露記事を書かれました。気の毒に」

「裁判期間中はニュースには触れてはいけないことになってたんじゃないですか？」

「あのときのことをちゃんと覚えてます？　あの状況ではニュースより空気に触れないほうがまだ簡単でした」

フィンレーはそこでふとあることを思いついた。ファイルの中を漁ると、別の写真をテーブルに置いて言った。

「ひょっとして、あなた方に接触したジャーナリストの中にはこの人もいませんでしたか？」

彼女はその写真をじっと見つめた。

「ええ!」とサマンサは喘ぐように言った。フィンレーは背すじを伸ばし、サマンサのことばに意識を集中させた。「この人、ニュースに出ていた人ですよね? ジャレッド・ガーランド。殺された人ですよね? いやだ、今までちっとも気づかなかった。わたしが会ったときには、べたべたと不潔な髪を長く伸ばしていて、ひげも生やしてたんです」

「同一人物であることにまちがいありませんか?」とフィンレーは尋ねた。「もう一度よく見てください」

「まちがいありません。この意味ありげな笑みを見ればすぐにわかります。わたしの話が信じられなくても、調べればすぐにわかるはずです。警察に通報して、この人を家の敷地から連れ出してもらったことがあったんです。夜、家までついてきて、どうしても帰ってくれなかったものだから」


エドマンズは看護師が傷を縫ってくれた頭のこぶにどうしても手が向かった。待合室では何時間も待たされたのだが、そのあいだ頭の中で何度もウルフとの会話を再現し、手帳にほぼ一字一句書き写すようなことまでしたのだが、自分が言わんとしたことをどうしてウルフがまったく取りちがえたのか、まったく見当もつかなかった。

自分はそれほど疲れていたということなのだろうか。そのために、はからずも無礼な、あるいは非難めいた印象を与えてしまったのだろうか。それでも、だ。ウルフはいったい何を非難されたと思ったのだろう？　ウルフがあの事件を知らないと言ったのは嘘だ。あの事件のことを今度の鑑識報告に加え忘れていて、あれはそれを隠すための自己防衛のための過剰反応だったのだろうか。

救急外来まで出向いてよかった点がひとつだけあった。ティアが彼のメールに返信せざるをえなくなったことだ。彼女は仕事を抜けて、そばについていようかとまで言ってくれた。彼はそこまでしなくても大丈夫だと安心させた。ふたりは話し合い、彼は今週末まではほとんど家に帰れないことを正直に彼女に伝えた。それでティアはそれまでは母親と過ごすことになった。来週以降にまとめて埋め合わせをするという彼の約束を信じて。

そんなことがあり、肩の荷が降りた気分で、エドマンズは電車でウォトフォードまで行くと、そこからはタクシーで証拠保管所に向かった。機械的にいつもの入館手続きを終え、そこでふと階段脇にある小さなオフィスのまえで足を止めた。普段なら〝管理部〟と記されたドアのまえはそのまま通り過ぎるのだが、そのときはガラス窓を礼儀正しくノックして中にはいった。

時代遅れのコンピューターの向こう側に、彼が予想したとおりの中年女性がいた。死人のように白い肌をして、大きすぎる眼鏡をかけ、ぼさぼさの髪をしていた。その女性に熱烈な歓迎を受けた。会話に飢えた年配の親戚。そんな感じだった。ずいぶん長いこと来客がなかったのだろう、そう思いながら、エドマンズは勧められた椅子に坐った。が、飲みものは断わった。貴重な時間を一時間も削られたくなかった。

彼女が亡くなった夫のジムと、この〝地下霊廟《れいびょう》〟に棲《す》みついている陽気な幽霊について
ひとしきり話したところで、エドマンズはそれとなく会話をもとに戻して尋ねた。

「ここではどんな手続きもこのオフィスでするんですね？」

「ええ、どんな手続きもね。バーコードをスキャンすれば、それで貸し出しと返却が管理できるわ。スキャンされてない文書を持ち出そうとしたら、倉庫じゅうのアラームが鳴り響くでしょうね！」

「ということは、誰が何を調べてるのか、あなたにはそういうこともわかるんですね」

「もちろん」

「実は、ウィリアム・フォークス部長刑事が借りた資料をすべて見なきゃならないんですが」

「全部？」と彼女は驚いて訊き返した。「ほんとに？　ウィルはずいぶん頻繁に来てたけど」

「ええ、ひとつ残らず」

セント・アン病院

二〇一〇年十月十七日（日）
午後九時四十九分

ウルフは午後十時からの夜勤職員の巡回に遅れないよう、のろのろと足を引きずりながら自室に戻った。古い廊下には人工的な光があふれ、カートからホット・チョコレートのにおいが漂っていた。ただ、その生ぬるい飲みものをホットと呼ぶには語弊があったが。そのチョコレートの設定温度は、それを注いだカップを患者が職員の顔をめがけて投げつけるたびにより低くなっていた。

彼は一週間前にピンク・レディーズからくすねたカラー粘土を指で小さな玉状に丸めながら歩いていた。毎晩それを丸めて耳栓のかわりにするのだ。間断なく聞こえる叫び声を完全に遮断することはできないが、耳栓をすれば、少なくとも恐怖の悲鳴を遠ざけることはできる。

ドアが開け放たれたままの誰もいない部屋のまえをいくつか通り過ぎた。定められた消灯時刻の直前まで夜のテレビ番組を見ている収容者の部屋だ。ウルフは角を曲がり、人気《ひとけ》のない別の廊下に出た。暗い部屋のひとつからつぶやきが聞こえてきた。彼は戸口には近寄らず、小声で口早に繰り返される祈りのことばを聞き流しながら通り過ぎようとした。

「刑事さん」祈りのことばの途中で囁き声が呼びかけてきた。

ウルフは足を止め、薬物の副作用でまた幻聴が聞こえたのだろうかと思った。眼を凝らして暗闇を見つめた。ドアが少しだけ開いていた。光のかけらが闇を貫き、硬い床と、片膝を立てて背中を丸めて祈る男の姿の一部を浮かび上がらせた。ウルフがそこから離れようとすると、祈りの声がまた止まった。

「刑事さん」そう呼びかけたあと、声の主は新たな祈りのことばを冒頭から唱えはじめた。

ウルフは注意深く戸口に近づき、重いドアを押した。古い蝶番《ちょうつがい》が軋み、くたびれたような音をたてた。比較的安全である戸口に立ち、ドアの右側にあるはずの明かりのスウィッチを手探りで探した。埋め込み式の細長い蛍光灯が低くうなって光った。ただ、蛍光管の表面が食べものか乾いた血で汚れているせいで、イミテーション・キャンドルほどの明るさにしかならず、壁に暗い影ができただけだった。狭い室内には化膿した傷口のにおいと、プラスティックのケースの上で何かを燃やしたようなにおいが漂っていた。

娯楽室でウルフに話しかけてきたジョエルだった。また途中で祈りをやめると、汚れた光から眼を覆った。すり切れた下着しか身に着けておらず、剝き出しの皮膚には夥《おびただ》しい数の傷痕があった。過去の事故や暴力の代償ではなく、自傷行為によるものだ。黒い肌のキャンヴァスにはさまざまな種類の十字架が刻まれ、多くは古傷で、時間の経過とともに白く変色していた。が、中にはまだ赤く腫れ、じくじくしている傷もあった。

部屋の主にふさわしい狭い部屋だった。黄色い染みのついたベッドの上には、ページのあちこちが破り取られた聖書が置かれていた。そして、貼れるところにはいたるところにぞんざいに破られた福音書の各節が重なり合うように、唾液で貼りつけられ、その狭い部屋は神のことばで埋め尽くされていた。

トランス状態から覚醒したかのように、ジョエルはゆっくりと顔を起こし、ウルフを見て笑みを浮かべた。

「刑事さん」と彼はぼそっと言い、室内を身振りで示した。「あんたにこれを見せたかったんだ」

「できれば遠慮したいところだが」とウルフは答えた。彼自身の声も囁きとさほど変わらない大きさになっていた。あまりあからさまにならないよう、ウルフは鼻を手で覆っていた。

「ずっとあんたのことを……あんたの置かれた状況を考えてたんだよ。おれが役に立てるんじゃないかって思って」そう言って、ジョエルは傷だらけの胸を手で撫でた。「そしてこれが……これがあんたを救ってくれるんじゃないかって」

「自傷が？」

「神がだよ」

神より自傷のほうがまだ具体的な成果をもたらしてくれたのではないか。ウルフはそんな軽口を叩きたくなった。

「おれを何から救うんだ、ジョエル？」とウルフは疲れた声音で尋ねた。

ジョエルはいきなり笑いだした。もう充分だと思い、ウルフは立ち去ろうとした。

「三年前、おれの妹が死んだ……殺されたんだ。ドラッグの金が返せなくて」とジョエルは言った。「相当ヤバいやつらに百五十ポンドの借金があって——顔を切り落とされて殺されたんだ」

ウルフは振り返ってジョエルを見た。

「あ、あ、あんたなら、おれがいちいち言わなくてもわかるはずだ。あんたなら、あんたなら、おれがやつらをどうしてやりたいと思ったか、わかるはずだ。おれはじわじわと時間をかけて、妹と同じ苦しみをやつらに味わわせてやりたいと思った」そう言ってジョエルは、復讐《ふくしゅう》劇を思い描いたのか、冷酷な笑みを浮かべ、空《くう》を見つめた。「おれは武器を持って、やつらを探しにいった。だけど、簡単に近づけるような相手じゃなかった。おれは何もできない自分が悔しくてならなかった。おれの言ってること、あんたならわかるだろ？」

ウルフは黙ってうなずいた。

「人間にはとことん追いつめられちまうときってあるもんだ、だろ？　おれは最後の手段を取ることにした。悪を正す唯一の方法だ。そう、おれは取引きをしたんだよ」

「取引き？」とウルフは訊き返した。気づくと、ジョエルの話に引き込まれていた。

「おれの魂をやつらの命と引き換えにしたのさ」

「あんたの魂？」

ウルフはあちこちに貼られた聖書の断片を見て、ため息をついた。狂信的な男の話を思いがけず長いこと真面目に聞いてしまった自分が馬鹿らしく思えた。職員が誰かを部屋に連れ戻そうと奮闘している物音が廊下から聞こえてきた。

「おやすみ、ジョエル」とウルフは言った。

「取引きをした一週間後、おれの家の戸口にゴミ袋が置かれていた。普通の黒いゴミ袋だ。でも、その中は血だらけだった。おれの手も、服も、血だらけになった……」

「何がはいってたんだ？」

ジョエルはウルフの質問を聞いていなかった。赤く染まったそのときの自分の両手が見えているのだろうか。金《かな》くさい血のにおいが今も鼻をついているのだろうか。小声でぶつぶつとつぶやきはじめると、床を這ってわずかな所持品のところまで行った。そして、びりびりに破れた聖書から新たなページを破り取り、そこにクレヨンで何か書きつけた。

ウルフはそこでやっとジョエルがつぶやいているのが祈りのことばではなく、数字であることに気づいた。ジョエルは腕を伸ばして破り取ったページをウルフに差し出した。ウルフはそれを慎重に受け取って訊いた。

「これは電話番号か？」

「あいつがおれのところにやってくる」

「これは誰の番号なんだ？」

「〝この火の池が第二の死である〟」とジョエルは背後の壁に貼ってある「ヨハネの黙示録」の一節を読み上げた。

「ジョエル、これはいったい誰の番号——」

「地獄に堕ちることを恐れない者がいるか？」涙がジョエルの頬を伝った。ゆっくりと気を静めてから、ジョエルはウルフの眼を見て言った。「だけど、あんたならわかるだろ？」そう言うと、ウルフの両手の中でくしゃくしゃになっている紙を見て、淋しそうに笑った。

「それでも、それだけの価値は、あったよ」

28

二〇一四年七月十一日（金）
午前七時二十分

アウディの腹をこすってしまったかもしれない。バクスターはそう思った。卓越した運転技術でこれまで慎重に愛車を扱ってきたのに。なんとも悔しかった。しかし、大通りからすぐのところにあるでこぼこの空き地――瓦礫《がれき》の散らばった建設用地から、片隅に駐車券販売機を設置しただけの実用的な駐車場へと奇蹟的な変身を遂げた空き地――に車を停める以外、選択肢がなかったのだ。

その日の午後のアシュリーの移送に備え、バクスターは下見に来たのだが、ヴァニタ警視長からはこう言われていた――アシュリーとの関与はできるだけ簡潔に。エドマンズとふたりで覆面パトカーでアシュリーを自宅から移送し、ロンドン郊外でシモンズと落ち合う。アシュリーはそこで車を乗り換え、人身保護局が船で待つ南部の海岸まで行く。これまで同様、最終目的地は誰にも知らされていなかった。

集合住宅の四階まで行くと、アシュリーの部屋のドアのまえに坐り込んでいた睡眠不足のふたりの警官が、バクスターの姿を見て立ち上がった。バクスターは身分証明書を出して、自己紹介した。

「もう少し待ってあげたほうがいいかもしれません」と女性警官が含み笑いをしながら言った。

　男性警官のほうは困ったような顔をしていた。バクスターは女性警官のことばを無視して、青いドアを乱暴に叩いた。

「こっちも暇じゃないのよ」

　ふたりの警官は気分を害されたように顔を見合わせた。女性警官のほうがバクスターに言った。

「もう少し待ってもいいんじゃないですか？　まだふたりとも起きてないんじゃないかと思うんで」

「ふたりとも？」とバクスターは尋ねた。

　そのとき鍵が音をたて、ドアが開いた。ウルフがシャツのボタンをとめながら出てきた。眼のまえにバクスターが立っているのを見て固まった。

「よお」それでもどうにか声を出した。

　バクスターの表情が困惑から傷心へ、傷心から怒りへと変わった。無言で拳を握りしめると、腕を引いて全体重をかけ、その拳をウルフの顔に叩き込んだ。ウルフの訓導の賜物《たまもの》の見事な一撃がウルフの左眼に決まり、彼はうしろによろめいた。ふたりの警官は驚いて眼を見張るばかりで、どちらも仲裁にはいろうとはしなかった。

指が折れたかもしれない。バクスターはそう思いながら、手を振って痛みをまぎらわせた。そして踵を返すと、怒りまくって廊下をまた戻っていった。

「バクスター！　待てって。頼むから」ウルフは集合住宅の建物を出ると、大通りを歩き、穴だらけの駐車場まで彼女のあとを追った。「殺害予告で同情を煽るような真似はしたくないが、いいか、おれは三日後には死んでるかもしれないんだぞ。頼むよ」

バクスターは不承不承立ち止まると、振り返ってウルフと向き合い、苛立たしげに腕を組んだ。

「おれたちはつきあってないし、つきあったこともない」とウルフは言った。

バクスターはあきれたように両眼をぐるっとまわしてから車に向かった。

「おれたちの関係はもっと別なものだ」とウルフは嘘偽りない思いを告げた。「もっとこんがらがってて、もっと怒りにまみれていて、もっと特別で、もっと厄介な関係だ。でも、ひとつ言えるのは、つきあってるわけじゃないってことだ。だから、そういうことで腹を立てる権利はおまえにはないってことだ」

「あなたは欲しいものはなんでも手に入れて、これまでどおり好き勝手にしてればいいのよ」

「そうだ。そういうことだ。おれは恋人や夫に向く男じゃない。そういうことはアンドレアがよく知ってるよ」

バクスターは背を向けて歩きかけた。ウルフはそっと彼女の腕を取った。

「わたしに触らないで！」と彼女は叫んだ。ウルフは手を放した。

「なあ、おれが言いたかったのは……」すぐにはことばが見つからなかった。「おれは今までいろいろやってきたが、一度だって……たったの一度もおまえを傷つけようと思ったことはない」

バクスターは腕を組み、ウルフをじっと見つめた。

「とっとと消えてちょうだい、ウルフ」そう言うと、彼女はアシュリーの集合住宅のほうに戻っていった。

ウルフはいかにも傷ついた顔をしていた。それでも彼女を追いかけようとはしなかった。

「バクスター！」彼は彼女の背中に向かって叫んだ。「あの少女も保護してくれ！」

バクスターは足を止めずに歩きつづけた。

「アシュリーに接近できなかったら、犯人はあの女の子を襲うかもしれない！」

バクスターはウルフのほうを振り返ることもなく、大通りに戻る角を曲がった。ウルフの視野からその姿が消えた。


前日の捜査会議が流れたため、ヴァニタは予定を組み直し、午前九時半から事件の洗い直しをする会議を開くことを決めていた。バクスターはその会議の開始二分前に刑事部屋に駆け込んだ。ウルフのせいで、アシュリーとの冷ややかな対面にずいぶんと手間取り、さらに市内に戻るときに渋滞に巻き込まれたのだ。

バクスターがバッグを机の上に置くより早く、エドマンズが跳ねるようにして駆け寄ってきた。疲れた顔をしており、普段からは考えられないほどだらしない恰好をしていた。

「なんなの、もう」バクスターは自分の机が夜勤の同僚の夕食の残留物でべとついているのを見て悪態をつくと、バッグを床におろした。「刑事部屋がどんどん掃き溜め化してる」

「話があるんです」とエドマンズは息せき切って言った。

「あとにして。朝っぱらからもうさんざんな思いをさせられてるんだから」

「手がかりが見つかったんです。でも、どういうことなのか、それがまだわからなくて」

バクスターはヴァニタが会議室の中からふたりのほうを見ているのに気づいた。

「だったらみんなのまえで話して。さあ、行きましょう」

彼女はエドマンズを避けて先を急ごうとした。

「まさにそこなんです。あなたとさきに話し合う必要があるんです」

「いい加減にして、エドマンズ！　あとにしなさい！」とバクスターはぴしゃりと言った。

そう言って、駆け足で会議室にはいると、遅れたことをまず詫びた。エドマンズもそのあとに続いた。見るからに不安そうな顔をしていた。フリップチャートの被害者情報は今は見事にその空白が埋められていた。

1.（頭部）ナギブ・ハリド。〝火葬キラー〟

2.（胴体）――？――マデリン・エアーズ――（ハリドの弁護人）
3.（左手）プラチナの指輪、法律事務所？――マイケル・ゲーブル＝コリンズ――なぜ？　ロクランと話す
4.（右腕）マニキュア？――ミッシェル・ゲイリー――（ハリドの保護観察官）
5.（左脚）――？――　ロナルド・エヴェレット――陪審員――ガーランドへ情報漏洩
6.（右脚）ベンジャミン・チェンバーズ警部補――なぜ？

A　~~レイモンド・ターンブル~~（市長）
B　~~ヴィジェイ・ラナ／ハリド~~（ナギブ・ハリドの兄／会計士）　裁判は傍聴せず。ロクランを買収
C　~~ジャレッド・ガーランド~~（ジャーナリスト）　エヴェレットを買収して情報入手
D　~~アンドルー・フォード~~（警備員／アルコール依存／~~厄介者~~）――被告席担当警備員
E　アシュリー・ロクラン（ウェイトレス）または（九歳の少女）嘘の目撃証言
F　ウルフ

捜査会議が始まった。まずヴァニタが今日の午後アシュリー・ロクランを移送し、人身保護局の保護下に置く計画について簡単に説明した。バクスターはフリップチャートに新しく書き込まれた情報を見ていた。そのあと、フィンレーがサマンサ・ボイドに会ってわかった

こととして、ロナルド・エヴェレットがジャレッド・ガーランドに情報を売った経緯を報告し、ガーランドが当時書いた新聞記事のコピーをまわした。どれもウルフやロンドン警視庁やネオナチの反イスラム陪審員を批判する記事だった。

エドマンズは会議の内容をほとんど聞いていなかった。中央証拠保管所の暗い室内でどうしても抗えず眠ってしまった数時間を除くと、丸四日不眠不休の状態だった。その執念の捜査の副作用が出はじめていた。どんなことにも数分以上集中できず、こっちで五分、あっちで十分と朦朧とし、ぼんやり宙を見つめることが多くなっていた。左眼がかすかに痙攣しはじめ、口内炎ができて、それが痛かった。疲労のあまり体調を崩しかけている兆候だった。

ウルフがここ数年のあいだに借り出した資料の調査はすでにすべて完了しており、エドマンズはその過去の事件の中に厄介な事実を発見していた。二〇一二年から二〇一三年にかけて、ウルフは七件の捜査資料を調べていたが、それらの事件の犯行手口が今回のラグドール事件の犯人の手口と酷似しているのだ。検死報告の中には、〝おぞましい内臓損傷〟の原因として、トリフルオロメタンスルホン酸に言及しているものまであった。

ウルフがそのとき連続殺人犯を追っていたことはまちがいない。なのに、それらひとつひとつの殺人事件を関連づけて、連続殺人事件として捜査がおこなわれた形跡はどこにもなかった。さらに、どの捜査資料にもウルフの報告書は添付されていなかった。つまり、彼は名もなき連続殺人犯を内密に追っていたということだ。どうしてそんなことをしていたのか。

ウルフのそうした不可解な行動の期間は復職直後に始まっていた。数々の論争や疑惑によって名誉を粉々に打ち砕かれたウルフは、名もない殺人犯を自分ひとりで捕まえ、自らの能力を誇示したかったのだろうか。もしかしたらそれを自分自身にも示したかったのだろうか。

それでもだ。ラグドール事件が起きても、どうしてウルフはこの貴重な情報を捜査チームに提供しなかったのか。その点ばかりはどうしても説明がつかない。自分が追っていた殺人犯とまさに同じ手口の犯行に、ウルフが気づかなかったわけがないのだから。

エドマンズはこのことについてバクスターの意見を是非とも聞いておきたかったのだ。

「わたしたちはこの人たち全員の殺害を目論む犯人にまだ近づいてもいないということよ」とヴァニタが苛立たしげに言った。事実を述べるというより、捜査チームの無能さを非難しているような口調だった。「ハリド事件の被害者の親類縁者にしても、復讐を企てそうな危険人物はひとりもいなかったわ」

エドマンズは、ガーランドが書いた記事のコピーをシモンズに渡され、それをぱらぱらとめくった。

「チェンバーズについてはハリド事件との関連性はまだ不明ですよね」とバクスターが指摘した。ようやく彼女も過剰な怒りや動揺を覚えることなく、殺された友人の名前を口にすることができるようになっていた。

ガーランドの記事のひとつがエドマンズの眼を惹いた。それはターンブル市長とのインタヴューを掲載した記事で、その中でガーランドは、裁判沙汰にはならないと確信が持てるぎりぎりのところでウルフを糾弾し、中傷していた。市長は自らの新しい政策を宣伝するのに忙しく、〝犠牲者〟であるナギブ・ハリドを公式に招いたら、そのあとは〝取り締まり及び《ポリシング・アンド・》犯罪対策《クライム・ポリス》〟に関する総仕上げの報告をすると発表していた。ガーランドは市長に質問しながら、市長の発言が警視庁最大の不祥事を起こした刑事に対する激しい非難に向かうよう意図的に誘導していた。

「これはまるでウィルがつくった殺害予定者リストみたいだな」とフィンレーがジョークを言った。「本人の名前がなければ」

「ウルフがファウスト的キラーになった」とシモンズが笑いながら言った。

フィンレーも笑った。

エドマンズは読んでいた新聞記事をゆっくりと膝の上に置くと、フィンレーを見やった。一見矛盾して見える思いが疲労困憊した彼の心の中で形を持ちはじめた。彼は膝の上の記事にちらりと視線を戻すと、会議室の中央に置かれたフリップチャートを見た。

突然、何かがカチリとはまる音がした。

そう考えれば、すべて辻褄が合う。

「ウルフだ！」エドマンズの膝から新聞記事が床に落ちた。彼は両手をぎゅっとこめかみに押しあて、ばらばらだった考えをまとめた。

「おれはジョークを言っただけだ」とフィンレーが不快げに言った。

エドマンズはひとりでぶつぶつと誰かの名前をつぶやきはじめた。ほかの面々はみな心配そうに顔を見合わせた。やがてエドマンズは椅子から弾かれたように立ち上がると、高笑いをした。

「どうして今まで気づかなかったんだろう！」そう言って、今度は歩きまわりはじめた。「ぼくはずっとまちがってた。この事件の鍵はハリドじゃなかった。ウルフだったんだ。最初からずっとウルフが中心にいたんだ！」

「何を言ってるの、エドマンズ？」とバクスターが言った。「ウルフはわたしたちの仲間よ」

フィンレーは顔をしかめ、きみの言うとおりだというふうにバクスターに向かってうなずいてみせた。

エドマンズはフリップチャートの一番上にある完成された犠牲者のリストを破り取ると、床に落とした。

「おい！」とシモンズが怒鳴ったが、ヴァニタが仕種で制し、エドマンズに続けさせた。

エドマンズは何かに憑かれたかのように書きはじめた。

1. 火葬キラー――ウルフが執着した犯罪者――すでに一度殺害を試みている
2. 弁護人――ウルフの証拠の信憑性《しんぴょうせい》を失わせた――ハリドを無罪にした
3. 法律事務所経営者――目撃証言が嘘だと知っていた
4. 保護観察官――経験不足――ハリドの最後の殺人を防げなかった
5. 陪審員――ガーランドへ情報漏洩
6. チェンバーズ警部補

7. 市長――ハリドが最後の少女を殺害した頃、ウルフを政治的に利用
8. ナギブ・ハリドの兄――ロクランを買収し、偽の目撃証言をさせた
9. ジャーナリスト――ウルフに関する嘘の記事を書き、世論と陪審員の評議に影響を与えた
10. 警備員――ハリドの命を救い、ウルフの手首を骨折させた
11. 目撃者――金銭目的で、ウルフの証拠に矛盾する嘘をついた
12. ウルフ――偽装

「ばかばかしい」とバクスターが言い、同意を求めて同僚を見まわした。「こんなたわごと、本気で聞く耳を持ってる人なんてここにはひとりもいないわよね？」

「チェンバーズ警部補は？」とエドマンズはバクスターに尋ねた。「彼はどう関わってるんです？」

「あなたは昨日ウルフにちょっと手荒な真似をされた。それで今日になったら突然、ウルフを責めはじめた。それってあまりに都合がよすぎない？　それにそもそも何に関してウルフを責めてるのかもわからない」

「チェンバーズ警部補は？」とエドマンズは繰り返した。

「なんの関わりもないわ」とバクスターは挑むように言った。

「どんなつながりがあるかって訊いてるんです！」とエドマンズはバクスターに向かって怒

鳴った。会議室がしんと静まり返った。

「何もないって言ってるでしょ！」

フィンレーが咳払いをして、バクスターを見やった。バクスターはしかめっ面で応じた。

「こいつの話なんかおれももちろん信じちゃいないよ。エミリー」とフィンレーは言った。

「それでもだ。物事ははっきりさせたほうがいい。とりあえずつきあってやろうぜ」

バクスターはそれ以上話すのを拒否した。

「ウィルは手紙を送ったのはベン・チェンバーズだとずっと思い込んでた」とフィンレーは言った。

「なんの手紙です？」

「内務監察室への手紙だよ」とフィンレーは続けた。「ウルフは強迫観念に取り憑かれて、情緒不安定になってる。だから、転属させたほうがいいという内部告発の手紙だ」

フィンレーはちらりとバクスターを見た。が、彼女は頑なにフィンレーを無視した。

「その手紙が裁判所で読み上げられたのがとどめの一撃になった」とシモンズが当時を思い出して言った。明らかに困惑した表情になっていた。「あの手紙がハリドを救ったとも言える」

「あなたが言おうとしているのはきわめて重大なことよ、エドマンズ刑事」とヴァニタが明白な事実をあえてことばにして言った。「重大な主張にはそれ相応の証拠がないと」

あることを思い出し、エドマンズはすでに手帳をめくっていた。そして、めあてのものを見つけると、自分がそこに書いたことを読み上げた。

「六月二十八日。尋問室の外で警護。ターンブル市長とフォークス刑事の会話が洩れ聞こえてくる。〝わかっています。あなたは自分の仕事をしていただけです。それはマスコミも弁護士も、私の手首の骨を折ってハリドから私を引き離したヒーローも同じことです。それぐらいわかっています〟」

「フォークスがそう言ったのか？」とシモンズが不安そうに尋ねた。

「一字一句そのままです」とエドマンズは言った。「つまり、捜査が始まってもいない時点で、ウルフはすでに三人の被害者を名指ししていたということです」

「それだけじゃ充分な証拠とは言えないわ」とヴァニタが言った。「あなたの言うことを信じたら、とんでもない騒動になる。それでも突き進むとなると、それ相応の理由が要る。あなたが今言ったことはそれほどの理由とは言えないわ」

エドマンズは会議室を出ると、ひとつ目の証拠物件保管箱を持って戻ってきた。そして、同僚のひとりひとりに、ラグドール事件と関連のある書類とウルフにとって不利な証拠となる貸出記録を見せた。

「ぼくがこれを見つけて、そのことを昨日ウルフに話したときの彼の反応はみなさん覚えてますよね？」とエドマンズは言った。「ほかにも六つの事件の保管箱がぼくの机……いえ、われわれの机の下にあります」

「これで全部説明がつくわ」とバクスターが言った。「ウルフに身辺を調べられていることがわかって、犯人はビビったのよ。それで自分を守るために逆に動きだしたのよ」

「最初はぼくもそう思いました。でも、この件についてウルフから何か聞いた人がここにひとりでもいますか？」エドマンズは会議室の面々に尋ねた。「この重要証拠についてだれかウルフから何か聞きました？　事件の被害者の命を救えたかもしれない、さらには彼の命を救えるかもしれない証拠物件について？」

　誰も何も言わなかった。

　エドマンズはしゃがみ込むと、ゆっくりと前後に体を揺らしながら、眼を手で覆った。そして、まるで苦痛を感じているかのように顔を歪め、ぶつぶつと意味をなさない情報の断片をつぶやきはじめた。

「ウルフには犯人がわかっていた……で、身分を隠して犯人に連絡を取った……そして、事件に関する情報をリークした……いや。そうじゃない。被害者は全部ウルフの敵じゃないか……ウルフのほうから犯人に協力を求めたんだ……！」

「こんな馬鹿げた話を聞くのはもううんざり」バクスターは立ち上がると、部屋から出ていこうとした。

　エドマンズは気まずい思いをしている面々に向き直った。

「ウルフは復讐を、正義を、なんと呼んでもいいでしょうけど、それを望んだんです。ハリドの最後の犠牲者、アナベル・アダムズのために。彼女の家族のために。自分自身のために」エドマンズはばらばらの断片をつなぎ合わせながら続けた。「今回の被害者たちの堕落、不作為、ご都合主義については当時、なんの咎めもなかった。なのに、ウルフだけが精神科病院に強制収容された。そのあいだに新たな少女が殺された。

だから、復職後、未解決の殺人事件を積極的に調べはじめた。事件が未解決ということは、結局のところ、犯人は逃げおおせているということだからです。で、ウルフは捜査を極秘におこない、この七件の事件を見つけ、どうやったのかはわからないけれど、犯人を突き止めた。でも、その犯人を逮捕するかわりに、犯人を利用した。その犯人を使って、本来責任を取るべき人々に報復することを考えた。

さらに、殺害リストに自分自身の名前を巧みに加えることで、自分自身を被害者に仕立てた。自分の命が危険にさらされていれば、誰にも疑われることはない。それがわかっていたからです。逆に考えてみれば簡単にわかることです。ウルフの名前がこのリストになければ、容疑者としてまっさきに疑われていたのはウルフじゃないですか？」

ガラスのドアを誰かがノックした。

「今は駄目だ！」五人全員が口をそろえて怒鳴った。ドアを叩いた内気な女性刑事は慌てて自分の机に戻った。

「もしも……あくまで仮定の話だが、最初からフォークスには犯人がわかっていたのだとしたら」とシモンズが睨みつけるバクスターを無視して言った。「答はこの七つの箱のどこかにあるということになる」

「と思います」とエドマンズはうなずいて言った。

「馬鹿げてる」とバクスターが歯の隙間からことばを押し出すようにして言った。

「あなたの推理があたっていたら、フォークスはずっと犯人に情報を流していたことになるわね」とヴァニタが言った。

「そう考えると、すべて辻褄が合うんです」とエドマンズは言った。「ぼくはこのところずっと誰かが情報を流してるんじゃないかと思っていました」

エドマンズは同意を求めてバクスターを見やった。彼女はそっぽを向いた。ヴァニタがため息をついて言った。

「エドマンズ刑事の推理が正しかったら、アシュリー・ロクランは救える可能性があるわね。わたしがフォークスを停職にして、彼はもう関わってないんだから」

フィンレーとバクスターは一瞬、顔を見合わせた。

「わたし、何か見逃してる？」ふたりの仕種に気づいて、ヴァニタは尋ねた。

「ウルフは今朝ロクランのところにいました」とバクスターが表情を変えることなく言った。

「昨夜から泊まっていたようです」

「なんですって⁉　あの男、まだ規則を破り足りないの？」とヴァニタが声を荒らげ、シモンズを詰るように睨んだ。「こうなったら、ミズ・ロクランにも状況を知ってもらう必要があるわね。エドマンズ刑事、あくまでもあなたの推理が正しいと仮定しての話だけれど、フォークスが今度の事件を陰で操っている黒幕だとしたら、犯人は自分がフォークスに操られていることを知ってるのかしら？」

「それはなんとも答えようがありません」

「答えてみて」

「ただの推測でしかありません」

「じゃあ、推測して」

「たぶんわかっていないと思います。明らかにウルフは自分がぼくたちの誰よりはるかに頭がいいと思っている。犯人も含めて。そんなウルフが自分の存在を明かしてしまうような手がかりを犯人に与えてしまうとはとても考えられません。同時に、標的のひとりでも生き残ってしまうような結果をこの犯人が容認するとも思えない。なにしろ殺人を世界じゅうに約束したんですから。これは犯人のプライドの問題です。犯人にとって失敗は恥そのものです」

「ということは、犯人がその約束を果たしたら、最後はフォークスのほうからさきに犯人に仕掛けることになるのかしら」とヴァニタは言った。

ひび割れたドアのガラスに書類を投げつけて、バクスターが立ち上がった。

「ばかばかしい！　誰の話をしてるのか、みんなわかってるの？　あのウルフのことを話してるのよ！」バクスターはフィンレーのほうを向いた。「あなたの友達の話をしてるのよ、わかってるの？」

「そうだ。しかし、事実から眼をそむけるというのも馬鹿げたことだ、エミリー」と彼は言った。その顔は病的なまでに青ざめていた。

バクスターはエドマンズのほうを見て言った。

「あなたはここずっと殺人課内にスパイがいるんじゃないかと疑ってた。そんなところにあなたの仮説にうまくあてはまる、都合のいい捜査資料が見つかった。ちがう？　誰より頭がいいと思ってる人間がいるとしたら、それはあなたよ！」バクスターは懇願するようにほかのみんなを見まわした。「ウルフがはめられてるんだとしたら？　そういうことは誰も考えてもみないわけ？」

「そうかもしれない」とシモンズがなだめるように言った。「しかし、どっちにしてもウルフに直接訊く必要がある」

「そうね」そう言ったときにはヴァニタはもう会議室の電話を取っていた。「ヴァニタ警視長です。ただちにウィリアム・フォークスの自宅に特殊部隊の派遣を要請します」

いかにも信じられないといった面持ちで頭《かぶり》を振っていたバクスターがポケットから携帯電話を取り出した。

それまで彼女をじっと見ていたフィンレーが厳しい口調で言った。「エミリー」

バクスターは不承不承携帯電話をしまった。

「容疑者は危険な行動を取る可能性があるので注意してください」とヴァニタは電話の相手に言っていた。「……ええ、そうです、容疑者です……そのとおりです。これは命令です。フォークス部長刑事の身柄をただちに確保してください」

29

二〇一四年七月十一日（金）
午後〇時五十二分

バクスターはバックミラーをちらりと見た。アシュリー・ロクランは後部座席に坐り、緊張した面持ちで渋滞した通りを窓越しに見ていた。車は拷問的なまでののろさで道路を這っていた。

本庁を出るとき、バクスターは車の運転をフィンレーに頼んだ。そのことはなによりフィンレーを驚かせた。尋常ならざるショッキングな一日に耳にしたほかのどんな尋常ならざるショッキングなことより。そんな彼は今、最も不合理なルートで市内を抜けようとしていた。そんなルート上の市《まち》の中心部に掘られた穴の脇に立つ臨時信号機が、まえに並ぶ車を二台だけ通してまた赤に変わった。バクスターは自制心を総動員してフィンレーに文句を言うのをこらえた。

バクスターは往復二時間もエドマンズと同じ車に乗ることはもちろん、口を利くことさえ拒否していた。会議室でのエドマンズの顔には隠しようもない、なんとも忌々しい笑みが浮かんでいた。あの新米は、ウルフのプライヴァシーに土足でずかずかとはいり込み、ウルフを犯人に仕立て上げるのに、ほかならぬウルフが調べた証拠を利用したのだ。

特殊部隊がウルフのみじめなアパートに急行し、玄関のドアを蹴り開けたときには、ウルフはそこにはいなかった。特殊部隊は、バクスターとフィンレーがフィンレーの選んだ渋滞ルート上で立ち往生している今もまだウルフの狭いアパートを隈なく捜索し、引っ越し以来埃をかぶったままの段ボール箱を開けていることだろう。

必要最低限の情報を伝えられると、アシュリー・ロクランは、ウルフがどこにいるかもわからず、停職についても聞かされていないと言った。一方、バクスターはウルフと最後に会った人物として、別れぎわのやりとりを詳しく報告せざるをえなかった。彼の顔を殴ったことは黙っていたが。そんなことまで話したら、事件とはなんの関係もない、とても答える気になどなれない質問にも答えなければならなくなる。

バクスターとフィンレーがアシュリーを迎えにいったのが午後〇時十五分。ウェンブリー・スタジアムの駐車場で午後一時三十分にシモンズと落ち合うことになっていたのだが、その時刻に遅れることはすでに電話で連絡してあった。これまでバクスターとアシュリーは互いにひとことも口を利いていなかった。長々と続くその沈黙には陽気さが持ち味のフィンレーにも処す術がなかった。

なんとも無防備な状態だ。バクスターとしてはそう思わないわけにはいかなかった。彼らを乗せた車は同じ通りにもう十分近くも停止したままで、動かない車列のあいだを歩行者が通り過ぎていた。そんな中には、危険から守らなければならないアシュリーから数センチと離れていない空間を通り過ぎる者もいた。さらに三台の車（二台は信号を守って、もう一台はBMW特権で）が信号を通過したところで、バクスターは正確な現在地を理解して尋ねた。

「なんでソーホーなんかにいるわけ？」

「おれに運転しろと言ったのはおまえさんだろうが」

「そうよ。でも、頼んだのはあなたがルートの選択をまちがえたりしないと思ったからよ」

「じゃあ、おまえさんならどの道を通ったんだ？」

「ショアディッチからペントンヴィルを抜けて、リージェンツ・パーク方面ね」

「キングス・クロスの周辺は全面道路工事中だ」

「それでわたしたちは道路工事にぶつからないですんでるわけね」とバクスターは嫌みを言った。

そのときメールの着信音が響いた。アシュリーがこっそり携帯電話を盗み見た。

「ちょっとちょっと、どういうこと？」とバクスターが言った。「携帯は預からせてもらってるはずだけど」

バクスターは急いで返信しているアシュリーにいかにも苛立たしげに手を差し出した。

「早く！」

アシュリーは電源を切って携帯電話を渡した。バクスターはバッテリーとSIM《シム》カードを引き抜いてから、携帯電話をグラヴボックスの中に入れた。

「ねえ、わたしたちはみんな自ら危険を冒してまであなたを守ろうとしてるわけよ。そんなときによくもまあ携帯なんかいじってられるわね？」

「彼女にもわかってるよ」とフィンレーが言った。

「隠れ家に着いたら、外で素敵な自撮り写真を撮って、〈フェイスブック〉にでも上げたらどう？」

「彼女にもわかってるって言ってるだろ、エミリー！」とフィンレーは怒鳴った。

うしろの車がクラクションを鳴らした。フィンレーは前方を振り返った。まえにいた二台の車が消えていた。彼は車を赤信号の手前まで進めた。パレス劇場の壮大な建物が交差点を見下ろしていた。

「これってシャフツベリー・アヴェニュー？」とバクスターは愕然として言った。「これが最短ルートだなんて、あなた、いったいどこの惑星の話をして――」

車のドアが閉まる音がした。

バクスターとフィンレーは同時にうしろを振り返った。後部座席はもぬけの殻だった。バクスターは助手席のドアを開けて歩道に飛び出た。アシュリーがおそろいのバックパックを背負った観光客の一団を掻き分け、角を曲がってシャフツベリー・アヴェニューに消えるのが見えた。バクスターは彼女のあとを追った。フィンレーは赤信号なのに車を発進しかけ、危うく反対方向からやってきた車と衝突しそうになった。彼は数年ぶりに悪態をつき、車をバックをさせた。

アシュリーは最初の角を左に曲がった。バクスターもその角を曲がった。直後、アシュリーは今度は右に折れ、中華街の入口を示す門——牌坊《パイファン》——の下を通り抜けた。赤と薄汚れた金色の柱に支えられた装飾的な緑の屋根が通りを覆っていた。バクスターがその門にたどり着いたときには、アシュリーの姿はもうそこにはなかった。歩調も速歩きほどにゆるめてさらにその先を歩いていた。商店やレストランが並ぶ狭い道の雑踏はゆっくりとしてとぎれがなく、そうして歩くだけで容易に人込みに溶け込めた。

「警察よ!」バクスターは身分証を体のまえに突き出して叫んだ。

いくつもの赤い提灯飾りが通りの両側の建物をジグザグ状に結びながら、遠くまで連なっていた。その下をそぞろ歩きする観光客のたえまない人波を掻き分け、バクスターは進んだ。商店主たちが笑い声をあげ、彼女には意味のわからないことばで互いに大声をあげていた。あちこちの飲食店の開いた窓から洩れてくる音楽がぶつかり合い、不協和音を奏でていた。屋台と屋台のあいだをすり抜けたところで、バクスターはロンドンの汚染された空気に混じるなじみのないにおいを嗅いだ。数秒以内にアシュリーを見つけなければ、完全に彼女を見失うことになる。

バクスターは、カラフルな門に合わせて真っ赤に塗られた街灯柱の横に置かれた街灯柱と同じ色のゴミ箱を見つけると、その上に乗って——驚いた人々から奇異な眼を向けられながら——人々の頭の海を見渡した。アシュリーは屋台が並ぶ一帯にいるバクスターよりさらに二十メートル以上先にいて、もうひとつの牌坊《パイファン》に近づいていた。また現実に戻ることの象徴のような〈オニールズ・パブ〉のほうに向かって歩いていた。

バクスターはゴミ箱から飛び降りると、中華街の出口に向かって走った。人々を押しのけて走るうちにまたアシュリーの姿がとらえられ、アシュリーが門をくぐったときには、その差を五メートルにまで縮めることができた。そのときだ。なじみのない車がアシュリーの眼のまえでスリップして停まった。アシュリーは車道に駆けだすと、助手席に乗り込んだ。運転手はバクスターが近づくのを見て、アクセルを目一杯踏み込み、ホイールスピンして発進した。バクスターは運転席の窓に手をかけた。車は尻を振り、スピードを増してシャフツベリー・アヴェニューに突っ込んだ。

「ウルフ!」バクスターは必死になって彼の名を叫んだ。

バクスターが運転席の窓に手をかけたとき、ウルフは彼女としっかり眼を合わせていた。

バクスターはナンバー・プレートを完全に記憶するまで何度もつぶやきつづけた。それから息を荒らげたまま携帯電話を取り出すと、フィンレーの番号にかけた。

アシュリー・ロクランの自発的な誘拐に関する第一報がはいったときのヴァニタの反応には、上級警察官の威厳のかけらもなかった。彼女の罵声は刑事部屋のエドマンズの席まで聞こえてきた。エドマンズは過去の捜査資料の箱をひとつずつ精査するのに没頭し、シモンズは過去二年間のウルフの通話記録を調べている最中だった。ヴァニタはエドマンズとシモンズを会議室に引っぱり込むと、ロクランに関するこの最新情報を伝えた。

「バクスターはまちがいなくウルフだったと言ってるんですか?」とエドマンズが困惑して

尋ねた。

「まちがいないそうよ」とヴァニタは言った。「該当ナンバーの車については最優先で緊急手配したけど」

「これは絶対外に洩らすわけにはいかない」とシモンズが言った。

「そのとおりよ」とヴァニタは言った。

「でも、情報を公開したほうが早く捕まえられるんじゃないですか？　ウルフはいったい彼女をどこに連れていこうとしてるのか、まったくわからないわけですから」とエドマンズが言った。「彼女の身が心配です」

「ウルフに関する疑念はまだ疑念のままよ」とヴァニタは言った。

「確かにそうです」とエドマンズは認めて言った。「まだ立件できるほど確実な証拠はありません。でも、彼が事件の背後にいることはもうまちがいないんじゃないですか？」

「眼を覚ませ、エドマンズ」とシモンズがぴしゃりと言った。「警視庁きっての敏腕刑事が事件の陰で糸を引く黒幕だったなんて全世界に公表してみろ、どんな騒ぎになると思う？　しかもわれわれはその刑事に次の標的を連れ去られてるんだぞ！」

ヴァニタは黙ってうなずきながら聞いていた。

「でも――」とエドマンズは反論しかけた。

「こういう状況では、ちょっとした駆け引きがものを言う。おれ個人としては、フォークスの有罪が確信できるまでは、みすみす職を失うような真似をするつもりはないよ」とシモンズは言った。「確信できたとしても、この手の問題の詳細については時と場所を考えてできるだけ情報を小出しにしたほうがいい」

エドマンズはほとほとうんざりした。いきなり会議室を飛び出すと、乱暴にドアを閉めた。その拍子に昨日の朝、彼の頭でできたガラスの大きなひびがさらに広がった。

「見事な対応だったわ。それはつまりあなたのどこかには管理職としての自覚がまだ残ってるってことよ」とヴァニタが言った。「現場第一主義から抜け出せたら、きっとあなたにも出世のチャンスがまためぐってくると思う」


エドマンズは男性用トイレのドアを開け、タイルの床に置かれていた金属製のゴミ容器を苛立ちまぎれに蹴飛ばした。笑っていいのか泣いていいのかわからなかった。そもそもこんな事態を招いたのは警察の官僚主義のせいなのに。にもかかわらず、ウルフはその利己的で非効率的で自己保身優先の官僚主義によって守られている？　エドマンズにはその皮肉が信じられなかった。しかし、上司を動かしたければ、ウルフが有罪だという確たる証拠を見つけるしかない。

それにはまずウルフの頭の中を読む必要があった。ウルフが証拠を隠滅しはじめるまえの——明晰な思考を始めるまえの——まだ不安に揺れていた頃の彼の頭の中にはいり込む必要があった。

バクスターとフィンレーはロンドン郊外のサウス・ミムズのサーヴィスエリアに車を停めた。アシュリーの携帯電話にバッテリーとシムカードを戻して調べると、彼女は道中ずっと現在位置をウルフにメールで知らせていたことがわかった。ウルフから届いたメールは一通だけで、簡潔にこう書かれていた。

〝ウォーダー・ストリート。走れ〟

バクスターとフィンレーはまずアシュリーのアパートに戻って、彼らの行き先を示唆する手がかりはないかと捜索したのだが、収獲は何もなかった。そのあとロンドン警視庁に戻る途中で新たな連絡がはいった。サウス・ミムズのサーヴィスエリアの駐車場管理会社が、緊急手配中の車に罰金が科されたことが車両ナンバー自動認識システムに記録されていると通報してきたのだ。

おんぼろのそのフォード・エスコートはロックもされず、ガソリンもほとんどない状態で放置されていた。ここに取りに戻ってくるつもりなどウルフにないことは明白だった。役立たずの防犯カメラには、ウルフとアシュリーがフォードを乗り捨て、姿を消すところまでしか映っていなかった。おそらくそのあと別の車に乗り換えたのだろう。ウルフは警察より四時間もさきを行っていた。

「エドマンズの明晰な論理ではこれはどんなふうに説明されるわけ？」自分の車まで駐車場

を歩いて戻りながら、バクスターが尋ねた。

「さあな」とフィンレーは言った。

「どんなふうにも説明されない。彼女は自発的にウルフと逃げることを選んだんだから。進んでここで車を乗り換えたんだから。ウルフは彼女を救おうとしてるのよ。殺そうとしてるんじゃなくて！」

「ウルフを見つければ、答がわかる」

　バクスターはまるで新米刑事を見るような眼でフィンレーを見て笑った。

「でも、わたしたちにはウルフを見つけることはできない。問題はそれよ」

　エドマンズはセント・アン病院の正面玄関の小さな受付窓口のまえで待ちながら、掲示板のあちこちに画鋲《がびょう》でとめられた国民健康保険のさまざまなポスターにまた眼をやった。しっかりと施錠された病棟の入口のドアが警告音を発し、ラフな服装の職員が出入りするたび、彼は期待を込めて視線を上げた。片道二時間半もかけて足を運んだだけの価値のある情報がここで得られるのかどうか。遅ればせながら彼は自分の思いつきに疑問を抱きはじめていた。

「エドマンズ刑事ですか？」やつれた顔をした女性がやっと声をかけてきた。

　その女性はブザーを鳴らして入口のドアを開けると、彼を殺風景な廊下の迷路に案内した。そして、鍵のかかったドアに出くわすたびにカードを機械に通した。

「わたしはシム医師です。この病院の主任認可精神科医《AMHP》のひとりです」シム医師はなんとも早口で、エドマンズにはその意味不明の頭文字を手帳に書き取ることもできなかった。彼女は手にした書類にざっと眼を通すと、同僚の整理棚に何かを入れた。「確かご質問は当院の患者の――」

シム医師は誰かの姿を見かけると、至急の用事があったらしく、「すみません」と言って廊下を小走りに駆けていった。

エドマンズは娯楽室の入口の外にひとり残された。中から年配女性が近づいてくるのが見えたので、紳士である彼はその女性のためにドアを開けた。老女は彼に礼を言うでもなく、のろのろと中から出てきた。エドマンズは中をのぞいた。室内にいる人々の多くが耳ざわりなほどヴォリュームを上げたテレビのまえに坐っていた。怒って卓球のラケットを投げ捨てている男もいれば、窓ぎわで本を読んでいる男もいた。

「刑事さん！」忙しげな女医の声が廊下の奥から聞こえた。

エドマンズはドアを閉めると、医師のもとに走った。

「わたしのオフィスに行くまえに居住棟に寄ります」と彼女は言った。「ジョエルのファイルはそのあと探しますね」

エドマンズは足を止めた。「ジョエル？」

「ジョエル・シェパード」シム医師はもどかしそうに言ってから、具体的な患者名はまだ聞いていなかったことに気づいた。

「ジョエル・シェパード？」エドマンズは自分のために繰り返した。その名はウルフが調べていた過去の捜査資料のどこかで見かけたことがあった。そのときは捜査には関係がないものとして気にもとめなかったのだが。

「失礼しました」と女医は疲れた眼をこすりながら、どこか気まずそうに言った。「てっきりジョエルが死亡した件でいらしたものだとばかり思っていました」

「いえいえ」とエドマンズはすかさず言った。「ぼくのほうもはっきりとお伝えしてませんでした。でも、そのジョエル・シェパードについて聞かせてください」

それだけ疲れていたのだろう、女医はエドマンズが急に考えを変えたことにも気づかず言った。

「ジョエルは時々とても手がかかるようになる若者でした——普段はいい子だったんだけれど」

エドマンズはまた手帳を取り出した。

「深刻な病の患者で、強い妄想を発症していました」シム医師はジョエルの病室だった部屋のドアの鍵を開けながら言った。「ですが、彼の過去を考えれば、そうした症状があっても驚くにはあたりません」

「どういう過去だったんです？」

医師はため息をついた。

「妹が亡くなったんです——殺されたんです。それもいたって残酷な方法で。で、ジョエルはその相手を虐殺しました。そう、悪が悪を生んだんです」

　その病室は今は誰にも使われていなかった。壁には白い漆喰が塗られていた。それでも黒い十字架の不気味な影が残っていた。修復された白いキャンヴァスにうっすらとにじみ出ていた。足元の床には聖書のことばが刻まれ、ドアの内側にはあちこちに深い疵がつけられていた。

「ことさら厄介な患者さんが残した跡は磨くだけでは消えません」と医師は悲しそうに言った。「この病院は満床ですが、この部屋は空けておくしかありません。このままではほかの患者さんを入れるわけにはいきません」

　部屋の中は寒く、空気はむっとして埃っぽかった。用をすませたら一刻も早く出たくなるような部屋だった。

「ジョエルはどうして亡くなったんです？」とエドマンズは尋ねた。

「自殺です。薬物の過剰摂取。本来ならありえないことです。想像がつくでしょうけれど、ここで投薬される薬剤は一錠残らず管理されています。なぜあんなにも大量に溜め込むことができたのか――」そこまで言いかけて、そこで口にすべきことではなかったと気づいたのだろう。医師はことばを切った。

「彼はどんなふうに殺人を正当化してたんでしょう？」とエドマンズは一番大きくてよくめだつ十字架を手で撫でながら尋ねた。

「正当化はしていませんでした。直接的には。ジョエルは悪霊が、あるいは悪魔そのものが、ジョエルにかわって被害者の〝魂を奪ったんだ〟と信じていました」

「悪霊？」

「訊かれたからお答えしたまでです」女医はそう言って肩をすくめた。「彼は妄想に取り憑かれてたんです。自分は悪魔と取引きをしてしまったから、悪魔がそのとき約束したものを奪いにくるのは時間の問題だと信じてたんです」

「約束したものとは？」

「もちろんジョエルの魂です、刑事さん」と女医は時計を確認しながら言った。「ファウスト的とでも言えばいいのかなんと言えばいいのか」

「ファウスト的？」とエドマンズは訊き返した。そのことばは最近どこかで耳にしていた。どこだったのか、彼は思い出そうとした。

「よくある話です。ブルース歌手のロバート・ジョンソンは着の身着のまま、おんぼろギターを手に埃っぽい十字路《クロスロード》まで行って、悪魔と取引きした。そうやってギター演奏のあの超絶技巧を手に入れた……そういう類いの話です」

エドマンズはその例に黙ってうなずいた。思い過ごしだとわかってはいても、うっすらと見えた十字架のいくつかの色が、この部屋にはいったときより濃くなったような気がした。

「ウィリアム・フォークスが入居していた部屋も見せてもらえますか？」と彼は足早にドアに向かいながら、なにげない振りを装って言った。

医師は明らかにエドマンズのその要求に驚いていた。「と言われても――」

「お時間は取らせませんせん」とエドマンズは粘った。

「わかったわ」と医師は不承不承言い、廊下を少し歩いて別の部屋のドアを開けた。その部屋の壁にも白い漆喰が塗られていた。必要最低限の家具の上に衣類や個人の所有物が散らばっていた。「さっき言いましたが、今は満床なんです」

エドマンズは特徴のない床に視線を走らせながら部屋の中を歩いた。それから腹這いになって、金属製のベッドの下をのぞき込んだ。次に何も掛けられていない壁のそばへ行くと、白い漆喰がきれいに塗られた壁の表面に手を這わせ、隅から隅まで何かを確認しはじめた。

医師は居心地の悪そうな顔で尋ねた。「何を探してるんです?」

「磨くだけでは消せないものです」とエドマンズは自分に語りかけるように答えた。さらにベッドの上に乗って奥の壁を調べた。

「空き室が出たときは必ず室内を点検して、大きな損傷については報告書をつくります。何か残っていれば、こちらで把握してますよ」

エドマンズは音をたててベッドを引きずって動かすと、そこにしゃがみ込み、何か眼に見えないウルフの痕跡が残されていないかと隙間に指を這わせた。すると、ベッドのフレームで隠れていた場所にいくつかのくぼみがあった。彼はそこで指を止めた。

「鉛筆をお持ちじゃありませんか?」エドマンズはくぼみの場所を見失わないようにそこから眼を離さず医師に尋ねた。

医師はシャツのポケットから短い鉛筆を出して、急いでエドマンズに手渡した。彼は鉛筆をすばやくつかむと、一心不乱にそのくぼみを鉛筆で黒く薄く塗りはじめた。

「ちょっと、刑事さん！」

　黒い色の中からゆっくりと文字が、ことばが、浮かび上がった。エドマンズは鉛筆を床に落とすと、ベッドの端に腰かけ、携帯電話を取り出した。

「いったいなんなんです？」とシム医師は心配そうに訊いた。

「この部屋の患者さんはほかの部屋に移していただきます」

「ですから、さっきも言ったとおり——」

　エドマンズは彼女が話しおえないうちに命じた。

「すぐにこの部屋を施錠して、誰が来ようと、何があろうと、絶対に開けないでください。鑑識が到着するまで。いいですか？」


　ウルフとアシュリーは六百キロ以上の旅の最後の一キロに差しかかっていた。フォード・エスコートから、前日の夜にウルフが用意したためだたないヴァンに乗り換えたときを除いて、ノンストップで走りつづけた。そのヴァンはがたがたとうるさく、乗り心地も悪かったが、たった三百ポンドでふたりを北まで運んでくれた。二十分の余裕さえ持って。ふたりは降車専用エリアに車を停めると、グラスゴー国際空港の正面玄関を駆け抜けた。

　七時間の移動中、ふたりはずっとラジオをつけたままにした。マスコミは当然、目前に迫ったアシュリーの殺害予告についてあれこれ言い合っていた。大手の賭け屋《ブックメーカー》が謝罪するという一幕もあった。不謹慎にもアシュリーの心臓が止まる時刻を賭けの対象にしていたことが発覚したのだ。

「くそったれ」アシュリーはそのニュースを聞くと、そう言って笑った。ウルフは彼女の豪胆な一面にまた驚かされた。

彼のほうは、ニュース番組の始まりを知らせる同じ効果音がラジオから聞こえるたびにびくっとなった。その音が、アンドルー・フォードが地面に激突したときの音によく似ていたのだ。ある番組ではアシュリーの〝親しい友人〟への独占インタヴューが放送され、アシュリーを驚かせた。というのも、アシュリーにはそのインタヴューを受けている女性が誰なのかさっぱりわからなかったからだ。ラジオ局は必死で話題をひねり出そうとしていた。そのことにはウルフは少し安堵した。それは取りも直さず、ロンドン警視庁はまだ彼が次の標的と雲隠れした事実を公表していないということだからだ。

ウルフは自分たちがまだ全空港指名手配されていないほうに賭け、十分前に空港の警備責任者に連絡を取っていた。で、午後八時二十分にターミナルにはいると、ウルフの要請どおり、その責任者は入口で待機していた。

四十代半ばのハンサムな黒人男性で、見栄えのいいスーツを着て、警備員のバッジを慎重に選んだアクセサリーのようにポケットから垂らしていた。ウルフから異例の電話を受け、賢明にも彼は武装した警官も二名、近くに配置していた。

「ああ、フォークス刑事、ほんとうにあなただったんですね。声だけでは確信が持てなくて」そう言って、彼はウルフの手を固く握った。「警備責任者のカーラス・デコスタです」

　そのあとデコスタはアシュリーのほうを向いて手を差し出した。

「ミズ・ロクランですね」そう言って表情を曇らせ、身の危険に直面している彼女に思いやりを示した。「私は何をすればいいんでしょう?」

「十七分後にドバイ行きの便が出る」とウルフは単刀直入に言った。「彼女をその便に乗せてほしい」

　それはデコスタにとってもさすがに意外な要求だったかもしれない。が、どう思ったにしろ、彼は顔色ひとつ変えることなく事務的にアシュリーに尋ねた。

「パスポートはお持ちですか?」

　彼女はパスポートをバッグから取り出し、デコスタに渡した。出発時刻が迫っていた。デコスタはパスポートを専門家らしく精査してから言った。

「こちらへどうぞ」

　彼らはセキュリティチェックを通り、電動カートに乗ってゲートへ急いだ。自動音声らしい女性の声で、ドバイ行き航空便の最終搭乗案内のアナウンスが流れていた。

　デコスタは明らかにこうした緊急の要請に慣れているらしく、すばやく右にハンドルを切ると、誰も乗っていない動く歩道の上を走った。あまり意味のない不必要な行動だった。ウルフはそのことに身を強ばらせた。デコスタはすでに無線でゲートに連絡を入れて、彼らが到着するまではゲートを閉めないよう指示していたからだ。が、結局のところ、デコスタは単に愉しんでいるだけのようだった。

「きみがドバイに着陸した二時間後にメルボルンに発つ便がある」とウルフはアシュリーに小声で言った。

「メルボルン？」と彼女はいささか驚いて尋ねた。「それがあなたの計画なの？　休暇でも取れって？　そんなことできっこないわ。ジョーダンはどうなるの？　わたしの母はどうなるの？　母に電話もさせてくれないから、このことだってニュースで知ることになるのよ」

「きみは移動しつづけなきゃならない」

アシュリーは困惑しきった顔をした。それでもやがてうなずいて言った。

「このことはカーラスには話しておかなくていいの？」彼女は付き添いの警備担当者を示して言った。カーラスはカーペットを敷きつめた床を走るカートから、アクション映画のヒーローのように身をまえに乗り出していた。

「いや、きみがドバイに到着する直前におれから連絡する。それまではきみの行き先を誰にも知らせたくない」とウルフは言った。「メルボルンで飛行機から降りる頃には、日曜の朝の五時二十五分になってる。そうしたらきみはもう安全だ」

「わかったわ」

「現地に到着したら、すぐに総領事館に行って名乗り出るんだ」ウルフはアシュリーの華奢な手を取って、手の甲に携帯電話番号を書いた。「無事に到着したら知らせてくれ」

彼らは離陸の数分前にゲートに到着した。デコスタはスタッフと話をしにいった。ウルフとアシュリーはカートの後部座席から降りると、互いに見つめ合った。

「わたしと一緒に来て」と彼女は言った。

ウルフは首を振った。「それはできない」

アシュリーももちろんその答は予期していた。彼女は一歩近づき、ウルフに身を寄せて眼を閉じた。

「ミズ・ロクラン」チケットデスクからデコスタが声をかけた。「ご搭乗ください、今すぐ」

アシュリーははにかんだ笑みを浮かべてウルフを見上げると、ゲートへ向かいながらさりげなく言った。

「じゃあまた、フォークス」

「じゃあまた、ロクラン」

アシュリーが搭乗を終えると、デコスタはゲートを封鎖し、アシュリーが乗った便を優先的に離陸させるよう管制塔に要請した。ウルフは彼の協力に感謝を伝え、もう少しここに残ってくれるよう頼んだ。その気になれば、彼にも自分自身の移送手続きの交渉をすることもできた。パスポートはジャケットの内ポケットに収められていた。どうしてパスポートを持ってきたのか、それは自分でもわからなかった。アシュリーに一緒に逃げてくれと言われたら、パスポートを持っていたほうが断わりにくくなることは明らかなのに。ロンドンで待ち受けている厄介事から逃げようと誘われて、そのときパスポートを持っていたら、断わることがむずかしくなるのは明らかなのに。

アシュリーの乗る飛行機が滑走路にはいり、うなりながらアスファルトの上を疾走しはじめ、カラフルな夜空へ飛び立った。危険から離れ、ウルフからも離れるその姿をウルフは複雑な思いで見送った。

30

二〇一四年七月十二日（土）
午前二時四十分

ディーン・ハリス巡査は、ただ広いだけで居心地の悪い居間の窓辺で、坐り心地の悪い肘掛け椅子にいつものように坐っていた。不安定な窓敷居に、見るからに高級そうなテーブルランプを置いて、その明かりで本を読んでいた。音を消したテレビ画面には眼を向けていなかった。テレビをつけたのは、単に慣れない家で過ごす孤独な一夜の慰めになればと思ってのことだ。

同僚の巡査たちは、ディーンがラグドール事件の担当になると知って、みんな驚くほど羨ましがった。彼らの勤務年数は彼らがこれまでに見た死体の数と同じくらいで、仲間内で一番の英雄は〝ウェルシー〟という渾名のウェールズ出身の男だった。唯一テーザー銃を人に向けて発砲した経験があるのだ。

ディーンは同僚たちに対してはなんでもないことのように振る舞っていたが、内心ではこの任務を大いに誇りに思っていた。さっそく家族に報告して——ニュースでウィルスのように拡散しているこの事件のことは彼の家族ももちろん知っていた——自分の任務がいかに重要か大げさに話し、もはやなんと言ったか覚えてもいない職名をでっち上げたりもしていた。ただ、彼に与えられた任務とは犯人の標的とたまたま同姓同名だった少女を二週間ひとりで警護しつづけることで、それは彼としてもまったく予期しないことだった。

不便な生活を強いられる中、ロクラン家の人たちは段々ディーンの存在を無視するようになった。彼らも彼が自分たちの家の中にいることは許容したが、神経は尖らせていた、もちろん。だから、幼いアシュリーをひとりではバスルームにさえ行かせなかった。連続殺人犯にしろ、そのほかの事件に関連した人物にしろ、九歳の娘がそんな人物と深い関わりのあるはずもないことは、ディーンと同様、みんながわかっていたわけだが。しかし、こうした任務に就いているのはディーンだけではなかった。国じゅうの数十人のアシュリー・ダニエル・ロクランが不本意ながら同じ生活をしていた。同じように不本意な警官と同居していた。

ディーンは本から眼を上げた。階上《うえ》から何かが軋む大きな音がして、そのあとなにやらひゅうという音が聞こえたのだ。また本に意識を戻そうとしたが、どこまで読んだのかわからなくなった。この二週間で彼はこの古い邸宅の特徴的な音を聞き分けられるようになっていた。今聞こえた音は真夜中に気温が下がったときに暖房が自動的にはいる音だ。

大きな欠伸をして時計を見た。深夜勤務はいつもきつい。ディーンはその勤務形態に体が慣れるよう、日中に七時間の睡眠を取ることにしていたが、それでも疲労の蓄積ははっきりと感じられた。勤務終了の翌朝の六時がはるかさきのことに思えた。

眼鏡をはずし、痛む眼をこすった。また眼を開けると、部屋がずっと明るくなったように感じられた。壁には不吉な影が映っていたが、それはテレビの光のせいで、番組の場面が変わるごとに明滅しては形を変えていた。その一瞬のち、前庭の強力なセキュリティライトが何かに反応して点灯した。

ディーンは立ち上がると、背の高い窓から外をのぞいた。決まった時刻に散水するスプリンクラーがモーションセンサーを作動させたのだろう。回転しながら噴出する水がたったひとりの観客のために、ルーティン競技を繰り広げていた。美しい眺めの庭に人影はなかった。彼はまた椅子に腰かけ、無音のテレビ画面に眼を向けた。馬鹿げた映像が次々と元気よく切り替わっていた。深夜のこんな時間にテレビを真面目に見ている視聴者がいるとでも思っているのだろうか。

スプリンクラーが停止して二十秒後に煌々《こうこう》としたセキュリティライトが消えると、室内はこれまでになく暗くなったように思えた。ディーンは硬い椅子にくつろいで坐ると、眼を休めた。まぶたを閉じると刺すような痛みがあった。まぶたがいきなり強烈なオレンジ色に光った。眼を開けると、めくるめくような白色光が戸外からあふれんばかりに射し込んでいた。彼はよろめきながら別の窓のところまで行って外を見た。セキュリティライトが家屋を照らしていた。一方、庭は真っ暗だった。

そのとき裏口のドアを乱暴に叩く音がした。ディーンは一気に鼓動が高まるのを感じた。椅子の背に掛けた装備品収納《タクティカル》ヴェストをつかみ、不気味な白色光があふれる廊下にゆっくりと足を踏み出した。眼がくらむほどの光が点滅していた。その光に気を取られながらも、裏口に向かってゆっくりと進んだ。新品同様のテーザー銃は居間でくつろぐのに邪魔になったので、椅子に立て掛けたままになっていた。そのことを遅ればせながら思い出した。装備品収納ヴェストを身に着け、陰気な表情の肖像画が両脇にずらりと並ぶ廊下を歩きながら、伸縮式の警棒をつかんで頭上に掲げ、いつでも振り下ろせる体勢を取った。

そこでいきなり背後の前庭のセキュリティライトが消えた。

突然闇に包まれ、ディーンは息を呑んだ。廊下の向こうから何かが近づいてくる音がした。パニックになって、警棒をやみくもに力任せに振り下ろした。空《くう》を切るか、木のパネル張りの壁にあたるかしただけだった。再度警棒を振り上げると、何か固いものがいきなり額にぶつかった。暗闇の中、彼はその場に倒れた。

そのあと気を失ってしまったのだろうか――時間の感覚さえあやふやなまま、ディーンは警察無線機に手を伸ばし、緊急ボタンを押した。それで彼が話す内容はすべてオープンチャンネルで伝えられる。小型スクリーンが発する緑色の光がつややかな壁に反射した。その光を頼りにディーンは立ち上がると、明かりのスウィッチを探した。

「警視庁本部、応援を要請します」呂律がまわっていなかった。それだけ言うと、彼はバランスを失い、無線機を床に落とした。

よろめいて壁にぶつかった拍子に明かりのスウィッチが押され、頭上で小型シャンデリアがついた。廊下には泥だらけの足跡が点々と続き、階段をのぼってアシュリーの寝室のある二階へ向かっていた。ディーンは床から警棒を拾い上げると、ふらつきながらもその足跡を追った。階段をのぼりきったところで、次第に薄くなった足跡は方向転換し、少女の寝室の凝った装飾のドアのほうに向かっていた。

ディーンは警棒を頭上に振り上げ、部屋に飛び込んだ。が、散らかった部屋は空っぽだった。クリーム色のカーペットについた泥の最後の痕跡はドアが開け放たれたバルコニーへ続いていた。彼は人気《ひとけ》のない庭を見渡すと、床に腰をおろして金属製の手すりにもたれた。アドレナリンが切れたとたん、またためまいに襲われた。それでもどうにか携帯電話を取り出すと、応援の到着を待ちながら、その日の夕方教えられた番号にメールを打った。

エドマンズはジャケットを体にかけて眠り込んでいた。この二週間、彼はベッドで寝た夜よりソファで寝た夜のほうが多くなっていた。一方、バクスターは眠気を感じることもなく、キッチンテーブルの椅子に坐って届いたばかりのメールを読んでいた。読みおえると、カーペットの敷かれていない階段をそっとのぼり、エドマンズとティアの寝室に隠れて眠っているロクラン一家の様子を確認した。

ウルフの言ったことは正しかった。彼は別れぎわ、アシュリーに手が届かないとなると、犯人は少女を襲いにくるかもしれないと彼女に警告したのだ。犯人は無差別殺人に走っている。そもそもハリド殺害の際には、特別食を必要とする三人が巻き添えになっている。それがなによりの証拠だ。自分のエゴを満足させるためなら、無垢《むく》な子どもさえ殺す準備をしていたとしてもなんの不思議もない。

ロクラン一家を移動させるというのはバクスターの発案だった。ヴァニタは関係者全員の時間の無駄になると言った。それでも最後には渋々同意した。バクスターはロクラン一家を自分のアパートに匿うと申し出た。少なくとも、チームのメンバーにはそう告げた。

同時に、バクスターは情報が洩れているという可能性も除外していなかった。一人目のアシュリー・ロクランを救ったのは捜査をはずされたウルフではないか。で、バクスターは完全に信頼できる唯一の人物——彼に対する激しい怒りは消えていなかったが——に電話をかけたのだった。

ティアは実家に帰っていたので、エドマンズはバクスターと上流階級の避難者を自宅に泊めることを快諾した。それればかりか、来客を招き入れると、疲れきっているだろうに、間に合わせの日用品を買いにコンビニエンスストアに走るということまでしてくれた。結果的にそれはエドマンズにとって正しい選択になった。おかげで、裕福な家族がちっぽけな仮り住まい先の部屋を見てまわったときに見せた、心底驚いたような顔を見なくてもすんだのだから。

「この家のメイドは即刻馘にすべきね」ミセス・ロクランが高慢な夫に向かって小声で言うのがバクスターにも聞こえた。キッチンの床に散らばっていた猫のドライフードを誤って踏んづけてしまったときのことだ。

エドマンズは夕食のあいだもずっとソファで爆睡しつづけ、豆をのせたトーストを食べる機会も、バクスターとふたりだけで話す機会も持てなかった。それでもバクスターは思った

——これでよかったのだろう。状況は何ひとつ変わっていないのだから。ウルフに罪があることをエドマンズは確信しているのだから。わたしが何を言っても彼は考えを変えないだろう。エドマンズはわたしほどにはウルフのことを知らないのだから。

朝になったらエドマンズにどうやってウルフの無実を訴えようかと思いながら、バクスターは携帯電話を手に取り、短いメールを出した。

〝女の子は無事保護した。話がしたい。電話して。X《キス》〟

追跡されないようウルフは携帯電話を処分しているにちがいない。それでもバクスターは送信ボタンを押した。人生で一番大切な人とのつながりはまだ切れていないことをただただ実感したくて。彼とふたたび会える可能性などほとんどないという現実には眼をふさいで。

ジェフリーを起こさないよう、アンドレアはそっとベッドから出た。部屋着を羽織って階段を降り、キッチンへ行った。ガラスの天井越しに太陽がインクブルーの空にのぼろうとしているのが見えた。この天井のせいでキッチンの温度は激しく変動する。冬場でさえよく晴れた日に太陽が頭上を通過すると、このショールームのような完璧な空間は耐えがたい温度になるというのに、夏でも夜明けまえには冷えきったタイルの上を歩いただけで爪先がかじかむ。

プライヴァシーを確保したくてドアを閉めると、アンドレアは携帯電話を耳にあて、オレンジジジュースを注いだグラスを持って朝食用カウンターについた。妙なことだが、別れてから何年も経った今でも、なぜか朝の五時にウルフに電話をかけると、心から安心できるのだ。これまでそんな相手はウルフのほかにはひとりもいなかった。ジェフリーでさえウルフの代わりは務まらなかった。

元夫の不規則な勤務形態とは長年のつきあいだったので、アンドレアは彼が真夜中でも昼間と同じように眼を覚ましている可能性が高いことを知っていた。しかし、ほんとうはそこにはもっと深い意味があった。ウルフはアンドレアのために電話をかければいつでもつながる関係を維持し、たとえ眠っていたとしても、彼女が話したいときにはいつでも耳を傾けてくれたのだ。彼女はそれをずっとあたりまえのことのように思っていた——これまでは。

留守番電話につながるのはこの十二時間で六回目だった。アンドレアは意味不明のメッセージを何度も残すのはやめて電話を切った。仕事へ行く途中、もう一度かけてみようと思った。イライジャは昇進についての返事を今日じゅうに求めている。一方、アンドレアのほうはどうするか考えることをやめてしまっていた。返事を求められたときに奇蹟的に正しい答が導き出されることを願っていた。

ジェフリーはいつものように午前六時に起きてきた。アンドレアは朝食のあいだは語り尽くされた話題を持ち出したりしないよう気をつけた。この話題にはジェフリーも彼女と同じくらいうんざりしているにちがいない。そもそも彼に話しても決断の助けにはならない。ジェフリーは幸運を祈るとだけ言い、昇進の件を忘れたわけではないことをさりげなく彼女に伝えてから、シャワーを浴びに二階に上がった。

〝死の時計〟のニュースを伝える一日がまた始まる。今日も一日が終わったら疲労困憊しているることだろう。そんな一日を少しでも余裕を持って迎えようと、アンドレアは午前六時二十分に家を出た。ニュース編集室にはいると、ウルフから折り返しの電話がかかってこなかった理由がわかった。彼女の受信箱は、ウルフとアシュリー・ロクランの目撃情報や目撃写真をいくばくかの金銭的謝礼と引き換えに提供したいというメールで、あふれ返っていた。信頼性に乏しいその目撃場所は広範囲にわたっており、アンドレアは何年もまえに報じたことのあるユキヒョウ逃亡のニュースを思い出した。ふたりが目撃されているのは、二個所のガソリンスタンド、グラスゴー空港内の電動カートの後部座席――そして数分前にはドバイから不鮮明な写真が送られてきていた。

これらの情報をどう処理すればいいのかわからず、アンドレアはバクスターに状況確認のメールを送ると、イライジャが出社したときに顔を合わせなくてすむように早めにメイク室に向かった。重大な決断をしなければならないときが迫っていた。が、そんなことは思い出したくもなければ、イライジャからプレッシャーをかけられたくもなかった。

決断をくだすまでまだ十時間あった。

エドマンズが眼を覚ましかけたとき、バクスターはまだキッチンテーブルの椅子に坐っていた。エドマンズが眼を覚ましたのに気づくと、証拠品の中から無断で持ち出してきたグロッグ22をすばやくバッグに突っ込んだ。自分自身を守るにしろ、ロクラン一家を守るにしろ、いざというときに丸腰でいるつもりなどさらさらなかった。担当する捜査の証拠品を持ち出すのは造作もないことだった。さらに十五分ほど引き出しの中や証拠物件箱を引っ掻きまわしていると、グロッグのマガジンに合う口径〇・四インチのスミス&ウェッソンの弾丸《たま》も一握り見つかった。

エドマンズは眼をしょぼつかせ、ふらつきながらキッチンにはいってくると、シンクの中に汚れた食器が溜まっているのを見て低くうなった。ロクラン一家にとっては食後に食器を洗って片づけるなどというのは思いもよらないことなのだろう。だから、昨夜もそんなことなど気づきもせず過ごしたのだろう。

「おはようございます……」

欠伸をしながらそう言い、エドマンズはふらふらとやかんに近づいた。

「わたしたちを泊めてくれてありがとう」とバクスターは言った。

エドマンズはまだ半分寝ぼけていた。だから、バクスターが真面目に言っているのかどうか判断がつきかねた。

「犯人はやはりあの子を襲いにきたそうよ。ウルフが言ったとおり」

エドマンズはコーヒーをあきらめて、テーブルについた。

「でも、犯人には逃げられた」エドマンズが期待を込めた顔をしたのを見て、彼女はつけ加えた。「ロクラン一家の自宅で警備についていた新入りは脳震盪で手当てを受けてるそうだけど、命に別条はないみたい」

バクスターはそこで一呼吸置くと、エドマンズを説得するために入念に準備したことばを切りだした。

「ねえ、これまであなたがウルフが事件に関わっている可能性を探っていたことも、昨日のことも責めるつもりはないわ。ああいう証拠を見つけたら、誰だってそうするでしょうし、逆にそうしなければ職務を全うしなかったことになる」

「鑑識によると、ウルフはラグドールが発見された翌日にハリドの弁護士だったマデリン・エアーズを〈グーグル〉で検索していたそうです」とエドマンズは話しはじめた。が、バクスターはエドマンズのことばをさえぎって言った。

「あなたはわたしほどウルフを知らないのよ。ウルフには倫理観がある。わたしの知る中でたぶん一番高潔な人よ。その倫理観のせいで、ときには違法なことや聞くのもおぞましいことをやってしまうこともあるかもしれないけれど」

「それは少し矛盾してませんか？」とエドマンズはできるかぎり慎重に言った。

「法律も正義も常にわたしたちが望むとおりに機能するとはかぎらない。それはあなたにもわかるわよね？　それでも、ウルフはあなたが考えてるようなことは絶対に――」

バクスターはそこまで言って、ことばを切った。エドマンズが立ち上がり、仕事用の鞄からファイルを取り出し、テーブルの上に――彼女の眼のまえに――置いたのだ。

「これは何？」と彼女は警戒しながら尋ねた。

尋ねただけでファイルを開こうとはしなかった。

「昨日の午後、海岸沿いまで行ってきたんです。セント・アン病院まで」

バクスターの表情が暗くなった。エドマンズは一線を越えた。彼女はそう思った。

「いったいなんの権利があってそんなことを――」

「証拠を見つけたんです」エドマンズはバクスターより大きな声で言った。「ウルフの病室で」

バクスターはもはや怒りまくっていた。それでも、キッチンテーブルの上からファイルを取り上げ、中を開いた。一枚目の写真には壁に白い漆喰が塗られた狭い部屋が写っていた。家具はあまりなかった。彼女は苛立たしげにエドマンズを見た。

「次のも見てください」と彼は言った。

二枚目の写真には奥の壁についている汚れのようなものが写っていた。

「ずいぶんと面白い写真なのね」とバクスターは言った。二枚目を一番下にやり、最後の三枚目の写真を見た。その写真を優に一分以上無言で見つめた。彼女の顔が歪んだ。涙が込み上げていた。そんなところをエドマンズに見られたくなかった。

彼女の膝の上に置かれた写真には、見慣れた名前がざらついた壁面に深く彫られているところが写されていた。それはアナベル・アダムズの死に責任があるとウルフが考えていた人々の名前だった。煙に霞《かす》んだような黒い文字で、古い建物の壁板に永遠に焼きつけられたかのように刻まれていた。

「残念です」とエドマンズは声を落として言った。

バクスターは頭《かぶり》を振り、ファイルをテーブルの上に放った。

「あなたはまちがってる。あの頃、ウルフは病んでたのよ！　こんなことできるはずが……彼がこんなことを……」

バクスターは自分が自分に嘘をついているのがわかりながらも、そんなことばしか思いつかなかった。これまで自分が知っていると思っていたことはすべて誤りなのではないか。そんなふうにさえ感じられた。ウルフを信じていた自分が甘かったのだとしたら、これまで信じて生きてきたほかのことも思い込みではないとどうして言いきれる？　期待に応えようと、いつかは肩を並べられるようになろうと、一緒にいたいと願った相手がエドマンズが言ったとおりの怪物だったとしたら……

記者のガーランドの断末魔が彼女の耳に甦った。黒焦げになった市長の死体が放つ悪臭が鼻を突いた。「休暇を愉しんできて」と言って、誰も見ていないときにチェンバーズと交わしたハグの感触が思い出された。

「彼だったんですよ、バクスター。疑いの余地はありません。残念です」

バクスターはゆっくりとエドマンズと視線を合わせ、うなずいた。

エドマンズの言うとおり、疑いの余地はなかった。

31

二〇一四年七月十二日（土）
午前八時三十六分

「あなたがやったの？」会議室に飛び込んでくるなり、ヴァニタはフィンレーに向かって言った。次にシモンズのほうを振り返った。「じゃあ、あなた？」

ふたりともヴァニタがなんの話をしているのかさっぱりわからなかった。ヴァニタはそんな彼らのきょとんとした表情にさらに怒りを募らせた。リモコンスタンドからリモコンをひっつかむと、チャンネルを次々と替え、〝死の時計〟のCGの下でアンドレアがニュースデスクについているチャンネルに合わせて、ヴォリュームを上げた。ピントのぼけた写真がクローズアップされた。

「……ドバイ国際空港で警備責任者ファド・アル・ミュールに付き添われているアシュリー・ロクランが映っています」とアンドレアが原稿を読み上げた。

次に短い携帯電話の動画がスローモーションで再生された。

「こちらの映像には、フォークス部長刑事とアシュリー・ロクランがグラスゴー国際空港の第一ターミナルを急いで移動しているところがはっきりと映っています」

「そんなことはもう知ってますけど」とフィンレーが言った。

「いいから黙って見てなさい」とヴァニタはぴしゃりと言った。

アンドレアの姿がふたたび画面に映し出された。

「捜査当局に近い情報筋から当番組が独占的に入手した情報によりますと、ミズ・アシュリー・ロクランは火葬キラー裁判で目撃証言をしており、ラグドール事件のほかの犠牲者同様、火葬キラーと関わりのある人物のようです。また同じ筋から、ミズ・ロクランの国外脱出にはフォークス刑事が関わっていることも確認されました」

「賢いやつだ」と笑みを浮かべながらフィンレーは言った。

「なんですって？」とヴァニタが苛立たしげに問いつめた。

「エミリー・バクスターのことです。どうでもいい情報をリークすることで、このアシュリー・ロクランが犯人の標的だったことを伝えたんです。これで犯人は、あの少女や、ほかのアシュリー・ロクランに手を出しても意味がなくなった。バクスターはたった今、犯人が予告殺害に失敗したことを全世界に知らしめたんです」

「バクスターはたった今、アシュリー・ロクランが無能なロンドン警視庁に保護を頼むより、自力で逃げるほうに賭けたってことを全世界に知らしめたのよ！」とヴァニタは怒鳴った。

「いいですか、バクスターは人の命を救ったんですよ」

「でも、その代償は？」

ヴァニタが使っているシモンズのオフィスの電話が鳴りはじめた。彼女は小声で悪態をつくと、会議室を出ていった。犬でも呼びつけるようにシモンズの名を呼びながら。シモンズはためらい、フィンレーと顔を見合わせた。

「テレンス！」彼女は繰り返した。シモンズはいそいそとヴァニタのあとを追った。フィンレーは不快げにそのうしろ姿を見送り、自分につぶやいた。

「ペットの犬にだけはなりたくないもんだ」

シモンズが出ていくのを戸口の脇で待ってから、エドマンズが会議室にはいってきた。そして、そそくさと仕事用の鞄を開けた。テレビのニュースにはまったく関心を示さなかった。バクスターとはすでに話がついていた。

「で、やっぱりウィルだったのか？」とフィンレーは尋ねた。

エドマンズは神妙にうなずき、鞄から取り出したファイルをフィンレーに差し出した。フィンレーは受け取らなかった。

「おまえさんを信じるよ」そう言って、彼は視線をテレビに戻した。

「こんなことを言うと、かえって気を悪くなさるかもしれませんが、驚かないんですね」とエドマンズは言った。

「おれくらい長くここにいれば、おまえさんにもわかるさ。何を聞いても驚かなくなる。ただ悲しいだけだ。おれが学んだことがあるとすれば、人をとことん追いつめれば、いずれそいつのほうからも押し返してくるということだ」

「ウルフの行動を正当化しようとは思わないんですね？」

「もちろん思わないよ。ただ、おれは長いこと多くの〝善人〟が互いにひどい仕打ちをするのを見てきた。浮気した妻の首を夫が絞め、虐待された妹を守ろうとして兄が妹の亭主や恋人を殺す。そういうのを見てるうちに気づくんだよ……」

「何に？」

「この世には〝善人〟なんていやしないってことに。いるのはまだ充分追いつめられていないやつと、もうすでに追いつめられちまったやつだけだ」

「ウルフには捕まってほしくないみたいな口ぶりですけど」

「おれたちはウルフを捕まえなきゃならない。ただ、そいつの身に起きたことすべてがそいつに責任があるとはかぎらない場合もときにあるもんだ」

「責任がある者もいる？」

「ああ、もちろん。でも、若いの、そう心配するな。おれは誰よりあいつを捕まえたいと思ってる。なぜって、おれは誰よりあいつに傷ついてほしくないと思ってるからだ」

ヴァニタとシモンズが気まずそうな顔をして会議室に戻ってきた。エドマンズは自分が作成した犯人のプロファイルを全員に配ると、会議室の全員に向かって言った。

「われわれには時間がありません。そこで現在犯人について知りえた情報のすべてをまとめて、捜査の範囲を狭めるために犯罪心理学的推論を応用して、プロファイルを作成しました。それによれば、犯人は白人男性。身長は百八十から百九十センチ。頭は禿げているか、短い丸刈り。右の前腕に傷痕。靴のサイズは二十八センチ。二〇一二年まで支給されていた陸軍標準装備のブーツを着用。現在または過去に陸軍に所属。きわめて高い知能を持ち、エゴを満たすために自分の知能を定期的に試している。感情というものを持たず、人の命の価値を軽視している。試練を愉しみ、自分が試されることを求めている。そして退屈している。おそらくもう軍人ではないはずです。劇場型犯罪は犯人が殺人を愉しんでいることのなによりの証拠です。一匹狼で、社会のはみだし者、独身、必要最低限の住居に居住。ロンドンの家賃を考えると、おそらく治安の悪い地区のワンルームのアパートに住んでいるように思われます。

単に人殺しが好きで陸軍に入隊する兵士は自己顕示欲が強く、実際に残酷な行為に及んだか、その嫌疑をかけられるかして、最後は不名誉除隊になる傾向があります。この犯人の場合は、指紋が警察のデータベースに登録されていないところを見ると、なんらかの嫌疑をかけられただけだったのでしょう。ただ、腕の傷痕を考えると、負傷のために除隊した可能性も除外できません」

「なんだか推測だらけに聞こえるが」とシモンズが言った。

「犯罪心理学的な推論ですからね」とエドマンズは悪びれもせずに言った。「それでも今言った線を追うのが効率的です。最初の未解決事件が発生した二〇〇八年以前に軍を除隊し、このプロファイルと一致する人物のリストを作成するんです」

「今回もすばらしいプロファイリングよ、エドマンズ」とヴァニタが言った。

「許可をいただければ、ぼくはフィンレーと一緒に証拠物件の捜査を続けます。リストの作成はシモンズ主任警部にお願いできれば助かります」

シモンズとしては新入りに指図をされ、当然面白いわけがなく、口をはさもうとした。が、ヴァニタにさきを越された。

「あなたがそう言うのならそうしましょう」と彼女はエドマンズに言った。「バクスターはすでにフォークスの捜索を始めてるということかしら？」

「バクスターは殺害予告日終了の深夜ぎりぎりまで少女のそばにいるつもりです」とエドマンズは答えた。「警視長のお時間を無駄にしたくないので申し上げますが、どんな命令や脅迫や嘆願を受けてもバクスターの決意は揺るがないと思います」

フィンレーとシモンズは驚いて顔を見合わせた——こいつ、警視長に指示しやがった！

「犯人は予告殺人のたびに計画的にじりじりと標的に接近しています。最後の標的であるウルフに対しては、きっと面と向かって殺そうとするでしょう。犯人を見つければ、ウルフも見つかります」

捜査会議はそこでいったんお開きになった。ヴァニタとシモンズは今やヴァニタのものとなったオフィスに向かった。エドマンズはフィンレーとふたりだけで話すために会議室に残ったものの、会議室のドアを閉めると、ためらった。尋常ならざる話をどう切り出したものか。

「フィンレー……ちょっと妙な質問をしてもいいですか？」

「いいよ」とフィンレーは閉じられたドアをちらりと見て言った。

「昨日の会議であなたとシモンズが話していたことについてなんですけど」

「もうちょい詳しく言ってもらうわけにはいかないのか？」とフィンレーは笑いながら言った。

「ファウスト的キラー」とエドマンズは言った。「シモンズが言ったことばです。あれはどういう意味だったんですか？」

「正直言って、その会議で何を話してたのかほとんど覚えてないな」

エドマンズは手帳を取り出した。

「犠牲者の話をしてるときです。あなたは〝まるでウィルがつくった殺害予定者リストみたいだな。本人の名前がなければ〟と言ったんです。そうしたらシモンズが〝ウルフがファウスト的キラーになった〟とかそんなことを言ったんです」

フィンレーは昨日のことを思い出してうなずいた。

「大したことじゃない。意味のない軽口だ」とフィンレーは言った。

「説明していただけませんか？」

フィンレーは肩をすくめて椅子に坐った。

「数年前、まわりで死体がわんさか発見されてるのに、なぜか無実だと言い張る容疑者が次から次と出てきたことがあったんだ」

「悪霊か悪魔の仕業だと言うんですね？」とエドマンズは訊き返した。眼が輝いていた。

「ああ。で、そのうちそういう容疑者の弁解が〝ファウスト的アリバイ〟と呼ばれるようになったんだよ」とフィンレーは言って鼻で笑った。

「ちなみに、そういう人たちはどうやってそういう取引きをするんです？」

「どういう意味だ？」

「実際にはということです」

「実際には？」フィンレーは怪訝な顔をした。「都市伝説みたいなもんなんだぞ、これは」

「それでもいいです」

「なあ、おまえさん、何が訊きたいんだ？」

「重要なことかもしれないんです――お願いします」

フィンレーは腕時計を見た――こんな時間のないときに。

「よかろう。話してやろう。ある番号が出まわってるということだった。普通の携帯の番号だ。誰の番号かは誰も知らない。その番号は結局、追跡できなかった。たった一度しか使えないんだよ。でも、その番号を手に入れて、そいつがその気になればそれで取引き成立だ」

「悪魔との取引きですね」エドマンズはフィンレーの話にすっかり引き込まれていた。

「そうだ、〝悪魔〟との取引きだ」フィンレーはため息をついた。「だけど、悪魔が出てくる話はいつもそうだが、いいことばかりじゃない。悪魔が願いを聞き入れたら、かわりに差し出さなければならない……」

フィンレーはそこでことばを切ると、近くに来るようエドマンズを手招きした。

「……かわりに自分の魂を！」フィンレーはエドマンズの耳元で叫んだ。エドマンズは飛び上がった。

フィンレーは怖がりの新米を笑い飛ばし、笑いすぎて咳き込んだ。

「この話に真実味はあると思いますか？」とエドマンズは尋ねた。

「〝魂後払い悪魔商店〟にか？　あるもんか。ただのつくり話だ」フィンレーはそう言うと、真面目な顔になった。「おれたちは今日はもっと重要なことに集中しなけりゃならない。わかってるな？」

エドマンズはうなずいた。

「ならいいけど」とフィンレーは言った。


ロクラン夫妻はエドマンズ家の質素な居間でテレビを見ていた。キッチンテーブルについて坐っているバクスターには、二階の寝室で遊ぶアシュリーの声が聞こえていた。何か食事でもつくろうとバクスターが立ち上がりかけたところで、不意にアシュリーが静かになった。バクスターは席を立つと、大音量のテレビの音が居間から洩れてくるキッチンで耳をすました。アシュリーが二階の廊下をばたばたと走る音がして、それから階段を跳ねるように駆け降りてくる音が聞こえた。バクスターはほっと胸を撫でおろした。アシュリーはキッチンに駆け込んできた。髪のあちこちにヘアクリップやら花やらをつけていた。

「こんにちは、エミリー」と彼女は愉しそうに言った。

「こんにちは、アシュリー」とバクスターは答えた。彼女は昔から子どもと話すのが苦手だった。自分が子どもたちに対して抱いている恐怖のにおいを敏感に嗅ぎ取られているような気がするのだ。「とっても可愛いわ」

「ありがとう。エミリーもとっても可愛い」

バクスターにはとてもそうは思えなかったので、疲れた笑みだけ返した。

「誰かがお外にいたら教えてって言ってたけど、今もまだ教えてほしい？」

「ええ、お願い」とバクスターはできるかぎりの熱意を示して答えてから「友達を待ってるのよ」と嘘をついた。

「わかった！」

バクスターは少女がすぐにまた階上《うえ》に駆け上がっていくものと思った。が、少女はくすくす笑うばかりでその場から立ち去ろうとしなかった。

「何？」

「なに？」とアシュリーはおうむ返しに言って笑った。

「いったい、なんなの？」バクスターはもうしびれを切らしていた。

「頼まれたことをしてるのよ！　裏庭に知らない人が来たから教えにきたの！」

バクスターの顔からつくり笑いが消えた。アシュリーの腕をつかんで居間に連れていくと、驚き顔の両親に身振りを交えて小声で指示した。

「二階へ行って、ドアに鍵をかけてください」そう言って、少女を両親の腕の中に押し込んだ。

三人の足音が頭上で響いた。バクスターはキッチンに駆け戻ると、バッグから銃を取り出した。敷地の脇から何かを引っ掻くような音がして、バクスターは凍りついた。そっと裏の窓に忍び寄った。何も見えなかった。

そのとき玄関のドアに何かがぶつかる音がした。

バクスターは急いで廊下に出て、バスルームに身を隠した。ドアの鍵が開く音が聞こえた。バクスターは銃口を玄関に向けた。玄関のドアが軋みながら開き、長い影が敷居に伸びた。バクスターは息を止め、その人影がバスルームのドアのまえを通り過ぎるのを待った。その直後、廊下に踏み出すと、フードをかぶった頭部に銃のメタルスライドの先を押しつけた。侵入者は手からどさりと大きな袋を落とした。剃刀や尖ったはさみや使い捨て手袋が床に散らばった。

「警察よ」バクスターはそう言って、足元に散らばる不吉な道具の数々を見下ろした。「あなたは誰？」

「ティアです。アレックスのフィアンセの。ここに住んでます」

バクスターはうしろから侵入者のまえをのぞき込み、妊婦服の下から突き出ている腹を見た。

「うわっ、ごめんなさい！」そう言って銃を下げた。「わたしはエミリー、エミリー・バクスターです。やっと会えて嬉しいわ」

アシュリーが飛行機を降りたときには、ドバイ国際空港の警備責任者とウルフとのあいだですでに話がついていた。その警備責任者は実に威嚇的な男で、誰彼かまわず怒鳴りつけていた。そんな責任者が当然のごとくアシュリーのために強引にメルボルン行き航空便の座席変更をさせた。

アシュリーは、彼女の席の前後四列をすべて空席にするために、同じ便の乗客たちが奥の座席に隙間なく押し込まれているのを見て、ひどく申しわけなく思った。座席の娯楽プログラムの時計は時差に合わせて時刻が調整されていた。今は日曜日の朝。それでもまだ安心はできなかった。アシュリーはイギリスの時刻に合わせたままの腕時計を確かめた。イギリス時間で深夜を過ぎるまでは、警戒をゆるめるわけにはいかない。

ウルフからこの計画を聞かされて以来、彼女はなんの罪もない人々が大勢乗る飛行機に搭乗することに不安を感じていた。どこにでも出没する犯人には不可能なことなど何もないように思われたのだ。犯人のさまざまな能力の中には、ジェット旅客機を墜落させる能力すら含まれているような気がしてならなかった。上空から落下するのではないか、そんな不安が拭いきれず、彼女は何時間もずっと座席の肘掛けを握っていた。ウルフの命令で飲みものも食べものもすべて断わり、誰かが座席を立って洗面室に行くたびに用心深く様子をうかがった。

まわりの薄暗い照明が一斉に点滅しはじめた。アシュリーは怪訝な顔で天井を見上げた。客室乗務員は気にした様子もなく、眠っている乗客のあいだを静かに歩きまわっている。握りしめた肘掛けが小刻みに震えはじめ、それから大きく揺れはじめた。陽気すぎるチャイムがポーンと鳴り、シートベルト着用のサインが光った。

ついに犯人に見つけられてしまったのだ。

機体全体が激しく揺れはじめ、乗客たちが眠りから眼を覚ました。大丈夫ですよ、と声をかけながら、急いで自分の席につく客室乗務員たちの表情に不安がよぎるのをアシュリーは見逃さなかった。照明が消えた。手探りで横の窓を探してのぞき込んだが、窓の向こうは果てしない闇だった。死後の世界のような……

機体の振動が徐々に収まり、やがて照明がともり、機内が明るくなった。ぎこちない笑いが広がり、その直後シートベルト着用のサインがまた消えた。インターコムから雑音の交じる機長のアナウンスが流れた。機長は乱気流による揺れを謝罪し、ファーストクラスだけでなく、全座席をマッサージチェア仕様にしてしまった、などというジョークを飛ばした。

乗客たちはまた眠りに戻った。アシュリーは頭の中で秒読みを始めた。着陸まで六十秒ずつ数えつづけた。

アンドレアはすっかりおなじみとなった締めくくりのことばを言った。放送中のランプが消えたとき、〝死の時計〟は〝+16：59：56〟を示していた。今日一日、彼女は前向きな気持ちで過ごすことができた。視聴者はみなアシュリー・ロクランの無事を祈っており、完全無欠の犯人から逃げきろうとする彼女にアドヴァイスを与えようとさえしていた。午前零時を過ぎると、悪趣味なカウントダウンの数字はプラスに転じ、ある視聴者からの電話によって〝生の時計〟と改名されていた。それでその時計は犯人の敗北からどれだけ経過したかをカウントアップする、絶望ではなく希望の象徴となった。

アンドレアのそんな気分は、しかし、ニュース編集室に戻り、イライジャが階上《うえ》のオフィスのまえの狭い通路で彼女を待っているのを見てあっさりしぼんだ。イライジャはなんとも横柄な仕種で彼女に上がってくるように示すと、オフィスの中に姿を消した。

アンドレアは急ぎはしなかった。自分の机のまえで足を止め、気持ちを落ち着かせた。これからくだす決断——すでに決めた決断——の大きさについてはできるかぎり考えないようにした。それから混雑したニュース編集室を抜け、深呼吸をひとつして、金属製の階段をのぼった。

ウルフは現金で支払いをすませた低料金のB&B《ベッド&ブレックファスト》の部屋でニュースを見ていた。何時間もずっと神経を尖らせていた。だから午前零時を過ぎて、汚い部屋の中で携帯電話の着信音が鳴ると、慌ててそのプリペイド式携帯電話をひっつかんだ。そして、見知らぬ番号からのメールを開封した。そのあと安堵のあまり、ベッドにぐったりと倒れ込んだ。

〝まだ生きてる！　LX《キス》〟

アシュリーからだった。

ウルフは電話からシムカードを引き抜くと半分に折った。それからスウィッチを消そうとしてテレビのそばまで這っていき、そこで手を止めた。アンドレアのニュース番組では〝死の時計〟がすでにリセットされていた。ウルフは自分の人生の残り時間から三分が消えていくのを見つめた。電源ボタンを押すのにはほんの数秒とかからないだろうに、気づくと三分が過ぎていた。

−23 : 54 : 23

32

二〇一四年七月十三日（日）
午前六時二十分

ヴァニタは午後七時半に、シモンズは午後九時に、それぞれ家に帰っていった。エドマンズとフィンレーはそのまま刑事部屋で長い夜を過ごした。バクスターは午前零時を過ぎた段階で、警官の護衛をつけてロクラン一家を自宅に帰したあと、午前一時まえに殺人課に戻ってきた。

エドマンズは、赤の他人のために質素な自宅をB&Bにしたことで、ティアから怒りのメールと電話が来るものと覚悟していた。が、ママ予備軍として九歳のアシュリーと丸一日遊んで疲れたのだろう、バクスターが彼らのアパートを出たときには、ティアはすでにぐっすり眠っていた。

フィンレーはシモンズから引き継いだ除隊軍人リストをあたるという途方もない作業に取り組んでいた。エドマンズのほうは、捜査資料の箱の中身を会議室の床に並べ、雑然と並ぶ証拠物件をひとつひとつ慎重に選《え》り分けていた。

深夜の刑事部屋には昼間とはどこか異なる雰囲気が漂う。バクスターはいつもそう感じていた。ロンドン警視庁にはこんな時間でもカフェインを摂取しながら働く職員が大勢いる。それでも夜のシフトで働く者たちは声をひそめて仕事をしているように見える。人気《ひとけ》のない部屋や暗い通路を容赦なく照らす明かりにもかすかなぬくもりが感じられ、日中はけたたましく鳴り響かなければ聞こえない電話の音量も夜はひかえめに設定される。

午前六時二十分、フィンレーは自分の机で眠りにつき、かすかにいびきをかいていた。その隣りの席ではバクスターが彼から引き継いだ骨の折れる作業に取り組んでいた。エドマンズのプロファイリングに符合しない者と重傷を負って退役した膨大な数の者が除外されたため、最初の千人の精査が終わった時点で、容疑者リストに残ったのは現在二十六人になっていた。

誰かが咳払いをした。

バクスターが顔を起こすと、帽子をかぶったむさくるしい男が彼女の横に立っていた。

「アレックス・エドマンズ宛ての資料を持ってきました」その男は背後の台車を指差した。そこにはさらに七箱の証拠物件箱が積まれていた。

「ああ、彼ならあそこに――」

エドマンズがかっとして証拠物件箱を放り投げるところがガラス越しに見えた。

「こうしない？　これはわたしがかわりに引き取っておくってことに」バクスターはそう言って配達係に笑みを向けた。

バクスターが会議室にはいってガラスのドアを閉めるなり、彼女の頭の上に書類が降ってきた。

「ウルフは何かを見つけたはずなのに、ぼくにはそれがなんだかわからない！」エドマンズは悔しそうにわめいた。「いったい何を見つけたんだろう？」

そう言って、エドマンズは床に落ちた資料をくしゃくしゃにしてつかむと、バクスターのまえに突き出した。

「指紋もない、目撃者もいない、犠牲者にはなんの共通点もない――なんにもない！」

「わかった、わかった、落ち着いて。わたしたちには、ウルフが見つけたものがこの中にあるのかどうかさえわかってないのよ」とバクスターは指摘した。

「ウルフは法医学鑑定を外注してた。だからそれは調べられない。よりにもよって今日は日曜で、どこに電話しても誰も出ないし」そう言って、エドマンズはくずおれるように床に坐り込んだ。疲れきった顔をして、眼のまわりの隈が異様に黒ずんでいた。側頭部を叩きながら彼は言った。「ぼんくら頭になってる暇なんてないのに」

今のバクスターにはよくわかった。エドマンズはすでにすばらしい貢献をしている。しかし、それは誰かを出し抜きたいとか、チームの面々に認めてもらいたいとか、そういった自分本位の気持ちからやっていることではないのだ。彼を突き動かしているのは、自分で自分に課したとてつもない重圧と、正気と狂気の境界にある執念と、捜査の主導権をほかの者の手には譲りたくないという頑なさ。この三つだ。そんな彼はどれほどウルフを思わせることか。しかし、今はそんなことを口にするときではない。彼女は思ったことを胸にしまい、伝えにきたことを言った。

「また箱が届いたわよ」

エドマンズはきょとんとした顔をしてバクスターを見上げた。

「だったらそう早く言ってくださいよ」そう言って立ち上がると、速足になって会議室を出た。


ウルフはコヴェントリー・ストリートのバス停に一時間じっと立っていた。細かな霧雨がいつのまにか彼の服をぐっしょり濡らしていた。それでもみすぼらしいインターネットカフェの入口のドアから眼を離さなかった。その店は市《まち》の中でもとりわけにぎやかで地価が高く、世界的に有名なブランドショップが建ち並ぶ一帯にあって、ロンドンブランドの安物を売っているおびただしい数の土産物店と一緒に、なんとか生き残っている健気《けなげ》な店だった。

ウルフは男を追ってここまで来ていた。男が電車に乗り、コヴェント・ガーデンの大道芸人のまわりに集まった人込みの中を通り抜け、ピカデリー・サーカスから数百メートルと離れていないこの薄汚いカフェにはいるまで、一定の距離を保ちながら尾《つ》けてきたのだ。

七月というのに急激に気温が下がっていた。ウルフの獲物は標準的なロンドン市民の服装で自らをカムフラージュしていた。黒のロングコートを羽織り、きちんと磨かれた靴を履き、アイロンをあてたシャツとズボンを身に着け、おまけに無難な黒い傘をさしていた。

そんな男にまとまりのない人々の群れの中を足早に進まれ、ウルフは何度か見失いそうになった。男とぶつかりそうになる者もいれば、すれちがいざまに押しのける者もいた。小銭をねだる者もいれば、光沢紙に印刷されたチラシを手渡そうとする者もいた。が、相手が怪物――羊の皮をかぶった狼――であることに気づいた者はひとりもいなかっただろう。

コヴェント・ガーデンを通り過ぎた直後、男は近道をした。男を追ってウルフも静かな脇道にはいり、歩調を速めた。まわりには誰もいなかった。常に他人の眼にさらされる都会での千載一遇のチャンスだ。速足を小走りに変えて、ウルフは尾行に気づく様子のない標的のあとを追った。タクシーが角を曲がり、通りの先で停止したので、しかたなく歩調をゆるめた。そのあとは獲物を追って、またにぎやかな大通りに出た。

霧雨が本格的な雨になると、ウルフは自分の黒いロングコートの襟を立て、身を縮めて寒さをしのいだ。カラフルなネオンでできたカフェの窓辺の時計が、濡れたガラス越しに歪んだ数字を表示するのを見つめていると、これが最後の日で、最後のチャンスだということが実感された。

なのにウルフは時間を無駄に使っていた。

イゾベル・プラットはスタジオ収録のための猛特訓を受けていた。技術班のメンバーが五人がかりで熱心に、どのカメラをいつ見ればいいのか、威圧的なまでに魅力的なレポーターに説明していた。駆けだしレポーターである彼女は思いもよらないこのビッグチャンスに、自前の衣装の中で一番上品な服を着てきたのだが、イライジャにはそれが大いに不満だったようで、〝ボタンを上から三つ目まではずせ〟という指示が伝えられていた。

イゾベルのスタジオデビューの進行は、一対一のインタヴューのあいだにVTRが二度はさまれるだけの比較的単純なものだった。それでも、地球上数千万人の視聴者がこの三十分番組にチャンネルを合わせることが予想されていた。イゾベルはまた吐き気を覚えた。

しかし、これは彼女が望んだことではなかった。彼女はそもそもレポーターになりたくてなったわけではなかった。なんの経験も資格も持たない自分にレポーターの仕事が舞い込んだときには、まわりの人間と同じくらい彼女自身が驚いたものだ。ほかの仕事を探すことでは、ボーイフレンドと揉めたこともあったが、テレビ局で働くことにはもううんざりしており、実のところ、辞める決心をしたところだったのだ。

イゾベルは頭が弱いか、ふしだらか。あるいはその両方か。それがニュース編集室の衆目の一致するところで、そんなふうに陰で囁かれていることはイゾベルも知らないわけではなかった。もちろん自分は天才ではない。それはまっさきに認める。しかし、平均的な教育を受けたほかの人々であれば、発音をまちがえたり、ものを知らなかったりしても赦されるのに、自分だけが永遠の笑い者にされることにはいまだに納得がいかなかった。

彼女にぎこちなく接している男たちには笑みを振り撒き、彼らの露骨なジョークには笑い声をあげ、与えられた名誉に興奮しているふりだけは精一杯してみせていたが、心の中ではこう思っていた——アンドレアがここに坐って複雑なカメラの動きや番組の分刻みの進行に対応してくれればいいのに。

「そのうちわたしもきっと慣れるから」椅子に坐ったまま技術班に定位置まで運ばれ、イゾベルは笑いながら言った。

「気を抜きすぎないでよ」とアンドレアが声をかけた。彼女は新しい仕事の初日のために早めにスタジオ入りして、メイク室に向かうところだった。「あなたはただの代理なんだから。わたしが自分で自分にインタヴューするわけにはいかないんだから」


「見つけたぞ！」会議室からエドマンズが大声で叫んだ。

バクスターが会議室のドアを閉めたときには、フィンレー、ヴァニタ、シモンズの三人がすでに顔をそろえていた。バクスターは床のあちこちに捨てられた紙を踏みながら席に向かった。紙がくしゃくしゃと音をたてた。シモンズは会議室をゴミだらけにしたエドマンズを叱責したものかどうかまだ迷っていた。

エドマンズは資料の箱に手を入れ、書類をシモンズに手渡すと、息を切らせて言った。

「はい、どうぞ。しばらく我慢して聞いてください。ちょっと込み入ってるんで。あっ、待ってください。それじゃなかった」

彼はシモンズの手から書類をつかみ取ると、うしろの床に投げ捨てた。

「情報はみんなで共有したほうがいいでしょ？」とエドマンズはおずおずとした笑みを浮かべて言った。「この資料はウルフが証拠保管所から借り出して調べた事件のものです。スティーヴン・シアマン、五十五歳、経営不振の電気メーカーのＣＥＯでした。彼の息子はこの会社の取締役で、合併がうまくいかなかったとか、何かそういったことで自殺しています……でも、それはここでは重要ではありません」

「これがラグドール事件とどんな関わりがあるの？」とヴァニタが尋ねた。

「まさにぼくもそう思ったんです」とエドマンズは眼を輝かせて言った。「合併が失敗した責任は誰にあったと思います？　ゲイブリエル・プール・ジュニアです」

「誰、それ？」とバクスターがほかのみんなを代表して尋ねた。

「ホテルのスイートから姿を消したエレクトロニクス企業の御曹司です。血だまりだけ残ってて、遺体が消えていた事件です」

「ああ」とバクスターがわざとらしく興味が惹かれたふりをして言った。

そのあと彼女は内心思った――みんなもっとほかにやるべき重要なことを抱えてるのに。

「これは」とエドマンズは別の段ボール箱を開けながら続けた。「娘を爆弾で殺された事件で……」そう言って別の箱を指差した。「その爆弾を仕掛けた男が施錠された監房内で窒息死した事件」

全員がぽかんとした顔をした。

「わかりませんか？」とエドマンズはみんなに尋ねた。「これらはすべてファウスト的キラーの仕業なんです！」

全員またぽかんとした顔をした。バクスターもシモンズもヴァニタもフィンレーも。

「それはただの都市伝説だ」とフィンレーがうなるように言った。

「すべてがつながってるんです」とエドマンズは言った。「すべてが。これらの人々はみな復讐殺人を信頼し、それがおこなわれたあと、自分の命を捧げざるをえなくなった人たちなんです。どうしてウルフが彼の敵のリストに加えられているのか、それがどうしてもぼくにもわからなかったわけだけど、これですべて辻褄が合います」

「馬鹿げてる」とシモンズが言った。

「あまりにも飛躍しすぎよ」とヴァニタも言った。

エドマンズは別の箱の中を掻きまわして別の報告書を取り出した。「ジョエル・シェパード。半年前に死亡。自殺と見られていますが、不審な点が多い。彼は三件の復讐殺人で有罪になり、悪魔が自分の魂を奪いにくると信じていました。そのため精神科病院に入院していました」

「それがなによりの証しだ」とシモンズが鼻で笑いながら言った。

「セント・アン病院に」とエドマンズは意に介した様子もなく続けた。「彼はウルフと同時期に入院していて、ウルフは十日前にこの資料を閲覧しています。その後、証拠が一件紛失してるんです」

「証拠が紛失した？」とヴァニタが尋ねた。

「〝血痕の付着した聖書の一ページ〟」エドマンズは報告書をそのまま読み上げた。「ぼくはウルフが何かを見つけたんだと思います」

「ということは、ラグドール・キラーはわれわれが考えてるより、ずっと多くの犯罪を重ねていた。あなたはそう言いたいわけ?」とヴァニタは尋ねた。

「ぼくが言いたいのは、ファウスト的キラーはただの都市伝説ではないということです。それからラグドール殺人はファウスト的殺人であるということです。ウルフは犯人の身元を突き止めて、今、どこかでその犯人を追っているはずです。自分のことをまずまちがいなく悪霊だと信じている犯人を」


インターネットカフェのドアが開いた。その男はピカデリー・サーカスの煌々たる光に引き寄せられる人の波の中に足を踏み出した。ウルフはよく見ようとして右のほうに数歩移動した。が、男の顔は人込みと男が今開いた傘ではっきりとは見えなかった。男は歩きだした。ウルフは決断を迫られていた。残るべきか、追うべきか。

やはりあの男だ——それはほぼまちがいない。ウルフは小走りになって、顔を隠しながら駐車したパトカーの横を通り過ぎると、混雑した通りを歩く標的のあとを追った。男の姿を眼の端でとらえながら、一歩進むごとに膨張する人の波をなんとか掻き分けて歩いた。雨脚が強まり、霧雨程度は気にすることなく歩いていた人々も、雨宿りをしようと軒先に駆け込んだり、慌てて傘を探したりしはじめた。あっというまに少なくとも新たに十本以上の黒い傘が眼のまえの歩道にあふれた。

ここで男を見失うわけにはいかない——ウルフはいったん車道に出て十メートルほど走った。そして、立派な体格の男の姿をまた見つけると、男の少しうしろの人の流れに強引に体を割り込ませた。店先を通り過ぎるときにショーウィンドウに映る男の顔を盗み見ようとした。まちがいなくあの男であることを確かめずに行動を起こすわけにはいかない。

　ウルフのいささか異様な行動はまわりの人々の眼を惹き、そのうちの何人かが、自分が今眼にしているのは〝ニュースでよく見る男のずぶ濡れヴァージョン〟だと気づいた。ウルフはそんな通行人から逃げるためにもさらに強引に先を急いだ。〈トロカデロ〉のまえを通ったときには、標的まであとふたりというところにまで迫った。コートに隠した刃渡り十五センチの狩猟用ナイフの柄を握った。そして、ひとり追い越した。

　失敗は許されない。

　これ以上犯人を生き永らえさせるわけにはいかない。

　実のところ、ウルフは完璧な機会を待ちつづけていた――静かな公園や、人気《ひとけ》のない路地で一対一になるのを。が、こうした雑踏のほうがずっと適していることに今、気づいた。衆人環視の中だからこそ逆に群衆の中の名もなきひとりとして身を隠すことができ、ただの通行人の顔をして、往来の真ん中に横たわる死体に驚いてみせることもできる。

　赤信号で人々が立ち止まった。ウルフは男の横顔を見た。まちがいない。あの男だ。ウルフは標的の真うしろに立った。男の黒い傘から跳ねる雨粒が顔にあたるくらいすぐそばに。男の首のうしろの剝き出しの皮膚を――これからナイフを突き刺す場所を――じっと見つめた。ナイフを取り出して胸のまえで構え、深く息を吸って両手に力を込めた。あとはまえに出るだけで……

道路の反対側の何かに気を取られた。地上のヘリオスの馬の像と屋根の上から優雅に跳び上がるヘリオスの三人の娘たちの金色の像を隔てる湾曲したガラスの壁に、彼とアンドレアの名前が反転して映り、横に流れていった。その文字が正面のガラスに映し出された頭上の〈LG〉の広告板のものだと気づくのには、少し時間がかかった。ウルフは頭上を見上げ、広告の下にある電光掲示板の文字を眼で追った。

……世界独占インタヴュー――イギリス夏時間13：00――アンドレア・ホール／フォークスがすべてを語る。世界独占インタヴュー――イギリス夏時間13：00――アンドレア・ホール／フォークスがすべてを語る……

ウルフの思考が止まった。群衆が背後から押し寄せ、彼を押しのけて道路を渡りはじめた。車道の車は停止していた。ウルフは人込みの中でラグドール・キラーを見失った。ナイフを袖口に隠し、男の姿を必死に求めて黒い傘の海に視線を走らせながら、ぎこちなくまえに進んだ。雨具を持たない観光客の甲高い声や、傘に雨があたる虚ろな音が雑踏に響いた。有名な交差点に差しかかると、別の人波がウルフにぶつかってきた。暗い空の下で煌々と輝く悪名高いスクリーンの光の中に立ち、ウルフは自分がいかに無防備であるか、悟った。顔の見えない群衆が四方八方からぶつかってきた。その中のひとりは普通の人間を装った悪魔だというのに。

ウルフはパニックに陥った。

人込みを掻き分け、来た道を戻りはじめた。一刻も早くここから抜け出そうと人の波に逆らい、突進して人々を突き飛ばした。靴や車輪で埋めつくされた路上のどこかにナイフを落としてしまった。どこを見ても敵意に満ちた顔ばかりだった。ウルフは車道に飛び出し、ゆっくりと動きはじめた車と同じ速度で走りながら、自分に向かってくる人の大群を振り返った。

死に神が人の群れに姿を変え、彼を追いかけてきているように見えた。

セント・アン病院

二〇一一年二月十一日（金）
午前七時三十九分

朝食前、ジョエルはいつものように自分の部屋の冷たい床にひざまずいて祈りを捧げていた。病院の職員は普段どおりの時間に部屋の鍵を開けて彼を起こし、手錠をかけていた。ジョエルは今では部屋に閉じ込められているときを除いて常に手錠をはめることを求められていた。

二週間前、なんの落ち度もない看護職員に対して激しい暴行を働いたのだ。そうやって、ジョエルは入院期間を長引かせることに成功していた。その若い女性職員はいつも彼に親切にしてくれていたので、大怪我を負わせてしまったのではないかと心配にはなったものの、この病院を追い出されるわけにはいかなかった。自分の運命から逃げようとするのは卑怯なことだとわかってはいたが。

自分は卑怯者だ。彼はその事実をとっくの昔に認めていた。

廊下から叫び声がした。ジョエルは祈りをやめて耳をすました。彼の部屋のドアのまえを走る重い靴の音が聞こえ、そのあと病棟のどこかで誰かが絶叫する声が聞こえた。心臓が早鐘を打った。

彼は立ち上がると廊下に出た。ほかの患者たちが数人、不安そうに娯楽室のほうを見ていた。

「部屋に戻れ！」そう怒鳴りながら、がっしりした体格の職員がジョエルたちのあいだをすり抜け、騒ぎのあったほうへ走っていった。そのあとさらに恐ろしい苦悶《くもん》の叫びが廊下に響き渡った。

職員の命令に従わず、好奇心に突き動かされた患者の群れがジョエルの体をかすめ、日々の大半を過ごす部屋につながる両開きのドアへ殺到した。また苦悶の叫びが聞こえた。今度は誰の声かわかった。ウルフだ。ジョエルは明るい色とりどりの拘束着を着た患者たちを押しのけ、娯楽室にはいった。

破壊された家具の破片があちこちに飛び散り、部屋の奥で失神した医者が手当てを受けていた。大柄な病院職員が三人がかりで正気を失った男を拘束しようとしていた。手こずっていた。看護師が電話に向かって叫んでいた。

「やめろ！」ウルフの怒鳴り声にジョエルはぎくりとした。「言ったのに！　あいつはまたきっとやるって言ったのに！」

ジョエルはウルフの野獣のような視線の先にある大きなテレビ画面を見た。ロンドンの荒廃した大通りにレポーターが立っていた。ショックを受けた顔をしたふたりの警官が覆いを掲げ、まだ煙が出ている何かを隠していた。

「おれなら止められたのに！」ウルフは涙を流しながら叫んでいた。

野生動物のように暴れまわっていた。別の医師が大きな注射器を持って部屋に駆け込んできた。安楽死させるしか手立てのなくなった獣医さながら。

レポーターが現在判明しているなけなしの情報を繰り返し、すべてが明らかになった。

「繰り返し視聴者のみなさんにご報告します。目撃者の証言によりますと、昨年五月の火葬殺人事件の裁判で無罪を勝ち取ったナギブ・ハリド容疑者が警察に逮捕された模様です。遺体の有無は確認できておりませんが、ご覧のとおり、この奥ではまだ煙が立ち昇って……」

医師がウルフの左腕に極太の注射針を突き刺すと、ウルフは悲鳴をあげた。彼の体から力が抜け、ウルフに暴力を振るわれていた職員がなんとかウルフの体を支えた。気を失う直前、ウルフは入口のそばに立つジョエルを見た。ジョエルの顔には哀れみも驚きもなかった。ただうなずいて理解を示していた。ウルフは意識を失った。

意識が戻ったときにはウルフは自分の部屋に戻っていた。窓の外の地面全体に闇が降りていた。視界がぼやけていた。ずきずきと疼《うず》く頭に手をあてようとした。が、両手とも動かなかった。その理由に気づくのに一分以上かかった。両手両足ともベッドに拘束されていた。ウルフは太い革ひもをはずそうと無駄な抵抗を試みた。さきほど爆発した怒りが皮膚の下でまだくすぶっていた。
テレビのニュースを——すり切れた白いシートの向こうでたなびいていた煙を——思い出

した。顔を横にそむけて床に吐いた。実際に眼にする必要はなかった。カメラから隠されたものがなんであるのか、彼は誰よりもよくわかっていた。なんの罪もない少女がまたひとりどんなひどい目にあったのかも。

眼を閉じて、怒りに意識を向けようとした。怒りだけに心を集中させた。怒りに自分を蝕ませた。自分の思考を曇らせた。何もない天井を見上げ、この事件の責任を負うべき者たちの名前をつぶやいた。それからあることを思い出した。絶望の果ての最後の頼みの綱を。病んだ精神が生み出した不条理なことばを……

「誰か！」ウルフは呼ばわった。「誰か来てくれ！」

拘束具をはずしても大丈夫だと医師たちを説得するのに一時間、電話をかける許可を得るのにさらに三十分を要した。決定がくだされるのを待つあいだ、彼はマットレスの下から薄汚れた一枚の紙切れを取り出した。そこにあることすらそれまでほとんど忘れかけていたのだが。

ウルフはどうにか立ち上がり、人の手を借りて廊下に出ると、電話を使うためにナース・ステーションに向かった。ひとりになると、しわくちゃの紙を広げた。初めてクレヨンの下に透けて見える聖書のことばに気づいた。神。悪魔。魂。地獄。

ウルフは壁にもたれて体を支え、骨折していないほうの手で番号を押した。

呼び出し音が鳴りはじめた。

カチリとかすかな音がした。そのあと沈黙が続いた。

「もしもし？」ウルフは不安げに言った。

沈黙。

「……もしもし？」

ようやく女の声の自動音声が聞こえてきた。

「発信音の、あとで、フルネームを、どうぞ」

ウルフは合図を待った。

「ウィリアム＝オリヴァー・レイトン＝フォークス」

まるで永遠に続くかのように思える間《ま》があった。馬鹿げていることはわかっていた。しかし、コンピューターで合成された声には――そのイントネーションや口調には――彼を落ち着かなくさせる何かがあった。その声はまるで彼の絶望を喜んでいるかのように響いた。彼を嘲笑っているかのように。

「交換、条件、は？」やがて自動音声が言った。

ウルフは誰もいない廊下を見た。隣りの部屋のひとつからかすかな声が聞こえていた。無意識に受話器を手で覆ってから口を開こうとした。

そこでためらった。

「交換、条件、は？」自動音声が催促した。

「ナギブ・ハリド……レイモンド・ターンブル市長……マデリン・エアーズ……被告席担当警備員……ベンジャミン・チェンバーズ警部補……それ以外、あの少女の死に責任のある全員」とウルフは吐き捨てるように言った。

また沈黙。

ウルフは受話器を置きかけ、そこで手を止め、もう少しだけ沈黙に耳を傾けてから電話を切った。そして、錯乱した精神状態のまま自分を笑い飛ばした。大量に薬物を投与されていても、自分がどんなに滑稽なことをしたのか、よくわかった。それでも、彼らの名前を口に出し、その名前を――たとえ相手が留守番電話であったとしても――外の世界に向けて伝えたことで少し気が楽になっていた。

静まり返った廊下を歩いて部屋に戻る途中、耳をつんざくようなけたたましいベルの音があたりに鳴り響いた。ウルフはひざまずき、両手で耳を覆うと、なんの変哲もない電話を振り返った。電話とはこんなにもうるさく鳴るものなのか、それとも投与された薬物のせいで聴覚が歪められているのか。

肥った病院職員がぶつぶつと何かつぶやきながら、ウルフの横を通って電話に駆け寄り、受話器をつかんで耳に押しあてるのをウルフは息を呑んで見つめた。電話の向こうにいる何者かが、あるいは何かが、心底怖かった。

職員の顔に笑みが広がった。

「すみません。患者が電話を使ってただけです」と職員は弁解するように言った。

ウルフはゆっくりと立ち上がり、よろよろと自室に向かった。もしかしたら、ひょっとしたら、おれはほんとうに壊れてしまったのかもしれない。そんなことを思いながら。

33

二〇一四年七月十三日（日）
午後一時十分

フィンレーはリストの名前をまたひとつ傍線で消した。自分への褒美として十秒ばかりストレッチをしてから、残りの四百人の退役軍人リストのうち彼が担当する半分をさらに消していく作業に戻った。バクスターは角の席で、刑事部屋の騒音を掻き消すためにイヤフォンをしてうつむき、作業に集中していた。

エドマンズは会議室を出たときには消耗しきっていた。それでも、しばらくすると今はシモンズが使っているチェンバーズの机に戻ってきて、フィンレーにはさっぱりわからないコンピューター・プログラムにアクセスした。ヴァニタとシモンズは狭苦しいオフィスに閉じこもり、息を殺してアンドレア・ホールのインタヴューを見ていた。ウルフの元妻が次にどんな爆弾を世界に向けて投下するつもりなのかを見きわめ、被害を最小限に抑えるための策を早急に講じるために。インタヴューのあいだは画面から〝死の時計〟が消されていたが、そんなものがなくても、ふたりは自分たちにあとどれだけの時間が残されているのか、わかりすぎるほどよくわかっていた。

フィンレーはリストにある次の名前を見た。警視庁がアクセスを許可されている国防省のデータベースのわずかな情報、全英警察コンピューターシステム、さらに〈グーグル〉の情報を照合して、容疑者を絞り込んでいた。それが意味のある作業であることがもっと確信できていたら、もっと意気込んで取り組めるのだが。結局のところ、ラグドール・キラーは退役軍人でもなければ、そもそも入隊すらしていない可能性も否定できないのだから。それでもフィンレーはそのことはできるだけ考えないようにしていた。ウルフを見つける方法もこれしかないのだから。絞り込んだ名前をエドマンズに伝えつづけた。

ソーンダーズがもったいぶった足取りでバクスターの机に近づいてきた。バクスターはイヤフォンをはめたまま作業を続けた。そうすることで、相手をする気がないことがソーンダーズに伝わり、立ち去ってくれることを期待して。しかし、顔のまえで手まで振られ、この男にははっきりと口に出して言わなければ伝わらないのだと悟ると、ぴしゃりと言った。

「とっとと消えて、ソーンダーズ」

「おいおい、ご挨拶だな。ちょっと確認しにきただけだ。なにしろアンドレア・ホールがウルフと匿名の女性同僚のスキャンダラスな仲について話してたもんだから」そう言って、ソーンダーズは意味ありげな笑みを浮かべた。「まあ、それはおれたちもみんな疑ってたことではあるけど……」

バクスターの表情を見るなり、ソーンダーズの声は小さくなった。一歩あとずさると、ぼそぼそとなにやらつぶやいて立ち去った。バクスターはそのニュースを聞いて明らかにショックを受けていた。この問題についてはすでに話し合い、ウルフと自分とのあいだには何もなかったという事実をアンドレアは最終的には受け入れてくれたものと信じていたのに。なのに、アンドレアは今、元夫が死ぬかもしれない数時間前というときになって、全世界に向けてのテレビ番組で、元夫に関する嘘も真実も一緒くたにして撒き散らしているのだ。もっとも、そんなアンドレアの裏切りも今日バクスターがウルフに対して感じていることに比べれば、些末なことだったが。

一時間後、フィンレーはリストの次の名前を不器用な手つきでコンピューターに打ち込んだ。バクスターと比べると、その手つきはあきれるほど遅かったが、バクスターが自分の担当分を終えて彼の担当分を減らしにきてくれるまで、できるだけ多く処理したいと思って、彼なりにがんばっていた。ご多分に洩れず、国防省の情報は短かった。

《参謀軍曹リサニエル・マッシ、一九七四年二月十六日生まれ、諜報部隊所属（人的情報収集活動《ヒューミント》）、二〇〇七年六月、健康上の理由で除隊》

「いったい国防省は誰の味方なんだ？」とフィンレーはぼやき、国防省がその気になれば、もっとあいまいな書き方もできるのだろうかと思いながら、昼食で使ったナプキンに〝軍《ミリタリー》 諜報《インテリジェンス》部〟と書いた。

〈グーグル〉で検索をかけると、すぐに結果が出た。その大半がニュース記事と掲示板のサイトだった。フィンレーは一番上のページのリンクをクリックした。

《……マッシ軍曹はロイヤル・マーシャン連隊に配置換えされ……九名の隊員が死亡した爆発の唯一の生存者であり……彼の部隊はアフガニスタンのヘルマンド州ハイデラバード村の南部の路上で即席爆発装置《IED》による攻撃を受け……生死に関わる内臓損傷及び顔と胸部の〝壊滅的な〟火傷の治療を受ける》

生存者――ゴッド・コンプレックス？　フィンレーはブラウン・ソースの染みの横にそう書いた。次に、全英警察データベースに情報を入力したところ、小躍りしたくなるほど多数の情報がヒットした。身長（百九十センチ）、配偶者の有無（なし）、職業の有無（なし）、身体障害認定（あり）、最近親者（なし）、現住所（過去五年間不明）。

エドマンズのプロファイリングとの類似点の多さに勇気づけられ、フィンレーは二ページ目をクリックした。そこを読むと、マッシ参謀軍曹の情報が多い理由が明らかになった。ファイルがふたつ添付されていた。最初のファイルは二〇〇七年六月にロンドン警視庁が作成した事件報告書だった。

《二〇〇七年六月二十六日　二八七四
郵便番号W1、ポートランド・プレイス五七番地、医療療養型施設三階十四時四十分——通報を受け、上記住所に出動。患者のリサニエル・マッシが職員に抵抗し、暴力行為を働いたとのこと。

現地に到着。階上から怒鳴り声が聞こえる。ミスター・マッシ（男性、三十～四十代、身長百八十センチ超、白人／イギリス人、顔に傷痕あり）は床にあぐらをかいて坐り、虚空を見つめていた。側頭部から流血。机はひっくり返され、窓ガラスにはひびが走っていた。同僚がミスター・マッシの対応をし、私は事情聴取を担当。ミスター・マッシの頭部の負傷は自傷行為によるものであり、ほかに怪我人はなし。ジェイムズ・バリクロー医師によると、ミスター・マッシは心的外傷後ストレス障害《PTSD》を発症しており、身体的及び精神的外傷により陸軍への復帰が絶望的との告知を受けて暴れだしたとのこと。

病院側がことを荒立てることを望まなかったため、逮捕または警察の継続的介入の必要性は認められなかった。頭部外傷の手当て、また自殺の危険性があるため救急車の出動を要請。救急車の到着まで現場で待機。

十五時三十分——救急隊員が現場に到着。

十五時四十分——救急隊員がミスター・マッシをユニヴァーシティ・カレッジ病院へ搬送。

十六時五分——現場から退去》

フィンレーは思わず椅子から立ち上がった。最有力容疑者の情報を捜査チームの面々に今すぐにも話したかった。マウスを二番目のファイルの上に移動してダブルクリックした。ひっくり返された机の横に壊れたコンピューターの写真が現われた。スクロールして次の写真を見た。大きくひびのはいった窓ガラスが写っていた。それらにはなんの興味も覚えなかったが、最後の写真をスクロールするなり、冷たいものが背すじを這い上がった。

その写真は開いた戸口のそばで撮られたもので、怯えながらも心配そうに見守る職員を背景に、リサニエル・マッシの顔が写されていた。その顔には深い裂傷が何本も走っていた。が、フィンレーを狼狽させたのはその傷の深さではなかった。マッシの眼だ――色が薄く、表情のない、狡猾《こうかつ》な眼。

フィンレーはこれまで思い出せないくらい多くの怪物と遭遇してきた。だから見ればわかった。きわめて残忍な犯罪を犯す人間にはある共通の特徴がある。眼だ――今コンピューターの画面から彼を見つめ返している、感情のない冷たい眼がまさにその眼だった。

「エミリー！　アレックス！」フィンレーは刑事部屋じゅうに響き渡るほどの声で呼ばわった。

リサニエル・マッシは殺人者だ。まちがいない。この男がラグドール・キラーなのか、フアウスト的キラーなのか、その両方なのか。それはもうどうでもよかった。それが特定できる証拠を集める心配はエドマンズにさせればいい。

今おれとバクスターがやるべきはなんとしてもこいつを見つけ出すことだ。

ウルフはぴりぴりしていた。閉所恐怖症になりそうなほど狭いアパートの唯一の窓についた水滴を時折拭き取りながら、雨の降り注ぐ大通りをもう何時間も眺めていた。いつ家に帰ってくるとも知れないマッシの姿がそこに現われることを切に祈りながら。もしかして、おれは数年前自分が惹き起こした事態に終止符を打つ唯一の機会をもうすでに逃してしまったのだろうか？　そんな思いが心から離れなかった。

ここからさきは臨機応変にやるしかない。臨機応変に対応して、いくらかでも事態を修復するしかない。自分にはもう贖罪はできないのだから。実際、これほどまでメディアに監視されながら自らの役割を演じなければならないというのは、想定外のことだった。あまつさえ、マッシがよりにもよってアンドレアをメッセンジャー役に起用するなど考えてもみなかった。こんな展開にさえならなければ、火曜日の朝にはヒーローとしてロンドン警視庁に戻れていたのに。精神障害の元軍人の標的にされた罪のない刑事がやむをえず正当防衛で犯人を殺したふりをして。ウルフが関わった証拠はすべてマッシとともに消えるはずだった。ウルフは精査して選んで切り抜いた新聞記事を今でも持っていた。マッシのアパートに証拠として残していくつもりだった切り抜きだ。

そのほとんどが火葬キラー裁判に関するもので、女生徒アナベル・アダムズの無意味な死を惹き起こした過ちを糾弾する記事だった。記事に出てくる何人かの名前には下線が引かれていた。そのほかマッシが所属していた連隊の小戦闘中に、アフガニスタン人の民間人――とりわけ子ども――の犠牲者が多数出たことを軍が隠蔽しようとした事件についての記事もあった。〝マッシが無意味に子どもを殺した者への義憤に駆られた〟というすじだては、彼が重篤な精神障害を惹き起こしたきっかけとして、誰もが納得できるものであり、即席爆発装置《IED》による攻撃から奇跡の生還を果たしたことも、そのすじだてに大いに説得力を加えてくれるはずだった。ウルフはそう確信していた。

が、その目算は大きくはずれ、ただサディスティックな捕食者を街角へ放つだけの結果になってしまった。それとともに普通の生活に戻るという彼自身の希望も潰えた。弁護士のエリザベス・テイトと彼女の娘のジョージーナまで事件に巻き込むことになってしまった。なんの罪もない人たちまで。さらにウルフはアシュリーとともに姿をくらますなどという無謀な真似までしてしまっていた。加えて決定的な誤算。ウルフはエドマンズという新米を見くびっていた。

あの若い刑事は事件当初からしつこくウルフを追跡し、マッシが初期に犯した未熟さの残る殺人事件のうち少なくとも一件を探しあてた。そんな彼が点と点をつなぐのはもう時間の問題だろう。エドマンズに相談されたときに、彼を激しく非難するという愚かな振る舞いさえしていなければ、同僚たちがどこまで突き止めたのか今、容易にわかるのに。

ウルフにとっては、しかし、そうしたことも大したことではなかった。このあとバクスターにすべてを――彼がすでにしたことすべてを、彼がこれからやらなければならないことすべてを――知られることに比べれば。どれだけ必死に理解しようとしてもバクスターには理解できないだろう。どれほどの反証があろうと、彼女は法律を、正義をいまだに信じている。世間の無関心の中、利己的に運用され、嘘や汚職にまみれた者たちが見返りを得る社会制度を信じている。そんな彼女の眼にはウルフは敵と映るだろう――マッシとなんら変わらぬ社会の敵と。

考えただけでウルフはぞっとした。

階下《した》から人目につかない建物の入口のドアが閉まる音が聞こえてきた。ウルフはシンクの下にあった重いハンマーを握りしめ、薄っぺらなドアに耳を押しあてた。数秒後、また音がして、真下のアパートに誰かがはいり、テレビの音が床越しに聞こえてきた。ウルフは緊張を解き、また窓ぎわに戻ると、なんの変哲もない景色――シャッターをおろした〈シェパーズ・ブッシュ・マーケット〉とその奥にある鉄道の線路――を眺めた。

世界で最も有名で残忍な人格破綻者のねぐらは、ウルフにはまったくもって意外なところだった。それはもうがっかりするほどに。まるで手品を手品師の側からのぞいてしまった気分だった。想像していたような血で描かれたグロテスクな絵も、壁じゅうに書かれた邪悪な宗教的な文言も、増えつづける犠牲者たちの身の毛もよだつ写真や遺品も何もなかった。それでいて、この白い漆喰を塗った部屋には人を不安にさせる何かが感じられた。

テレビもなく、コンピューターもなく、鏡もなかった。同じ衣類が六セット、きちんとたたんで引き出しの中にしまわれているか、衣装簞笥《たんす》の中に掛けられていた。冷蔵庫の中にはただひとつ、牛乳の半リットル壜だけがはいっていた。ベッドはなく、床に薄いマットレスが敷いてあるだけだった。それは表面的には無事に、内実はまったく別人となって帰還した兵士によく見られる習慣だ。壁一面の本は色ごとに整然と並べられていた。『戦争と倫理』

『偶生種——人類の進化の誤解』『爆発物百科事典』『医学的生化学』……

ウルフはまた窓ガラスについた水滴を拭き取った。一台の車が狭い私道の入口でゆっくりと停車した。エンジンをアイドリングさせている音がアパートの建てつけの悪い窓越しに聞こえた。はっきりとは見えないが、この建物の住人の所有物にしては高級すぎる車だ。妙だ。ウルフは立ち上がった。

突然、その車が乱暴にアクセルをふかして私道を前進した。そのすぐうしろに二台の武装対応車両が続いた。ウルフのいる三階の窓の真下の小石まじりの芝生に武装対応車両がスリップして停まった。

「くそ！」ウルフはすでにドアに向かって駆けだしていた。

薄暗い廊下に出ると、マッシのアパートのドアを閉めた。廊下の奥の古い階段が軋んだ音をたてた。武装警官の最初の一団が駆け上がってきたのだ。

逃げ場はどこにもなかった。

重いブーツの音が階段をのぼり、近づいてきた。その建物に非常口はなく、廊下に窓もなく、摩耗して塗装の剝がれたドアが廊下の反対側にあるだけだった。もうひとつのアパートのドアがただひとつ。

ウルフはそのドアを蹴った。開かなかった。

もう一度蹴った。木製のドアにひびがはいった。

ウルフは必死になってドアに体あたりした。錠がドアからはずれた。ウルフが空き部屋に倒れ込んだのと警官たちが階段をのぼりきったのが同時だった。ウルフはドアを押して閉めた。その数秒後、警官たちがマッシの部屋のドアまでたどり着いたのがその重たい足音からわかった。

「警察だ！　開けろ！」

次の瞬間、バンという大きな音がした。狭いアパートにはいるために破城槌が使われたのだ。ウルフの鼓動が一気に速くなった。床に身を伏せ、たった数メートル先でおこなわれている強制捜索の荒々しい物音に耳をすました。

「たった一間《ひとま》のアパートなのよ！」聞き慣れた声がした。階段で誰かと話していた。「まだ見つからないとしたら、それはここにはいないということよ！」

ウルフは体を起こして立ち上がり、魚眼レンズののぞき窓から廊下を見た。バクスターとフィンレーの姿が見えた。彼らは苛立ち、捜索が終わるのを廊下に立って待っていた。そのとき、ほんの一瞬、バクスターがまっすぐにウルフのほうを見た。眼が合った。ウルフはそう確信した。ウルフが隠れている部屋のドアの壊れた錠にバクスターの視線が移った。

「いいところね」とバクスターはフィンレーに皮肉を言った。

そう言って、ウルフが隠れている部屋のドアをそっと押した。あと数センチでウルフの足にぶつかるというところでドアが止まった。ウルフは背後に眼をやり、空き部屋の中を見た。窓の向こうに隣りの低い建物の屋根が見えた。窓からあの屋根に飛び移ることはできるだろう。

「異状ありません！」と誰かが通路で叫んだ。捜索を指揮していた警察官がマッシの部屋から何かを持って出てきた。

「マットレスの上にこんなものが置かれてました。あなた方の備品のようです」その警官は咎めるような口調で言うと、殺人及び重犯罪捜査課のＩＤ番号のついたノートパソコンをバクスターに手渡した。銀の外装のあちこちについた血まみれの指紋が埃っぽい廊下の明かりの下で黒い汚れのように見えた。バクスターは用心深く開くとすぐにフィンレーに渡した。見ることすら耐えがたいと言わんばかりに。

「チェンバーズのよ」彼女はそう言って捜査用の手袋をはずした。

「なぜわかる？」

「パスワード」

　スクリーンとキーボードのあいだに血まみれの紙がはさまれていた。フィンレーはその紙切れに書かれたパスワードを読み上げた。

「Ｅｖｅ２０１４」

　彼がキーを叩くと、コンピューターがスリープ状態から起動した。注意深くパスワードを打ち込むと、警視庁のセキュリティシステムで保護されたサーバーの見慣れたページが現われた。画面には七月七日付の短いメールが開きっぱなしになっていた。


〝このメールアドレスは、殺人及び重犯罪捜査課のグループメールから削除されました。

この削除に問題がある場合、または再登録を希望する場合には、ヘルプデスクまでご連絡ください。

―ITサポートチーム〟

フィンレーはコンピューターの向きを変えて、バクスターに画面を見せた。

「犯人はこれまでずっと本庁のサーバーにアクセスしてたってことね」と彼女はうなるように言った。「だから犯人はいつもわたしたちの一歩先を行ってたのよ！　つまりエドマンズが言ってるのはでたらめだってことよ。ウルフが情報を洩らしてたわけじゃないのよ！」

「そう信じたいのはわかる。おれもだ。だけど、それが事実かどうかはまだわからない」

彼女はむっとしてその場を離れた。

「ありがとう、どうもありがとう……またよろしく」そう言いながら、バクスターは武装警官たちをマッシの部屋から追い出した。

ウルフは窓に駆け寄り、隣りの建物の屋根に飛び移ると、最初に見つけた非常階段を駆け降りた。私道の入口を警備する警官のまえを通り過ぎたときにはうつむき、顔を見られないようにした。マーケットのシャッターにぶつかる雨粒の音が徐々に消えた。ゴールドホーク・ロード駅の階段をのぼると、ドアの閉まりかけた電車に飛び乗った。電車が出発し、橋の上を通った。ウルフは眼下で点滅する青いライトを見つめた。

ウルフの手元にはもうどんなカードも残されていなかった。

34

二〇一四年七月十四日（月）
午前五時十四分

バクスターはアパートの窓を叩く雨の音で眼が覚めた。まぶたを痙攣させて眼を開けた。どこか遠くの空でごろごろと鳴っている雷がかすかに聞こえた。キッチンのスポットライトが投げかける温かな光の中、彼女はソファに横たわっていた。コードレスフォンが頬にぎゅっと押しつけられていた。受話器の上に顔をのせたまま眠ってしまったらしい。

バクスターは心のどこかでウルフからの電話を待っていた。彼はかけてくるべきではないのか？　彼女は怒りを感じていた。裏切られたことに傷ついていた。あまりにも多くのことがうやむやのまま放置されている。それとも、ウルフにとって自分はそんなにも小さな存在だったのか？　そんなことを考えながらも、もう一度話ができたら彼からどんなことばが聞きたいのか、自分でもよくわからなかった。謝罪？　説明？　ただ確認したいだけなのかもしれない――ウルフが完全に正気を失ってしまったことを。自分の親友は邪悪などというよりはむしろ、実際に病気なのだということを。

コーヒーテーブルの上の携帯電話に手を伸ばした。不在着信もなければ、新着メールもなかった。上体を起こして、脚をソファからおろした。その拍子に空のワインの壜が大きな音をたてて板張りの床を転がった。階下《した》の住人がその音に眼を覚ましたりしていないことを願った。窓辺に行き、雨に濡れて光る屋根を見渡した。空に雷光が走るたび、濃い灰色をした怒れる雲々に何種類もの陰影ができた。

どんなことが起こるにしろ、今日という日が終わる頃には、何かを永遠に失うことになっているのだろう。

バクスターは思った、せめて何をどれだけ失うことになるのかわかればいいのに……そう思わないわけにはいかなかった。

エドマンズはまるで数字でできた〝パンくずリスト（大規模なウェブサイト内で、利用者がサイト内での現在位置を見失わないようにするもの）〟さながら市《まち》を縦横に走っている、不法な金銭取引きの痕跡を夜が明けるまで分析していた。チエンバーズのパソコンを所持していた事実と併せれば、この資料はリサニエル・マッシの有罪を決定的なものとし、また、ラグドール殺人とファウスト的殺人が同一犯の仕業だったことも立証してくれるはずだった。エドマンズは、この独創的かつ興味深い連続殺人犯の逮捕現場に居合わせることができないことをいささか残念に思ったが、それよりなによりエドマンズが頭の中でずっと想像していた怪物の正体よりはるかに衝撃的だったのは、ウルフの関与が判明したことだ。

世界はその事実をいずれ知ることになるのだろうか。

エドマンズは疲れていたが、仕事の最後の仕上げをするためになんとか集中しようとした。午前四時頃、ティアの母親からメールが来て、彼はすぐに折り返しの電話をした。メールは昨夜ティアに少量の出血があったというものだった。で、そのことを産婦人科に知らせると、念のため赤ちゃんの様子を確認したいので来院するように勧められ、ふたりで病院へ行ったのだが、結局、万事順調で心配する必要はないと言われて現在は経過観察中ということだった。

なぜもっと早く連絡してくれなかったのかとエドマンズはティアの母親を詰った。するとティアの母親は、こんな重要な日にエドマンズに心配をかけたくないとティアが言っており、今も電話をしていることが知れたらきっと激怒するはずだと言った。こんな大切なことをティアが内緒にしておこうと考えた事実にエドマンズは動揺し、電話を切ったあとはどうしても彼女のそばについていたいということ以外、何も考えられなくなった。

午前六時五分、今日はカメラのまえに立つ日になることを見込んで、ヴァニタが人目を惹くパンツスーツ姿で刑事部屋にはいってきた。傘からぽたぽた落ちる雨のしずくが戸口から彼女が歩いた道すじに跡をつけていた。ヴァニタはエドマンズが机についているのを見つけると、いきなり進行方向を変え、エドマンズのほうにやってきて言った。

「おはよう、エドマンズ。マスコミも誉めるときは誉めてあげないとね――あの根性だけは見上げたものよ。外はもう黙示録さながらの様相を呈してる！」

「深夜からセッティングを始めてました」とエドマンズは言った。

「ということは、あなた、また徹夜したの？」ヴァニタは驚くより感心して言った。

「いつまでも続けるつもりはありませんけど」

「それはみんな同じよ……」そう言って、彼女は彼に笑みを向けた。「あなたは出世するわ、エドマンズ。その調子でがんばりなさい」

彼は夜どおし取り組んで完成させた金銭取引きの調査報告書をヴァニタに渡した。彼女はその書類をぱらぱらとめくって言った。

「洩れはないわね？」

「完璧です。ゴールドホーク・ロードのワンルームのアパートは、傷痍《しょうい》軍人に住宅を提供する慈善団体が所有していました。そのせいで住所の特定がむずかしかったんです。マッシは慈善団体に大幅に割引きされた家賃を支払っていました。そのことは十二ページに載ってます」

「すばらしい」

エドマンズは机の上の封筒を手に取り、ヴァニタに手渡した。

「これも事件に関係があるの？」彼女は封を切りながら尋ねた。

「ある意味では」とエドマンズはきっぱりと答えた。

その口調にヴァニタは手を止めると、エドマンズに怪訝な顔を向けた。が、そのあとは何も言わずオフィスに向かった。

バクスターは、中央科研画像解析班《CFIT》のコントロールルームから追い出されたあと、午前七時二十分に登庁した。正直に言って、市《まち》じゅうの防犯カメラの映像を監視しているあの暗い部屋から出られてほっとしていた。CFITの職員はあんな頭の痛くなる部屋に何時間も閉じ込められてどうやって耐えているのだろう？　彼女にはさっぱりわからなかった。

解析班――群衆の中から個別の顔を識別し、抽出するその比類ない能力で選出された識別の達人チーム――は顔認識ソフトウェアを使い、夜どおしウルフとマッシの捜索を続けていた。その作業は干し草の山の中から二本の針を探すようなものだった。そのことはバクスターにもよくわかっていた。だからと言って、捜索が遅々として進まない事実に募る苛立ちが治まるわけもなかった。

そのせいだった。職員のひとりがコーヒーを持って、休憩終了時刻を二分過ぎて戻ってきたとき、バクスターが大声でその職員を怒鳴りつけてしまったのだ。解析班のチーフはバクスターのそのことばを見過ごさなかった。異議を唱え、全員の眼のまえで見せしめのように彼女を叱責し、退去を命じたのだ。憤慨したまま登庁すると、バクスターはすぐにエドマンズのところへ行った。エドマンズのほうはティアにメールを書いている最中だった。

「カメラルームで何か進展はありました？」メールを書きおえると、携帯電話を脇に置いてエドマンズは尋ねた。

「わたし、追い出されたの」とバクスターは言った。エドマンズは興味がなさそうに肩をすくめただけで、理由すら訊かなかった。「どっちにしろ時間の無駄よ。あの人たちには探すべき場所がわかってないんだから。ウルフのアパートのまわりを監視したところで、ウルフが戻って来るわけがないんだから。マッシのアパートにしたって、マッシがあそこに戻ってくるとは思えない」

「顔認識システムはどうでした？」

「それって真面目に訊いてるの？」とバクスターは言って笑った。「全部で三回ウルフが認識されたけど、一回目は中国人のおばさんで、二回目は水たまりで、三回目はジャスティン・ビーバーのポスターだったんだから！」

ふたりには途方もない重圧がのしかかっていた。そんな中、CFITにもいまだにウルフの居所もマッシの居所も特定できないでいる。にもかかわらず、システムの馬鹿げた識別結果にはふたりとも笑い声をあげた。

「ちょっと話があります」とエドマンズが硬い口調で切り出した。

バクスターは床に鞄をどさりと落とすと、なんでもどうぞと言わんばかりに机に腰かけた。

「エドマンズ刑事」オフィスの戸口からヴァニタの声がした。彼女は折りたたんだ紙を片手に持っていた。「ちょっといいかしら？」

「あらま」とバクスターはからかうように言った。エドマンズは席を立ち、オフィスに向かった。

エドマンズはオフィスのドアを閉めると、警視長の机の向かい側の席についた。机の上には彼が午前四時半にタイプした手紙が開いて置かれていた。

「驚いたと言わざるをえないわね」とヴァニタは言った。「よりにもよって今日という日にこんな手紙をもらうとはね」

「ぼくがこの事件に貢献できることはすべてやり終えたと思っています」彼は手紙の横に置かれたずしりと重いファイルを示して言った。

「確かに意味のある貢献だったわ」

「ありがとうございます」

「これは本気なの？」

「はい、そうです」

ヴァニタはため息をついた。「あなたには明るい未来があるって本気で思ってるんだけど」

「ぼくも思ってます。ただ、残念ながら、ぼくの明るい未来があるのはこの部署ではありません」

「わかりました。異動希望の書類は出しておきます」

「ありがとうございます、警視長」

エドマンズはヴァニタと握手をし、オフィスを出た。バクスターは盗み聞きをしようとうろついていたコピー機の横で、ふたりの短いやりとりを見ていた。エドマンズはジャケットを手に取ると、バクスターに近づいた。

「出かけるの？」と彼女は尋ねた。

「病院に。ティアが昨夜入院したんです」

「ティアは……？　赤ちゃんは……？」

「どちらも大丈夫だと思います。でも、そばについていてやりたいんです」

エドマンズはバクスターの心が彼と彼の家族への気づかいと、こんな重要なときにチームを見捨て、彼女を見捨てることに対する不信感とのあいだで揺れているのを見て取った。

「ここはぼくがいなくても大丈夫です」と彼は彼女を安心させるように言った。

「彼女は」とバクスターはヴァニタのオフィスのほうを顎で示して言った。「許可を出してくれたの？」

「正直に言うと、そんなことはもうどうでもいいんです。さっき詐欺捜査課への異動願を出しました」

「なんですって？」

「結婚。刑事。離婚」とエドマンズは言った。

「それは……別に全員がそうなるってわけじゃないわ」

「もうすぐ赤ちゃんが生まれるんです。ぼくには殺人課の刑事は無理です」

バクスターは笑みを浮かべた。妊娠中のフィアンセの話を聞いたときに自分が取った冷淡な態度が思い出された。

「じゃあ、もうこれ以上わたしの時間を無駄にするのはやめにして、詐欺課に戻ったらどう？」彼女は淋しげな笑みを浮かべて、あのときと同じことばを口にした。

が、そのあとエドマンズをぎゅっと抱きしめた。エドマンズは驚いた。

「いいですか、たとえ残りたいと思ってもぼくには無理なんです」エドマンズは言った。「この課の人たちはみんなぼくを嫌ってます。どれほど容疑が濃かろうと、それが仲間の場合、ここじゃその仲間を批判することは許されないんです。今日ぼくが必要になったら、いつでも電話してください。どんなことでもかまいません」そう言って、エドマンズは心を込めて繰り返した。「どんなことでも」

バクスターはうなずいて、彼から手を放した。

「明日には仕事に戻りますよ」とエドマンズは笑って言った。

「わかってる」

エドマンズはそれにふっと微笑むと、ジャケットを羽織って刑事部屋を出た。

ルドゲート・ヒルの角を曲がったところで、ウルフはB&Bから盗んできたキッチンナイフをゴミ箱に捨てた。セント・ポール大聖堂の横を通ったときには、叩きつけるような雨のせいで、時計塔もほとんど見えないほどだったが、オールド・ベイリーの通りを歩く頃には、次第に雨脚も弱まってきた。この通りの名を渾名に持つ中央刑事裁判所の高い建物が豪雨をしのぐささやかなシェルターの役目を果たしていた。

なぜこの裁判所を選んだのか、ウルフは自分でもよくわからなかった。ほかにも彼にとって重要な場所はいくつもあるのに。アナベル・アダムズの墓、まだ燃えている彼女の遺体を見下ろしているナギブが逮捕された場所、セント・アン病院。それでも、裁判所を選ぶのが正しいように思えたのは、すべてが始まった場所であり、彼が一度は極悪人と対峙して、生還した場所だったからだ。

今のウルフは一週間以上剃っていない黒い無精ひげを生やし、眼鏡をかけていた。激しい雨のせいで豊かな髪が頭にぺたりと張りつき、シンプルかつ効果的に彼を別人に見せていた。古い裁判所の傍聴人入口のまえまで来ると、びしょ濡れになった人々の長い列の最後尾に並んだ。まえに並ぶアメリカ人観光客が大声で話していた内容からすると、第二法廷で注目度の高い殺人事件の裁判がおこなわれるようだった。ウルフの背後にも次第に列ができはじめ、時折ウルフの名前が出てくるやりとりが聞こえた。ラグドール殺人事件がどんなふうに終わりを迎えるかについて、興奮して予想し合う声も。

ようやく開門されると、雨の中に立っていた人々は従順にぞろぞろと中にはいり、X線透過検査とセキュリティチェックを受けた。ウルフを含めた最初の一団は、静まり返った廊下を抜けると、第二法廷の入口まで廷吏に案内された。ウルフはできることなら注目を浴びたくなかったが、やむなく第一法廷の傍聴はできますかと廷吏に尋ねた。廷吏はウルフのことばに驚いたようで、ウルフは正体がばれたかと一瞬、不安になった。が、その女の廷吏は肩をすくめると、彼を第一法廷のドアのまえまで案内し、ほかの四人と一緒に傍聴席の外で待つように指示した。ほかの四人は互いに顔見知りのようで、ウルフを不審げにじろじろと見た。

少し待ったあとドアが開いた。磨かれた木と革の懐かしいにおいが漂ってきた。ウルフがこの部屋に足を踏み入れるのは、あの日、手首を折られ、血まみれになって引きずり出されて以来のことだ。ほかの四人に続いて中にはいり、最前列の席に坐って法廷を見下ろした。

さまざまな職員、弁護人、目撃証人、陪審員が眼下の法廷の席に着いていた。被告人も被告席に着いていた。被告人担当の警備員もいた。ウルフの背後でごそごそと動く音がした。ほかの傍聴人たちがタトゥーまみれの男に手を振ったり、身振りでなにやら伝えたりしていた。ウルフはその被告人を一目見ただけで、どんな罪状で起訴されたにしろ、きっと有罪にちがいないと思った。全員が起立し、裁判官が入廷して、高い位置に設けられた裁判官席に着いた。

エドマンズが見つけた証拠の信憑性を確信すると、ヴァニタはメディアにマッシの写真を公開した。マッシの見まちがえようもない傷痕の残る顔が世界じゅうのニュース番組で人々的に流れた。通常はモンタージュ写真を三秒流してもらうだけでも、広報課はテレビ局に頭を下げなければならないのだが、ヴァニタはこの未曽有の公開チャンスを利用するのに、時間を無駄にしなかった。そして、陳腐な真理にひとりほくそ笑んだ——自己顕示欲が身の破滅を招く。

通報に関する細かい指示が出されたにもかかわらず、警察のコールセンターには一般市民からの電話が殺到し、二〇〇七年にまでさかのぼったマッシの目撃情報が寄せられた。バクスターはＣＦＩＴと連携しながら、十分ごとに更新情報をチェックする仕事を担当していたが、時間が経つにつれ、徐々に怒りが募ってきた。

「人ってどうしてこうも人の言うことを聞かないの⁉」そう怒鳴って、最新のプリントアウトをぐちゃぐちゃに丸めた。「マッシが五年前にスーパーマーケットにいたかどうか、そんなことどうして今知らなきゃならないの？　わたしが知りたいのはマッシが今、どこにいるかよ！」

フィンレーは賢明にも何も言わなかった。バクスターのコンピューターの警告音が鳴った。

「すばらしい。また大量の情報が届いた」

バクスターは椅子にぐったりともたれ、コールセンターからのメールを開いた。意味のない日付が並ぶリストの中に今朝の午前十一時五分の目撃情報があった。彼女は画面に指を走らせ、詳しい情報を読んだ。その電話は投資銀行家からの通報で、霊能力者と酔っぱらいのホームレスが四分の三を占める通報者の中では、かなり信頼がおけそうな情報提供者だった。目撃場所はルドゲート・ヒル。

バクスターは弾かれたように立ち上がると、すぐに駆けだした。何が見つかったのかとフィンレーが尋ねる間もなかった。彼女は大急ぎで階段を駆け降りると、ＣＦＩＴのコントロールルームへ向かった。

ハリドの裁判に比べると、異様に感じられるほど、のんびりと礼儀正しく進行する裁判だった。その様子をウルフはじっと眺めた。どうやらこれまでの公判で被告人は、殺人罪については否認したものの、過失致死罪は認めたようだった。公判三日目の今日は、被告人が有罪かどうかではなく、量刑を決めることに論点が移っていた。

公判が九十分に及んだところで、傍聴席のウルフの背後にいたふたりが出ていった。ドアが重々しく閉まる音に静かな法廷にいる人々の気持ちが削がれたものの、弁護人は弁論を再開した。それと同時だった。裁判所のどこか遠い場所でひとつ目の火災報知器が鳴りだした。それからドミノ倒しのように、次から次へと火災報知器が鳴りはじめた。けたたましい警告音が波のように押し寄せ、静かだった法廷が警告音の洪水となった。


「おいおい！　出てけって言っただろうが！」今朝バクスターを追い出したCFITのチーフがまた彼女を追い出そうとした。

「ルドゲート・ヒル。午前十一時五分」とバクスターは息を切らしながら言った。

コントロールボードのまえに坐っていた職員はチーフの顔色をうかがい、指示を待った。チーフは不承不承うなずいた。職員は録画データにアクセスするため、スクリーンの映像をルドゲート・ヒルに最も近い防犯カメラの現在の映像に切り替えた。

「待って！」とバクスターは叫んだ。「待って！　何が起きてるの？」

スクリーンいっぱいに群衆が右往左往している様子が映し出されていた。多くは洒落たスーツを着た者たちだったが、黒い法服を着てかつらをつけている女性もひとりいた。CFITの職員は慌てて別のコンピューターに何か打ち込んだ。

「中央刑事裁判所で火災報知器が作動」数秒後、その職員は情報を読み上げた。

それを聞くなり、バクスターは眼を輝かせた。が、ひとことも発することなく、来たとき同様慌てて飛び出していった。職員は怪訝な顔でチーフを振り返った。

「この作業、続けます？」

バクスターは階段を駆けのぼり、刑事部屋のドアのまえで足をゆるめた。そして、そっとフィンレーの机に近づくと、膝をついてひそかに話しかけた。

「ウルフの居場所がわかったわ」

「なんだって！」とフィンレーも囁き声で言った。どうして自分たちは小声で囁き合っているのか自ら不思議に思いながらも。

「彼はオールド・ベイリーにいる。ウルフもマッシもふたりとも。いかにもふたりが行きそうなところよ」

「そういうことはおれより上のやつに伝えるべきなんじゃないのか？」

「ウルフとマッシは現在、同じ建物にいる。そんなことを誰かに言ったらどうなるか、わかるでしょ？　ロンドンじゅうの武装警官が送り込まれる」

「それはそうすべきだからだ」と答えたものの、バクスターの話がどこに向かうのか、フィンレーにも容易に察せられた。

「ウルフがおとなしく逮捕されると思う？」

フィンレーはため息をついた。

「そういうこと」とバクスターは言った。

「どうするつもりだ？」

「わたしたちがさきに行って、ウルフを説き伏せないと」

フィンレーはさらに重いため息をついた。

「悪いが、おれにはできない」

「なんですって？」

「エミリー、おれだって……ウィルの身には何も起きたりしないことを願ってるよ。言うまでもない。だけど、これはあいつが自分でもう決めたことだ。おれはおれで……退職後のことを……マギーのことを考えなきゃならない。それを犠牲にしてまで、あいつを助けることは、おれにはできない」

バクスターは傷ついたような顔をした。

「それに言っておくが、おれがおまえさんをひとりで行かせるなんて思ってるなら、それは――」

「行くわ」

「駄目だ」

「ほんの数分ふたりで話せればいい。そうしたら応援を呼ぶ。それだけは誓うから」

フィンレーは渋い顔でいっとき考えてから言った。

「応援はおれが要請する」

バクスターはほとんど泣きそうな顔になった。

「……十五分後に」フィンレーはそうつけ足した。

バクスターは笑みを浮かべて言った。「三十分」

「二十分だ。気をつけろ」

バクスターはフィンレーの頬にキスをすると、机の上のバッグをつかんだ。フィンレーは腕時計のタイマーをスタートさせた。心配で胸が押しつぶされそうだった。バクスターはヴァニタのオフィスのまえをぶらぶらと歩いてから、戸口を出た瞬間、ダッシュした。


ウルフは席に着いたまま、傍聴席と法廷内にいた人々が手荷物をまとめて整然と避難するのを見守った。被告席の男は、その混乱に乗じて逃げ出そうと思ったのかもしれないが、行動に移すまえに、駆けつけたふたりの警備員に付き添われ、外に出ていった。後れを取った弁護人がノートパソコンを抱え、慌てて最後に廷内から出ていくと、ウルフは有名な法廷にただひとり取り残された。火災報知器が鳴り響く中、ドアがあちこちで閉まる音と、一番近い非常口に誘導される人々の足音が聞こえた。

これがほんとうにただの小火《ぼや》ならいいのだが、とウルフは思った。実際に彼の身に迫っているのはもっと大きな危険だった。

35

二〇一四年七月十四日（月）
午前十一時五十七分

火災報知器は二十分間鳴りつづけ、ぷつりと止まった。残響が大ホールの丸天井にいつまでもこだました。ウルフの耳の中で鳴り響いていた音も徐々に弱まり、やがて法廷にふさわしい静寂が戻ると、その静寂の中から新たな音が聞こえてきた——不均等なリズムで遠くから法廷の入口に近づいてくる靴音。ウルフは傍聴席の椅子にじっと坐って、待った。息を整え、指の関節が白くなるほど拳を握りしめて。

霧に包まれたようなおぼろな記憶が甦った。なんとも間《ま》の悪いことに。頭上でぎらぎらと輝いている長い廊下の照明、耳を聾するほどのけたたましい電話のベル。その電話を誰かが取っている。患者か？　看護師か？　その誰かが受話器を耳にあてている場面がぼんやりと頭に浮かぶ。ウルフはその誰かに向かって叫びたくなる。ほんの一瞬のことながら、不条理に屈した自分を棚に上げ、その誰かに警告したくなる。

今、ウルフがとらえられているのはあのときと同じ恐怖だった。

気がつくと、徐々に大きくなる落ち着いた足音に耳をすましながら、身を強ばらせていた。

古いドアが乱暴に叩かれ、木枠が揺れた。強ばった体が思わずびくっと震えた。

短い沈黙。ウルフは息を殺した。

どこか下のほうから摩耗した蝶番が軋む音がした。そのあとドアがばたんと閉められた振動が伝わってきた。ウルフは眼を大きく見開き、誰もいない法廷を見つめた。足音がまた聞こえだし、堂々たる体軀の黒ずくめの人影が二階の傍聴席の下から現われた。ロングコートを身にまとい、フードを深々とかぶっていた。感覚が過敏になりすぎたせいだろう、ウルフの心の眼にシュールな光景が見えた。裁判所の正面玄関に鎮座する記録天使の像が建物から自らの身を引き剝がし、瓦礫と埃の舞う中、ウルフに審判を伝えにきた光景だ。

「感心したよ」マッシが口を開いた。一語一語がまるで体から削り取られた音のように聞こえた。自らの身を音に変えてことばを吐き出しているかのように。まるで普通の発声法を忘れてしまったかのように。ことばを吐くたび、法廷の人工の光の中で唾液がきらめいた。

「おまえが残ったとはな。感心したよ」

そう言って、マッシはベンチのあいだを歩きはじめた。骸骨のように白い指先をベンチの磨かれた表面と避難の際に置き去りにされたさまざまな品に走らせながら。ウルフのほうをまだ一度も見ていなかった。なのにウルフのいる場所を正確に把握しているようだった。ウルフはそのことに不安を掻き立てられた。法廷を選んだのはウルフのほうだった。が、もしかしたらそれはマッシの思うつぼだったのではないか。

「〝勝利が確信できるときにはどんな臆病者でも闘える。どうかわたしに与えてください。

敗北を知りつつ闘える者の勇気を〟」マッシは裁判官席にのぼりながらつぶやいた。

　そして壁から正義の剣を手に取った。それを見て、ウルフの心は沈んだ。マッシは長い指で金の柄を握ると、ゆっくりと剣を鞘《さや》から引き抜いた。金属と金属がこすれ合う音がした。その長い刃を愛《め》でるように見ながら、感慨深げにマッシは言った。

「今のは女流作家のジョージ・エリオットのことばだ」刃に反射した光が黒っぽい木のパネル張りの壁の上でいっとき揺らめいてすぐ消えた。「彼女はきっとおまえのことが気に入ったはずだよ」

　マッシは値段のつけようがないほど価値のある歴史的遺物を頭上に掲げると、中央の机に切っ先を振り下ろした。切れ味は鈍くても重みのある長い刃が木の板に深く突き刺さり、ぶるぶると剣が震えた。マッシは裁判長席に腰かけた。

　マッシと同じ部屋で過ごす時間が長くなればなるほど、ウルフの意気は揺らぎはじめた。相手もただの人間だ。それはわかっていた。どれほど無慈悲で熟練した独創的な殺人者であろうと、同じ人間であることに変わりはない。それでも、マッシがひそかに囁かれる都市伝説の中心で、恐ろしい真実を操ってきたというのはまぎれもない事実だ。彼の最新の〝作品〟が無関心という慢性の病を患う世界じゅうの人々を惹きつけたのも、無視できない事実だった。

　マッシはもちろん悪霊でもなんでもない。が、ウルフがこれまで出会った人間の中で最も悪霊に近い存在だった。

「本物の剣が」とマッシは剣を示しながら言った。「裁判官の頭上に掛けられている。どんなときでも、少なくとも殺人の容疑者が必ずひとりはいる部屋だというのに」マッシは咽喉に手をやった。それだけ話すだけでも彼の咽喉には負担になっているようだった。「イギリス人とはなんとも愛すべき生きものじゃないか。おまえがこの部屋であんなことをやらかしたあとでさえ、身の安全と常識より荘厳さと伝統を重んじてるんだから」

そこでマッシはいきなり苦しそうに咳き込みはじめた。

ウルフはマッシの問わず語りがとぎれたのを利用して、靴ひもをほどいた。この靴ひもの出番があるほどマッシに近づく展開にはならないことを願いながら。はずした靴ひもを片手に巻きつけながら、ウルフはマッシを見てびくっとした。マッシが重そうなフードを脱ぐと、傷だらけの頭皮があらわになった。

ウルフは事前に写真を見ていた。医療診断書も読んでいた。しかし、そうしたものはマッシの悲惨な負傷の全容を伝えてはいなかった。ウルフは今そのことを思い知った。死人のように真っ白な頭皮に何本もの傷痕が川のように曲がりくねって走り、マッシが表情を変えるたびにその川の細い支流が深くなったり浅くなったりした。マッシはようやく傍聴席を見上げた。

ウルフは単独捜査でマッシが富裕層の出身であることを突き止めていた。パブリック・スクール出身で、紋章を持つ家柄で、ヨットクラブに所属。かつてはなかなかハンサムな青年でもあった。そんな彼のことばには、優雅さのかけらもない発声法のせいで損なわれながらも、上流階級特有の話し方の片鱗がうかがえた。それでも、傷だらけの無慈悲な殺人者がヴィクトリア朝の作家を引用して雄弁に語るというのは、尋常ならざる光景だった。

今になってようやくウルフにもわかった。どうしてマッシは孤立してしまったのか、どうして基金集めのパーティやゴルフクラブといったそれまでの家族との生活に戻ることができなかったのか、どうしてあんなにも必死に陸軍に復帰しようとしたのか。それは現実の世界には彼の戻る場所がなかったからだ。

破壊された肉体に囚われた明晰な頭脳。

ウルフは思った――別の人生をたどっていたら、マッシもごく普通の社会の一員になっていたのだろうか。それとも、戦時の爆風はただマッシの貴族階級の仮面を壊しただけだったのか。

「どうだ、ウィリアム。すべておまえの望んだとおりになったか？」とマッシは尋ねた。「復讐が遂げられたことを知って、幼いアナベル・アダムズはあの世でやっと安らかに眠れるようになったのだろうか？」

ウルフは答えなかった、

マッシは歪んだ笑みを浮かべた。

「市長が燃え上がったとき、おまえも炎を浴びたのか？」

ウルフは無意識に首を横に振った。

「浴びなかったのか？」

「おれはこんなことを望みはしなかった」とウルフは自分を抑えきれずにつぶやいた。

「おいおい、今さら何を言ってる」マッシはせせら笑って言った。「これはすべておまえがやったことだ」

「おれは病気だった……怒ってもいた……自分が何をしてるのかわかってなかったんだ！」

ウルフは自分自身に憤っていた。憤ってもマッシの術中にはまるだけだとわかりながらも。

マッシは深々とため息をついた。

「あいつらのひとりみたいなことを言って、おれをがっかりさせないでくれ。〝そんなつもりじゃなかった〟だの〝この取り決めは見直す必要がある〟だの言いだすようなやつらにだけはならないでくれ。ただ、〝神が見えたんだ〟というのは個人的には気に入ってるんで、もしおまえにも見えたというなら、その珍しいチンケな生きものが今までどこに隠れてたのか、是非とも教えてもらいたいものだ」

マッシはぜいぜいと息を切らしながら笑った。そして、そのあと激しい咳の発作に見舞われた。そのちょっとした間《ま》がウルフに冷静さを取り戻すチャンスを与えた。ウルフは言った。

「おまえのほうもおれをがっかりさせないでくれ、そこらによくいる変態みたいなことを言って――」

「おれは変態じゃない！」マッシは勢いよく立ち上がると、ウルフのことばをさえぎって驚くほどの大声で叫んだ。

サイレンの音がした。その音が張りつめた空気を切り裂いた。

マッシが怒りに震えて喘ぐと、法廷の床に血の泡が飛んだ。明らかにマッシは自制心を失っていた。そのことにウルフは勇気づけられた。

「……なんでもかんでも自分の持つ闇と頭の中で聞こえる気色の悪い声のせいにする変態。おまえもそんなやつらと変わらない。どこまでもどこまでもありふれた理由で人を殺してるのさ——弱者はそうすることで自分が強いと錯覚できるからな」

「おれが誰なのか、どういう人間なのか、お互いわかっていないような話し方をするのはやめようじゃないか」

「ああ、おれにはおまえが何者なのかよくわかってるよ、リサニエル。おまえはナルシストの人格破綻者だ。要するにただの勘ちがい野郎だ。すぐに刑務所で作業着を着ることになるだろうが、そうなったらどこにでもいる変態ともうすっかり変わらなくなるだろうよ」

マッシの眼つきが変わった。さすがにウルフも恐怖を覚えた。マッシがことばを探すあいだ不穏な沈黙が流れた。

「おれは不変で、不滅で、永遠だ」とマッシはいかにも自信ありげに言った。

「ここから見てるかぎり、おまえは不変にも、不滅にも、永遠にも見えないがな」とウルフのほうは自信のあるふりをして言った。「実際、おまえはおれが手を出さなくても、鼻風邪でもころりといっちまいそうじゃないか」

マッシはわざとらしく頭皮の深い溝に手を走らせると、思い出話を語るように静かに言った。

「この体はリサニエル・マッシのものだった。あの男は弱くて、虚弱だった。あいつが炎で焼かれたあと、残された体をおれが引き取ったんだ」

マッシは木の机から儀式用の剣を引き抜くと、裁判官席から下に降りた。

サイレンの音はもうすぐそばまで迫っていた。

「おまえはおれを挑発しようとしてる、だろう？　そう、だからおれはおまえが好きなんだよ、ウィリアム！　おまえは傲慢で、毅然とした男だ。法廷で証拠が必要になれば、証拠を捏造し、陪審団が無罪と評決をくだせば、自らの手で被告を半殺しにしようとする。一度は警察を馘になっても再雇用され、死に神と面と向かい合っても、必死に生にしがみつく。大したものだよ、いや、ほんとうに」

「そんなにおれのファンなら……」とウルフは皮肉を言った。

「このまま見逃してくれと言ってるのか？」とマッシは言った。いかにも思いがけないことを言われたかのように。「この取引きはそういうものじゃない。それはおまえにもよくわかっているはずだが」

サイレンの音が消えた。それはつまりいつなんどき武装警官が法廷に突入してきてもおかしくないということだ。

「そのときが来たみたいだな、マッシ」とウルフは言った。「警察はおまえのしたことをすべて把握してる。これでゲームセットだ」

そう言って、ウルフは立ち上がり、出口に向かった。

「宿命……運命。残酷なものだよ」とマッシはしみじみと言った。「この期に及んでおまえはまだ自分がこの法廷で死ぬとは思っていない——確かにおまえはここで死ぬことはないかもしれない。ああ、おまえはそのドアから出て、二度と戻ってくるな。ああ、そうすべきだ。是非ともそうすべきだよ、おまえは」

「さよなら、リサニエル」

「こんなおまえを見るのはなんとも残念だ。口輪をはめられ、従順に飼い慣らされたおまえを見るのは。今ここにいるおまえは……」マッシはウルフのほうを手で示した。「ここにいるおまえはほんとうのウィリアム・フォークスじゃない。選択肢を吟味し、賢明な判断をし、保身に走ろうというのは、それはほんとうのウィリアム・フォークスのすることじゃないよ。怒りと炎の塊。それがほんとうのウィリアム・フォークスだ。監禁しておかねばならない危険な男、復讐のためにおれを追いつめた男、殺人犯をこの床で踏み殺そうとした男。それがほんとうのウィリアム・フォークスだ。ほんとうのウィリアム・フォークスならここに降りてきて死を選ぶはずだ」

　ウルフは急に落ち着かなくなった。マッシの狙いはなんなのか。それがわからないまま彼は用心深く出口へ向かった。

「ハリド裁判の陪審員、ロナルド・エヴェレットは大柄な男だった」ウルフがドアを手で押したところで、マッシが言った。「だからあいつの血は七リットルはあっただろう。もう少しあったかもしれない。あの男は紳士の威厳を保って死にゆく自分を受け入れた。そんな男の大腿動脈におれは小さな穴を開けた。すると、彼は床に血を流しながら、自分の人生について語った。

すばらしかった……実に静かだった。

ほぼ五分後、乏血性ショックの最初の症状が出はじめた。おそらく総出血量は二十パーセントから二十五パーセントぐらいだったろう。九分半後に意識を失い、十一分後には放血した心臓が鼓動を止めた」

マッシが床の上で何かを引きずる音が聞こえ、ウルフは足を止めた。

「おれがこんな話を持ち出したのは」マッシは傍聴席の下のどこかからウルフに話しかけていた。「この女はすでに半リットルばかりの血を失っているからだ」

ウルフはゆっくりと振り返った。法廷の床に鮮やかな赤い血のすじがついていた。マッシはバクスターの髪をつかんでいた。血のすじは彼女の体を引きずった跡だった。マッシはバクスターがいつもバッグに入れているシルクの夏用スカーフで彼女に猿ぐつわをし、バクスターが持っていた手錠を彼女の手にかけていた。

バクスターは見るからに衰弱していた。驚くほど顔が白かった。

「実のところ、これはただのなりゆきだ」マッシはバクスターの体をさらに奥まで引きずりながらウルフに言った。「おれはおまえのために別の計画を用意していた。この女がおれたちを探しに単身で乗り込んでくるなど、誰に予想できる？　しかし、彼女はひとりでやってきた。思えば、しかし、これ以外の結末はありえない。おれとしてもそれぐらい予測すべきだった」

マッシはつかんでいた彼女の髪を放すと、振り返り、何かを期待するようにウルフを見た。ウルフは獣のような暗い表情になっていた。偽の悪霊。振りかざされた重厚な剣。そんなことを心配していた自分が信じられなかった。

「ああ！」ウルフの心の変化に気づいて、マッシが剣をウルフに向けた。「ようやく本性を現わしたな、ウルフ！」

ウルフはドアから飛び出すと、階下《した》に降りる階段をめざして走った。

マッシは膝をついてバクスターを見下ろした。バクスターは間近からマッシを見上げた。マッシが動くたびに瘢痕《はんこん》のある皮膚がぴんと張ったり、しわが寄るのが見えた。腕をつかまれ、彼女はマッシを突き飛ばそうとした。彼の吐いた息の腐ったようなにおいと、怒れる皮膚をなだめるために大量に塗り込まれた軟膏のにおいがした。マッシは彼女の肘を彼女の股間の右側に置くと、上から圧迫し、一度に大量出血しないようにして言った。

「さっきやってたように強く押していろ」マッシが話すと彼のよだれがバクスターの顔にかかった。「あまり早く失血されても困るんでね」

マッシはそう言って立ち上がると、一階のドアを見つめた。

「さあ、われらがヒーローが自分からわざわざ死ににやってくる」

36

二〇一四年七月十四日（月）
午後〇時六分

裁判所内の離れた場所から人の声が聞こえてきた。特殊部隊よりさきに消防隊員が動きだしたようだった。ウルフは階段の最後の三段を跳び降りて、威容を誇るホールを走った。すでに胸が痛くなっていた。脇腹にも刺すような痛みがあった。裁判所の床に意識を集中させ、教会のような内装を努めて無視した。白いローブをまとったモーゼがシナイ山の麓に腰をおろして、ウルフを見下ろしていた。智天使《ケルビム》の彫刻がステンドグラスの窓と、モーゼの主張を裏づける神のことばを伝道する大司教、枢機卿《すうききょう》、律法学者《ラビ》の肖像画のまわりを取り囲み、宙で動きを止めていた。

神がいて、悪魔がいる。悪霊たちもいて、そいつらはわれわれとともに歩いている。

ドアの下から深紅の液体が洩れていた。その血だまりを踏んで、ウルフは法廷の中に駆け込んだ。バクスターはまだ奥の被告席の下にいて、かつてハリドの血を吸った床に新たな血を流していた。ウルフは即座に彼女のほうに向かって走った。剣を振りかざしたマッシがそのあいだに立ちはだかった。

「そこまでだ」
マッシの歪んだ笑みにウルフは吐き気を覚えた。

バクスターはぐったりとしていた。濡れたズボンが脚に張りつき、張りついたところが冷たかった。必死になって動脈を押さえつけてはいるものの、まばたきをするたびに眠りに落ちそうになった。きつく縛られた猿ぐつわをはずそうとして、すでに顔を深く引っ掻いてしまっていた。さらに試してこれ以上血を失おうとは思わなかった。

腰に差した拳銃が背中に強く押しつけられていたが、手錠をかけられたままでは手が届かなかった。ただ、マッシはその銃を見落としていた。バクスターは恐る恐る肘を脚のつけ根から離すと、銃に手を伸ばした。したたっていた血がどくどくと脈打つ鼓動に合わせて、ぎょっとするほど噴き出した。

右側に手を伸ばしても左腕が邪魔になってそれ以上動かなかった。それでも指先がかすかに金属をかすめた。背中をそらしてあと数ミリでも先に手を伸ばせないか試した。

まわりにできた血だまりが数秒で二倍の大きさになっていた。彼女は苛立ち、叫び声をあげ、肘をもとに戻して血の噴出を押さえた。七秒の無意味な努力で七分の命を無駄にしてしまったような気がした。

マッシはロングコートを脱いでベンチに掛けた。コートの下には、ウルフがゴールドホーク・ロードのアパートで見つけたのと同じシャツ、同じズボン、同じ靴一式を身に着けていた。普通の人間を装うためのカムフラージュ。ウルフはまだ息を切らしていた。がっしりとした体格のふたりの男がこうして顔を突き合わせるのは二度目だった。上背と横幅ではかろうじてウルフに分があったが、マッシにはその差を補って余りある筋肉があった。

書類の上に高価そうな万年筆が置かれていた。慌てて避難した者が忘れていったのだろう。ウルフは体の位置をずらし、間に合わせの金属の武器をこっそり手に取った。マッシはまだ話していた。

「おまえは昨日ピカデリー・サーカスにいた」

ウルフの怒りは一瞬にして驚きに取って代わられた。

「おまえにできるかどうか見たかったんだ」とマッシは続けた。「しかし、おまえは弱いんだよ、ウィリアム。昨日も弱かった。ナギブ・ハリドの息の根を止めそこなった日も弱かった。そして今も弱い。おれにはおまえのその弱さがはっきりと見える」

「いいか、おまえが動きさえしなければ――」

「おれは一歩も動いちゃいなかった」とマッシはウルフのことばをさえぎって言った。「ただ立って見ていれば、おまえがパニックに陥るのがわかった。そう、おまえを観察してたのさ。そうしたら、おまえはおれを追い越して走っていった。すぐ眼のまえに立っているのに、こいつはほんとうに気づかなかったのだろうかと首をひねったよ。それとも、単に怖気《おじけ》づいただけなのかとね」

　ウルフは頭を振って、雑踏でマッシを見失ったときのことを思い出そうとした。もちろん本気でこいつの息の根を止めるつもりだった。こいつは今、おれを惑わし、操ろうとしているだけだ。

「これでおまえにもよくわかったはずだ。どんなことをしようとすべて無駄なんだよ」とマッシは落ち着いた声で言い、そこでことばをいったん切ってからまた続けた。「いいか、おれはおまえのことが気に入ってるんだ――心の底から。だから、おまえにはこれまでの依頼人にはなかった選択肢を与えてやろう。ひざまずくんだ。そうすれば、ひと思いに殺してやるよ。何も感じずに死ねるぞ。さもなければ、おれたちは最期まで徹底的に闘うことになる。事態は否応なく……不快なものとなる」

　ウルフは今や血に飢えたマッシとまったく同じ顔になっていた。

「そうか、やはりそうか」マッシはため息をつくと、剣を構えた。


　バクスターはなんとしても出血を止めなければならなかった。マッシに見られているときには、試そうとも思わなかったのだが。今なら少なくとも出血量をできるだけ少なくすることはできる。しかし……とバクスターは思った。わたしがそんなことを考えていることに気づいたら、マッシはまずまちがいなくそれを阻止することを考えるだろう。

　肘の位置をずらすことなく、手錠をかけられた手でベルトのバックルをはずした。深く息を吸い、腰の下からベルトを引き抜き、太腿に巻いてきつく締めた。鋭い痛みが走ったが、出血量はぽたぽたとしたたる程度になった。

完全に止血できたわけではない。が、これで両手で傷口を押さえていなくてもよくなった。

マッシはウルフに一歩近づいた。ウルフは一歩退き、また一歩退いた。万年筆の驚くほど重みのあるキャップをまわしてはずすと、ペン先のすぐ下に親指を添え、ナイフを構えるように眼のまえに万年筆を突き出した。

マッシはアンティークの凶器を荒々しく振りまわして向かってきた。ウルフはあとずさり、よろめいた。剣の切っ先がウルフの横の壁に突き刺さった。マッシは剣を振り上げた。刃がウルフの顔から数センチのところで空を切った。マッシは剣を振りかざした勢いでバランスを崩した。ウルフはその隙を逃さなかった。すばやくまえに出ると、マッシの上腕にペン先を何度も突き刺し、そのあとすぐさま安全な距離まで退いた。

マッシは苦悶の叫びをあげた。そのあとできたばかりの刺し傷を興味深そうにそっと指でつついて、傷の具合を確かめた。

台風の眼のような束《つか》の間《ま》の静けさができた。が、すぐにマッシはまたやみくもに剣を振りまわした。ウルフは部屋の隅に追いつめられ、とっさに身をそらして攻撃を避けたものの、剣の切っ先が彼の左の肩をとらえた。鋭い痛みが走った。それでもウルフは猛然と反撃に出て、剣を握っているマッシの利き腕に万年筆のペン先をさらに何度も深く突き刺した。マッシの腕の力が弱まった。それでもウルフはその腕に突き飛ばされ、その拍子に万年筆が床に落ち、どこかに消えた。

　両者はいっとき動きを止めた。ウルフは床に横たわったまま痛みの走る左肩を右手で押さえた。マッシは魅入られたように自分のシャツの袖口からしたたり落ちる赤黒い血を見ていた。その顔に恐怖の色はなかった。痛みをこらえているようにも見えなかった。闘う価値もないような敵に与えらえたダメージの大きさに、ひたすら驚いているようだった。重い剣を持ち上げようとしたが、床から持ち上げるのがやっとだった。彼は持ち手を左手に替えた。

「ひざまずくんだ、リサニエル」ウルフはなんとか立ち上がると、いかにも小馬鹿にしたように言った。「そうすれば、ひと思いに殺してやるよ」

　その侮辱のことばを聞いて、マッシの顔が引き攣《つ》った。ウルフはちらりとバクスターのほうを見た。マッシもその視線を追った。

「おまえはこの女を助けるためにそんなに必死で闘っただろうか、もし知っていても？」

　ウルフは挑発を無視して、一歩バクスターに近づいた。マッシはまたふたりのあいだに立ちはだかった。

「この女こそおれたちのリストの上位に名を連ねるにふさわしいことをおまえが知っていても」とマッシは続けて言った。

　ウルフは戸惑った。

「チェンバーズ警部補というのは勇敢とはほど遠い男だった。あの男はおれに懇願したよ。泣きじゃくって自分は無実だと訴えた」

マッシはそう言ってバクスターに嘲りの笑みを向けた。ウルフはその隙を逃さなかった。マッシに体あたりした。マッシはその攻撃はどうにか食い止めたものの、よろめいてあとずさり、ベンチに坐り込んだ。

その拍子にマッシのロングコートがベンチからすべり落ち、バクスターの仕事用バッグの中身が床にばら撒かれた。バクスターはそれを見た。彼女の視線はマッシが彼女の動きを封じるのに使った血まみれの爪切りばさみから、携帯電話、さらに机の脚のそばに落ちている小さな鍵束へと向けられた。

「結局、エミリー・バクスターのためだったのさ」とマッシは言った。「おまえとバクスターの友情が壊れないように、チェンバーズは内務監察室に手紙を出したのは自分だとおまえに思わせた……」

ウルフは急に居心地が悪くなった。

「……その手紙がハリド裁判の結果を覆した」マッシはいかにも愉快そうにウルフを見た。ウルフは信じられないといった顔でバクスターを見た。「おまえには悪いが、おれたちは殺すべきではない人物を殺してしまったということだ」

バクスターはウルフと眼を合わせることができなかった。それでも最後には顔を起こすと、叫び声をあげた。が、その声は猿ぐつわのためにくぐもってしか聞こえなかった。

ただ、マッシにほんの一瞬後れを取らせるだけの効果はあった。ウルフはやみくもに突進し、乱暴に振りまわされた剣をよけてマッシもろとも床に倒れ込んだ。剣はベンチの下にすべっていった。ウルフは渾身の力でマッシを何度も殴った。むごたらしい傷痕で覆われたマッシの顔がさらにむごたらしくなった。マッシのほうは死にもの狂いで手を伸ばし、怪我をしているウルフの肩をつかんだ。折れた骨がウルフの皮膚の下で軋んだ。その痛みがウルフをいっそう激しい怒りに駆り立て、マッシをさらに激しく殴打し、憎悪と憤怒の雄叫《おたけ》びをあげ、もがき苦しむ敵の耳に怒声を浴びせた。傷だらけのマッシの顔に凶暴な頭突きを食らわせ、鼻の骨を折り、抵抗する手足から戦意を奪った。

度しがたいまでの残忍な攻撃に打ちのめされ、マッシは為す術もなくウルフを見上げた。大きく見開かれたその眼には懇願と恐怖が浮かんでいた。

バクスターは血糊の跡を残して法廷の木の床を這った。そして、爪切りばさみを拾うと、きつく縛られた猿ぐつわを切ってはずした。体力を徐々に奪われながらも、さらに鍵束をめざして必死に這った。

ウルフはポケットに手を入れ、靴ひもを取り出すと、強く握りしめ、もはや戦意を喪失した敵の頭を床から持ち上げ、首にきつく巻きつけた。マッシはなけなしのアドレナリンに突き動かされ、足を蹴って抵抗し、首をすくめた。

「よけい苦しむだけだ」とウルフは身悶えするマッシに言った。

そして、机の下に万年筆を見つけると、立ち上がって拾いにいった。

「言ってみろ」ウルフは口の中に溜まった血を床に吐き出し、血まみれの武器を持ってマッシのもとに戻った。「さあ、言ってみろ、おまえが悪魔ならおれはなんだ？」

マッシは逃げようとした。が、その試みはいかにも頼りなかった。ウルフはマッシに馬乗りになると、いささかのためらいもなくマッシの右脚に万年筆を突き刺した。マッシがバクスターの脚につけた傷と同じ場所に。マッシはあまりの痛みに悲鳴をあげた。ウルフはマッシの首に靴ひもを巻き直し、怪我をした肩で可能なかぎりの力を込めてきつく絞め、マッシを黙らせた。

マッシは必死に喘いでいた。ウルフはその声を愉しんだ。抵抗するマッシの力が徐々に弱くなった。マッシの白目の血管が切れた。ウルフはさらに手に力を込めた。自分の両腕が痙攣を始めるまで。

「ウルフ！」バクスターの声が轟いた。彼女は思うように動かない指先で手錠の鍵を相手に悪戦苦闘していた。法廷がぐるぐると回転しはじめていた。「ウルフ！　やめて！」

怒りのあまり、ウルフには彼女の声が聞こえなかった。マッシを見下ろした。マッシの眼から命が消えつつあった。もはや正当防衛ではなかった。ただの私刑だった。

「もう充分！」

バクスターがウルフの胸に銃口を向けるのと同時に、リヴォルヴァーの撃鉄を起こす鋭い音がした。ウルフは困惑して彼女を見つめ、それから自分の下にいる血まみれの男を見た。その男の存在にそのとき初めて気づいたかのように。

「もう充分」

37

二〇一四年七月十四日（月）
午後〇時十二分

バクスターはもういつ失神してもおかしくなかった。肌は冷たく湿り、吐き気がひどくなっていた。それでも証人席にもたれながら、ウルフに銃を向けつづけた。彼について知っていると思っていたことを今でも信じられるのかどうか。もはやわからなくなっていた。ウルフはマッシから一歩あとずさると、弱りきった男を見下ろした。まるで今さらながら自分の残虐さに驚いているかのように。

マッシはすでに意識を失っていた。が、まだ生きていた。原型をとどめない鼻と口でなんとか息をしていた。バクスターが坐っている場所からでも、マッシの胸が上下しているのが見えた。息をするたび、血が咽喉につまるのか、ごぼごぼという音が聞こえた。当然の報いではあった。それでも、法廷の床の上に打ち捨てられたその姿には人の同情を誘うものがあった。

勝負の決着はだいぶまえについていた。

ウルフはただただ呆然としていた。が、近くから聞こえてきた叫び声に現実に引き戻された。彼はバクスターに駆け寄った。

「触らないで！」と彼女は叫んだ。

明らかに彼女はウルフに怯えていた。引き金にかけた彼女の指が震えているのを見て、ウルフは折れた腕をできるかぎり上に上げ、降参の仕種をして言った。

「きみを助けたいだけだ」実のところ、ウルフはバクスターの反応に驚いていた。

「近づかないで」

ウルフは自分のシャツの袖が赤黒い血でぐっしょりと濡れているのに気づいた。

「おれが怖いのか？」そう問いかけた彼の声はかすれていた。

「そうよ」

「これは……おれの血じゃない」とウルフはまるで彼女を安心させようとするかのように言った。

「だからなんなの？」バクスターは信じられないといった顔で言った。呂律がまわらなくなりはじめていた。「自分のやったことを見なさい！」彼女は部屋の隅で死にかけている男のほうを示すと言った。「あなたは怪物よ」

ウルフは両眼からマッシの血を拭うと悲しげに言った。

「おれが怪物になるのはそうならなきゃならないときだけだ」必死になって手を上げながらそう言ったウルフの眼はぎらぎらと光っていた「おれはきみを傷つけたりはしない」

バクスターは苦々しい笑みを浮かべて言った。「もう傷つけたわ」

そのことばにウルフのほうも傷ついた顔をした。そんな顔を見てしまうと、バクスターの決心も揺れた。

裁判所内のどこかで大きな音がした。特殊部隊だろう。

「こっちよ！」バクスターはすべてを終わらせたい一心で叫んだ。意識を集中させようとすると、まぶたがぴくぴくと震えた。「ウルフ、わたしは真実を知りたい。あなたがこれを仕掛けたの？ マッシにあの人たちを襲わせたの？」

ウルフはいっとき躊躇してから答えた。

「そうだ」

その答にバクスターは一瞬、息が止まった。

「アナベル・アダムズが死んだ日にすべてが始まったんだ」とウルフは続けた。「おれはそのあと復職して都市伝説を調べはじめた。しかし、まさかほんとうのことだとは思ってなかった。本気にはしていなかった。そう、二週間前にあのリストを見るまでは」彼はバクスターと眼を合わせた。「おれはかぎりなく恐ろしい過ちを犯した。だけど、それが現実のことにならないよう死にもの狂いで食い止めようともした。こんな結末は望んじゃいなかった」

床に坐り込んで、被告席にもたれているバクスターの姿勢が崩れた。息も荒くなっていた。

「打ち明けることもできたでしょうに」ことばがスムーズに出てこなかった。握っている銃がますます重くなってきた。「わたしに話してくれてもよかったのに」

「どうやって？ 今度のことの原因のすべては自分にあるだなんて言えるわけがないだろう

が」今のウルフはエリザベス・テイトの脇にひざまずくあの悪名高い写真のウルフだった。どこまでも打ちひしがれたウルフだった。「あの人たちを、友人たちを、あんな目にあわせたのは、ほんとうはおれだったなんて」バクスターのまわりにできた血だまりのせいで、ウルフはほんとうに病に冒されているように見えた。「きみをこんな目にあわせたのは、ほんとうはおれだったなんて」

バクスターの眼から涙があふれ、頬を伝った。彼女にしてみれば不本意な涙だった。ウルフに見られたくない涙だった。が、彼女にはそれを隠そうとする力が残っていなかった。血まみれの床に涙がこぼれた。

「本来ならおれは担当をはずされるはずだった」とウルフは続けた。「停職になってもおかしくなかった。だけど、チームの役に立てると思ったんだ。おれならこいつを捕まえられることがわかっていたから」そう言って、彼はマッシのほうを示した。「捜査の下準備はすべて終わってたんだから」

「わたしはあなたを信じたい。でも……」

バクスターはもはや上体を自ら支えていることができなくなった。銃が彼女の膝に落ち、彼女は横ざまに倒れた。

大ホールから聞こえる声が増してきた。眼に見えぬ敵が近づいていた。ウルフは証人席の背後のドアを見た。どこかすがるように。このままではまちがいなく逮捕されるだろう。なのに逃げ道がひとつ警備もされず残されている……

ウルフはバクスターの頭をそっと床におろすと、マッシのしわくちゃのコートを折って彼女の足の下に入れ、両脚が疲弊した心臓より高い位置に来るようにした。彼女の即席の止血帯を強く締め直そうとしたら、怪我をした肩に激痛が走った。ウルフは思わず悲鳴をあげた。その声にバクスターは意識を取り戻した。彼女の脚は相変わらず不安定な鼓動に合わせて緩慢な脈を打っていた。何かの拍子に脚そのものが爆発しそうだった。ウルフは彼女のそばに膝をついて傷口を押しつけ、血を止めていた。

「やめて」とバクスターはかぼそい声で言い、彼を押しのけて上体を起こそうとした。

「じっとしてろ」彼はそう言うと、彼女をそっと寝かせた。「きみはしばらく気を失ってた」

バクスターにはそのことばの意味がすぐにはわからなかった。あたりを見まわし、自分がいる位置を確かめ、頭のすぐ横の床の上にまだ銃があることに気づいた。彼女は震える手をウルフに差し出した。意外に思いながらも、ウルフはその手をつかんだ。彼のほうも思うようには動かない手で。そして、できるかぎりやさしく握りしめた。

かちゃりという音がして、片方の手首に冷たい金属の感触が走った。

「あなたを逮捕する」とバクスターは蚊の鳴くような声で言った。

ウルフが思わず手を引くと、だらりとぶら下がったままバクスターの手もついてきた。彼はその手を見て笑みを浮かべ、そのあとさも愛おしげに彼女を見た。ちょっとばかり死にかけた程度のことで、バクスターが自らの目的をあきらめるわけがない。ウルフはバクスターの横に坐り直すと、彼女の傷口に両手を押しあて、血を止めた。

「あの手紙のことだけど……」とバクスターが言った。これだけのことがあってもウルフにはきちんと説明すべきだと彼女は思った。

「もうどうでもいいことだ」

「わたしとアンドレアはあなたのことがほんとに心配だった。なんとか助けたいと思ってた」

　部屋の反対側からマッシのしわがれたうめき声が聞こえ、そのあと苦しげな息が完全に止まった。バクスターは心配げな視線をやった。ウルフのほうは見るからに嬉しそうな顔をした。

　その数秒後、マッシは大きな音をたてて血を吐いた。息づかいがまた聞こえだした。

「くそ」とウルフは低くつぶやいた。

　バクスターはウルフにあきれたような眼を向けた。

「たったひとりでここに来るなんて、何を考えてたんだ？」とウルフは言った。そう言いながらも、彼の声音には心配と怒りにほんの少し称賛が混じっていた。

「あなたを……救うために」とバクスターは囁いた。「あなたが殺されるまえに……逮捕しようと思った」

「それでどうなった？」

「あんまりうまくはいかなかった」そう言って彼女は笑った。横になったせいで、いくらか具合がよくなったようだった。

「異状なし！」しわがれた声が大ホールに響いた。

特殊部隊員のブーツの重い靴音の響きが床を通して伝わってきた。ウルフはじれったそうに開いたドアのほうを振り返って怒鳴った。

「ここだ！」

バクスターはふと思った——ウルフは一度も自分の行動を正当化しようとはしなかった。逃がしてくれとバクスターを説得しようともしなかった。自分に都合のいいように口裏を合わせてくれと頼んでもこなかった。彼は逃げ道を探すのではなく、自ら責任を取ろうとしていた。

「ここだ！」とウルフがまた叫んだ。

バクスターは彼の手を握った。その手には彼女の心が込められていた。

「あの夜、あなたはわたしを見捨てなかった」そう言って、彼女はまた笑みを浮かべた。

「もう少しでしそうになった」と彼は言って笑った。

「でも、しなかった。わたしにはそれがわかってた」

手首から手錠がはずされたのがわかり、ウルフは怪訝な顔で自由になった自分の手を見つめた。

「行って」とバクスターは囁いた。

ウルフは片手で彼女の脚を押さえたまま動こうとしなかった。

ブーツが床を蹴る音が疾走する列車のように近づいてきた。

「行って！」そう言って、彼女は上体を起こし、木のパネル張りの壁にもたれた。「ウルフ、お願い！」

「きみを置き去りにはできない」

「置き去りにはならない」バクスターは彼を説得した。また気を失いそうになりながらも。

「救助がすぐに来るんだから」

ウルフは反論しようと口を開けた。

外の音がさらに大きくなり、金属と金属がぶつかる音と無線の空電音がはっきりと聞こえはじめた。

「時間がない！　もう行って！」とバクスターは懇願し、なけなしの力を振り絞ってウルフを突き飛ばした。

ウルフは戸惑いながらも床からコートを拾い上げると、証人席の背後の小さなドアまで走った。そして、そこで立ち止まると、振り返っていっときバクスターを見つめた。その深いブルーの眼にはもう、マッシを殴り殺そうとしたときに彼女が見た怪物の影はなかった。

ウルフは姿を消した。

バクスターはマッシを見やった。彼の命は持つだろうか？　銃を隠す必要があることを思い出し、右側に手をやった。が、指先が固い床に触れただけだった。どうにか頭を動かして床を見た。銃は消えていた。

「あのクソ野郎」彼女はひとりほくそ笑んだ。

黒ずくめの警官たちが部屋になだれ込んできた。バクスターは両手を上げると、身分証を高く掲げた。

ウルフはなじみのある通路を通り、捜索の音から離れた。マッシのコートのボタンを一番上までとめて、血まみれのシャツを隠し、眼鏡をかけ、最初に見つけた非常口から外に飛び出した。火災報知器の音はすでにやんでいたが、たとえ鳴っていたとしても、裁判所のまえのこの混乱状態では誰の耳にも聞こえなかっただろう。

地面を叩きつけるような激しい雨が降っていた。列を成す明るい色の緊急車両がその雨のためにいっそう輝いて見えた。殺風景な市《まち》と頭上の暗い雲を背景にきらきらと輝いていた。マスコミと野次馬の群れが道路の反対側に続々と集まり、ほかの人々が見ているのがなんであれ、それを一目でも見ようと特等席を奪い合っていた。

ウルフは裁判所と警察の非常線のあいだの空白地帯をゆっくりと歩いた。走ってきたふたりの救急隊員とすれちがった。非常線のところに立っていた若い警官には漫然と身分証を振ってみせた。警官はレポーターたちを外に追い出そうとするのに忙しく、ウルフにはほとんど注意を向けなかった。立入規制テープの下をくぐって、見上げると、屋根の上から見下ろしている正義の女神像が眼にはいった。いつにも増して屋根のへりから身を投げようとしているように見えた。ウルフは黒い傘をさした野次馬の群れの中にまぎれ込んだ。

雨脚がさらに強まってきた。黒いロングコートのフードを深くかぶり、人込みの中を進んだ。人々に押されながら、何も知らずに彼の行く手をふさぐ人々を避けながら、そうすることで向けられる冷ややかな視線を無視しながら。誰も気づいてはいなかった。怪物が自分たちの中を歩いているとは。

羊の皮をかぶった狼《ウルフ》が自分たちの中を歩いているとは。

謝辞

人の名前を忘れて怒らせてしまうことが、私にはよくある。それでも、まあ、やってみよう……

『人形は指をさす』はこの作品を世に出すために驚くほど尽力してくれた、才能あふれるすばらしい人々が何人もいなければ存在しえなかっただろう。

出版社の〈オライオン〉——ベン・ウィリス、アレックス・ヤング、ケイティ・エスピナー、デイヴィッド・シェリー、ジョー・カーペンター、レイチェル・ハム、ルス・シャーヴエル、シドニー・ベレスフォード＝ブラウン、カティ・ニコル、ジェニー・ペイジ、クレア・シヴェルに感謝したい（サム、きみのことを忘れたわけじゃない——きみには後半に特別なコメントを用意した）。

エージェントの〈コンヴィル＆ウォルシュ〉——ひとかたならぬ世話になった友人のエマ、アレクサンドラ、アレクサンダー、ジェイクに。ドーカスとトレイシーにも心からの感謝を。

私の家族——ママ、オッシー、メロー、ボブ、Ｂ、ＫＰ——の惜しみない助力と支援のすべてに感謝する。

とどまることを知らない好奇心の塊、私のすばらしい編集者サム・イーズには彼女のひたむきな熱意と、私の書いたものを強く信じてくれたことに対して特別な感謝を。

同じように、私の友人であり、秘密を共有する親友でもあるスー・アームストロング（彼女は私のエージェントでもある）にも、持ち込み原稿の山から『人形は指をさす』を選び出してくれたことに対して特別な感謝を捧げたい。彼女がいなければ、この作品は私が書いたほかの原稿と一緒にベッドの下で埃をかぶり、今もまだ彼女と出会う幸運を待ちつづけていたことだろう。彼女はきわめて特別な女性だ。

最後に、イギリスで、そして世界じゅうで、この作品の出版のために尽力してくれたすべての方々に、それからほかにすばらしい作品が数多くある中で、この作品のために貴重な時間を割いてくれたすべての読者のみなさん全員に、心からの感謝を伝えたい。よし。なんとかできた。

ダニエル・コール

二〇一七年

訳者あとがき

イギリスの新人ミステリー作家ダニエル・コール、注目のデビュー作『人形は指をさす』をお届けする。

まずプロローグが出色だ。前代未聞の事件の前代未聞の裁判。その結審の日、日本も含めて世界じゅうのマスメディアがロンドンの中央刑事裁判所《オールド・ベイリー》に集まっている。その数のあまりの多さに裁判所周辺は立入禁止となり、すでに中にはいっているレポーターたちは路上に寝泊まりしている。そんな人々のために仮設トイレまで設けられている。こんな事態も前代未聞だが、何が前代未聞かと言って、被告人ナギブ・ハリドは、二十七日間に二十七人の十四歳から十六歳の少女を惨殺――それも全員焼殺！――した容疑で裁かれているのだ。「ロンドンで史上最も〝多産の〟連続殺人鬼」と本文にあるが、一日ひとり二十七日間連続というのは、その率で言えば全世界でも史上最も〝多産〟ということになるのではないだろうか。何もかもが前代未聞のこの派手さ。

そんな法廷でさらに前代未聞の事件が起こる。ハリドに無罪の評決が出るや、ハリドを逮捕したロンドン警視庁の敏腕刑事にして本書の主人公ウルフが、前後の見境をなくし、法廷内でハリドを殺そうとするのだ。結局のところ、警備員に取り押さえられて大怪我を負わせるだけで終わるものの、この派手さ。

　そうした顚末が、陪審員に選出されたことではからずも一躍世界の有名人になってしまった一市民サマンサの眼を通し、自分たちの評決は果たして正しかったのだろうかという彼女の葛藤を織り交ぜながら、緊張感あふれる筆致で描かれる。

　ここまでがプロローグ。物語は一気に四年後に飛ぶ。ロンドン警視庁殺人課の刑事に復職しているウルフに夏の未明、上司から電話がはいる。ここでまず読者は怪訝に思われることだろう。暴行傷害及び殺人未遂まで犯した刑事がそんなに早く復職できるものなのか、と。これにはちゃんと理由があるので、そこのところは本書を読んでいただくとして、いずれにしろ、上司からの電話は殺人現場に急行しろというものだった。しかもその現場とはウルフのアパートと通りを一本隔てた向かいのアパート。さらにさらに、死体はひとつなのに死人は六人。そう、切断された頭部、胴体、両腕、両脚が糸で縫い合わされていたのだ、ばらばらの端切れでつくったぬいぐるみ人形《ラグドール》さながら。そんな死体がアパートの一室の梁に吊るされ、おまけにその人形のような死体の右手の人差し指がウルフのアパートを指している。おまけにおまけに、その死体の頭部は、なんと、現在刑務所に収監されているはずのハリドの頭だった……この派手さ！

　このあと、ぬいぐるみ人形殺人の犯人と思しい人物から、連続殺人予告リストがマスメディアに（それもウルフの元妻のレポーターのもとに！）届けられ、そのリストの中にはロンドン市長も含まれる。この大仕掛け。これでもかこれでもかと次々にあの手この手を繰り出してくるこのサーヴィス精神。これには素直に拍手を送りたい。ただ、大仕掛けが大風呂敷になって、ところどころ穴があいているように見えるところもないではないのだが、そうした瑕疵《かし》を補って余りある娯楽性が本書にはある。それがこの本の一番の魅力だろう。なにより読者を愉しませるという、おそらくは作家としての信念にこの新人作家は徹している。

ストーリーテリング、場面転換もこれが処女作とは思えないほど巧みだ。刑事同士が皮肉に満ちた軽口を叩き合う会話もテンポよく気が利いている。加えてユーモア。特に男の滑稽さを描く筆致にはむしろ手慣れた感さえある。新米刑事のエドマンズが香水売り場でまごまごしたり、無骨なウルフが同僚の美人刑事バクスターを夕食に誘おうとしてぶざまにしくじったり、孫ができて妻から卑語が禁じられている老刑事が危うくその手のことばを言いかけて思いとどまったりする場面など、思わずにやりとさせられる。

場面転換に初登場の端役を利用するというのは、この作者の発明ではないが、これまた堂に入っている。しかも端役ひとりひとりが実に丁寧にいきいきと描かれている。弁護士エリザベス・テイトの娘を高速道路の中央分離帯に見つけるカレン・ホームズも、フォードの護衛にあたっていて不審人物を見つける人身保護局のレイチェル・コックスも、ほんのチョイ役なのに不思議と印象深いキャラクターである。脇役の描き方には作者の力量が現われる、などと言われるが、それは本書についても言えそうだ。また、プロローグに出たきりだったサマンサが物語の後半で重要な役割を果たすところも、お約束のような再登場ではあるものの、うまいものだ。

本書の原著には「Q&A」がおまけについていて、そのひとつに次のようなものがある。

Q：『人形は指をさす』は犯罪スリラーの傑作ですが、あなたはずっとこの分野のファンだったのですか？

A：私はなによりテレビ番組に影響を強く受けている。イギリスの犯罪ドラマは大好きだが、どのドラマも容赦がないほど陰鬱で、ストーリー自体は骨太で真に迫ってはいても、全体としていささか彩りに欠けるきらいがある。一方、アメリカのドラマはしばしば戸惑うほど安っぽい路線に陥ることがある（『キャッスル』（日本では『キャッスル〜ミステリー作家は事件がお好き』と『キャッスル〜ミステリー作家のＮＹ事件簿』のタイトルで放映された）で登場人物が目覚めたら一九二〇年代の刑事になっていたというエピソードがあった。あんなシリーズは二度と見ないだろう）。〈中略〉私は両者のよさの絶妙のバランスを保つことをめざした。犯罪ドラマにおける自分の好きな部分を全部取り入れつつ、作品としてまとめ上げ、読みごたえのある娯楽作品を書きたいと思ったのだ。

読みごたえのある娯楽作品。本書を評するのにこれ以上的確な命名はないだろう。派手さとサーヴィス精神に満ちたこの娯楽作品、どうか存分にお愉しみいただきたい。

作者ダニエル・コールについて簡単に触れておくと——現在三十三歳、救急医療士からイギリスの王立動物虐待防止協会の職員にというちょっと変わった経歴の持ち主で、現在は王立救命艇協会に籍を置いているようだが、転職した理由がなんとも揮っている——ミステリーを書くとどうしても何人も人を殺してしまうことになるのでその罪悪感を拭うため、だそうだ。現在はイギリス南部の英仏海峡に臨む保養都市ボーンマス在住で、次の作品を執筆しているとき以外は海辺でその姿が見られるとのことだが、その次の作品とは本書のウルフとバクスターを主人公に据えたものだという。今から完成が待たれる。

最後になったが、本書の訳出に際しては新進翻訳家の不二淑子さんに一部手伝ってもらった。そのことをここに記して謝意を表しておきたい。

二〇一七年七月

田口俊樹

ヴェサリウスの秘密

ジョルディ・ヨブレギャット　宮崎真紀・訳

父親の死の理由を探るダニエルが発見した、医師オムスの奇怪な記録と幻の解剖書の存在を示唆する文。解剖書を探すダニエルはやがて、周囲で起きていた連続殺人事件の真相に近づく……。バルセロナ発、異色ミステリー。

集英社文庫・海外シリーズ

オーディンの末裔

ハラルト・ギルバース　酒寄進一・訳

1945年、ベルリン。ユダヤ人の元刑事オッペンハイマーは、夫殺しの容疑をかけられた友人を救うため、決死の行動に出る。その彼を、秘密結社「オーディンの末裔」が追い詰めるのだった。ドイツ・ミステリーの至宝！

集英社文庫・海外シリーズ